Cara Black
Die dunklen Lichter von Paris

PIPER

Zu diesem Buch

Paris im November 1993. Privatdetektivin Aimée Leduc kennt sich mit Sicherheitssystemen aus – vor allem aber damit, sie zu umgehen, um an sensible Daten zu gelangen. Momentan ist sie im Auftrag einer älteren Dame dabei, ein Passwort zu knacken, um ihrer Kundin die dahinter versteckten Daten zu übergeben. Reine Routine. Als Aimée den Code geknackt hat, öffnet sich auf dem Bildschirm ein altes Foto, das ein Pariser Straßencafé zur Zeit der Besatzung durch die Nationalsozialisten zeigt. Eigenartig: Die eine Hälfte des Bildes fehlt. Noch eigenartiger: In der Wohnung der Auftraggeberin, entdeckt Aimée die alte Dame tot am Boden liegend – ein Hakenkreuz in die Stirn geritzt. Plötzlich findet Aimée sich mitten in einem brandgefährlichen Mordfall wieder, der bis in die Zeit des Zweiten Weltkrieges zurückreicht. Sie springt auf ihre rosa Vespa und ermittelt auf eigene Faust weiter.

Cara Black wurde mit ihren Kriminalromanen um die Privatdetektivin Aimée Leduc, die stets in einem anderen Pariser Quartier spielen, in den USA zur Bestsellerautorin. »Die dunklen Lichter von Paris« ist der erste Roman der Erfolgsserie. Cara Black lebt mit ihrem Mann und ihrem Sohn in San Francisco und ist oft in ihrer Lieblingsstadt Paris. 2012 wurde ihr die »Medaille de la Ville de Paris« verliehen.

Cara Black

Die dunklen Lichter von Paris

Aimée Leduc ermittelt im Marais

Aus dem Englischen von
Carolin Hoffmann

Piper München Zürich

Mehr über unsere Autoren und Bücher:
www.piper.de

Gewidmet der »echten« Sarah und allen Geistern,
den heutigen wie denen von damals

Dem Schicksal ist kein Weg zu weit.
FRANZÖSISCHES SPRICHWORT

MIX
Papier aus verantwortungsvollen Quellen
FSC® C083411
www.fsc.org

Ungekürzte Taschenbuchausgabe
Piper Verlag GmbH, München
Juli 2014

Titel der amerikanischen Originalausgabe:
»Murder in the Marais«, Soho Press, New York 1999

Umschlaggestaltung: Mediabureau Di Stefano, Berlin
Umschlagmotiv: Rita Crane und Ayal Ardon/Arcangel Images
Satz: Christine Paxmann text • konzept • grafik, München
Gesetzt aus der Bembo
Papier: Munken Print von Arctic Paper Munkedals AB, Schweden
Druck und Bindung: CPI books GmbH, Leck
Printed in Germany ISBN 978-3-492-30452-8

PARIS NOVEMBER 1993

MITTWOCH

Mittwochmorgen

Aimée Leduc spürte seine Anwesenheit, noch bevor sie ihn sah. Als wären Geister seiner Spur in die einst so elegante Eingangshalle gefolgt. Sie zögerte einen Moment und zog die schwarze Lederjacke enger um sich, um den Pariser Wintermorgen abzuwehren, der durch das ganze Gebäude kroch, dann griff sie nach ihrem Schlüsselbund. Als sie vor der Milchglasscheibe ihrer Bürotür stand, trat der Mann aus dem Schatten. Von unten drang das Weinen eines Babys durch das Treppenhaus, dann knallte die Tür der Concierge.

»Mademoiselle, ich brauche Ihre Hilfe«, sagte er. Ledrige, sommersprossige Haut spannte sich über seinen kahlen Schädel, und seine Ohren standen fast rechtwinklig ab. Er trug einen verknitterten blauen Anzug und lehnte schief auf einem Gehstock.

»Keine vermissten Personen, Monsieur«, sagte sie. Mit dem andauernden Winter, den grauen Tagen und den vielen Erinnerungen kam bei vielen Menschen die Hoffnung auf, vermisste Personen wiederzufinden. Aimée prüfte mit der Zunge, ob etwas zwischen ihren Zähnen hing, glättete ihr kurzes braunes Haar und lächelte. Das Schoko-Croissant verschwand wieder in der Tüte. »Ich suche nicht nach vermissten Angehörigen. Mein Fachgebiet ist Unternehmenssicherheit.« Sie blickte freundlich auf den alten Herrn hinunter, den sie mit ihren ein Meter zweiundsiebzig deutlich überragte. »*Je suis désolée*, Monsieur, aber ich bin auf Computerkriminaltechnik spezialisiert.«

»Aber das ist genau das, was ich brauche.« Er richtete sich langsam auf und sah sie aus seinen großen Augen eindringlich an. »Ich heiße Soli Hecht. Ich muss mit Ihnen reden.« Hinter seinem beinahe ängstlichen Blick lagen Trauer und Wachsamkeit. Sie versuchte, höflich zu bleiben. Unangemeldete Kunden waren selten. Die meisten kamen durch Geschäftskontakte oder über persönliche Empfehlung.

»Nicht, dass ich Ihnen nicht helfen möchte, aber wir sind völlig ausgelastet. Ich kann Ihnen jemand sehr Gutes empfehlen, wenn Sie mögen.«

»Ich kannte Ihren Vater, ein ehrenwerter Mann. Er sagte, ich könnte mich an Sie wenden, wenn ich einmal Hilfe bräuchte.«

Sie fuhr zusammen, ließ die Schüssel fallen und blickte zur Seite. »Aber mein Vater wurde vor fünf Jahren ermordet.«

»Er ist noch immer in meinen Gebeten.« Hecht ließ andächtig den Kopf sinken. Als er aufschaute, schien sein Blick sie zu durchbohren. »Ihr Vater und ich lernten uns kennen, als er noch beim *Commissariat* arbeitete.«

Sie wusste, dass sie ihn anhören musste. Trotzdem zögerte sie. Die Kälte drang durch die Fußbodendielen, aber das war nicht der einzige Grund für ihr Frösteln.

»Bitte kommen Sie rein.«

Sie schloss die Tür mit dem Schriftzug LEDUC DETECTIVE auf, führte ihn in das Büro, das sie nach dem Tod ihres Vaters übernommen hatte, schaltete das Licht ein und warf ihre Jacke über die Stuhllehne. Sepiadrucke von ägyptischen Ausgrabungen hingen über digital bearbeiteten Plänen der Pariser Kanalisation an den Wänden.

Hecht bewegte seinen ausgemergelten Körper mühsam über das Parkett. Etwas an ihm kam ihr bekannt vor. Als er ihr jetzt eine Mappe über den Schreibtisch schob, sah sie die verblassten blauen Ziffern auf dem Unterarm, die aus seinem Jackenärmel herausblitzten. Sie kannte diese Tätowierungen. Wollte er, dass sie Nazibeute auf einem Schweizer Nummernkonto fand? Sie löffelte gemahlenen Kaffee in den Filter, goss Wasser in den Glasbehälter und schaltete die Espressomaschine ein, die brodelnd zum Leben erwachte.

»Monsieur Hecht, was für ein Job ist das genau?«

»Computerhacking ist Ihr Fachgebiet.« Seine Augen musterten die Geräte entlang der Wände. »Knacken Sie einen Computercode für mich. Der Temple Emanuel ist Ihr Auftraggeber.«

»Worum geht es?«

»Wir brauchen Beweise dafür, dass die Verwandten einer bestimmten Frau der Deportation nach Buchenwald entgingen. Aber ich möchte ihr keine großen Hoffnungen machen.« Er schaute nach unten, als könnte er noch mehr sagen, aber er tat es nicht.

»Solche Aufgaben übernehme ich nicht mehr, Monsieur Hecht. Das war eher das Fachgebiet meines Vaters. Und um ehrlich zu sein – wenn ich sein Versprechen halten würde, bekämen Sie nicht das beste Ergebnis.«

»Ich kannte Ihren Vater, ich habe ihm vertraut.« Hechts Hände umklammerten die Tischkante.

»Wie gut kannten Sie ihn?«

»Er war ein Ehrenmann, er sagte, ich könnte mich auf Sie verlassen.« Soli Hecht ließ den Kopf hängen. »Wir hatten vor der … Explosion viel miteinander zu tun. Ich brauche Ihre Fachkompetenz.«

Sie trommelte mit ihren abgestoßenen roten Fingernägeln auf der Schreibtischplatte herum und schob die schmerzlichen Erinnerungen beiseite. Dampfende, schwarze Flüssigkeit tropfte in die wartenden Mokkatassen. »Monsieur, *un petit café*?«

»*Non, merci.*« Er schüttelte den Kopf.

Aimée wickelte einen Zuckerwürfel aus und ließ ihn in ihre Tasse plumpsen. »Ich befasse mich mit Computersicherheit«, wiederholte sie. »Keine Vermissten.«

»Er sagte, Sie würden mir helfen … dass ich mich immer an Sie wenden könnte.«

Wenn sie das Wort ihres Vaters nicht brechen wollte, blieb ihr nur eine Wahl. »Also gut«, seufzte sie und gab trotz ihrer Bedenken nach. »Ich zeige Ihnen meinen Standardvertrag.«

»Mein Wort muss reichen.« Er streckte seine Hand aus. »Dieses Gespräch hat nie stattgefunden. Wenn jemand fragt, kennen Sie mich nicht. Einverstanden?«

Sie schüttelte seine knotige Hand.

»Es wird sicher einige Tage dauern, oder? Ich habe gehört, solche Angelegenheiten sind oft eine langwierige Sache.«

»Vielleicht ein paar Stunden. Ich tippe einhundertzwanzig Wörter die Minute.«

Sie lächelte und nahm Platz, schob die Faxe von gestern Abend zur Seite und beugte sich zu ihm.

»Sie waren in Amerika in der Schule, als ich mit Ihrem Vater zu tun hatte.«

Aimée nickte. Voller Hoffnung hatte sie nach ihren amerikanischen Wurzeln gesucht und nach ihrer Mutter, die verschwand, als sie acht gewesen war. In beiden Fällen ohne Erfolg. »Nicht lange. Ich war Austauschschülern in New York.«

»Ihr Vater hat mir damals seine Ermittlungs-Philosophie nähergebracht, und ich habe sie nie vergessen.«

Sie lächelte. »Sie meinen, dass er immer sagte, die Dinge wären meist nicht, wie sie schienen, sonst wäre er nicht mehr im Geschäft?«

Hecht nickte. »Sie arbeiten in eigener Regie, Mademoiselle Leduc, keine Verbindungen oder Zugehörigkeit zu irgendjemandem.« Die Finger seiner knorrigen Hand wackelten über der Tischplatte. »Das gefällt mir an Ihnen.«

Er wusste viel über sie. Und sie hatte den starken Verdacht, dass er etwas verschwieg. »Wir nehmen siebenhundertfünfzig Francs pro Tag.«

Er nickte beiläufig. Da erinnerte sie sich. Sie hatte sein Foto vor Jahren gesehen, als seine Beweise halfen, Klaus Barbie vor Gericht zu bringen.

»Schauen Sie in den Ordner«, forderte Hecht sie auf. Aimée öffnete die Mappe und sah Ziffern und Schrägstriche, typische Merkmale israelischer Militärchiffrierung. Ihre Spezialität bestand darin, sich in die Systeme riesiger Firmen zu hacken, aber dieser Code sprach vom Kalten Krieg – ineinander verschachtelte Protokolle. Sie zögerte.

»In diesem Umschlag sind zweitausend Francs. Die Ergebnisse Ihrer Ermittlung übergeben Sie an Lili Stein in der Rue des Rosiers 64. Sie ist nach Ladenschluss zu Hause, ich habe ihr gesagt, dass sie mit Ihrem Besuch rechnen kann.«

Aimée hatte das Gefühl, ehrlich sein zu müssen. Einen Code zu knacken und zu dechiffrieren dauerte niemals so lange, als dass das hohe Honorar gerechtfertigt gewesen wäre. »Sie haben mir zu viel gegeben.«

Er schüttelte den Kopf. »Behalten Sie's. Die alte Dame ist nicht mehr so gut zu Fuß. Was immer Sie auch finden, geben Sie es Lili Stein *persönlich*!«

Sie zuckte mit den Achseln. »Kein Problem.«

»Sie müssen es ihr direkt in die Hand geben.« Mit einem Mal war sein Ton von eindringlich zu flehend gewechselt. »Schwören Sie mir das beim Grab Ihres Vaters. Bei seiner Ehre.« Er starrte sie unverwandt an. Was für ein Holocaustgeheimnis war das? Sie nickte langsam.

»Ich denke, wir werden uns nicht mehr sehen, Mademoiselle.« Soli Hechts Gelenke knackten, und sein Gesicht verzog sich schmerzlich, als er sich jetzt aufrichtete.

»Sie hätten mir Ihre Anfrage auch faxen können, Monsieur Hecht. Dann hätten Sie sich den Weg erspart.«

»Aber dann hätten wir nie miteinander gesprochen und uns nie kennengelernt, Mademoiselle Leduc«, sagte er.

Aimée behielt ihre Erwiderung für sich und öffnete ihm die Tür. Verzogene Dielenbretter, ein angelaufener Spiegel und bröckelnder Putz zierten den unbeheizten Treppenabsatz.

Sie trat zu dem Eisengitter und rief den alten Aufzug, der noch aus der Jahrhundertwende stammte, und hörte, wie er geräuschvoll knirschend den Schacht hochkroch. Langsam und auf seinen Stock gestützt absolvierte Hecht den Weg in den Flur.

Zurück im Büro stopfte sie die Banknoten in ihre Tasche. Die überfällige Telefonrechnung und Fleisch für ihr Bichon-Frisé-Hündchen Miles Davis – ausgesprochen *Müils Daviz* – mussten noch warten, bis der Job erledigt war.

Der Telekommunikationsriese Eurocom hatte die Finanzen der Detektei total ins Wanken gebracht, als er Leducs Servicevertrag kündigte und ein Konkurrenzunternehmen aus Seattle anheuerte – die einzige Firma, die sich auf dieselbe Arbeit spezialisiert hatte wie ihr Partner und sie. Aimée hoffte, dass nach Begleichung aller überfälligen Rechnungen noch genug Geld übrig blieb, um ihr Kostüm bei der Reinigung auszulösen.

Ihr Standard-Software-Key erlaubte es ihr, codierte Verschlüsselungen zu knacken. Sie öffnete die in einer Datenbank gespeicherten Informationen. In diesem Fall vermutete sie einen militärischen Hintergrund.

Nach Eingabe ihres Standardschlüssels leuchtete »Access denied« auf dem Bildschirm. Zugriff verweigert. Sie versuchte einen anderen Key, *Réseau Militaire*, ein obskures militärisches Netzwerk. Ein weiteres Mal blinkte »Access denied« auf. Fasziniert versuchte sie weitere Schlüssel, ohne Erfolg.

Aus dem Morgen wurde Nachmittag; die Schatten wurden länger, die Abenddämmerung brach herein.

Nach mehreren Stunden wurde ihr klar, dass sie ihre Francs in diesem Fall doch noch redlich verdienen würde. Denn bisher funktionierte nichts.

Mittwochabend

Später am Abend, bei einem ihrer letzten Entschlüsselungsversuche, benutzte sie einen alten Nachkriegs-Wiederherstellungsschlüssel. Sie war überrascht, als das System reagierte. »Zur Freigabe Audio/Video-Format eingeben.« Ein seltener, aber nicht unbekannter Zugriffsweg.

Mit Audio passierte nichts. Sie öffnete die Datei mit der visuellen Entschlüsselungs-Software der NATO. Plötzlich wurde der Bildschirm schwarz-weiß. Nach ein paar Sekunden konnte sie eine Fotografie erkennen. Keine Schrift, nur ein Foto. Sie bearbeitete die Pixelqualität und vergrößerte es so stark es ging, ohne das Bild zu verzerren.

Das zerrissene Schwarz-Weiß-Foto mit dem fleckigen weißen Rand zeigte ein Café neben einem Park voller Kinder. Offenbar ein Schnappschuss. Im Straßencafé saßen und standen Menschen in kleinen Gruppen. Die Stehenden waren SS-Männer. Sie kehrten dem Betrachter den Rücken zu, aber Aimée erkannte die blitzenden Abzeichen auf den Kragen.

Keiner schaute in die Kamera. Die meisten Zivilisten trugen dunkle, formlose Kleidung. Ein ungestelltes Foto aus dem besetzten Paris. Fast die Hälfte des Bildes war abgerissen.

Aufgewühlt starrte Aimée auf das Foto. Sie hatte oft in diesem Café gegessen, kannte viele der Stammkunden. Jetzt würde sie immer an die Nazis denken müssen, die vor ihr dort gewesen waren. Es war das erste Mal, dass sie eine Verschlüsselung knackte und nur ein Foto ohne Text erhielt. Wie sollte das für diese alte Dame einen Beweis darstellen? Dann rief sie sich in Erinnerung, dass dies nicht mehr ihr Job war.

Nachdem sie das Bild gespeichert hatte, machte sie einen Ausdruck und fragte sich, wie die Empfängerin wohl auf das Bild reagieren würde.

Sie steckte das Foto in ihre Hermès-Tasche, einen Flohmarktfund, legte sich ihren Schal mit dem Leopardenmuster um den Hals, zog den Reißverschluss ihrer Lederjacke hoch und schloss die Bürotür ab.

Draußen winkte sie ein Taxi heran, das in der regennassen Rue du Louvre schlingernd zum Halten kam. Trotz der späten Stunde saßen noch Gäste in den überdachten Straßencafés. Die Seine glitzerte zu ihrer Rechten, und die angestrahlten grauen Steine des Pont Neuf glitten an ihr vorbei.

Die Bauten änderten sich, als das Taxi in das Marais einfuhr, den jüdischen Bezirk mit seinen *hôtels particuliers* aus dem sechzehnten Jahrhundert, die lange Zeit leer gestanden hatten, bevor man begonnen hatte, sie zu restaurieren. Passanten huschten über das schimmernde Kopfsteinpflaster. In der nebligen, schmalen Rue des Francs Bourgeois holperte das Taxi über die Bordsteinkante und ließ sie aussteigen. Abgestandene Luft sickerte aus den *bouches d'égouts*, den Abflussöffnungen der Kanalisation.

Am Ziel, dem Gebäude mit der Nummer 64 in der Rue des Rosiers, warben über einem staubigen Fenster verblichene goldene Lettern auf Hebräisch und Französisch für die DÉLICES DE STEIN: KOSCHERE LEBENSMITTEL. Auf der gegenüberliegenden Straßenseite guckte ein Falafelstand mit Schalen voll gehacktem Weißkraut, Zwiebeln und eingelegten Karotten unter einem gestreiften Baldachin hervor.

Von dem bogenförmigen dunkelgrünen Eingangstor vor ihr blätterte die Farbe ab. Sie drückte das Tor auf und ging an einem an die Mauer gelehnten Fahrrad vorbei. An der Wand hing schief ein altes Zirkusplakat, das sich teilweise vom Mauerwerk gelöst hatte. Der gepflasterte Innenhof roch nach dem Müll von gestern. Zu ihrer Linken bewachte eine verlassene Hausmeisterloge den Eingang.

Die dunkle Holztür von Lili Steins Wohnung, die sich im zweiten Stock befand, war nur angelehnt. Von drinnen dröhnte ein Radiosender in voller Lautstärke. Aimée klopfte mehrmals und vernehmlich. Keine Antwort. Sie schob die quietschende Tür auf.

»Allô?«

Langsam trat sie in den schummrigen Flur der muffigen Wohnung. Sie zögerte, es war ihr nicht ganz wohl dabei, die Privatsphäre von jemand Fremdem zu stören. Immer noch keine Antwort.

Ihre Augen gewöhnten sich an die Dunkelheit. Aus dem Flur spähte sie in das Wohnzimmer, aus dem das Radio noch immer tönte, und trat dann ein. Auf einem Sideboard aus Kiefernholz lag ein mit dem Judenstern bestickter Läufer, darauf standen Messingleuchter. Ein altmodisches Radio, neben dem ein Ohrensessel mit zerschlissenem Polster aufragte. Als sie zum Radio hinüberging, fiel ihr an der Wand ein gerahmtes sepiafarbenes Foto auf. Ein junges Mädchen in altmodischer Schuluniform, Arm in Arm mit einer stämmigen Frau, die eine Schürze trug. Beide standen vor einem Ladenfenster und hatten Sterne auf der Brust, die mit JUIF bestickt waren. Aimée blieb betroffen stehen. Sie erkannte das Schaufenster von DÉLICES DE STEIN, das sie eben unten an der Rue des Rosiers gesehen hatte. Vor das Foto hatte jemand eine einzelne weiße Rose in einer Vase gestellt.

Lili Stein musste halb taub sein, dass sie das Radio so laut stellte, dachte sie. Offenbar litt die alte Dame an einem beträchtlichen Hörverlust.

Sie trat zu dem Radio, einem alten Detektorgerät mit knubbeligen Knöpfen und vergilbten Frequenzbändern, und drehte die Lautstärke herunter. Dann fielen ihr die gebrauchten Papiertaschentücher auf, die überall auf dem Boden verstreut lagen. »Madame Stein? Ich bringe Ihnen Ihre Unterlagen!«

Keine Antwort.

Aimées Nacken verspannte sich. Irgendwo draußen im Flur tröpfelte Wasser. Irgendetwas stimmte nicht. Die alte Dame sollte sie doch erwarten.

Unschlüssig blieb sie in der Wohnzimmertür stehen. Gegenüber im Badezimmer tropfte ein undichter Hahn auf einen braunen Fleck im Waschbecken. Ihre Hand tastete an der dunklen, vertäfelten Wand nach einem Schalter. Das Holz war schmierig. Einen Schalter fand sie nicht.

Ihre Unruhe nahm zu. Sie ging an dem düsteren Bad vorbei und schob sich weiter den schmalen Flur entlang. Am Ende befand sich eine Tür, die halb aufstand und offenbar ins Schlafzimmer führte. Aimée fischte in ihrer Handtasche nach dem

Schlüsselbund und schlang die Finger um die scharfen Kanten, um sie zu einer Waffe zu machen, wie sie es in ihrer ersten Stunde im Dojo-Kampfsport gelernt hatte.

Vorsichtig drückte sie die Tür weiter auf. Im Halbdunkel lag eine Frau ausgestreckt auf dem Bett, die Strümpfe heruntergerollt.

»Madame … Madame?«

Sie schaltete das Licht ein. Das fahle Gesicht der Frau war ausdruckslos zur Decke gewandt. Aimée ging zum Bett und blieb wie angewurzelt stehen. Jemand hatte ein Hakenkreuz in die Stirn der Frau geritzt. Aimée rang nach Luft und hielt sich am Bettpfosten fest, weil ihre Beine einzuknicken drohten. Ihr Herz hämmerte. Sie atmete tief durch und zwang sich, die Wange der Frau zu berühren. Glatt und kühl wie Marmor …

Was, wenn der Mörder noch hier war?

Sie tastete nach dem Kreuzschraubenzieher, der Teil des Miniwerkzeugsets war, das sie in ihrer Tasche trug, und sah sich vorsichtig im Zimmer um. Aber das einzige andere Lebewesen im Raum war ein aufgedunsener Engelhai, seine silbrigen Luftblasen blubberten im Aquarium auf dem alten Schreibtisch. Holzlatten waren über das einzige Fenster im Zimmer genagelt und ließen nur einen schmalen Lichtstrahl herein.

Vorsichtig ging sie um das Bett herum. Nach Überprüfung des Kleiderschranks und einem Blick auf die Wollmäuse unter der durchgelegenen Matratze war sie sicher, dass kein Mörder mehr im Schlafzimmer lauerte. Eine Fliege summte und kreiste um die weit geöffneten Augen der Toten, die immer noch starr gegen die Decke gerichtet waren. Angewidert verscheuchte sie sie.

Dann schlich sie wieder den Flur zurück und untersuchte jeden Schrank, erkundete jedes Zimmer. Nichts.

Seit die Zusammenarbeit mit ihrem Vater ein jähes Ende genommen hatte, war sie nicht mehr mit einem Mord konfrontiert gewesen. Am liebsten wäre sie aus der Wohnung gerannt, hätte die *flics* gerufen und Soli Hecht sein Geld zurückgegeben. Aber sie zwang sich, noch einmal ins Schlafzimmer zurückzugehen.

Diesmal betrachtete sie die tote Frau genauer. Tief, aber blutleer zog sich das Hakenkreuz von ihren Augenbrauen bis hin zu den feinen grauen Haaren ihres Haaransatzes. Man konnte sogar den Knochen sehen. Eine Goldkette mit hebräischen Buchstaben klebte verdreht im blutigen Strangulationsmal um den Hals der toten Frau.

Fluchend verscheuchte sie abermals die aufdringliche Fliege die auf dem zerknitterten, knielangen Wollrock der alten Frau gelandet war. Geschwollene Fesseln quollen aus abgetragenen Schuhen. Aimée fielen die Kratzer und blauen Flecken auf den teigigen Beinen der Toten auf. Ihre Hände lagen seitlich am Körper, zu Fäusten geballt, als hätte sie sich noch im Sterben gewehrt.

»Lili Stein in die Hand«, hatte sie Soli Hecht versprochen. Doch das machte nun keinen Sinn mehr. Sie war nicht abergläubisch, aber sie beugte sich trotzdem herunter und betrachtete Lili Steins Hand. Kleine Holzsplitter waren in der Handfläche eingegraben. Aimée sah sich um. Keine Kratzspuren auf den Holzlatten über dem Fenster. Am Boden lagen die Krücken der alten Dame nutzlos herum. Ihre Fingernägel waren abgebrochen und rau. Wie ein in die Enge getriebenes Tier hatte Lili Stein versucht, sich freizukämpfen, dachte Aimée.

Vorsichtig legte sie ihre Finger um das blau geäderte Handgelenk der Toten. Sie zog den Umschlag mit dem Foto aus der Tasche und berührte damit Lilis kalte Hand, die noch nicht ganz steif war.

In diesem Augenblick hatte sie das Gefühl, den Mörder in dem dunklen Zimmer zu spüren. Eine düstere Vorahnung überkam sie. Sie hörte die nasale Stimme des Radiomoderators. Dann eine Aufnahme von Cazaux, dem französischen Wirtschaftsminister und Anwärter auf das Amt des Premierministers, der gestern vor dem Gewerkschaftsverband in Lille strenge Einwanderungsquoten versprochen hatte. »Französische Industrie, französische Arbeiter, französische Produkte!«

Cazaux' bekannte Stimme ereiferte sich, während die Menge tobte. Genau was Frankreich braucht, dachte Aimée, mehr Faschismus.

»*Maman?*« Die tiefe Stimme eines Mannes drang aus dem Flur. Hastig stand sie auf und stieß gegen den Schreibtisch.

Das Aquarium mit dem Engelhai wankte, und sie griff danach, um es zu sichern. Da bemerkte sie das zerrissene Foto unter dem Aquarium, das durch den schwarzen Kies auf dem Grund desselben kaum zu sehen war. Sie zog es hervor und verglich es mit dem unvollständigen Bild in ihrer Hand. Die beiden Teile passten perfekt zueinander. Erschüttert realisierte sie, dass sie die fehlende Hälfte des Fotos in Händen hielt, wegen der die alte Frau vielleicht ermordet worden war.

»*Maman, ça va?*«

Sie schob beide Fotos in den Umschlag und stecke ihn rasch in den Schaft ihres Lederstiefels.

»Monsieur, kommen Sie bitte nicht hier herein«, rief sie und versuchte, ihrer Stimme Autorität zu verleihen. »Rufen Sie die Polizei.«

»Aber wer ...?« Ein Mann mittleren Alters, spindeldürr und groß, trat ins Zimmer. Er ging gebeugt, als wolle er sich für seine Anwesenheit auf der Welt entschuldigen. Sein Stirnhaar trug er im chassidischen Stil lang unter einem schwarzen Filzhut, dessen Krempe hochgedreht war.

Sie stellte sich so vor das Bett, dass sie ihm die Sicht blockierte. »Ist Lili Stein Ihre Mutter?«

»Was ist passiert?« Er versteifte sich. »Ist *Maman* krank?« Er spähte über Aimées Schulter, bevor sie ihn aufhalten konnte. *»No, no«*, sagte er dann und begann fassungslos den Kopf zu schütteln.

Sie trat näher und versuchte, ihn zu beruhigen.

»Wer sind Sie?«, fragte er misstrauisch.

»Ich arbeite für …« Sie nahm sich zusammen, um Hechts Namen nicht zu erwähnen. »Den Temple Emanuel. Ich bin private Ermittlerin, wir hatten einen Termin.« Sie führte ihn zu einer Nische mit Bildern von Bibelzitaten. »Setzen Sie sich.«

Er wehrte sich. »Wie sind Sie hereingekommen?« Seine Augen weiteten sich voller Angst.

»Monsieur Stein?« Sie kniete sich auf Augenhöhe vor ihn und sah ihm direkt in die Augen.

Er nickte.

»Es tut mir leid. Die Tür war offen. Ich habe Ihre Mutter vor ein paar Minuten gefunden.«

Er sackte schluchzend zusammen. Sie zog ihr Mobiltelefon heraus und wählte 15 für SAMU, den Rettungsdienst, und nannte die Anschrift. Dann war 17 dran, die Polizeizentrale.

»*Yisgadal v'yiskadash shmei raboh.*« Er wiegte sich verzweifelt hin und her und begann das hebräische Gebet für die Toten aufzusagen. Dann hielt er abrupt inne. Sie wollte ihren Arm um seine schmalen Schultern legen, das Zeichen des Kreuzes machen. Stattdessen flüsterte sie einfach: »Möge sie in Frieden ruhen.«

Als der Rettungswagen kreischend im Innenhof hielt, waren schon einige Mitarbeiter der *Brigade Criminelle* und anschließend die der *Brigade Territoriale* durch die Wohnung getrampelt. Die Beamten vom 4. Arrondissement waren die nächsten. Eine rundliche Gestalt kam schnaufend die Treppe hoch, ein Gesicht mit einem schlaffen Schnurrbart über einem halben Lächeln sah ihr entgegen. Aimée blinzelte überrascht. »Inspecteur Morbier!«

Sie hatte Morbier, ein alter Freund ihres Vaters und ihr Taufpate, seit Jahren nicht mehr gesehen. Seit dem Tag der Explosion, wenn man es genau nahm. Plötzlich überkamen sie die Erinnerungen: der beißende Geruch des Kordits und des TNTs, das Zischen des Regens auf verbogenem, heißem Metall, ihre verbrannte Handfläche auf dem rot glühenden Griff des Überwachungsbusses. Sie hatte mit ansehen müssen, wie die Wucht der Explosion ihren Vater in Rauch verwandelte.

»Aimée …!«, rief Morbier aus, dann korrigierte er sich rasch, denn die ganze Brigade-Truppe folgte ihm. »Mademoiselle Leduc.«

Er hatte sich kaum verändert. Die blauen Hosenträger spannten sich über seinen stattlichen Bauch. Er zündete sich mit dem Streichholz eine Gauloise an und inhalierte tief. Im stickigen Flur konnte sie fast den Geschmack des Tabaks auf der Zunge spüren.

»Rauchen am Tatort, Morbier?«

»Ich bin derjenige, der hier die Fragen stellt.« Er aschte in seine gewölbte Handfläche.

Die Spurensicherung mit ihren Laborkitteln unter den kurzen gelben Regenjacken glitt effizient zwischen den gedämpften Unterhaltungen hindurch die Stufen hinauf und hinab.

»Erzähl mir nicht, dass du in diesen Schlamassel verwickelt bist«, sagte er.

»Bin ich nicht.« Das war nicht einmal wirklich gelogen. Sie sah zu Boden, konnte ihm nicht in die Augen schauen. Als sie klein war, hatte er sie immer schneller durchschaut als ihr eigener Vater. Der abgenutzte türkische Teppich im Flur wies schon eine Schmutzspur auf von all den Menschen, die sich hier drängten. Stein wippte in seinem Sessel vor und zurück und schüttelte benommen den Kopf.

Aimée und Morbier wichen dem Fotografen mit seiner Ausrüstung aus und wollten gerade den Flur entlang zur Küche gehen, als es plötzlich aus Stein herausbrach: »Ich bin Abraham Stein. Diese Frau war hier, als ich *Maman* fand.«

Morbiers Augen verengten sich. »Dann erklär mir mal, wie du über die Leiche gestolpert bist.«

Sie schüttelte den Kopf, um anzudeuten, dass sie nicht vor Stein sprechen wollte, zog an Morbiers Ärmel und nickte in

Richtung Küche. Er verdrehte die Augen, kam aber hinter ihr her.

»Der Temple Emanuel hat mich angeheuert. Ich sollte ihr folgen.« Sie sprach leise und dachte daran, dass ein guter Angriff die beste Verteidigung war. »Und jetzt erklär du mir mal bitte, warum die BRI anrollt und den Tatort sichert« – lautes Scheppern erklang aus dem Flur, wo die Transportliege gegen den Türrahmen schlug, und Aimée starrte ihn an –, »bevor du hier aufgetaucht bist.«

»Inspecteur Morbier!« Eine heisere Beamtenstimme rief nach ihm. »Die Gerichtsmediziner brauchen Sie.«

Morbier grummelte etwas vor sich hin und ging. Sie wandte sich ab, um ihre Erleichterung zu verbergen. Nach ein paar Schritten hielt er an und zeigte ruckartig mit dem Daumen in Richtung eines pockennarbigen Beamten, der auch im Flur stand.

»Ermittlungsbeamter, untersuchen Sie den Inhalt ihrer Tasche.«

Aimées Schultern sanken herab. »Warum?«

»Eine Tatverdächtige sollte bei einem Mordfall kooperieren!«, polterte er.

Sie versuchte, ihren aufflammenden Ärger zu unterdrücken, und entgegnete ruhig: »Ich habe nichts zu verbergen.«

Dann packte sie ihr Handy, die abgelaufene Métro-Monatskarte, ein Ersatz-Modemkabel, zwei Hüllen mit blauschwarzer Wimperntusche, Visitenkarten, eine Packung Nicorette-Kaugummi, den Miniwerkzeugsatz sowie ein oft gelesenes Handbuch über Software-Entschlüsselung, das mit rotem Nagellack verschmiert war, aus.

In der Tür, die zu Lili Steins Schlafzimmer führte, drehte Morbier sich noch einmal um, sein Gesichtsausdruck war schwer zu deuten. »Wir sehen uns im *Commissariat*. Gleich morgen früh.« Er nickte dem Beamten zu. »Bringen Sie sie nach Hause.«

Hartmut Griffe, Wirtschaftsberater aus Deutschland, meinte einen bitteren Geschmack im Mund wahrzunehmen, als der Pilot den Anflug auf Charles de Gaulle ankündigte. Doch es hatte nichts mit der trockenen Kabinenluft zu tun, das wusste er.

Fünfzig Jahre, und nun kam er zurück. Sein Herz raste. Trotz der Operationen hatte er Angst, nach all den Jahren erkannt zu werden. *Und was, wenn sie trotz allem irgendwie noch am Leben war?*

Plötzlich glänzten kleine Stecknadellichter durch die neblige Abenddämmerung. Das Fahrwerk rumpelte beschwerlich unter ihm, und sein Magen zog sich zusammen. Er kämpfte gegen die Übelkeit, als das Flugzeug aufsetzte und quietschend entlang der blaugrünen Leuchtstreifen über die Landebahn rollte. Griffe hatte sich geschworen, niemals hierher zurückzukommen. Das Flugzeug hielt mit einem Ruck.

»Wie geht es Ihnen, mein Herr?« Ilse Häckl, seine Ansprechpartnerin im Ministerium, begrüßte ihn am Gate mit einem breiten Lächeln, das ihre Grübchen zeigte.

Griffe fing sich und verzog die Mundwinkel zu einem kurzen Lächeln. Was machte *sie* hier?

Mit ihrer fülligen Figur, den rosigen Wangen und ihrem schneeweißen Haar, das sie zu einem Dutt aufgesteckt trug, wurde Ilse von Kollegen, die neu im Büro waren, oft für irgendjemandes Großmutter gehalten. In Wahrheit leitete sie einen Bereich des Wirtschaftsministeriums, und Neulinge begriffen das schnell – oder sie waren bald weg vom Fenster.

»Hallo Ilse, sollten Sie nicht im Urlaub sein, in …« Er zögerte und überlegte. Wo wollte sie noch mal hin?

»Tirol, ja.« Sie zuckte die Schultern und strich ihr formloses Kleid glatt. »Aber mein Auftrag, ich meine, mein Job, Herr Griffe, besteht darin, Ihnen in jedweder Form zur Seite zu stehen.« Sie stand stramm, so gut wie eine ältere Dame in hautfarbener Stützstrumpfhose das eben konnte.

»Danke schön, Ilse. Ich weiß das zu schätzen«, sagte er etwas verwirrt, aber entschlossen, sich nicht aus der Ruhe bringen zu lassen.

An der Bordsteinkante verfrachtete sie ihn in einen schwarzen Mercedes. Sie nahmen die Autoroute 1 nach Paris, schmale Lichtschlitze ließen die eintönigen Reihen des sozialen Wohnungsbaus erahnen. Nach dem Autobahnkreuz tauchte rechts die Sacré-Cœur auf, wie eine elliptische Perle, die im Mondlicht badete.

Die Skyline von Paris erstrahlte, aber anders, als er es in Erinnerung hatte. Sie war größer, heller, ein zerklüftetes Lichtermeer, das bereit schien, ihn zu verschlingen. Schon in diesem Moment wäre er am liebsten geflohen.

Ilse saß neben ihm auf der Rückbank. Sie räusperte sich. »Die kamen heute Nachmittag«, sagte sie und reichte ihm einen Stapel Faxe. »Und dies gerade eben, eine Nachricht aus Bonn.«

Überrascht von der direkten Einmischung des Ministeriums beugte er sich vor. Was war denn plötzlich los?, fragte er sich.

»Haben Sie es gelesen?« Griffes Augen verengten sich beim Überfliegen des Ausdrucks aus Bonn.

»Mein Herr …«, begann sie.

»Ja, ja«, unterbrach Griffe und sah sie direkt an. »Aber Sie sind hier, um sicherzustellen, dass ich mich für dieses Handelsabkommen einsetze.« Er schlug auf das Papier. »Oder etwa nicht?«

Ilse rutschte ein wenig hin und her, hielt aber den Kopf hoch erhoben. Dann steckte sie eine lose weiße Haarsträhne zurück in ihren Haarknoten. »*Unter den Linden*, mein Herr«, sagte sie leise.

Hartmut Griffe spürte, wie er eine Gänsehaut bekam. Mein Gott, sie war eine von ihnen.

Jetzt verstand er, warum er ohne Vorwarnung nach Paris geschickt worden war. Die Werwölfe, eine geheime Nachfolgeorganisation der alten SS, operierten immer noch in Blitzkrieg-Manier.

Der Mercedes fuhr auf den gepflasterten Innenhof des Hôtel Pavillon de la Reine, das seit dem siebzehnten Jahrhundert unauffällig in dieser Ecke des Marais versteckt lag. Dieser Teil des Viertels, in dem der Adel residiert hatte, bis der Hof nach Versailles zog, war einstmals voller heruntergekommener Villen und baufälliger Stadtpalais gewesen – den *hôtels particuliers* – und später zu einem jüdischen Ghetto geworden, bis Malraux den Großteil der Bauten vor der Abrissbirne rettete. Die Gentrifzierung hatte auch vor diesem Stadtteil nicht haltgemacht, und die alten Häuser und Wohnungen waren nach und nach renoviert worden. Mittlerweile galt das Marais als eins der angesagtesten Viertel von Paris.

Griffe hätte sich nicht gewundert, wenn ein livrierter Diener in gepuderter Perücke zur Begrüßung auf ihn zugeeilt wäre. Stattdessen wurde die Tür von einem nichtssagenden Gesicht mit Headset und Mikrofon unter dem Kinn geöffnet.

»Willkommen *et bienvenu*, Monsieur«, sagte der Typ mit dem Headset.

Oben verschwand Ilse in dem Zimmer neben Griffes Suite. Er starrte auf sein Gepäck, ohne es auszupacken, und seine Finger zitterten, als er sich durch das immer noch volle weiße Haar fuhr. Die alten Narben waren kaum noch zu spüren, aber er wusste natürlich, dass sie immer noch da waren.

Mit seinen achtundsechzig Jahren, von schlanker Statur und braun gebrannt, war Griffe zu eitel, um eine Brille zu tragen, und ein permanentes Zwinkern prägte sein markantes Gesicht. Als er jetzt allein zwischen den antiken Schränken und goldgerahmten Gemälden stand, fühlte er eine große Leere in sich aufsteigen.

Er öffnete die Balkontüren und trat hinaus in die eisige Luft. Unter ihm lagen ein verlassener Spielplatz und der Brunnen des abgesperrten Place des Vosges.

Warum hatte er den Minister nicht einfach ignoriert? Nun – er kannte den Grund. Als heimlicher Strippenzieher vorausgegangener Handelsvereinbarungen und Abkommen hielt nur seine Lobbyarbeit die EU-Abgeordneten zusammen. Aber musste der Handelsgipfel ausgerechnet hier stattfinden?

Unter dem mit Taubendreck beschmutzten Denkmal, das Louis XIII. auf seinem Pferd zeigte, hatte er sich vor so vielen, vielen Jahren von der einzigen Frau verabschiedet, die er jemals geliebt hatte. Einer Französin. Einer Jüdin.

Sarah.

Er hörte das Gurren der Tauben, und die klamme Kälte des frühen Novemberabends zog durch die offenen Balkontüren herein. Er umklammerte den Türgriff, um das Zittern seiner Hände in den Griff zu bekommen. Was, wenn ihn jemand erkannte und seine Vergangenheit lauthals herausposaunte?

Unter den Linden – das war der Befehl. Zugleich war es der Code der Werwölfe für: Eines Tages werden wir unter den blühenden Lindenbäumen Berlins zu einem neuen Reich zusammenfinden. Das Dritte Reich wird wiederauferstehen.

Er fühlte sich nicht in der Lage zu arbeiten und starrte auf die restaurierten rosafarbenen Häuserfassaden auf der gegenüberliegenden Seite des Platzes. Ich bin nur ein alter Mann mit alten Erinnerungen, dachte er schließlich. Alle anderen hatten sich vor langer Zeit in Staub aufgelöst.

Vor fünfzig Jahren war er jung gewesen, und Paris hatte sich vor ihm ausgebreitet wie ein Lichterfeld, dessen Früchte man nur pflücken musste. Ein leichtes Spiel, denn damals war Hartmut Griffe Offizier der SiPo-SD – der Sicherheitspolizei und des Sicherheitsdiensts der Gestapo. Und er war zuständig dafür, das Marais von den Juden zu säubern.

DONNERSTAG

Donnerstagmorgen

Aus der silbrig fließenden Seine stieg kalter Morgendunst. Aimée spazierte den moosbewachsenen steinigen Quai entlang und überlegte, ob sie diesen Hecht anrufen sollte. Keinen Kontakt, hatte er gesagt. Aber zumindest für ihre Person hatten sich die Regeln verändert, seit sie Lili Stein tot aufgefunden hatte.

Sie überquerte den Pont Neuf, immer noch glitten unter der Brücke vereinzelt einige erleuchtete *bâteaux mouches* dahin, während die Morgennebel über den Fluss krochen wie Gespenster. Auch vor dem Café Magritte, das sich unter ihrem Büro in der Rue du Louvre befand, hing dichter Nebel.

Drinnen am Zinktresen tauchte sie ihr Croissant in eine dampfende Schale *café au lait*. Die Espressomaschine zischte wie ein Düsenflieger beim Start.

Sie hatte einen einfachen Auftrag angenommen, aber der Einsatz war mit diesem grausamen Mord in die Höhe geschnellt. Morbier hatte sie wie eine Verdächtige behandelt und nach Hause eskortieren lassen, ob nun, um sich Autorität vor seinen Lakaien zu verschaffen, oder … Sie wollte den Gedanken lieber nicht zu Ende denken. Nichts an der ganzen Sache fühlte sich richtig an. Sie fröstelte bei der Erinnerung an den Ausdruck auf Lili Steins Gesicht.

Warmer Kaffeedampf ließ die Fensterscheiben beschlagen, hinter denen sich der Westflügel des Louvre erhob. Sie hatte kein gutes Gefühl dabei, Morbier anzulügen – wegen eines merkwürdigen Nazijägers, der abstreiten würde, sie zu kennen.

Allmählich erwachten ihre Lebensgeister. Sie schob Zazie, der zehnjährigen, sommersprossigen Tochter des Besitzers, die morgens vor der Schule manchmal die Kasse bediente, zwanzig Francs über den Tresen.

»Was dagegen, wenn ich mich hier für die Arbeit fertig mache?«, fragte sie und zog ihr abgegriffenes Schminktäschchen hervor.

Zazie war gerade mal einszwanzig groß und starrte Aimée ehrfürchtig an, als diese sich jetzt zu der silbrig spiegelnden Espressomaschine vorbeugte, roten Lippenstift auftrug, Mascara durch die Wimpern gleiten ließ und ihre großen Augen mit Kajalstift umrandete. Sie glättete ihr kurzes braunes, zerzaustes Haar, kniff sich ein paar Mal in die blassen Wangen und zwinkerte Zazie zu.

»Kauf dir nach der Schule etwas Süßes.« Sie schloss die Faust der Kleinen um das Wechselgeld.

»*Merci*, Aimée.« Zazie grinste.

»Sag deinem Vater, dass die Amerikanerin die anderen Rechnungen später begleichen wird, *d'accord?*«

Zazies braune Augen blickten forschend. »Warum nennt Papa dich die Amerikanerin? Du trägst nie Cowboystiefel.«

Aimée bemühte sich, ernst zu bleiben. »Sie stehen in meinem Schrank. Echtes Schlangenleder. Meine *maman* hat sie mir aus Texas geschickt.« Sie hatte wirklich Cowboystiefel, aber die hatte sie sich selbst am Flughafen von Dallas gekauft.

Oben, hinter der Bürotür aus Milchglas, brannte schon Licht.

»Soli Hecht hat dir ein Geschenk dagelassen«, sagte René Friant. René war ihr Partner, ein gut aussehender Zwerg mit grünen Augen und einem Spitzbart. Er trug einen dreiteiligen marineblauen Anzug und Halbschuhe mit Troddeln und betätigte mit dem Fuß den hydraulischen Hebel an dem maßgefertigten orthopädischen Stuhl, auf dem er saß.

Neugierig griff sie nach dem dicken Umschlag mit ihrem Namen.

Fünfzigtausend Francs und eine Nachricht.

Finden Sie den Mörder – kein Wort zu irgendjemandem. Ich traue der Polizei nicht. Ich vertraue nur Ihnen.

Als sie an der Tischkante Halt suchte, fielen ganze Bündel von Francs-Scheinen aus dem Umschlag.

»Er muss dich wirklich mögen!« Renés Augen wurden groß. »Damit können wir das Finanzamt …«

Sie schüttelte ihren Kopf. »Ich kann das nicht …«

René trat erregt auf das Pedal, bis sein Sitz auf einer Höhe mit dem Tisch war.

»Dann schau dir die an.« Er warf einen von mehreren Drohbriefen des Filialleiters der Bank zu ihr herüber. »Unsere Fristverlängerung ist vom Finanzamt noch nicht genehmigt, und die Bank fordert den Kredit zurück. Der Eurocom-Buchhalter weigert sich, uns die Rückstände der letzten acht Monate auszuzahlen, er quatscht dauernd was von irgendeiner Klausel im Vertrag, mit anderen Worten – das kann Monate dauern.« Er kämpfte damit, einen Knopf an seinem Stuhl festzustellen. »Es wird allmählich Zeit für dich, von deiner Computerwolke runterzukommen und wieder richtig einzusteigen, Aimée.«

»Ich mache keine Mordfälle mehr.« Sie verzog das Gesicht.

»Du hörst dich an, als hättest du eine Wahl.«

»Inspektor Morbier erwartet mich«, sagte Aimée zu Madame Noiret und biss die Zähne zusammen. Sie stand am Empfangstresen des *Commissariat de Police*, und ihre Kiefer schmerzten von der Kälte da draußen. Außerdem hätte sie gern eine Zigarette geraucht.

»*Bonjour*, Aimée, *ça va?*« Die grauhaarige Angestellte schielte über ihre Lesebrille hinweg und lächelte sie an. »Ich sag ihm gleich Bescheid.«

»Ça va bien, merci, Madame.«

Sie hasste es, ins *Commissariat* am Place Baudoyer zu kommen. Die Erinnerung an ihren Vater steckte hier in jeder Ecke. Der kühle Marmorboden in seinem Büro, wo sie als kleines Mädchen Hausaufgaben gemacht hatte, wenn er lange arbeiten musste. Später half sie ihm, seinen Schreibtisch auszuräumen, als er in die Detektei Leduc einstieg, die seinem Vater gehörte. Und dann schließlich die posthume Auszeichnung durch den *Commissaire*, die sie entgegengenommen hatte.

Aimées Mutter, eine Amerikanerin, war 1968 eines Abends aus ihrem Leben verschwunden. Sie war als Lokalreporterin zum *Herald Tribune* gegangen und nie mehr zurückgekehrt. An den Wochenenden hatte ihr Vater sie immer mit in den Jardin du Luxembourg genommen. Auf einer Bank unter einer Reihe von Platanen, wo sie sich zusammen das Kasperletheater anschauten, hatte sie ihn einmal nach ihrer Mutter gefragt. Seine Augen, die normalerweise so lieb und mitfühlend waren, schauten plötzlich mit ungewohnter Härte. »Wir sprechen nicht mehr über sie«, hatte er gesagt. Und dabei war es geblieben.

Drei Wochen ohne Zigaretten hatten Aimées schmal geschnittene Jeans etwas eng werden lassen, also ging sie auf und ab, statt sich zu setzen, und sah sich missbilligend um. Sie war schon immer der Meinung gewesen, dass die Ermittlungsarbeiten des *Commissariat de Police* kaum zu dem eleganten Gebäude des Marais passten, in dem das Revier untergebracht war. In dieser Villa aus dem neunzehnten Jahrhundert waren High-tech-Waffensensoren in Wandleuchtern aus Messing versteckt. Rosarote, bleiverglaste Fenster warfen rosa Muster über die Marmorwände. Aber die Zigarettenstummel in den überquellenden Aschenbechern, die Krümel auf den Tischen und die abgestandene Luft, die von Angst und Schweiß geschwängert war, ließen es hier riechen wie auf jeder anderen Polizeiwache, die sie kannte.

Das palastartige Gebäude grenzte an die ehemaligen Baracken Napoleons und an das Finanzamt in der Rue de la Verrerie, den sogenannten *Trésor Public* des 4. Arrondissements. Die Pariser bezeichneten die Gebäude als *flics et taxes – la double morte*: Bullen und Steuern, der zweifache Tod. Aimée grinste.

Sie schlenderte über das abgewetzte Parkett im Wartebereich und studierte den Nachrichtenaushang. Ein abgerissener Zettel, datiert vor acht Monaten, verkündete, dass sich ernsthaft interessierte Boulespieler bitte rechtzeitig melden sollten, um in der *Pétanque*-Liga mitzumachen. Auf dem Aushang daneben fahndete Interpol immer noch nach dem Terroristen Ilich Ramírez Sánchez, bekannt als Carlos, der auf einem Foto zu sehen war. Und jemand suchte einen Untermieter in Montsouris für ein *»studio économique«*, fünftausend Francs im Monat, was günstig war für das 14. Arrondissement. Wahrscheinlich handelte es sich um einen begehbaren Kleiderschrank im sechsten Stock, ohne Aufzug und mit einem Plumpsklo am Ende des Flurs.

Aimée stand vor den Aushängen und knotete ihren Seidenschal erneut, obwohl sie wusste, dass er perfekt saß. Sie hasste es, die Bullen anzulügen, besonders Morbier.

Trotzdem war es vielleicht ratsamer, ihn davon zu überzeugen, dass sie sich entschlossen hatte, zum Judentum zu konvertieren, als ihm die Wahrheit über einen alten Nazijäger zu erzählen, der sie um fünfzigtausend Francs reicher gemacht hatte mit dem Auftrag, ein halbes Foto an eine tote Frau zu übergeben. Und jetzt ihren Mörder zu finden.

Madame Noiret schob ihre Brille die Nase hoch und zeigte nach drinnen.

»Sie können reingehen, Aimée, Inspektor Morbier erwartet Sie.«

Aimée trat in den Raum der Ermittlungsbeamten mit seiner fünf Meter hohen Decke. Nur wenige Tische waren besetzt. Morbiers Schreibtisch war mit Stapeln von abgegriffenen Akten übersät. Eine halb volle Espressotasse stand neben dem eingeschalteten Computerbildschirm. Morbiers schwerfälliger, neunundfünfzig Jahre alter Körper presste sich gegen die bereits gefährlich nach hinten geneigte Rückenlehne. Er hatte sich den Telefonhörer zwischen Ohr und Schulter geklemmt, während er sich mit der einen Hand seinen graumelierten Schopf kratzte und in der anderen mit konspirativer Geste eine Zigarette zwischen Daumen und Zeigefinger hielt. Gebannt starrte sie auf die nikotinfleckigen Finger mit den kurzen breiten Nägeln, als er jetzt auflegte und sich aus einem zerknitterten Päckchen Gauloises eine weitere Zigarette herausangelte. Hoch über den Schreibtischen flimmerte ein Bildschirm, auf dem France2 fortlaufend zusammenstoßende Autos, Tanker-Unglücke und die Opfer von Zugunfällen zeigte.

Morbier zündete sich eine neue Zigarette an, die Hände gewölbt, als fegte ein Windstoß durch das *Commissariat*. Er kannte ihren Vater, seit sie zusammen im Dienst gewesen waren, er war sogar bei Aimées Taufe Pate gewesen – aber seit dem Unfall damals hatte er Abstand gehalten.

Als er sie sah, schaute er bedeutungsschwanger und zeigte auf einen ramponierten Metallstuhl. »Du weißt, dass ich Theater spielen musste, besonders vor der Brigade.«

Viel näher an eine Entschuldigung für sein Verhalten in Lili Steins Wohnung würde er wohl nicht kommen.

»Kein Problem, Morbier. Ich gebe gerne eine Aussage ab.« Es hörte sich ziemlich formell an, und sie bemühte sich, ihre Stimme nicht zu frostig klingen zu lassen. »Jemand vom Temple Emanuel hat mich angeheuert.«

»Sie haben dich also beauftragt, *bevor* sie ermordet wurde?« Morbier nickte ein paar Mal. »Nur so für den Fall, dass man die alte Frau abschlachtet, ja?«

Sie schüttelte den Kopf und rutschte an die Kante des Metallstuhls.

»Dann tu mir den Gefallen und lass mal 'ne Erklärung rüberwachsen.«

Morbier konnte als Akademiker durchgehen, bis er den Mund aufmachte. Gossen-Französisch in seiner reinsten Form hatte es ihr Vater genannt – allerdings waren die meisten *flics* nicht gerade dafür bekannt, dass sie einen Abschluss an der Sorbonne hatten.

»Es ist nicht sehr feinfühlig, wenn man Tote im Nachhinein diskreditiert, Morbier.« Sie schlug die Beine übereinander und hoffte, dass die eng sitzenden Jeans ihre Durchblutung nicht gänzlich zum Erliegen brachten.

Jetzt schaute er interessiert. »Du hast sie gefunden, Leduc. Du bist meine Hauptverdächtige. Also red schon.«

Sie zögerte.

»Vertrau mir. Ich ermittle nie gegen Tote.« Er zwinkerte ihr zu. »Bleibt alles unter uns.«

Und Kühe können fliegen. Sie räusperte sich und bat Lili Stein im Geist um Vergebung. »Aber bitte, erzähl ihrem Sohn nichts davon.«

»Ich werde das berücksichtigen.«

»Du solltest das mehr als berücksichtigen, Morbier«, sagte sie. »Der Temple will die Gefühle der Familie nicht verletzen. Nun ja … es gab Gerüchte über Diebstahldelikte.«

Morbier schnaufte. »Wie bitte?«

»Du weißt doch, wie alte Leute ab und zu mal Sachen einstecken und dann zu bezahlen vergessen«, sagte sie. »Der Rabbi bat mich, mit ihr zu sprechen und sie davon zu überzeugen, dass sie die Sachen besser zurückgibt. Ohne großes Tamtam.«

»Was für Sachen?«

»Halstücher von Monoprix, Taschenlampen von Samaritaine. Nichts Teures.« Sie hatte große Mühe, sich nicht in dem harten Stuhl zu winden.

Morbier begutachtete die Akte auf seinem Tisch. »Wir haben nur Messingleuchter in der Wohnung gefunden, so religiöses Zeugs.«

Aimée schüttelte den Kopf. »Sie hat die Sachen versteckt. Wie ein Kind, und dann vergessen, wo sie waren.« Sie stand auf und steckte ihre Hand in die Hosentasche.

Auf dem Weg ins *Commissariat* hatte sie sich einen logischen Grund überlegt, warum sie in der Gegend gewesen war. Das Radio hatte von einer großen, rechtsradikalen Demo gegen das EU-Gipfeltreffen berichtet.

»Ich bin ihr von Les Halles gefolgt und hab sie dann in dieser Demo verloren. Überall Neonazis. Ich dachte mir, sie würde abends sicher zurück in ihre Wohnung gehen, also bin ich dorthin, und dann …«

Wenigstens der Teil, wie sie die Leiche gefunden hatte, stimmte.

»Lass mich sichergehen, dass ich dich richtig verstanden habe.« Morbier nahm einen tiefen Zug aus einer weiteren, frisch angezündeten Zigarette und blies die Rauchringe über Aimées Kopf hinweg. »Du hast sie verfolgt, für den Fall, dass sie was klaut, hast sie in Les Halles bei einer Faschisten-Demonstration verloren, um sie dann in ihrer Wohnung dekoriert mit Nazischnitzereien aufzufinden?« Seine Augen verengten sich zu kleinen Schlitzen. »Warum sind deine Fingerabdrücke auf den Knöpfen des Radios?«

Sie tat ihr Bestes, seinen Blick zu ignorieren.

»*Mais bien sûr!* Weil ich die Lautstärke runterdrehen musste. Der Mörder hatte das Radio angeschaltet, um Lilis Schreie zu übertönen, dann hat er die benutzten Taschentücher auf den Boden fallen lassen, mit denen er seine Fingerabdrücke abgewischt hat.« Aufgeregt zeigte sie auf die Fotos vom Tatort, die über den Schreibtisch verstreut waren. »Aber das ist ein interessanter Aspekt, Morbier!«

»Wieso?«

»Der Täter könnte daran gewöhnt sein, dass jemand hinter ihm herräumt.«

»Oder er könnte einfach ein unordentliches Schwein sein.«

Sie betrachtete das Hakenkreuz auf Lili Steins Stirn genauer und ihr fiel auf, dass dieses Hakenkreuz irgendwie anders aussah als die Schmierereien an den Wänden der Métro. Geistesabwesend griff sie nach einer Heftklammer, die auf dem Schreibtisch lag, rieb sie an ihrer Seidenbluse ab und steckte sie in den Mund. Darauf herumzukauen half ihr beim Denken.

Auf dem Foto sah man die rötliche Verfärbung, die unter Lili Steins Ohr begann und zum Hals hinunterführte. Eine dünne Linie aus geronnenem Blut zeigte noch die Spuren des Drahts, mit dem Lili Stein eindeutig erdrosselt worden war. Nichts erklärte ihre halb geschlossene Faust, außer Angst. Oder Wut.

»Mal sehen, ob dein Zwerg dein Alibi bestätigen kann.« Morbier ließ sich krachend zurück in seinen Stuhl fallen und rieb sich ein paar Mal über die Wange. »Wir machen einen Deal, du und ich …«

»Lass René aus der Sache raus.«

»Warum sollte ich?«

»Du willst meine Hilfe. Keiner im Marais wird mit deinen *flics* sprechen.«

Sie wusste, dass seit der Zeit der Besatzung kein jüdischer Bewohner im Marais mehr einem Bullen traute. Damals hatten uniformierte französische Polizisten den Nazis geholfen, die Juden zu verhaften. Und Morbier war sicher klar, dass der Temple ihr vertrauen musste, wenn man sie anheuerte, obwohl sie keine Jüdin war.

»Leduc, vertrau mir.«

Sie wartete. Vielleicht konnte sie ihm vertrauen, vielleicht nicht. Aber hieß es nicht, wenn man seinen Feind kannte, war man ihm damit bereits einen Schritt voraus?

»Ich bin dazu bereit, Informationen zu teilen. Deal?«

Er nickte. *»D'accord.«*

»Gibst du mir die gerichtsmedizinischen Ergebnisse?«

Er prustete. »Dir sind die Ligaturmale unter den Ohren aufgefallen?«

»Natürlich. Ich bin meines Vaters Tochter.« Sie hätte am liebsten hinzufügt: Und mehr als das.

Bei der Erwähnung ihres Vaters zuckte Morbier zusammen.

»Aber das ist noch nicht alles, Morbier«, sagte sie streng. »Wie ist es mit dem Blutverlust?«

»Du willst doch nicht etwa andeuten, dass der Mord woanders stattfand und das Opfer durch die Gegend geschleppt wurde?«, fragte er.

»Nachdem das Hakenkreuz erst nach der Strangulation in ihre Stirn geritzt werden konnte – mal ganz abgesehen davon, dass ihre Strümpfe heruntergerollt waren, ihre Fingernägel abgebrochen und ihre Handfläche voller Holzsplitter, könnte man das meinen.«

»Der Gedanke ist mir auch schon gekommen.« Er schnippte seine Zigarette in die Espressotasse. Es zischte und machte *pfft*. Typisch gallische Reaktion, dachte sie. Ihr fielen seine unterschiedlichen Socken auf: eine blau, die andere grau.

»Die Spurensicherung hat den Innenhof durchsucht«, sagte er. »Wenn dort eine Spur ist, finden die sie.«

»Todeszeit?« Sie zupfte an ihrer Frisur, zwirbelte die Haarspitzen ineinander.

Er ignorierte wie üblich ihre vernarbte Hand. »So zwischen drei und sieben gestern Abend. Die Autopsie kann es vielleicht genauer klären.«

Sie stand auf.

»Über den Informationsaustausch hinaus wäre ich dir dankbar für deine Hilfe bei den Ermittlungen.«

Nun klang Morbier wie ihr Vater. Er hatte sie tatsächlich um Hilfe gebeten. Nett. Sie hätte sich fast wieder gesetzt.

»Mit anderen Worten, wenn nicht, machst du mir das Leben schwer?«

»Das habe ich nicht gesagt.« Er schüttelte den Kopf.

Sie ging in Richtung Tür.

»Noch nicht.« Er grinste.

»Erinnerst du dich, warum ich aus solchen Sachen aussteigen wollte?«

»Das war vor fünf Jahren«, sagte er nach einer Pause.

»Ich hab mit dieser Art von Ermittlungsarbeit Schluss gemacht, jetzt kümmere ich mich um Firmen«, erklärte sie. »Warum kannst du nie auf meine Hand schauen? Und wenn du mir darauf nicht antwortest, denke ich gar nicht daran, mit dir zu arbeiten.« Sie umfasste die Kante seines Schreibtisches, ihre Knöchel wurden weiß.

Seine Stimme klang plötzlich müde. »Wenn ich diese Verbrennung ansehe, kommt alles zurück. Ich sehe deine blutigen …« Er bedeckte seine Augen, schüttelte den Kopf.

»Du siehst Papa vor dir, brennend auf den Pflastersteinen, von der Wucht der Explosion gegen die Säule an der Place Vendôme geschleudert. Unseren Überwachungswagen, ein rauchender Schrotthaufen nach der Bombe. Und mich schreiend, im Kreise rennend, eine Hand in die Luft gestreckt, die immer noch den geschmolzenen Türgriff umklammert.«

Sie hielt inne. Einige der Zivilbeamten steckten ihre Köpfe schnell wieder hinter die Monitore. Sie hatte ein paar der Gesichter erkannt.

»Tut mir leid, Morbier.« Sie stupste gegen den Fuß seines Stuhls. »Das passiert mir sonst nicht. Normalerweise regeln das meine Albträume.«

»Es gibt ein Mittel gegen die Albträume«, sagte er nach einer Weile. »Du musst zurück an die Front.«

Wie hätte er auch wissen sollen, dass Soli Hecht sie schon dorthin bestellt hatte.

Wieder ging Aimée an der Seine entlang zurück. Sie grübelte über das zerrissene Foto nach. Das Sonnenlicht glitzerte schwach auf dem Wasser, und der Eimer mit den Ködern eines Anglers stank nach Sardinen.

Sie schleppte sich über die alten Stufen des steinernen Treppenhauses in ihr dunkles, kaltes Appartement, unfähig, Lili Steins Leiche aus ihren Gedanken zu verbannen.

Das Appartement auf der Île Saint-Louis hatte sie von ihrem Großvater geerbt. Die Insel lag inmitten der Seine, und es hatte hier in den vorhandenen sieben Wohnblöcken im letzten Jahrhundert kaum, wenn überhaupt, neue Eigentümer gegeben. Zugig, feucht und unbeheizt, war das ehemalige *hôtel particulier* im siebzehnten Jahrhundert der Herrschaftssitz des Herzogs von Guise gewesen. Die Leibwache von Heinrich III. hatte ihn in Blois im Schloss hingerichtet, aber sie wusste nicht mehr, warum.

Die uralten Birnbäume im Innenhof und der Blick aus ihrem Fenster auf die Seine hielten sie hier, auch wenn sie die Eiseskälte und die vorsintflutlichen Rohrleitungen im Winter manchmal fast vertrieben hätten. Im Jahr zuvor hatte sie ein altes Armeezelt über ihrem Bett aufgeschlagen, das die Wärme einigermaßen gehalten hatte. Sie konnte sich weder Reparaturen leisten noch die monströse Erbschaftssteuer, die bei einem Verkauf fällig war.

Miles Davis schleckte sie zur Begrüßung freudig ab. In der Küche mit den hohen Fenstern drehte sie den Wasserhahn auf, der aus einem dunkelblauen Fliesenspiegel ragte. Sie wusch sich die Hände und ließ das warme Wasser eine lange Zeit über den Handrücken laufen.

Ohne nachzudenken, öffnete sie den kleinen Kühlschrank aus den Fünfzigern. Eine angeschimmelte Ecke Brie, ein Sechserpack Joghurt und eine Magnumflasche eines anständigen Champagners, den sie eines Tages entkorken würde, nahmen ein Regalbrett ein. Unter einem Bündel welkem Spinat lag ein weißes Päckchen mit rohem Fleisch, das sie in Miles' angeschlagene Schale löffelte. Er schlang es herunter und wedelte dabei mit dem Schwanz. Sie kratzte den Schimmel vom Brie und fand noch ein Baguette im Schrank, das allerdings hart wie Stein war. Sie ließ es liegen und nahm sich ein paar Kräcker. Doch als sie sich schließlich hinsetzte, konnte sie nicht essen.

Sie zog zwei Paar Handschuhe an, Leder über Angora. Unten im Hausflur holte sie ihre *mobylette* unter der Treppe hervor, prüfte den Ölstand und betätigte den Kickstarter. Sie fuhr über die Seine zum Gare de Lyon, in dessen Nähe sich ihr Lieblingsschwimmbad befand. Reuilly war zu dieser Zeit nicht stark besucht, die feuchte aquamarinblaue Phosphoreszenz klatschte wie Wackelpudding gegen die glänzenden weißen Kacheln.

»Böses Mädchen.« Dax, der Bademeister, wackelte mit seinem Finger. »Gestern hab ich dich nicht gesehen.«

»Ich mach es wieder gut. Fünfzehn Bahnen extra.« Sie tauchte mit einem Kopfsprung in die Tiefe, Körper und Seele bereit, mit dem schweren, warmen Wasser eins zu werden. Sie liebte das kribbelnde Gefühl in Armen und Beinen, bis sich der Körper an die Wassertemperatur gewöhnt hatte. Sie fand ihren Takt: Armstoß, Beinstoß, atmen, Armstoß, Beinstoß, atmen, eine Bahn nach der anderen.

Schade, dass sie René nicht überreden konnte mitzumachen. Wärme half die Hüftfehlstellung zu lockern, ein verbreitetes Problem bei kleinwüchsigen Menschen. Aber er war natürlich etwas befangen wegen seiner Körpergröße.

Die dampfenden Duschkabinen waren leer, ein modriger Geruch nach Fliesen und Seife hing in der Luft. Sie ging in die Umkleide und wickelte dabei ihr altes Strandlaken um sich, auf dem in verblassten Lettern ST. CROIX stand. In der Kabine holte sie ihr Handy hervor und wählte Renés Nummer. Doch dann legte sie auf. Er würde noch nicht zurück sein von seinem Dojo-Kampfsporttraining. Sie wählte ein zweites Mal und hinterließ eine Nachricht. Ihr Telefon klingelte, und sie ging rasch dran.

»Leduc, ich hab die Demo in Les Halles überprüft, von der du gesprochen hast«, sagte Morbier. »Die Truppe heißt Les Blancs Nationaux, sie sind bekannt dafür, im Marais Unruhe zu stiften.«

Sie bekam Gänsehaut.

»Was, wenn ein Mitglied dieses Vereins ihr nach Hause gefolgt ist?«, überlegte Morbier.

Schuldgefühle ließen sie zögern … aber vielleicht gab es wirklich eine Verbindung?

»Bist du noch dran?«, fragte er.

»Was soll ich denn damit anfangen?«, entgegnete sie herausfordernd.

»Kurbel dein Hirn an und hilf mir. Ich brauche mehr als einen Informationsaustausch.«

Sie konnte ihn auf keinen Fall hinhalten. Außerdem wäre es auch für sie ein logischer Anfangspunkt.

In Gedanken zog sie sich an und schminkte sich. Nachdem sie alles in ihrer Sporttasche verstaut hatte, warf sie einen Blick in den Spiegel. Sie stand da wie festgewachsen, und man konnte fast sehen, wie die Angst aus dem feuchten Boden an ihr hochkroch. Sie hatte die schwarze Baumwollhose verkehrt herum angezogen, und das Schild ihres T-Shirts hing nach außen. Ihr Gesicht war blass, die Wimperntusche war verlaufen, und ihre fein geschwungenen Lippen waren rot verschmiert.

Sie sah aus wie ein verängstigter Clown, und sie wollte nicht gegen Neonazis mit rasiertem Schädel ermitteln. Oder den Mord an dieser alten Dame klären. Sie wollte sich die aufsteigenden Geister vom Leib halten.

Donnerstagmorgen

Hartmut Griffe starrte auf das erleuchtete Ziffernblatt seiner TAG Heuer – es war 5:45 Uhr. Über der Place des Vosges waberten Nebelschwaden. Ein einsamer Star zwitscherte auf der Balkonbrüstung, vermutlich war er zurückgeblieben, als sein Schwarm gen Süden zog. Im grauen Morgenlicht nippte Griffe an seinem *café au lait*. Der Duft von Buttercroissants erfüllte das Zimmer.

Er hatte schlecht geschlafen. Er war überwältigt von Reue – von der Schuld, Sarah überhaupt geliebt zu haben, aber noch mehr davon, sie damals nicht gerettet zu haben. Als es an der

Verbindungstür seiner Suite klopfte, zuckte er zusammen. Er zog seinen Flanell-Morgenmantel enger um sich und versuchte, an etwas anderes zu denken.

»Guten Tag, Ilse.« Griffe zwang sich zu einem Lächeln.

Ilse trat ein und strahlte, als sie den Haufen Arbeit auf seinem Tisch sah. Mit ihrem schneeweißen Haupt und den rosigen Wangen hätte ihr eine Meute Enkelkinder hinterherlaufen sollen, die um frisches Mandelgebäck bettelte. Stattdessen stand sie allein vor ihm, die stämmige Figur von einem schachtelartigen, braunen Kostüm mit passender Strumpfhose umhüllt, und presste ihre Handflächen aneinander.

Fast wie im Gebet, dachte er.

»Ein Meilenstein für unser Ziel!«, bemerkte sie beinahe gerührt. »Ich bin stolz, mein Herr, dass ich Ihnen helfen kann.«

Griffe wandte seinen Blick ab. Geschäftig ging sie zum Balkon und schloss die Türen.

»Ist die Kuriersendung schon eingetroffen?«

»Ja, mein Herr, und Sie haben einen frühen Termin.« Sie reichte ihm ein Bündel Faxe. »Die kamen vorhin.«

»Danke, Ilse, aber« – er hob die Hand, um die Faxe abzuwehren – »erst mal will ich meinen Kaffee trinken.«

Ilse starrte ihn an. »Was ist denn das da?«

Überrascht betrachtete Griffe die blutverkrustete Sichel in seiner Handfläche. Die flauschige, weiße Bettdecke auf seinem Bett war ebenfalls mit bräunlichen Flecken verschmiert. Er wusste, dass er manchmal die Fäuste ballte, um sein Stottern zu unterdrücken. Hatte er das etwa auch im Schlaf getan?

Ilses Augen verengten sich. Sie zögerte, als träfe sie eine Entscheidung, dann schob sie ihm die blaue Ledermappe hin. »Die diplomatische Kuriersendung, mein Herr.«

»Rufen Sie mich an, wenn das Meeting losgeht, Ilse.«

»Vorher erledige ich noch den Vergleich der Handelskennzahlen«, sagte sie und schloss die Tür zum angrenzenden Zimmer wieder hinter sich.

Griffe tippte die Uhrzeit – 06:03 – auf der kleinen Tastatur, die am Griff der Kuriersendung befestigt war, ein und danach seinen vierstelligen Code. Er wartete auf eine Reihe von Pieptönen und gab im Anschluss noch seinen alphanummerischen Zugangscode ein. Er wartete wieder und dachte zurück an die Zeiten, als die Ehre eines Kuriers gereicht hatte.

Ein Schließband öffnete sich mit einem Klick und gab den Blick frei auf einen Nachtrag zur Einwanderungsbegrenzung. Er schüttelte den Kopf. Nicht viel anders als die alten Vichy-Gesetze, nur dass es damals Quoten für die Juden waren.

Das Abkommen sah vor, dass jeder Immigrant ohne gültige Papiere ohne Gerichtsverhandlung inhaftiert werden sollte. Er wusste, dass Frankreichs lähmende Arbeitslosenquote von 12,8 Prozent, die höchste seit dem Krieg, der Grund dafür war. Sogar Deutschlands Arbeitslosenstatistik war seit der Wiedervereinigung alarmierend gestiegen.

Das Telefon neben ihm klingelte eindringlich und holte ihn zurück in die Gegenwart.

»Ich grüße Sie, Griffe«, erklang die unverkennbare, kratzige Stimme aus Bonn. »Der Minister möchte sich bei Ihnen für die vorzügliche Arbeit bedanken, die Sie bisher geleistet haben.«

Bisher?

Geistig in Habtachtstellung schnellend antwortete Griffe: »Danke sehr. Ich fühle mich gut vorbereitet.«

Aber auf das, was nun folgte, war er nicht vorbereitet. »Er möchte Sie daher zum Senior Trade Advisor ernennen. Herzlichen Glückwunsch!«

Hartmut Griffe schwieg verblüfft.

»Nachdem Sie das Abkommen unterzeichnet haben«, fuhr die Stimme fort, »wird der französische Handelsminister erwarten, dass Sie bleiben und die Zolltarifverhandlungen führen.«

Noch mehr Überraschungen. Die Angst fuhr Griffe bis ins Rückgrat.

»Aber das geht über meinen Zuständigkeitsbereich hinaus. Mein Ministerium analysiert doch nur die Berichte der beteiligten Länder.« Er versuchte zu begreifen, was sie in Wahrheit von ihm wollten. »Sollten Sie diese Aufgabe in der Europäischen Union nicht eher mit einer repräsentativeren Person besetzen?«

Die Stimme ignorierte seine Frage. »Am Sonntag auf der Place de la Concorde werden alle EU-Delegierten der Eröffnung des Handelsgipfels beiwohnen. Bei den Tarifverhandlungen werden Sie den neuen Nachtrag durchsetzen. Und zwar bitte einstimmig. Ein meisterhafter Doppelschlag, finden Sie nicht?«

»Ich verstehe nicht, was Sie meinen«, setzte Griffe an. »Auf alle Fälle ist das für einen internen Beraterposten …«

Die Stimme unterbrach ihn. »Sie werden die Angelegenheit regeln, Griffe. Wir behalten Sie im Auge. *Unter den Linden*.«

Die Verbindung wurde unterbrochen. Griffes Hand zitterte, als er auflegte.

Unter den Linden. 1943, als die Nazis realisierten, dass Hitler den Krieg verlieren würde, hatte die SS eine politische Gruppe mit dem Codenamen Werwolf ins Leben gerufen, um das Tausendjährige Reich fortbestehen zu lassen. Als sie ihm 1946 halfen, aus einem Kriegsgefangenenlager in Sibirien zu fliehen, und ihn damit vor dem sicheren Tode retteten, hatten ihm dieselben Generäle eine neue Identität verschafft – die des Hartmut Griffe, eines unschuldigen Wehrmachts-Infanteristen, der in Stalingrad gefallen war und keinerlei Verbindungen zur Gestapo oder SS hatte. Die neue Identität bescheinigte Hartmut Griffe vor den Alliierten eine saubere Weste. Es war eine übliche, wenn auch wenig bekannte Art, sich von seiner Nazivergangenheit reinzuwaschen. Die »sauberen« Lebensläufe mussten realistisch sein, also bediente man sich bei den Verstorbenen. Mit typischer Werwolf-Gründlichkeit wurden Namen ausgesucht, die dem eigenen ähnlich waren, damit die Umgewöhnung nicht so schwerfiel und Versprecher vermieden werden konnten. Die Toten beschwerten sich nicht. Hatte doch jemand überlebt oder fing ein Familienmitglied an, Fragen zu stellen, gab es ja noch Berge weiterer Toter, unter denen man wählen konnte. Und überhaupt, wer würde das schon überprüfen?

Die Werwölfe verlangten ihren Lohn, was übersetzt hieß, man war ihnen lebenslang verpflichtet. Ilse war hier, um das zu garantieren.

Griffe fühlte sich in der Falle. Hastig zog er sich den Zweireiher von gestern an, strich die Falten glatt und ging in die benachbarte Suite. Ilse schaute überrascht von ihrem Laptop auf.

»Ich bin bis zum Meeting wieder zurück«, sagte er und floh, bevor sie etwas erwidern konnte.

Er musste einfach raus. Die Erinnerungen an der frischen Luft vertreiben. Ihm brach kalter Schweiß aus, als er den Flur hinunterrannte.

Er bog um die Ecke und stieß unvermittelt mit einer untersetzten Person im schwarzen Anzug zusammen.

»*Ça va*, Monsieur Griffe? Wie nett, Sie hier zu sehen«, sagte Henri Quimper mit rosigen Wangen und einem Lächeln.

Zu spät, um noch zu entkommen. Henri Quimper, Griffes belgischer Kollege, umarmte ihn und küsste ihn auf beide Wangen. Dann stieß er Griffe konspirativ in die Seite. »Die Franzosen meinen wohl, sie könnten uns auf den Arm nehmen, was?«

Griffe, dessen Augenbrauen von Schweißperlen benetzt waren, nickte unbehaglich. Er hatte keine Ahnung, wovon Quimper sprach.

Angekündigt von ungeheuren Schwaden Zigarrenrauchs kam eine Gruppe Delegierter durch den Flur auf sie zu.

Cazaux, der französische Wirtschaftsminister und Kandidat für das Amt des Ministerpräsidenten, befand sich unter ihnen. Er strahlte, als er Quimper und Griffe entdeckte.

»Ah, Monsieur Griffe, *bienvenu*!«, begrüßte er Griffe jovial und legte ihm die Hand auf die Schulter. Seine Wangen waren von violetten Äderchen durchzogen. »Haben Sie einen Moment Zeit? Diese ganzen Meetings …« Cazaux zuckte mit den Achseln und lächelte.

Griffe hatte vergessen, wie Franzosen beim Sprechen mit den Armen durch die Luft wedelten, um ihre Worte zu unterstreichen. Cazaux' Halsmuskeln zuckten, während er redete.

Griffe nickte ergeben. Er wusste, dass nächste Woche Wahlen waren und Cazaux' Partei viel in das Thema Wirtschaft investierte hatte. Hartmut Griffes Job bestand darin, Cazaux mit seiner Unterschrift bezüglich des Abkommens zu unterstützen. Die Werwölfe hatten es beschlossen. *Unter den Linden*.

Cazaux und Griffe gingen hinüber zu einer Nische, von der aus man einen Blick auf den Kalksteininnenhof hatte.

»Ich bin besorgt«, sagte Cazaux. »Dieser Nachtrag, diese Ausschlussklauseln – offen gesagt, ich mache mir Sorgen, was passieren könnte.«

»Minister Cazaux, ich bin mir nicht sicher, ob ich verstehe, was Sie meinen«, antwortete Griffe vorsichtig.

»Sie wissen und ich weiß, dass Teile dieses Abkommens ein bisschen weit gehen«, sagte Cazaux. »Ich bin der Meinung, dass diese Quotenregelung an Faschismus grenzt.«

Insgeheim pflichtete Griffe ihm bei. Nach so vielen Jahren in Diplomatenkreisen war er allerdings gut darin, seine wahren Ansichten für sich zu behalten. »Nach einer sorgfältigen Prüfung werde ich mir eine Meinung erlauben können«, sagte er.

»Ich habe das Gefühl, wir stehen hier auf einer Seite«, sagte Cazaux und sprach leise weiter. »Ich befinde mich in einem Dilemma, denn meine Regierung möchte den Status quo aufrechterhalten, die Arbeitslosenquote senken und *les conservatives* besänftigen. Dieses Abkommen ist der einzige Weg, wirtschaftliche Vorteile in ganz Europa durchzusetzen, den Handel zu standardisieren und einheitliche Richtlinien zu schaffen.«

»Ich verstehe«, sagte Griffe, der nicht begeistert war, dass Cazaux zusätzlichen Druck machte. Mehr war dazu nicht zu sagen.

Die beiden Männer schlossen sich Quimper und den anderen Delegierten im Flur wieder an. Weitere Wangenküsse und heitere Begrüßungen wurden ausgetauscht. Griffe entschuldigte sich so bald wie möglich und entschwand durch das Treppenhaus. Auf dem marmornen Treppenabsatz ein Stockwerk tiefer hielt er an und lehnte sich gegen einen antiken Wandteppich – eine Waldszene mit einer nackten Waldnymphe, die sich Weintrauben in den Mund stopfte. Der Saft lief an ihrem Kinn herunter.

Dort stand er, allein zwischen den Stockwerken, und mit einem Mal hatte er Sarahs Gesicht vor sich, ihre unglaublichen blauen Augen, die ihm zulachten. Was würde er darum geben, die Vergangenheit zu ändern!

Doch er war nur ein einsamer alter Mann, der die Vergangenheit bereute und versucht hatte, sie mit dem Krieg hinter sich zu lassen. Wie erbärmlich ich bin, dachte er und wartete, bis der Schmerz in seiner Brust in ein dumpfen Pochen überging.

Donnerstagnachmittag

Der beißende Geruch von Weißkohl-Borschtsch hing im Hausflur der Nummer 64 Rue des Rosiers. Abraham Stein kam an die Tür, seine verwaschene braune Jarmulke saß auf seinen graumelierten schwarzen Locken, ein lila Schal lag auf seinen Schultern. Es war ihr unangenehm, ihn in seiner Trauerzeit zu stören, und am liebsten wäre sie wieder gegangen.

»Was wollen Sie?«, fragte er.

Aimée schob sich das zerzauste Haar hinter die Ohren.

»Monsieur Stein, ich muss mit Ihnen über Ihre Mutter sprechen«, sagte sie.

»Jetzt ist kein guter Zeitpunkt.« Er wandte sich ab und wollte die Tür schließen.

»Es tut mir leid. Bitte verzeihen Sie mir, aber für die Ermittlungen in einem Mordfall gibt es nie einen guten Zeitpunkt«, sagte sie und versuchte, sich an ihm vorbeizudrängen, da sie befürchtete, er würde ihr die Tür vor der Nase zuschlagen.

»Wir sitzen Schiwa.«

Ihr verständnisloser Blick und der Fuß in der Tür zwangen ihn zu einer Erklärung.

»Ein jüdisches Ritual. Das Schiwa-Sitzen hilft uns, unsere Trauer anzunehmen, während wir für die Toten beten.«

»Bitte entschuldigen Sie, aber ich brauche wirklich nur ein paar Minuten Ihrer Zeit«, sagte sie. »Ich verspreche, dann gehe ich.«

Er legte seinen Schal über den Kopf und führte sie in das dunkel vertäfelte Wohnzimmer. Ein Gebetbuch lag aufgeschlagen auf der polierten Kiefernkommode. Der Esszimmerspiegel war mit schwarzem Stoff verhangen. Brennende konisch zulaufende Kerzen blubberten in Wachslachen und verbreiteten ein schwaches Licht. Frauen in Schwarz schaukelten auf Klappstühlen und Orangenkisten klagend vor und zurück.

Sie hielt ihren Kopf gesenkt. Sie wollte den Geruch der alten, trauernden Menschen nicht einatmen.

Ein junger Rabbi in einer schlecht sitzenden, weiten Jacke begrüßte sie in einer Mischung aus Hebräisch und Französisch, als sie an ihm vorbeigingen. Am liebsten wäre sie diesem Appartement mit seiner dunklen, bedrückenden Traurigkeit wieder entflohen.

Sie hörte französische Rap-Musik aus einem Radio in einem weiter hinten gelegenen Zimmer, wo sich mürrische Teenager bei geöffneter Tür versammelt hatten.

Das Absperrband war verschwunden, aber das eindringliche Tropfen des leckenden Wasserhahns im Badezimmer und die Aura des Todes waren geblieben. Sie würde nie das Bild der alten Dame vergessen, die abgewetzten Schuhe mit den abgelaufenen Absätzen, den leeren Blick, das in die Stirn eingeritzte Hakenkreuz. Ein merkwürdiges, schiefes Hakenkreuz mit abgerundeten Enden.

Die Gerichtsmediziner hatten Lili Steins persönliche Dinge fein säuberlich gestapelt auf dem Rollpult hinterlassen. Der aufgedunsene Engelshai und das Aquarium waren verschwunden. Ein Häkelkorb mit breiten Stricknadeln und bunten Wollknäueln stand halb ausgeleert auf der gehäkelten Tagesdecke. Ausgaben der *Hebrew Times* lagen stapelweise in der Ecke und neben dem Bett.

»Ihre?« Sie hob eine gefaltete Zeitung auf. Das Papier raschelte, und eine Farbbeilage fiel heraus.

»*Maman* mochte keine französischen Zeitungen«, sagte er. »Verweigerte einen Fernseher. Ihr einziger Luxus war ein Abo der hebräischen Zeitung aus Tel Aviv.«

Die Bretter vor dem Fenster, das nun den Blick auf einen trostlosen Innenhof freigab, waren verschwunden. Streifen gelben Absperrbands kreuzten sich vor der Scheibe.

»Warum hatte Ihre Mutter Bretter vor dem Fenster?«

Er zuckte mit den Schultern. »Sie sagte immer, es wäre laut und sie wollte ihre Privatsphäre.«

Aimée zog einen Korbstuhl, den einzigen Stuhl im Zimmer, hinüber zum Fenster. Der Stuhl wackelte, als sie sich niederließ, eines der Stuhlbeine reichte nicht bis zum Boden. Sie bedeutete Abraham, sich auf das Bett zu setzen.

»Monsieur Stein, lassen Sie uns …«

Er unterbrach sie. »Was haben Sie in diesem Zimmer gemacht?«

Sie wollte ihm die Wahrheit sagen, ihm erzählen, dass sie sich in die Enge getrieben fühlte und wie verwirrt sie selbst war. Damals, nach der Explosion, als die verkohlten Überreste ihres Vaters abtransportiert worden waren, hatte sie im Krankenhaus gelegen. Niemand hatte mit ihr gesprochen, sie über die Ermittlungen aufgeklärt. Ihre Verbrennungen wurden behandelt, und irgendein junger Polizist war gekommen und hatte sie vernommen, als wäre sie die Täterin gewesen.

Sie sah Abraham Stein an und machte im Stillen ein Kreuzzeichen. Sie bat die alte Dame um Vergebung für diese Notlüge.

»Nun ja … eigentlich ist das vertraulich, aber ich glaube, Sie sollten die Wahrheit wissen, Monsieur«, sagte sie.

»Aha?« Immerhin setzte er sich aufs Bett.

»Ihre Mutter stand im Rahmen eines Polizeieinsatzes unter Beobachtung, der zum Ziel hatte, Beweise gegen rechtsextremistische Gruppen wie *Les Blancs Nationaux* zu sammeln.«

Abraham Steins Augen weiteten sich.

Wie konnte sie den armen Mann nur so belügen?

Aber im Moment fiel ihr nichts Besseres ein.

Es waren nicht nur das überzogene Bankkonto der Detektei Leduc und die überfälligen Steuern, die sie dazu zwangen, diesen Fall anzunehmen. Ein Teil von ihr wollte beweisen, dass sie immer noch ermitteln konnte: Polizei hin oder her, sie würde dafür sorgen, dass die Gerechtigkeit siegte und auf eine Art vollstreckt würde, wie sie die Familien von Opfern selten erlebten. Der andere Aspekt war eine Sache der Ehre und hatte mit ihrem Vater zu tun. Damit, dass er Soli Hecht offenbar gut gekannt hatte.

Abraham räusperte sich. »Meine Mutter soll mit den *flics* zusammengearbeitet haben? Das ergibt überhaupt keinen Sinn. *Maman* hat alles vermieden, was mit dem Krieg, mit Politik oder der Polizei zu tun hatte.«

»So selten weibliche Ermittlerinnen in Paris auch sind, Monsieur, ich bin eine davon. Und ich werde herausfinden, wer Ihre Mutter ermordet hat.«

Er schüttelte den Kopf. Sie zog ihre Lizenz mit dem wenig schmeichelhaften Foto heraus. Er warf einen raschen Blick darauf.

Aimée fuhr mit der Hand über das abgenutzte Rollpult und versuchte, ein Gefühl für Lili Stein zu entwickeln. Ihr Blick schweifte über Ordner mit verblichenen Buchhaltungsunterlagen, die unten im Regal standen.

»Was kümmert das alles eine private Ermittlerin?«, fragte er.

»Ich habe meinen Vater bei einem Terroranschlag verloren, Monsieur. Wir haben zusammen mit dem Innenministerium an einer Beschattung gearbeitet, bis eine Plastiksprengstoff-Bombe, die unter unserem Überwachungswagen klebte, meinen Vater tötete.« Sie lehnte sich vor. »Was mich immer noch auffrisst, ist die Tatsache, dass die Mörder entkommen konnten. Der Fall wurde zu den Akten gelegt. Keiner hat je die Angehörigen der Opfer gewürdigt … Ich weiß aus eigener Erfahrung, wie Sie sich fühlen, und möchte Ihnen daher helfen.«

Er wandte seinen Blick ab. Von hinten im Flur hörte man das gedämpfte Wimmern der alten Frauen. Mittelalterlich und düster hallte die Trauer in der Wohnung wider. Alte Gespenster krochen aus den Mauern. Jahrhundertelang waren Geburten, Liebe, Betrug und Tod in sie hineingesickert.

»Erzählen Sie mir von Ihrer Mutter.«

Sein Ausdruck wurde weicher. Vielleicht hatte die Aufrichtigkeit in ihrer Stimme dazu geführt, dass er sich ein wenig öffnete.

»*Maman* war beschäftigt – immer am Stricken oder Häkeln. Ihre Hände ruhten nie.«

Er deutete im Zimmer umher, wo nahezu jede waagerechte Fläche mit Häkeldeckchen bedeckt war. »Wenn sie nicht unten im Laden war, saß sie neben dem Radio und häkelte oder strickte.«

Aimée spürte die Feuchtigkeit in dem unbeheizten Zimmer und zog die Schultern hoch. »Können Sie mir sagen, warum jemand einen Grund haben sollte, Ihre Mutter auf diese Weise umzubringen?«

Tiefe Sorgenfalten durchfurchten seine Stirn, während er überlegte. »Ich habe seit Jahren nicht mehr daran gedacht, es ist auch schon eine Ewigkeit her, aber einmal hat meine Mutter so was zu mir gesagt wie: ›Vergib oder vergiss es nicht.‹«

Aimée nickte. »Können Sie mir das näher erklären?«

Er wickelte den Schal von seinen Schultern. »Ich war noch ein Kind, aber ich erinnere mich noch genau daran, wie sie mich einmal von der Schule abholte. Aus irgendeinem Grund nahmen wir den falschen Bus, er hielt in der Nähe der U-Bahn-Station Odéon an dem belebten Boulevard Raspail. *Maman* sah auf einmal so traurig aus, wie ich sie noch nie gesehen hatte. Ich fragte sie, warum. Sie zeigte auf das damals noch sehr heruntergekommene Hôtel Lutétia auf der gegenüberliegenden Straßenseite. ›Hier habe ich jeden Tag nach der Schule darauf gewartet, meine Familie wiederzufinden‹, sagte *Maman*. Dann zog sie ihre Handarbeit aus dem kleinen geblümten Körbchen in ihrer Einkaufstasche, so wie immer. Diese rhythmische Bewegung, die Art, wie sie die Schlaufe des weißen Fadens um ihre silberne Häkelnadel wand und eine Masche daraus machte, hat mich als Kind total fasziniert, wissen Sie?«

Er hielt kurz inne. »Heute ist das Hôtel Lutétia ein Vier-Sterne-Hotel, aber nach dem Krieg war es die Endstation von Transporten, die Überlebende aus den Konzentrationslagern zurückbrachten. *Maman* erzählte mir an jenem Nachmittag, sie hätte Schilder und Fotos hochgehalten, wäre von Krankenbahre zu Krankenbahre gelaufen, um zu fragen, ob jemand Mitglieder ihrer Familie gesehen oder etwas gehört hatte. Vielleicht gab es eine zufällige Begegnung, vielleicht erinnerte sich jemand an etwas, vielleicht gab es jemanden, dem etwas wieder einfiel. Ein Mann erinnerte sich dann tatsächlich an ihre Schwester, meine Tante, wie sie aus dem Zug in Auschwitz stolperte. Das war alles.«

Abraham blinzelte ein paar Mal, dann fuhr er fort.

»Ein Jahr nach der Befreiung fanden sie meinen Großvater, er war fast nicht mehr wiederzuerkennen. Ich habe ihn als stillen Mann in Erinnerung, der beim kleinsten Geräusch zusammenzuckte. Meine Mutter sagte damals, sie würde niemals diejenigen vergessen, die ihr ihre Familie genommen hatten.

›*Chéri*‹, sagte sie, ›ich kann das nicht einfach so vergessen. Und auch du musst dich immer daran erinnern.‹«

Aimée hatte das Gefühl, dass sich seit damals wenig verändert hatte. In diesem düsteren Raum mit seinem muffigen Geruch schien die Zeit stehen geblieben zu sein. Sie zog ihre Handschuhe wieder an, um sich gegen die Kälte zu schützen. »Wie kam es, dass die Gestapo Ihre Mutter damals nicht mitgenommen hat, Monsieur Stein?«

»Mademoiselle, es war die französische Polizei, die auf Befehl der Gestapo Juden verhaftete. Sogar die haben Fehler auf ihren berühmten Listen gemacht. Einige Überlebende, die ich kenne, waren im Park oder beim Klavierunterricht, als ihre Familien verschleppt wurden. *Maman* sagte, sie wäre aus der Schule gekommen, aber die Koffer und Taschen mit Kleidung und den täglichen Gebrauchsgegenständen waren alle verschwunden. Auch ihre Sachen. Da wusste sie es.«

»Wusste sie was?«

»Dass ihre Eltern sie gerettet hatten.«

Aimée musste plötzlich an die Nachricht ihrer eigenen Mutter denken, die sie an die Tür geheftet vorgefunden hatte: »Bin für ein paar Tage weg – bleib nebenan bei Sophie, bis Papa wieder zu Hause ist.« Ihre Mutter war nie zurückgekommen. Aber wie fürchterlich musste es sein, aus der Schule zu kommen und die ganze Familie war weg!

»Ihre Mutter blieb also als junges Mädchen ganz alleine hier wohnen?«

Er nickte. »Eine Weile hat ihr wohl die Concierge geholfen. Über die restliche Zeit des Krieges hat sie nie gesprochen.«

Aimée zögerte, dann holte sie das Foto hervor, das sie für Soli Hecht bearbeitet hatte. »Erkennen Sie das?«

Er schaute konzentriert auf das Bild. Nach einer Weile schob er einen Stapel Rechnungen beiseite, und man konnte nun einige verblasste Fotos sehen, die an der holzvertäfelten Wand hingen. Ein Platz war leer.

Er schüttelte den Kopf. »Komisch – hier hing ein Foto. Ganz ähnlich, aber ohne SS-Offiziere. *Maman* hasste die Nazis. Lass die Finger von allem Deutschen, sagte sie immer.«

Abraham ruckelte die unterste Schublade auf. Darin lagen mehrere leere Umschläge, die an das Centre de Documentation Juive Contemporaine, das heutige Jüdische Zentrum, in der Nummer 17 Rue Geoffroy l'Asnier in Paris adressiert waren.

»Sie spendete an den Holocaust-Fonds.« Stein stand auf und rieb sich müde seine Augen. »Mehr fällt mir nicht ein.« Er schüttelte den Kopf. »Ich glaube nicht, dass die Vergangenheit irgendetwas mit dem Mord zu tun hat.«

Mehr denn je verspürte Aimée das Bedürfnis, ihm von Soli Hecht zu erzählen. Aber sie wollte Abraham Stein nicht in Gefahr bringen.

Er warf die Hände in einer hilflosen Geste in die Luft. »Ich kann auch nicht glauben, dass sie in irgendeinen Einsatz verwickelt war. Aber sie hat kürzlich mal gesagt, dass sie Geister gesehen hätte.« Er seufzte.

»Die Antiterror-Einheit ...«

Er unterbrach sie. »Hören Sie, ich möchte keine Schwierigkeiten, ich wohne hier«, sagte er. »In der Gegenwart gibt es genug Probleme. Ich bin die Vergangenheit leid, sie ist vorbei. Nichts wird meine Mutter zurückbringen.«

Sie spürte, dass seine Weigerung ein Mittel war, den Schmerz abzublocken. Sie hatte es nach dem Tod ihres Vaters selbst so gemacht.

Draußen im Hof krächzte unaufhörlich eine Krähe. Aimée strich über die gehäkelte Tagesdecke, berührte den Häkelkorb und hielt inne. Ein kleiner Zettel mit einer kräftigen, kantigen Handschrift steckte zwischen der bunten Wolle.

»Was ist das?«

Er zuckte mit den Schultern.

Vorsichtig strich sie das zerknitterte Papier glatt. Darauf waren in mehreren Reihen Farben gelistet, mit Häkchen dahinter:

Marineblau Elfenbeinweiß
Dunkelgrün

An die Seite waren Namen gekritzelt. *Soli H, Sarah …*

Sie hielt inne. Soli Hecht? Sein Name ließ wieder Fragen zur Bedeutung des Fotos aufkommen, das sie in seinem Auftrag finden und überbringen sollte. Wichtiger jedoch wäre es gewesen zu erfahren, was das Foto für Lili Stein bedeutet hätte.

Von der Liste der Namen führten Pfeile die zerknitterte Seite herunter. Aimée fragte sich, ob sie Abraham Stein nicht doch von Hecht erzählen sollte. »Sagen Ihnen diese Namen etwas?«, fragte sie stattdessen.

Abraham Stein blickte unsicher. »Ich weiß nicht, vielleicht sind es Mitglieder der Synagoge?«

Bevor er mehr sagen konnte, klopfte es leise an der Tür. Aimée blickte auf und bemerkte eine weißhaarige Frau, die ihn entschuldigend zu sich rief.

»Es tut mir leid, wenn ich störe« – sie hob hilflos ihre knotigen Hände – »Sinta braucht dich. Es sind noch mehr Gäste gekommen.«

Abraham nickte. »Danke, Rachel.« Er drehte sich zu Aimée um. »Das ist Rachel Blum, die Freundin meiner Mutter. Warum sprechen Sie nicht mit ihr, während ich meiner Frau helfe?« Er verließ das Zimmer, um die Besucher zu begrüßen.

Rachels Haar war streng in einen Dutt zurückgebunden. Ihr schwarzes Kleid roch schwach nach Lavendel und Mottenkugeln. Sie setzte sich ächzend auf das Bett, ihr Körper war leicht gebeugt. Dann zog sie ihren Schuh aus und rieb sich den Fuß. »Verdammte Bursitis!«, stöhnte sie. »Der Arzt will das blöde Ding operieren, aber nein danke, du kannst dein Skalpell wieder wegstecken, hab ich ihm gesagt. Meine Füße haben mich bis hierher getragen, sie werden auch den Rest schaffen.«

Aimée nickte verständnisvoll.

»Lili hatte keine Zeit für diese Deppen. So bin ich auch. Ich habe in Narbonne gewohnt, bis meine Schwester letztes Jahr starb. Da hab ich mich entschlossen, wieder ins Marais zurückzukommen.«

»Wie lange kannten Sie sich – Sie und Lili?«, tastete Aimée sich vor.

Rachel kniff die Augen nachdenklich zusammen. »Zu lange.«

»Sagt Ihnen dieser Schnappschuss etwas?«, fragte Aimée und reichte der alten Dame das Foto.

»Wo hab ich meine Brille? Ohne die sehe ich nichts.« Rachel fingerte an ihrem Hals herum. »Ich muss sie zu Hause gelassen haben.«

Aimée griff nach einer Lesebrille auf Lilis Schreibtisch.

Rachel schnaufte. »Das ist besser.« Sie schielte durch Lilis Lesebrille. »Hm, was ist das?«

»Kommt Ihnen irgendetwas bekannt vor?«

Rachels Blick füllte sich mit Wehmut. »Der Square Georges Cain. Aus einem früheren Leben.« Sie seufzte, zeigte dann auf ein paar Personen neben einem Baum. »Unsere Schuluniformen. Sehen Sie diese Kittel?« Dabei deutete sie auf ein Mädchen, das sich von der Kamera abwandte.

Rachel schien froh zu sein, ihre Beine hochlegen und ein wenig reden zu können. Sie rieb energisch ihren Fuß.

»Sind Sie und Lili im Krieg zusammen zur Schule gegangen?«

Etwas schien aus Rachels Blick zu verschwinden, und sie wandte sich ab. Aimée hatte dieses abwesende Starren schon oft in den Augen alter Leute gesehen, wenn das Gespräch auf den Krieg kam. Rachel zuckte mit den Schultern und schwieg.

Aimée setzte sich neben sie auf das Bett und lächelte. »Waren Sie zusammen in einer Klasse?«

»Lili war jünger als ich. Ich hatte in der Schule nicht viel mit ihr zu tun.«

»Kannten Sie ihre Eltern?«

»Ich bin nur Halbjüdin«, erklärte Rachel. »Soll ich da jeden kennen? Viele Leute sind damals verschwunden.«

Warum war Rachel mit einem Mal so defensiv?

Ein Kribbeln kroch Aimées Rückgrat hoch, es war dasselbe Kribbeln, das sie gespürt hatte, als Soli Hecht ihr das Versprechen abnahm, über die ganze Angelegenheit zu schweigen. Sie rutschte näher an die alte Dame heran und senkte verschwörerisch die Stimme.

»Aber sie hat Sie doch sicher mal besucht, oder?«

Rachel schaute überrascht, aber nicht beunruhigt. »Ich bin mir nicht sicher …«

Aimée bohrte weiter. »Habe ich Sie in Verlegenheit gebracht, Rachel? Sie wissen doch, wie jüngere Schulmädchen die älteren anhimmeln!«

Rachel schüttelte leicht ihren Kopf und schien zu zögern. »Ich erinnere mich vage an ihren Vater. Er kam aus dem Krieg zurück.«

Aimée bemerkte, wie Rachel unwillkürlich den Blick auf das Fenster mit dem Absperrband richtete. Da ist also etwas, dachte Aimée, und ihr Herz schlug schneller.

»Warum hatte Lili das Fenster zugenagelt, Rachel?«

Rachels Ausdruck verhärtete sich. »Der Winter 1943 war sehr kalt. Keiner hatte Kohlen zum Heizen.«

»Lili hat das Fenster zugenagelt, um die Wärme zu halten?«, sagte Aimée fassungslos. »Aber sie war doch nicht den ganzen Krieg über hier, oder?«

»Das Wasser ist in den Leitungen gefroren«, entgegnete Rachel steif.

Aimée betete um Geduld. »War es nicht schwer für Lili, hier zu leben, so ohne ihre Eltern?«

»Wir haben Eis von den Brunnen abgeschlagen. Haben es zum Kochen und Waschen benutzt«, fuhr Rachel fort.

»Wie war das mit Lili?«

»Sie wohnte unten bei der Concierge, bis …« Rachel brach ab und legte die Hand über den Mund.

Aimée lehnte sich vor und ergriff Rachels Arm.

»Fahren Sie fort, Rachel, was wollten Sie gerade sagen?«

Zu ihrer Überraschung entdeckte Aimée einen Anflug von Angst in Rachels Augen.

»Warum haben Sie Angst, Rachel?«

Rachel nickte und redete langsam weiter. »Sie denken wahrscheinlich, ich bin nur eine dumme alte Frau.«

»Nein, Rachel, das denke ich überhaupt nicht.« Aimée griff nach ihrer Hand und hielt sie fest.

Endlich fuhr Rachel fort. »Sie haben ihre Leiche gefunden.«

»Eine Leiche? Was für eine Leiche?«, fragte Aimée. Erschrocken lehnte sie sich vor. Warum hatte Abraham Stein nichts davon erwähnt?

»Unten im Lichtschacht.« Rachel drehte den Hals, so weit es ihr Rücken zulassen wollte.

»Wessen Leiche?«

»Genau hinter diesem Fenster.«

»Ja, Rachel, aber wer war es?«

»1943 sind Dinge passiert«, sagte sie.

Aimée biss die Zähne zusammen und nickte. »Ich weiß, es muss schwer sein, über die Besatzungszeit zu sprechen. Besonders mit jemandem aus meiner Generation, aber ich möchte es wirklich verstehen. Lassen Sie es mich versuchen.«

Rachel wandte sich zu ihr, sie starrte Aimée direkt in die Augen. »Sie werden es nie verstehen. Das können Sie nicht.«

Aimée legte ihren Arm um die dürre, gebeugte Frau. »Erzählen Sie es mir, Rachel. Was hat Lili gesehen?«

»Wir mussten überleben, verstehen Sie? Wir haben getan, was wir tun mussten.« Rachels verbrauchter Atem traf Aimée ins Gesicht. »Sie hat mir damals erzählt, dass sie den Mord gesehen hat.«

»Jemand ist im Lichtschacht *ermordet* worden?«, fragte Aimée und versuchte, ihre Erregung zu kontrollieren. »Deswegen hat sie also ihr Fenster zugenagelt?«

Rachel nickte.

Aimée zwang ihre Gesichtsmuskeln zur Ruhe und ließ ihren Arm um Rachels Schulter liegen.

»Mehr hat sie nicht gesagt, und danach hat sie nie mehr darüber gesprochen«, sagte Rachel schließlich. »Es gibt nicht mehr viele Leute, die sich daran erinnern würden, zu viele wurden deportiert.«

»Waren es die Nazis?«, fragte Aimée.

»Ich weiß nur, dass die Concierge ermordet wurde.« Rachel schüttelte den Kopf. »Es ist nichts, worüber man spricht.« Ihr Blick war abwesend.

»Wie meinen Sie das, Rachel?«

»Höchstens Félix Javel, der Schuhmacher, der könnte sich an die blutigen Fußspuren erinnern …« Die Stimme der alten Dame verlor sich. »Die Vergangenheit ist vorbei. Ich möchte nicht mehr darüber reden.«

In diesem Moment schoss Abrahams Frau Sinta ins Zimmer. »Hören Sie, Mademoiselle la Détective!« Sie baute sich mit gespreizten Beinen vor ihr auf, so als müsste sie ihre breiten Hüften stabilisieren, und befestigte ihr Haar ungeduldig mit einem Schildpatt-Kamm. Lautes Piepen drang aus den Falten ihrer verwaschenen Schürze. *»Alors!«*, murmelte sie ärgerlich und zog einen Nintendo Gameboy aus der Stofftasche. Sie drückte einige Knöpfe und ließ das Gerät zurück in ihre Schürze gleiten.

»Verdammte Neonazis!« Ihre Stimme hatte einen merkwürdigen Singsang mit einem starken israelischen Akzent. »Tag und Nacht belästigen sie uns im Geschäft«, fuhr sie dann nüchtern fort. »Lili hat sie immer vertrieben. Sagte mir, sie hätte keine Angst vor ihnen, aber das wäre vielleicht besser gewesen.«

»Eine Gang? Wie haben sie ausgesehen?«, fragte Aimée. Die feuchte Kälte durchdrang ihre Wolljacke. Warum drehte hier eigentlich keiner die Heizung auf?

»Hab mich nie darum gekümmert.« Sinta zuckte mit den Schultern. »Ich habe hinten in der Küche gebacken, und sie kümmerte sich um die Kundschaft.«

»Ihr Mann erwähnte, Lili Stein hätte *Geister* gesehen«, sagte Aimée.

»Ja, kommt wohl vor bei alten Leuten.« Sinta verdrehte die Augen, und Rachel nickte wissend.

»Wissen Sie, ich möchte nicht schlecht über eine Tote sprechen, sie war meine Schwiegermutter. Wir haben dreizehn Jahre lang im selben Haus gelebt«, sagte Sinta. »Aber sie konnte wirklich schwierig sein. Seit Neuestem sah sie überall Schatten – in ihrem Schrank, vor dem Fenster, auf der Straße. Geister.«

»Schatten?«

Sinta wandte sich ab, als hätte sie ihr nichts weiter zu sagen. Aimée stand auf, hielt die Frau am Ellenbogen fest und zwang sie, ihr ins Gesicht zu sehen.

»Was meinen Sie damit?«, hakte sie nach.

Zögerlich begann Sinta zu reden. »Nun ja … Sie sprach über die Vergangenheit … dass sie Geister an jeder Ecke sieht und so.« Sie schüttelte den Kopf und seufzte. »Sie hat offenbar gedacht, ein Kollaborateur wäre zurückgekommen, um sie heimzusuchen, oder so was.« Sinta legte den Kopf schief und stemmte die Hände in die Hüften. »Sie war so aufgewühlt, dass ich schließlich einen Tages gesagt habe ›Dann zeig mir diesen Geist‹. Also gingen wir zur Rue des Francs Bourgeois und die Rue de Sévigné rauf zu dem Park mit den römischen Ruinen. Wir haben ewig dort gesessen, aber es ist nichts passiert. Schließlich sagte sie in aller Seelenruhe: ›Am Ende schließt sich der Kreis, so ist es immer‹, und das war's. Danach hat sie diese Geister nie mehr erwähnt.«

»Sie meinte, sie hätte Kollaborateure gesehen?«, fragte Aimée überrascht.

Sinta stopfte sich eine unbändige Locke hinters Ohr. »Ja, ja … dieses ganze alte Gerede.«

»Warum haben Sie ihr nicht geglaubt?«

»Na ja … Diese verdammte Bande der Blancs Nationaux hat ja die ganze Rue des Rosiers hoch und runter Graffiti gesprüht und Fenster eingeschlagen. War ja klar, warum sie so was dachte.«

Es war das zweite Mal, dass Aimée von den Blancs Nationaux hörte.

Sinta schwieg einen Moment und schaute sich im Zimmer um. Rachels Augen waren geschlossen, ein leises Schnarchen rasselte aus ihrem geöffneten Mund.

»In letzter Zeit war meine Schwiegermutter ziemlich paranoid.« Sinta senkte die Stimme. »Unter uns, sie hatte nicht viele Freunde. Die arme Rachel hat sich mit ihr abgegeben, aber die meisten anderen taten es nicht. Sie können sich gerne diesen alten Krempel mal anschauen, vielleicht hilft Ihnen das weiter. Ich hab keine Zeit mehr für die alten Geschichten.«

Sie öffnete Lilis klapprigen Kleiderschrank, und ein intensiver Duft von Zedernholz schlug ihnen entgegen. Seufzend schob Sinta einige schwarze Röcke zusammen und rückte ein Paar neu besohlte Schuhe zur Seite, an dem noch der Abholzettel hing. »Zu schade, die hatte sie gerade erst vom Schuster geholt.« Sinta schüttelte den Kopf. »Das geht alles an die Synagoge, zum Benefizverkauf für Juden in Serbien.«

»Warum die Eile, Sinta?«

»Zeit, hier auszuräumen«, sagte Sinta entschlossen. »Kein Leben mehr in der Vergangenheit.«

Als Sinta nach hinten in den Schrank griff, fiel Aimée ein Mantel auf, der halb mit dünnem gelblichem Papier bedeckt und mit einem Ansteckschild MADAME L. STEIN versehen war. Schnitt und Faltenwurf sahen nach Couture aus, aber die gekämmte Wolle mit den schwarzen Noppen wirkte wie eine Nachkriegsmischung der damals erhältlichen Stoffe.

»Der ist wunderschön«, sagte sie.

Sinta zog ihn aus dem Schrank und warf ihn zu den anderen Sachen auf den Haufen.

Aimée sah Sinta an, als sie jetzt den Mantel wieder aufhob. »Vielleicht sollten Sie den behalten.«

»Warum?«

Aimée merkte, wie sie sentimental wurde. Ihre Mutter hatte einen Mantel wie diesen hier getragen. »Spüren Sie denn nicht, dass dieser Mantel aus einer glücklicheren Zeit in ihrem Leben stammt?«

Rachel wachte mit einem abrupten Schnaufen auf. Ihre Augen leuchteten, als ihr Blick auf den Mantel fiel, den Aimée in Händen hielt. »Ah, der Stil von Dior … 1948! Lili hat mir einmal einen Mantel wie diesen genäht. Meiner hatte Schleifen auf der Rückennaht.«

»*Schmonzes!* Lumpen! Dieser ganze Plunder geht zur Synagoge. Die serbischen Flüchtlinge können den Stoff brauchen und daraus etwas Nützlicheres machen als diese mottenzerfressenen Andenken.«

Mit einem Mal hatte Aimée das Gefühl, dass der Mantel etwas ganz Persönliches über Lili Stein aussagte. »Wissen Sie was? Lassen Sie mich den Mantel nehmen, dafür spende ich an die Synagoge. Meine Mutter hatte einen ganz ähnlichen Mantel. Und ich kannte sie leider nicht wirklich.«

Sinta trat einen Schritt zurück. »Soll ich Sie jetzt bemitleiden?« Ihre schwarzen Augen funkelten feindselig. »Trauer um eine Mutter, die Sie nicht kannten?« Sie sah Aimée an und schüttelte den Kopf. »Mein Maß an Mitleid ist aufgebraucht. Meine Mutter kam in Treblinka zur Welt. Und von diesem Ort ist sie meines Wissens niemals weggekommen, jedenfalls nicht im Kopf. Sie war immer da, konnte die Vergangenheit nicht hinter sich lassen. Hörte nicht auf damit, nach Läusen zu kratzen und um Nahrung zu betteln, sogar als sie 1973 im Kibbuz lebte …« Sie verstummte abrupt, als Abraham Stein hereinkam.

Er starrte seine Frau an.

»Das reicht jetzt, Sinta.« Er hob den Mantel auf und reichte ihn Aimée. »Meine Mutter hat ihn seit Jahren nicht mehr getragen. Nehmen Sie ihn ruhig.«

»Danke, Monsieur Stein«, sagte sie. Sie fischte ein paar Seiten der hebräischen Zeitung aus der Ecke und wickelte den Mantel darin ein.

Sintas ärgerliche Stimme hallte ihr durch den Flur hinterher, und sie war sich sicher, dass sie die Worte hören sollte: »Sie sieht gar nicht aus wie eine Ermittlerin … Warum bist du auf der Seite dieser Schickse, Abraham?«

Mit diesem Satz im Ohr schloss Aimée die Wohnungstür und ging das Treppenhaus hinunter. Draußen im Innenhof blockierten ein paar Mülltonnen den Lichtschacht. Sie schob sie zur Seite und versuchte, den Gestank verfaulten Gemüses zu ignorieren. Weiter oben in dem Schacht war ein kleiner Fleck erhellt. Lilis zugenageltes Fenster ging genau auf die Stelle hinaus, an der sie jetzt stand.

Ihr fiel wieder Rachels Bemerkung über die blutigen Fußspuren ein und sie beschloss, der Sache später nachzugehen. Jetzt war es Zeit, den Blancs Nationaux einen Besuch abzustatten.

Donnerstagabend

»Kompletter Stillstand«, murmelte Minister Cazaux. »Die linke Confédération Française du Travail und die Gewerkschaften drohen mit Streiks, falls das Handelsabkommen zustande kommt.« Er zuckte mit den Schultern. »Auf der anderen Seite führen die Rechten in der Volksabstimmung.«

Hartmut Griffe hatte Techniken erlernt, um sein Stottern zu kontrollieren. Die Fäuste zu ballen war eine davon.

»Arbeitsniederlegung ist hier eine sozialistische Tradition«, sagte Griffe mit den Händen in den Taschen. Er wusste, wer die wahre Macht hatte. Das Parlament gehörte den Rechten, nicht der CFDT. »Das muss man nicht so ernst nehmen.«

»Das stimmt«, Cazaux nickte. »Aber erst mal bedeutet das viele Unannehmlichkeiten.«

Sie standen im Élysée-Palast unter den Kronleuchtern des teilweise restaurierten Festsaals aus dem achtzehnten Jahrhundert. Bei der Begrüßung war ihm mit Unbehagen aufgefallen, mit welch messerscharfem Blick Cazaux ihn gemustert hatte. Über das Klappern von Besteck und das Stimmengewirr hinweg konnte er beinahe die Räder in Cazaux' Hirn rattern hören. Der Minister war ein ausgefuchster Diplomat. Wie Hartmut Griffe selbst.

Hohe Fenster zeigten den vernachlässigten Garten des Élysée-Palasts. Weiter vorn im *Salon des Ambassadeurs*, der wegen Renovierung geschlossen war, hing die kunstvolle Decke bedrohlich durch. Er war überrascht darüber, den Palast, ein Wahrzeichen, in einem solch desolaten Zustand zu sehen. In Deutschland wäre so etwas unmöglich. Aber er hatte die Franzosen nie verstanden und zweifelte daran, ob das je der Fall sein würde.

Ihm gegenüber saß Ilse in ihrem beigefarbenen Polyester-Kostüm und plauderte freundlich mit Quimpers Frau, die Maßgeschneidertes von Versace trug.

Rot- und Weißwein flossen reichlich. Griffe stocherte in seinem Essen und schmeckte fast nichts.

Er versuchte sich vorzustellen, dieser reich verzierte Ballsaal wäre in Hamburg, nicht in Paris. Er versuchte sich vorzustellen, er wäre in Sicherheit. Aber hier zu sein machte es schwierig, die Erinnerungen auszublenden. Auch wenn er am Sonntag an der Eröffnung des Gipfeltreffens teilnahm, eine von Bonn angeordnete Geste, um Harmonie zu demonstrieren, würde er versuchen müssen, sich einzureden, alles wäre in Ordnung.

Auf einer Eisskulptur in der Form von *La Marianne*, der Symbolfigur der französischen Republik, wurden Käse und Obst serviert, während das Orchester die *Marseillaise* spielte. Cazaux glitt neben ihn, seine Wangen waren gerötet. Auch das Fernseh-Make-up konnte sein unebenes Hautbild nicht verbergen. Er bot Griffe eine Champagnerflöte an.

»Ein notwendiges Lippenbekenntnis, um die Konservativen ruhigzustellen, ist der einzige Weg«, sagte Cazaux.

Griffe hielt sich zurück. »Im Grunde sind diese Klauseln eine Legitimation für Immigranten-Lager. Wir sollten das überdenken und überarbeiten …«

»Wenn der Vertrag nicht durchgeht, wird es noch mehr Unruhen geben. Und das ist nur der Anfang …« Ein lautes Stimmengewirr weckte Cazaux' Aufmerksamkeit, er verstummte, drehte sich zur Menge und lächelte. »Trinken wir auf eine harmonische Zusammenarbeit.«

Hartmut Griffe hob sein Glas, das im Licht des herabhängenden Kronleuchters funkelte. Der Fotograf fing genau den Moment ein, als die beiden Männer anstießen.

Griffe wäre beinahe auf den Fotografen losgegangen, als der Blitz erneut aufleuchtete. Quimpers Frau tauchte kichernd auf und legte ihre Arme um Cazaux und Griffe. Danach war alles ein Wirrwarr aus Glückwünschen und Rückenklopfen.

Als Wirtschaftsberater gestaltete Hartmut Griffe die Politik mit, er übte Macht aus, aber er blieb stets im Hintergrund und mied die Öffentlichkeit. Er hatte es immer zu verhindern gewusst, dass sein Gesicht in der Zeitung erschien. Immer.

Würde sich irgendjemand, der heute noch am Leben war, an ihn erinnern? Oder hatten die Kolonnen Richtung Auschwitz das erledigt? Natürlich hatten die Operationen sein verbranntes Gesicht nach Stalingrad verändert. Nichtsdestotrotz hatte er für den Rest des Abends ein unbehagliches Gefühl.

Später am Abend stand er auf und ging zum Fenster. Er konnte nicht schlafen. Die Erinnerungen an Sarah, die schon so viele Jahre tot und begraben war, kamen mit Macht zurück.

Er starrte auf die Place des Vosges, das fahle Mondlicht fiel durch die Äste und erhellte den Metallzaun und den sprudelnden Brunnen. Jede Faser seines Körpers forderte ihn auf, das zu tun, was er wirklich tun wollte. Ihr Treffpunkt war so nah. Das Versteck. Mit geschlossenen Augen konnte er es vor sich sehen. Verborgen unter den Zweigen, so wie 1942, als sie ihm die Stelle zeigte. Als Sarah da gewesen war, hineinschlüpfte und ihn mit ihren mandelförmigen Augen ansah.

Es blieb nur Zeit für einen kurzen Abschied, bevor seine Truppe 1943 nach Stalingrad geschickt wurde. In den zwei Jahren Kriegsgefangenschaft in Sibirien wurde er dann schneeblind und wäre fast erfroren. Bis ihm die Werwölfe zur Flucht verhalfen, ihm eine neue Identität gaben und ein fast neues Gesicht.

Sie hatten ihn benutzt – für Sabotageakte und um die Alliierten zu infiltrieren. Mit ihrer Hilfe war es ihm im neuen Deutschland gut gegangen. Über die Jahre wurde er in Positionen mit immer größerer Verantwortung und mehr Einfluss in der Bonner Regierung befördert. Bonn war voll von Leuten wie ihm. Hartmut Griffe machte sich nicht viel daraus, so oder so. Er war am Leben, aber er hatte verloren, was er wirklich wollte. Sarah.

Wenn all die französischen Detektive, die er über seine diplomatischen Verbindungen angeheuert hatte, Sarah in den Fünfzigerjahren nicht hatten finden können, warum sollte sie jetzt hier sein? Vermutlich war sie als Verräterin erschossen worden, hieß es, oder man hatte ihr den Schädel rasiert und sie zum Sterben in ein Arbeitslager nach Polen geschickt.

In seinem Aktenkoffer gab es ein verstecktes Seitenfach, das er nun öffnete. Behutsam nahm er einen dicken Umschlag heraus. Mit Eselsohren und vom Alter vergilbt, war er alles, was ihm von Sarah geblieben war. Außer dem Schmerz, der ihn nie verlassen hatte. Er ließ den Inhalt auf den Hotel-Schreibtisch gleiten und begann, methodisch seine Erinnerungen zu sortieren.

Nach sieben Monaten emsiger Recherchen hatte die Pariser Detektei lediglich diese paar vergilbten Dokumente gefunden. Aber er trug das verblasste Sepiafoto von ihr immer bei sich. Ihr Gesicht war darauf nur zur Hälfte zu sehen, weil er es in einem unbeobachteten Augenblick bei seinem Vorgesetzten aus der Familienakte gerissen hatte. Der Bericht der Detektei hatte ausgeführt, dass Gefangene in polnischen Arbeitslagern nicht lange am Leben blieben. Was hätte er nicht alles getan, um wenigstens ihr Grab besuchen zu können? Griffe seufzte. Seine kleine Jüdin hatte ihn zum Mann gemacht, und sie war erst vierzehn gewesen.

Plötzlich hielt er es im Zimmer nicht mehr länger aus. Er musste hingehen und es mit eigenen Augen sehen. Warum auch nicht? Vielleicht würde es einige der bösen Dämonen und Geister vertreiben. Als er die Lobby verließ, teilte er dem Nachtportier höflich mit, dass er seinen Schlüssel behalten würde. Schließlich wollte er nur mal um den Platz spazieren. Er klopfte auf seinen Magen, und der Nachtportier lächelte und nickte verständnisvoll.

Natürlich würde sie nicht da sein. Das alles war fünfzig Jahre her. Und während seine Schritte die schmale Rue des Francs Bourgeois entlanghallten, konnte er es kaum fassen, wie schnell die Zeit vergangen war.

Die einzigen anderen Gestalten draußen waren lachende, ineinander verschlungene Pärchen, die alle paar Meter anhielten, um sich zu küssen, bis sie ihre Haustüren erreichten und im Inneren verschwanden. Er folgte der Rue des Francs Bourgeois, bis er das Gebäude erkannte, in dem die Kommandantur gewesen war, in der er gearbeitet hatte.

Heute war es das Postamt des Marais. Er bog rechts ab in eine Straße mit Kopfsteinpflaster, an die er sich nur allzu gut erinnerte.

Ein Großteil des Marais war wabenartig mit mittelalterlichen Durchgängen und engen feuchten, nach Abwässern stinkenden Innenhöfen wie diesem durchzogen. Er hielt inne und lauschte, aber niemand folgte ihm. Ein vereinzelter heller Schimmer hinter zugezogenen Vorhängen war das einzige Licht neben der gelblichen Straßenbeleuchtung.

Griffe sah hoch, konnte aber nicht wie damals wachsame Blicke ausmachen, nur den in Stein gemeißelten Marmor-Salamander über dem Durchgang zum Hof.

Er erinnerte sich sehr genau an den Salamander und an die Familie, die hier gelebt hatte. Die französische Polizei trieb sie hastig vor sich her, auf ihren Mänteln gelbe Sterne, während sie protestierten, dass es sich um eine Verwechslung handeln müsse. Der Abtransport fand tagsüber statt, während sie in der Schule war. Aber die Nachbarn hatten alles gesehen, versteckt hinter den geschlossenen Fenstern. Er hatte gewusst, dass sie dort standen und zusahen. Der Transporter hatte genau an der Stelle geparkt, wo er jetzt stand, unter dem Torbogen zur Rue du Parc Royal, mit dem eingemeißelten Marmor-Salamander und dem Wappen von Franz I.

In dem Gebäude befanden sich heute Boutiquen und modische Schuhgeschäfte statt koscherer Delikatessenläden und Niedriglohn-Nähereien. Dort, wo die Straße auf die verbogene, mittelalterliche Gasse traf, die zur Rue de Payenne führte, nahm Griffe einen tiefen Atemzug. Er ging langsam und bedächtig, er war wieder achtzehn. Er flehte zu Gott, sie möge dort sein, obwohl er wusste, dass das unmöglich war. Sie war nicht hier.

Den Square Georges Cain gab es noch, den archäologischen Friedhof von Paris. Römische Säulen standen herum, geschliffene Steinrosetten lagen auf dem Boden, Marmorfiguren lehnten an den Wänden. Aber er war nicht mehr achtzehn und er würde hier nicht seine Geliebte treffen, Sarah, die sich in den Katakomben verbarg. Er setzte sich hin und fing an zu weinen.

FREITAG

Freitagmorgen

Aimée hängte den Hosenanzug in den Schrank ihres eiskalten Schlafzimmers; immer noch war sie getroffen von Sintas Bemerkung. Sie trat unmutig gegen den unkooperativen Heizkörper, bis dieser zischend zum Leben erwachte, wartete jedoch nicht darauf, dass die Wärme sich kleckerweise im Zimmer ausbreiten würde.

Ihr Großvater hatte während der Besatzung alte Ziegelsteine gesammelt und in den Kamin geworfen, um die Wärme darin zu speichern. Dann hatte er sein Bett mit den warmen Steinen ausgelegt, eine Decke darübergebreitet und die ganze Nacht kuschelig warm geschlafen. Zu schade, dass der alte Kamin in den Sechzigern zugemauert worden war. Sie schickte René eine SMS. Er rief sie einen Moment später zurück.

»Wie finde ich heraus, ob eine Gruppe wie Les Blancs Nationaux …«

René unterbrach sie. »Deren Website ist berüchtigt, aber nichts für Weicheier.«

»Würde es dir etwas ausmachen, das ein bisschen genauer zu erklären?« Sie hörte ein leises Ächzen und dumpfe, rhythmische Geräusche im Hintergrund. »Störe ich gerade, René?«

»Schön wär's.« Er lachte glucksend. »Ich bin im Waschsalon in Vincennes, neben mir läuft gerade der Schleudergang. Der Beweis dafür, dass ich mir nicht, wie du, die Reinigung leisten kann.«

Schade nur, dass sie es sich nicht einmal leisten konnte, ihr einziges ordentliches Kostüm von der Reinigung abzuholen. »Erzähl mir etwas über Les Blancs Nationaux.«

»Warum das plötzliche Interesse?«

»Die Schwiegertochter des Opfers macht sie für den Mord verantwortlich«, sagte sie. »Und Morbier hat gesagt, dass in der Nähe eine Demo stattfand.«

»Du meinst die alte Dame mit dem Fünfzigtausend-Francs-Hakenkreuz?«

»Du bist ein richtiger Sherlock Holmes.«

»Es gibt Gerüchte, dass sie ihre Zusammenkünfte auf Video aufnehmen«, sagte er.

»Du meinst, sie zeigen sie im Internet?«

»Nur Eingeweihten«, erklärte er. »Ist wohl Teil eines ziemlich abgedrehten Aufnahmerituals in die arische Kameradschaft.«

Waren die Blanc Nationaux hart genug drauf, einen Mord zu filmen? Es gab nur einen Weg, das herauszufinden.

Sie loggte sich mit ihrem Festnetzanschluss über Minitel in das Pariser Telefonverzeichnis ein. Les Blancs Nationaux waren mit einer Adresse in Porte Bagnolet gelistet. Sie stand auf, zog die Türen ihres Kleiderschranks weiter auf und blickte hinein. Sie hatte immer noch ihre Verkleidungen aus der Zeit, als sie mit ihrem Vater arbeitete. Irgendwo da drin war das richtige Outfit, um der Gruppe einen Besuch abzustatten.

Die Motorradjacke ihres Cousins Sebastian, die sie »aus Versehen« noch nicht zurückgegeben hatte, hing neben einem Harems-Kostüm mit violettem Schleier. Dann kam ein grüner Overall der Pariser Stadtreinigung, dahinter eine gestärkte weiße Sous-Chef-Schürze, und schließlich fand sie ihre zerrissene schwarze Jeans aus der Boutique Thank God I'm a VIP in der Rue Greneta.

Sie kramte ihre Theaterschminke hervor, eine ramponierte Schachtel, die eine ganze Schublade in ihrem Badezimmer belegte, obwohl sie sie seit Jahren nicht mehr benutzt hatte, und fing an, ihr Gesicht zu bearbeiten. Als sie damit fertig war, zog sie einen Karton mit Perücken hervor, die stiefmütterlich unter dem Bett verstaut waren, und entschied sich für die schwarze.

Sie schnippelte und zupfte daran herum, bis sie die Frisur hatte, die sie wollte.

Ein Piepen und Surren kam vom Faxgerät in ihrem Büro. Sie beugte sich erwartungsvoll vor in der Hoffnung auf eine gute Nachricht, zum Beispiel die Begleichung einer noch ausstehenden Rechnung, die ihre Bürokosten für den letzten Monat decken würde. Sie griff nach dem Papier, hielt jedoch mitten in der Bewegung inne. Die Absenderzeile war die Anschrift eines Fax- und Kopiershops mit Selbstbedienung in der Nähe der Bastille. Auf dem weißen Blatt Papier stand nur ein Satz:

Lass die Geister in Ruhe, sonst bist du bald selbst einer!

Sie ließ das Fax fallen und spürte, wie ihr Herz anfing, heftig zu klopfen. Das Bild des Hakenkreuzes auf Lili Steins Stirn blitzte vor ihrem geistigen Auge auf. Das war eine Drohung, ohne Zweifel – und dabei hatte sie noch nicht einmal richtig mit ihren Ermittlungen begonnen.

»Selbstbedienung bedeutet genau das«, erklärte ihr der genervte Manager des Fax- und Kopierladens im Bezirk Bastille.

»Warten Sie«, sagte Aimée mit Nachdruck, »hier steht ein Datum und eine Zeit. Wer hat dieses Fax verschickt?«

»Man steckt sein Geld in den Automaten, und dann faxt er.« Er zuckte mit den Schultern.

»Jemand versucht mich umzubringen, Fifi.« Sie kam näher. Auf seiner Oberlippe hatten sich Schweißtropfen gebildet. »Wer war heute hier im Laden?«

»Wir haben fast keinen Kontakt zu den Kunden.« Er zog sich vorsichtshalber hinter den Tresen zurück.

Aimées alte Leder-Motorradjacke war mit Ketten geschlossen; die abgewetzten schwarzen Jeans schienen um ihre Beine geschweißt zu sein. Klobige schwarze Motorradstiefel und ein Tanktop mit Löchern, durch die man ihre Tätowierungen sah, vervollständigten ihr Outfit. SS-Blitze und Eiserne Kreuze lugten zwischen Sicherheitsnadeln, Totenköpfen und Hakenkreuzen aus ihrem Dekolleté. Ihre großen Augen waren mit schwarzem Kajal umrandet, passend zum lilaschwarzen Lippenstift. Und die schwarze Perücke war zu einem beängstigenden Irokesenschnitt frisiert.

Sie befragte auch noch den anderen Angestellten. Er zwinkerte ihr zu und sagte, es sei zu viel los gewesen, aber wenn sie sich später mit ihm verabreden würde, könnte sie ihn so oft Fifi nennen, wie sie wollte.

Von der Bastille aus nahm Aimée die Métro nach Porte Bagnolet. Auf dem Weg dorthin ging sie die möglichen Absender des Faxes durch, von der Allgemeinbevölkerung bis hin zu ein paar alten Juden und sogar Morbier, der ja auch in dem Mordfall ermittelte.

Hätte jemand, der bei den Steins Schiwa saß, sie bedrohen wollen? Hatte Sinta, aufgebracht wie sie war, ihr das Fax geschickt, um sie davon abzuhalten, in der Vergangenheit herumzustochern? Nein, was immer Sinta auch von ihren Fähigkeiten als Ermittlerin hielt, das würde sie nicht tun. Das machte keinen Sinn, und was auch immer Sinta sonst war, Aimée hielt sie instinktiv für äußerst praktisch veranlagt.

Rasch fand sie die Avenue Jean-Jaurès, einen breiten baumgesäumten Boulevard. Jedes Dorf, jede Ortschaft, jede Stadt in Frankreich hatte eine Avenue Jean-Jaurès, benannt nach dem berühmten Mitbegründer der sozialistischen Partei Frankreichs, Paris war da keine Ausnahme.

Neben der Haustür eines niedrigen, braunen Gebäudes, das sich kaum von den anderen unterschied, war ein Stück Papier mit den getippten Buchstaben »L B N« in den Schlitz für die Adresse gesteckt. Schlicht und anonym.

Die Metallklingel darüber verriet *rez-de-chaussée* – Erdgeschoss. Zumindest würde sie in ihren hautengen Jeans keine Treppen steigen müssen. Ihre Stiefel quietschten auf dem glatten Laminatboden, der den neonbeleuchteten Flur entlangführte. An einer Holztür hing ein getippter Zettel: »Kostenlose Videos: Erfahren Sie die wahre Geschichte!«

Der Geruch von frischer Farbe und Desinfektionsmittel schlug ihr entgegen, als sie laut anklopfte. Eine schlanke Frau in einem schwarzen Overall öffnete die Tür und blickte sie finster an. Eines ihrer grauen Augen schweifte ab. Das andere musterte Aimée von oben bis unten.

»Du bist zu spät!«, sagte sie.

Verwirrt atmete Aimée tief ein und lächelte schief. Der Satz, sich den Blancs Nationaux anschließen zu wollen, erstarb auf ihren Lippen.

»Steh nicht so dumm rum«, blaffte die Frau sie an. *»Entrez!«*

Aimée folgte ihr ins Büro, das minimalistisch mit Stahl-Schreibtischen und passenden Stühlen eingerichtet war.

»Es gab 'ne Menge Verkehr. Sie erwarteten wohl …«, begann Aimée.

»Deine Ankunft vor zwanzig Minuten«, bellte die Frau. Sie setzte sich und schien sich zu beruhigen. Ihr wanderndes Auge schweifte weniger ab, während ihre Finger erwartungsvoll auf dem Metall-Empfangstresen trommelten. »Wo sind sie?«

Aimée steckte eine Hand mit lilaschwarzen Fingernägeln in ihre enge Hosentasche. Sie zuckte mit den Schultern und kratzte sich dann mit der freien Hand am Kopf.

»Fang bloß nicht so an«, sagte die Frau. Sie sah wütend genug aus, um zu spucken.

Aimée zuckte zusammen. »Sehen Sie, ich …«

»Das letzte Mal hat gereicht!«, unterbrach sie die Frau.

Diese dürre Person mit den komischen Augen hatte auf jeden Fall einen Knall, so viel stand fest.

Dann hörten sie die Geräusche aus dem Flur.

Ein panischer Ausdruck huschte über das Gesicht der Frau, und sie sprang von ihrem Stuhl auf.

»Du kannst es ihm selbst erklären!«, sagte sie und schritt zur Tür.

Die Angst vor der Ungewissheit schoss eiskalt durch Aimées Adern. Sie wünschte sich jetzt, sie hätte René als Verstärkung mitgebracht.

Die Tür flog auf. Ein großer Mann mit dunklen Haarstoppeln schob einen Rollwagen herein, auf dem sich die Kartons stapelten. Sein Nadelstreifenanzug war hinter den Kartons kaum zu sehen.

»Bin gerade zurückgekommen«, rief er der Frau zu. »Im Wagen ist noch mehr.«

Sie reagierte schnell. »Kümmere du dich um sie«, sagte sie, dann war sie weg.

Der Mann hob ächzend die Kartons an, setzte sie ab und erblickte dann Aimée. Sein gebräuntes, markantes Gesicht bot einen starken Kontrast zu den hellen, wachen, fast türkisfarbenen Augen. Er zog ein Video mitsamt der Hülle aus einem der Kartons und warf es ihr zu. Dann fing er an, in einer Ecke des Raumes, die Videos übereinanderzustapeln.

Aimée las den Kurzinhalt unter der Plastikfolie: »Hier wird alles gezeigt, sehen Sie die WAHRHEIT, besuchen Sie ein sogenanntes ›Todeslager‹ und durchschauen Sie die Lüge, die seit fünfzig Jahren aufrechterhalten wird.«

»Beeindruckend!«, sagte sie.

Er drehte sich zu ihr um und musterte sie.

Sie wurde blass. Um seine Handgelenke waren wie ein Armband SS-Blitze tätowiert.

»Wir diskutieren ideale Kunstformen, vergleichen sie mit der entarteten Kunst von heute und decken Mythen des zwanzigsten Jahrhunderts auf, wie die Lüge von den Konzentrationslagern.« Er deutet auf ein Poster vor ihr.

Sie tat so, als begutachte sie den Slogan auf dem Plakat: »Leitfaden: Wie man die Tentakeln der zionistischen Krake in der Literatur erkennt!«

Er streckte seinen Arm aus, schlug darauf und tat dann so, als würde er sich eine Nadel setzen. »Unsere Körper sind arische

Tempel, und wir benutzen keine Drogen.« Seine kalten türkisfarbenen Augen musterten sie unverwandt.

Er zuckt nicht mit der Wimper, dachte sie. Er war bedeutend gruseliger als die Empfangsdame mit dem Kullerauge. »Kein Problem. Ich bin clean, total clean«, sagte sie eine Spur zu eindringlich.

»Wer bist du?«

Sie zuckte mit den Schultern. »Das frage ich mich auch.«

»Wo sind die Sachen?«

»Noch nicht fertig.« Sie geriet in Panik. Was erwarteten die? Und was würde passieren, wenn der echte Bote kam, während sie redeten?

Das Telefon auf dem Schreibtisch hinter ihm klingelte, und er griff danach. Er wandte sich von ihr ab, während er telefonierte, und kritzelte etwas auf einen Block.

Wenn das jemand war, der wegen ihrer angeblichen Lieferung anrief, steckte sie in großen Schwierigkeiten. Sie fing an, die Pamphlete auf den Ständern entlang der Wand zu studieren, und bewegte sich langsam in Richtung Tür. Sie hatte sie fast erreicht, als er den Hörer aufknallte.

»Nicht so schnell«, sagte er. »Nimm die hier mit.« Er reichte ihr einen Stapel Videos. Er wirkte jetzt entspannter. »Es bleibt so wie besprochen. Bring sie zum Meeting am Samstag mit. In Montgallet, über der Videothek ClicClac.«

»D'accord«, stimmte sie zu. Sie zog ihre Karte raus. »Dies hier ist übrigens mein richtiger Job.«

Er wirkte jetzt fast freundlich. Auf der Visitenkarte stand »Luna vom Soundgarden, Events Producer/Performance Sound, Les Halles«. Die hatte sie sich aus ihrem Ordner mit den Decknamen herausgesucht.

Theatralisch klopfte er seine Hände ab und suchte nach seiner Karte.

Als er ihr die Visitenkarte reichte, spürte sie, dass seine Hände eiskalt waren. Auf der Karte stand »Thierry Rambuteau, DocuProductions«, dann folgten Telefon- und Faxnummer sowie die E-Mail-Adresse.

Laute Rufe erklangen aus dem Flur. Beim Geräusch von zerbrochenem Glas und schlurfenden Schritten packte sie den Schlagring in ihrer Lederjackentasche fester. Trotz des Getöses im Flur blieb Thierrys Miene gleichmütig. Er drängte Aimée zum Ausgang.

»Bleib nach dem Meeting, und wir können noch etwas reden, Luna«, sagte er. Seine Stimme hatte sich unmerklich verändert, und aus seinen blauen Augen strahlte so etwas wie Wärme. »Unsere Sache wird dein Leben verändern. So war es jedenfalls bei mir.«

Ganz bestimmt nicht, hätte sie am liebsten gesagt. Vor der Tür lagen Glassplitter auf dem Boden. Keine Spur von irgendjemand, aber die Badezimmertür gegenüber stand leicht offen.

Sie trat hinaus in das Sonnenlicht der Avenue Jean-Jaurès, neugierig, was passiert war, aber erleichtert, wieder draußen zu sein. Was war da los?

Sie wartete zehn Minuten und ging dann zurück ins Gebäude. Stille. Zitrusduft hing im Flur. Das Glas war aufgefegt worden, und vor der Tür der Blancs Nationaux hing ein Vorhängeschloss.

Hatte Thierry Rambuteau herausgefunden, dass Aimée nicht war, wofür die hagere Frau mit dem Wanderauge sie gehalten hatte? Was, wenn er nur mitgespielt hatte? Sie musste klären, ob Morbier ihr helfen würde.

Sie hatte Lili Steins nach Zedernholz und Mottenkugeln riechenden Mantel in einem Schließfach am Bahnhof zurückgelassen, um ihn später zur Reinigung zu bringen. Jetzt zog sie ihn über, um die Blicke der anderen Fahrgäste in der Métro nicht auf sich zu ziehen.

Sie dachte an Lili Stein und an ihre eigene Mutter. Die Mutter, deren Gesicht verschwommen blieb, eine vage Erinnerung am Rande ihres Gedächtnisses. Sie schlang die Arme um den

Mantel, der ihre aufgemalten Tätowierungen und das schwarze Leder-Outfit verbarg. »*Maman*«, flüsterte sie leise und zog den Mantel enger um sich.

Freitagmittag

»Sarah!« Hinter ihr erklang helles Kichern.

Die alte Frau hielt inne, mit einem halben Lächeln wandte sie sich um. Dann erst begriff sie, dass nur eine Gruppe junger Mädchen miteinander redete und der Name nicht ihr gegolten hatte. Sarah. Seit fünfzig Jahren hatte sie keiner mehr so genannt. Warum hatte sie sich nach all der Zeit umgedreht?

Sie erreichte die Straßenecke und blieb vor den reflektierenden Schaufensterscheiben stehen. Und das erste Mal seit einer langen Zeit warf sie einen prüfenden Blick auf das Bild, das die Welt von ihr zu sehen bekam. Eine fünfundsechzig Jahre alte Frau starrte sie an, ein schmales Gesicht mit Falten und ausgeprägten Wangenknochen, volle Einkaufstüten zwischen den Füßen. Sie sah nichts mehr von der Sarah, die sie einmal gewesen war.

Sie legte eine *café-au-lait*-Pause auf dem Boulevard Voltaire gegenüber vom Discounter Tati ein. Über der Espressomaschine hing ein vergoldeter Rahmen mit verschmierten Visitenkarten und alten Lottozetteln.

Marie, die rundliche Besitzerin, stand in ihrer Schürze da, holte Luft und fragte: »Sie haben es zum großen Sonderverkauf bei Monoprix geschafft, was?«

Sarah nickte. »*Oui.*« Sie zog ein paar Haarsträhnen über ihre Ohren, sorgsam darauf bedacht, die Perücke nicht durcheinanderzubringen.

Marie schüttelte anerkennend den Kopf, während sie den Tresen abwischte. »Ich will auch hin, bevor es zu spät ist, ist ja nur einmal im Jahr. Gibt's noch was?«

Sarah zwang sich zu einem müden Lächeln und richtete ihr Kopftuch. »Ich habe es nicht bis zum vierten Stock geschafft, es war einfach zu voll, aber bei den Haushaltswaren gab es noch so einiges, die Leute haben noch nicht angefangen, sich um die Sachen zu raufen.«

»Ah«, seufzte Marie, »das ist gut.« Sie ging ans Ende des Tresens, um ein paar Gläser abzuspülen.

Sarah zog eine Zeitung aus dem Ständer. Ihre Fußballen schmerzten, und sie wusste, es würde ihr schwerfallen, wieder aufzustehen, wenn sie sich erst einmal setzte. Sie trank ihren Kaffee im Stehen, das war sowieso billiger.

Sie überflog die *Aujourd'hui*, schaute flüchtig auf die Fotos der Models und Stars, die bei den verschiedensten Skandalen erwischt worden waren. Selten, wenn überhaupt, las sie die knappen, reißerischen Artikel darunter.

Und dann fiel ihr die Tasse aus den Händen, und der *café au lait* spritzte über den gesamten Tresen. Ein Gesicht, das sie kannte, sah sie an.

War das möglich? Sie zog ihre Lesebrille aus der Tasche und starrte auf das Bild. Die Nase war anders, aber die Augen waren dieselben. Sie nahm einen Stift aus der Tasche und malte die weißen Haare schwarz an. Sie konnte es nicht glauben. War er nicht schon lange tot? Ihre Hände fingen an zu zittern, und sie rang nach Luft.

»*Ça va?* Ist etwas?«, fragte Marie, die mit einem Lappen herbeigeeilt war, um den Kaffee aufzuwischen. »Ihnen geht's nicht so gut, oder?«

Sarah nickte bloß aus Angst, die Wahrheit zu verraten. Die fürchterliche Wahrheit.

»Kommen Sie, setzen Sie sich«, sagte Marie und half ihr auf eine Bank in der Ecke.

Sarah machte ein paar unbeholfene Schritte und setzte sich dann, doch sie konnte sich nicht beruhigen. Sie legte ihren Kopf auf den klebrigen Tisch, auf dem sich Tassen und Untertassen stapelten, nahm ein paar tiefe Atemzüge und schloss die Augen. Sie war sich so sicher gewesen, dass er tot war. Als sie endlich aufhörte zu zittern und ihr Atem wieder ruhiger wurde, stand sie auf und holte sich die Zeitung.

Er las sich wie jeder andere Artikel dieser Hochglanzmagazine mit der ewigen Aneinanderreihung bekannter Namen. Die Bildunterschrift identifizierte den Mann als Hartmut Griffe. Noch einmal nahm sie ihren Stift und malte Schulterklappen und ein Hakenkreuz auf die schwarze Jacke, die er trug. Dann wusste sie es mit Sicherheit. Es war Helmut.

Freitagmittag

»Nimm ein Taxi!«, rief René. »Unser Termin zur Fristverlängerung wurde vorverlegt.«

»Warte mal eine Minute.« Aimée stand vor dem Schließfach in der Métro-Station und umklammerte ihr Handy. »Unser Termin ist doch erst …«

»Ich bin schon im La Double Morte«, unterbrach er sie. »Und ab morgen hat das Finanzamt einen Monat lang geschlossen. Wenn wir hier nicht sofort aufscheinen, sind wir in Zahlungsverzug und müssen achtzigtausend Francs Strafe zahlen. Unser Termin mit den Steuerfritzen ist in fünf Minuten!«

Achtzigtausend! Damit wäre Soli Hechts Vorschuss weg, und sie hätten nicht mehr genug auf dem Geschäftskonto, um die Miete für das Büro zu zahlen. Sie schnappte sich das nächste Taxi.

Als sie in ihrem merkwürdigen Outfit und den Bikerboots die Marmortreppe im La Double Morte hochrannte, pfiff der Hausmeister hinter ihr her. Er warf ihr einen zweideutigen Blick zu und ließ seine Zunge zwischen den Lippen hin- und herschnellen, während er die Stufen feucht wischte. Sie hätte sich fast der Länge nach auf dem rutschigen Marmorboden hingelegt, fing sich aber gerade noch und stapfte dann schwerfällig die Treppe weiter hoch. Der lüsterne Hausmeister kam hinter ihr her und schien den Plan gefasst zu haben, sie anzubaggern.

»Vorsicht, ich beiße!«, knurrte sie.

»Gut!«, entgegnete er. »Das gefällt mir.«

»Dann lass dich gegen Tollwut impfen«, zischte sie zurück.

Gefangen in ihrem Skinhead-Outfit wickelte sie Lili Steins Mantel enger um sich. Der nach Mottenkugeln riechende Fifties-Couture-Mantel einer ermordeten Frau war nicht gerade die ideale Kleidung für ein Meeting mit Zahlenfressern.

Der angemessenere Look wäre an diesem Ort sicher das dunkelgraue Nadelstreifenkostüm gewesen. Sie glättete ihr Haar, wischte sich den schwarzen Lippenstift ab und eilte die letzten Stufen hoch. *Dressed to kill*, dachte sie und beschloss, so zu tun, als wäre alles ganz normal.

Einige Köpfe schauten überrascht von ihren Schreibtischen hoch, als sie in das Zimmer mit der Aufschrift SCHIEDSGERICHT eilte.

René Friants hochrotes Gesicht zeigte eine Mischung aus Erleichterung und Horror, als sie hereinkam. Seine kurzen Beine schlenkerten aufgeregt vorm Stuhl. Jedes seiner Haare schien sich zu sträuben, als sie sich neben ihn setzte.

Acht Augenpaare, alle männlich, starrten Aimée von der anderen Tischseite aus an. Auf jedem Platz stand ein Glas Wasser. Auf einem Tisch in der Nähe stapelten sich Tonerkassetten neben einem uralten Faxgerät. Die meisten Männer hatten graue Anzüge an. Einer trug eine Kippa.

»Entschuldigen Sie die Verspätung«, sagte Aimée zurückhaltend und mit gesenktem Blick. »Ich habe gerade erst erfahren, dass der Termin vorverlegt wurde.«

Schweigen.

Der Mann mit der Kippa starrte sie an und richtete den Ärmelaufschlag seiner eng sitzenden Jacke. »Ich sehe keine Unterlagen über frühere Einkünfte in der uns übergebenen Akte der

Detektei Leduc«, sagte er, während seine Augen unverwandt auf ihr ruhten. »Auch keine Angaben zu Abschreibungen.«

Er krempelte seinen Ärmel hoch, und sie bemerkte die verblassten Ziffern auf seinem Unterarm. Offenbar war er in einem Konzentrationslager gewesen, genau wie Soli Hecht. Sie ließ ihre Hände, die übersät waren mit aufgemalten SS-Tätowierungen, in den Schoß gleiten.

Der Mann zu ihrer Linken fügte hinzu: »Ich muss Ihnen beipflichten, Oberinspektor Foborski. Ich habe auch keine entsprechenden Unterlagen gefunden.«

Vor ihr saß der Oberinspektor – wie es aussah, ein Überlebender aus dem Konzentrationslager –, und sie kam hier an wie ein Neonazi-Skinhead. Na toll!

René schielte zu ihr herüber und verdrehte die Augen. Unter dem Tisch konnte sie seine plumpen Finger zum Gebet verschränkt sehen.

»Diese Unterlagen ...«, begann Aimée.

Aber der Mann neben ihr griff ungeschickt nach seinem Glas, schüttete prompt Wasser über sie und warf auch noch den Toner um. Beides ergoss sich über ihren Mantel. Versehentlich oder absichtlich, das machte keinen Unterschied. Der pudrige Toner verwandelte sich in eine klumpige schwarze Masse.

Der Mantel war nass, aber sie würde ihn nicht ausziehen. Die unechten Tätowierungen verliefen vermutlich gerade komplett über ihrem Dekolleté.

»Entschuldigung, es tut mir sehr leid«, sagte er. »Bitte lassen Sie mich helfen.«

Lili Steins Mantel war ruiniert. Sie hob abwehrend die Hand und versuchte, die Schweinerei mit einem Taschentuch aufzutupfen.

»Ich möchte Sie bitten, den Mantel auszuziehen«, sagte er und zog an ihren Ärmeln. »Das Zeug könnte giftig sein.«

»Bitte lassen Sie das, Monsieur!«, warnte sie.

»Verstecken Sie etwa eine Waffe, Mademoiselle Leduc?« Die Augen von Oberinspektor Foborski funkelten. »Wenn Sie den Mantel nicht ablegen, rufe ich den Sicherheitsdienst, der Ihnen gerne behilflich sein wird.«

Sie ließ die Schultern sinken. Vorsichtig zog sie ihre Arme aus dem durchnässten, nach feuchter Wolle riechenden Mantel. Hakenkreuze und Blitze schienen durch die Löcher ihres Tanktops.

Acht Augenpaare starrten auf ihre Tätowierungen.

»Das hier hat nichts zu tun mit …«

»Dieses Komitee wird sich keinen Antrag ohne die erforderlichen Unterlagen ansehen«, fiel ihr Foborski ins Wort, »es ist unmöglich, diese Angelegenheit noch weiter zu bearbeiten. Betrachten Sie Ihre Steuern als überfällig. Die Verzugszinsen werden nachträglich festgesetzt, dazu kommt noch eine Strafe von weiteren fünftausend Francs.« Er winkte mit der Hand ab.

»Nein!« Aimée stand auf und sah ihm direkt in die Augen. »Was ich zu sagen versuchte, war«, begann sie mit festem Blick, »dass Ihnen die Unterlagen sehr wohl zugegangen sind.«

Sie blätterte durch Renés Unterlagen und zog umgehend einen blauen Zettel heraus. »Sie sind«, sie hielt inne und sprach dann langsam weiter, »Oberinspektor Foborski, korrekt?«

Er nickte unmerklich und sah sie wütend an.

Ungerührt fuhr sie fort: »Ihr Büro hat den Erhalt dieser datierten Sendung bestätigt.« Aimée schlenderte zu Foborski hinüber und legte den Zettel vor ihn hin. »Behalten Sie den ruhig, ich habe weitere Kopien.«

»Und warum habe ich dann davon keine Kopie in meinen Akten?« Er sah sie misstrauisch an. »Ich muss das verifizieren lassen.«

Aimée hatte nicht das erste Mal mit spießigen Beamten zu tun, sie war also vorbereitet. »Hier ist eine Kopie der Eingangsbestätigung, mit der genauen Zeit des Eingangs, abgestempelt vom Steuerbeamten, wenn Ihnen das irgendwie weiterhilft.«

Er starrte auf das Papier und schüttelte den Kopf. »Lassen Sie das überprüfen«, sagte er zu seinem Kollegen.

Aimée ging zurück an ihren Platz, setzte sich und zeigte, wie sie hoffte, ein professionelles Lächeln. »Wie Sie anhand meiner Unterlagen ersehen können, arbeite ich als private Ermittlerin. Normalerweise laufe ich nicht so herum, aber mein aktueller Fall« – sie wandte sich wieder Foborski zu und sah ihm in die Augen – »erfordert es gerade.«

Aimée zeigte ihre Lizenz mit dem orangenen Symbol darauf und ließ sie um den Tisch gehen. Sie konzentrierte sich auf das nächste feindliche Augenpaar und sagte sachlich: »Können wir jetzt vielleicht noch einmal darauf zu sprechen kommen, was Sie bisher mit meinem Partner ausgemacht haben?«

Nach einer einstündigen Verhandlung schritten Aimée und René die Marmortreppe hinab. Immerhin hatten sie einen Teilerfolg zu verbuchen.

»Nur eine Fristverlängerung von sieben Tagen.« Sie schaute René reumütig an. »Wir brauchen drei Monate.«

»Sogar mit Hechts Vorschuss reicht es nicht. Wenn unsere Außenstände allerdings endlich beglichen würden, dann könnten wir es schaffen.« Er lächelte schief. »Aber wir hätten wahrscheinlich mit einem Lottoschein bessere Chancen.«

In der Nähe des Ausgangs zur Place Baudoyer setzten sie sich auf eine Bank. René zog seinen unvermeidlichen Laptop hervor. Aimée betrachtete ihren Partner nachdenklich und überlegte, ob sie ihn in die ganze Sache einweihen sollte. Manche Sachen behielt sie lieber für sich.

Zum Beispiel, dass sie noch Jahre nach dem Bombenanschlag nachts immer wieder aus diesen fürchterlichen Albträumen aufwachte, in denen sie blutverschmiert zwischen zersplittertem Glas über das glitschige Kopfsteinpflaster der Place Vendôme kroch, um ihrem Vater zu helfen. Ihrem Vater, der sie im Traum wütend aufforderte, seine verkohlten Körperteile zusammenzuflicken, damit er nicht zu spät zu der Preisverleihung kam. »*Vite*, Aimée, schnell!«, sagte er mit diesem grässlich deformierten, verbrannten Mund. »Ich habe nicht vor, das zu verpassen!« Sie wachte jedes Mal schweißgebadet auf und lief durch ihr dunkles, kaltes Appartement.

Nur ein einziges Mal, nach ein paar Glas Pernod zu viel, hatte sie René von ihren Albträumen und dem Attentat erzählt. Auch jetzt drängte es sie danach, mit jemandem zu reden, dem sie vertrauen konnte.

»Ich brauch mal deine Meinung«, sagte sie. »Hast du einen Moment Zeit?«

Er nickte und ließ seinen Laptop zu. »Ich dachte schon, du würdest es mir nie erzählen.«

Sie berichtete René in groben Zügen, was passiert war, seit Soli Hecht in ihr Büro gehumpelt war. Von dem Mord an Lili Stein wusste er sowieso schon.

»Ich frage mich, ob dieser Foborski auch die Synagoge des Temple Emanuel besucht, der ja angeblich mein Auftraggeber ist«, fuhr Aimée fort. »Oder ob Abraham Stein dort hingeht.«

»Und wenn schon«, sagte René. »Ich kann mir nicht vorstellen, dass dieser Stein einen anderen Synagogen-Besucher bittet, dir deine Fristverlängerung zu verweigern.«

»Nein, natürlich nicht.« Aimée schüttelte etwas ratlos den Kopf. »Es ist einfach nur merkwürdig, dass Foborski die Unterlagen nicht hatte.«

»Lass mich dir helfen.«

Wieder schüttelte sie den Kopf. »Dich spar ich mir für die Computer-Recherche auf.« Renés Hacking-Künste waren die besten, die sie je gesehen hatte, sogar verglichen mit ihren eigenen. Sie sah an seinem gesenkten Blick, wie sehr ihn die Ablehnung traf.

»Ist es wegen meiner Größe?«

»Ach komm schon, hör auf damit. Mit deiner nicht vorhandenen Größe habe ich mich vor langer Zeit arrangiert. Du bist mein bester Freund.«

»Und Taktgefühl ist nicht gerade deine starke Seite, Aimée«, entgegnete René. »Auch wenn du ebenfalls meine beste Freundin bist. Glaubst du, ich könnte dir helfen, wenn ich größer wäre?«

»*Alors!* Es hat überhaupt nichts mit deiner Größe zu tun, René. Nur … der Mord an Lili Stein ist nicht das, was wir normalerweise machen. Wir befassen uns mit Wirtschaftskriminalität.«

»Ach komm schon, schließ mich nicht aus, Aimée.«

»Ich habe es beim Grab meines Vaters geschworen.« Sie ließ ihren Kopf sinken. »Und jetzt habe ich alles vor dir ausgeplappert.«

»Du hast geschworen, Lili Stein etwas zu übergeben. Das hast du getan. Denk dran, ich hab einen schwarzen Gürtel.« Er stupste sie mit stolzer Miene an. »Glaub mir, ich bin eine tolle Verstärkung.«

Sie seufzte. »Du lässt jedenfalls keine Gelegenheit aus, mich daran zu erinnern.«

»Also, was ist mit Soli Hecht?«

»Er hat gesagt, keinen Kontakt.«

»Komm mit zum Dojo. Du brauchst alle Selbstverteidigungs-Tricks, die du lernen kannst.«

»*Merci.*« Sie drückte seine Hand. »Ich werde erst mal Morbier einen Besuch abstatten. Der sollte inzwischen den Obduktionsbericht haben.«

»Was ist das auf deinen Fingernägeln?«

»Gefällt es dir? Heißt Urban Decay«, sagte sie. »Ich gehe morgen zu einem Treffen der Blancs Nationaux.«

»Warum?«

»Wenn sie Lili Stein ermordet haben …«

Er unterbrach sie. »Du brauchst Verstärkung bei solchen Typen, Aimée.«

Sie zögerte. Das war vielleicht wirklich keine schlechte Idee. Aber wenn es eine Falle wäre … sie entschied sich, ihn nicht dieser Gefahr auszusetzen.

»Wenn ich dich brauche, ruf ich dich an.« Sie küsste René auf beide Wangen. »Setz die Buchhaltung von Eurocom unter Druck. Bring sie richtig zum Schwitzen. Bis später im Büro.«

Das *Commissariat de Police* wirkte ruhig für einen Freitagnachmittag. Nur wenige Tische waren besetzt, und aus dem Fernseher dröhnte eine Wiederholung der alten amerikanischen Serie *Hunter*. Als Aimée eintrat, tauchte Morbiers Kopf unter der Tischplatte auf.

»Hab den Halter von meinem Hosenträger verloren«, erklärte er mit einem verlegenen Lächeln.

»Versuch es hiermit.« Aimée zupfte eine Sicherheitsnadel von ihrer Jeans und reichte sie ihm. »Ich hab jede Menge davon.«

Morbier zog seine Hose hoch und brachte die Nadel an.

»Dafür sag ich jetzt nichts über dein Aussehen.« Er lächelte und ließ sich schwer in seinen Sessel fallen.

Ihr Vater hätte genauso reagiert.

»Hör mal, Morbier«, begann sie. »Du kannst mir einen Gefallen tun.«

»Du bist jetzt ein großen Mädchen, ich weiß«, sagte er steif. »Unsere Ermittlungsarbeit wird ganz professionell bleiben.« Er zwinkerte.

Sie unterdrückte den Impuls, ihm die Zigarette, die ihm halb aus dem Mund hing, in den Rachen zu stopfen. Eine Minute spielte er den Kompromisslosen, alles streng nach Vorschrift. Im nächsten Augenblick wurde er zu einem patriarchalischen alten Kauz, der seine Gefühle nicht ausdrücken konnte. Sie wünschte sich, er würde sich entscheiden, welche Rolle er nun spielen wollte, und dabei bleiben.

»Ich wäre dankbar für einen Verbindungsnachweis der Blancs Nationaux, eingehende und ausgehende Gespräche«, sagte sie. »Ich möchte wissen, mit wem Rambuteau sprach, als ich bei ihm im Büro war.«

»Spul mal zurück. Wer ist Rambuteau?«

»Ein wiedergeborener Nazi, der mich vielleicht in eine Falle locken will.«

»Warum?«

Sie zögerte. »Das erfahre ich leider erst, wenn ich das Treffen der Blancs Nationaux infiltriere.«

Seine Augenbrauen schossen hoch. »Wie hast du dir denn diese Einladung erschlichen? Die lassen ja nicht jeden rein – das Niveau des Abschaums ist hoch.«

Sie erzählte es ihm. »Vielleicht solltest du besser nicht da hin.«

»Dafür ist es ein wenig spät.«

Er pfiff durch die Zähne. »Könnte wirklich eine Falle sein.«

»Genau. Also, kannst du mir die Telefonnummern besorgen?«

Morbiers Lippen wurden schmal. »Bevor ich irgendetwas mache, möchte ich den wahren Grund wissen, warum du in dieses Stein-*Pot-au-feu* verwickelt bist.«

»Wenn du an bürgernahe Polizeiarbeit glauben würdest und mit dem Rabbi am Temple Emanuel befreundet wärst« – ihre Schultern verspannten sich –, »hätte er nicht mich wegen Lilis Klauerei angerufen.« Sie machte eine Pause und merkte, dass sie vorsichtiger sein musste … was, wenn Morbier den Rabbi befragte? Sie wechselte das Thema. »Ich würde gern den Obduktionsbericht sehen.«

»Ich auch«, grummelte Morbier. »Irgendwie ist er zwischen die Räder der *Brigade de Recherche et d'Intervention*, der *Brigade Criminelle* und des *Commissariat* gekommen«, sagte er. »Du kennst das, die übliche Rivalität in unserem dreigliedrigen Rechtssystem. Man würde lieber jemanden entkommen lassen, als uns hier beim *Commissariat* was auszuhändigen.«

Um zu verhindern, dass er seinen Frust an ihr abließ, versuchte sie es mit Verständnis. Sie seufzte. »Tja. Warum nur arbeiten die Bereiche nicht besser zusammen?«

»Nicht mal die Funkgeräte unserer Einheiten können miteinander kommunizieren. Napoleons Theorie der Gewaltenteilung hindert uns immer noch daran, uns zusammenzutun und die Regierung zu stürzen.«

Sie grinste. »Eine interessante Idee, die schlechte Polizeiarbeit begünstigt.«

»Angeblich haben die Beamten beim BRI eine verdeckte Operation laufen.« Er verdrehte die Augen.

Sie konnte merken, wie er sich warmlief. Versuchsweise warf er ihr ein paar Brocken zu.

»So wie ich das sehe, sind das alles Pappnasen. Aber von mir hast du das nicht gehört.«

»Mit anderen Worten, sei vorsichtig und mache niemandem sein Revier streitig?«, fragte sie.

»So könnte man es auch sagen«, bestätigte er. Dann zog er seine Schreibtischschublade auf und nahm Fotos vom Tatort und eine kleine durchsichtige Tüte heraus. Er ließ sie vor ihren Augen baumeln – in der Plastiktüte befanden sich Dreck, Papierfetzen und Laub.

»Voilà.«

Sie griff nach der Tüte, aber er versteckte sie rasch hinter seinem Rücken.

»Der *Commissaire* ist neuerdings besonders interessiert an diesem Fall.« Er schüttelte seinen dicken Zeigefinger in ihre Richtung. »Wollen wir brüderlich teilen, Leduc?«

Er würde sie für jedes Fitzelchen Information zahlen lassen. Sie verkniff sich eine gehässige Antwort. »Einverstanden.«

Er holte zwei Pinzetten heraus, für jeden von ihnen einen Mundschutz, Handschuhe und sterile Plastiktütchen. Aimée legte den Mundschutz an. Morbier wischte mit seinem Ärmel oben am Computer entlang, breitete Zeitungspapier aus und schüttete den Inhalt des Tütchens darauf.

»Wo haben deine Leute das gefunden?«

»Rat doch mal.« Seine Augen verengten sich.

Sie dachte an die Splitter in Lili Steins Handfläche und das blutleere Hakenkreuz. »Du meinst, sie wurde in dem Lichtschacht umgebracht?«

Er nickte. »Es gibt Hinweise auf einen Kampf – blaue Flecken auf dem Unterarm, Linien von der Würgeschlaufe auf den Fingerspitzen, Betonstückchen unter den Fingernägeln, Metallkratzer von den Schrauben an ihren Krücken. Alles deutet darauf hin, dass der Täter sie anschließend hochgeschleppt hat.«

Sie muss sich ganz schön gewehrt haben, dachte Aimée. Sie lehnte sich vor und roch an der Erde auf dem Häufchen feuchter lehmverschmierter Blätter. Dann griff sie nach der Pinzette und pickte einen verdreckten Papierstreifen mit Zahlen heraus. Vorsichtig zog sie ein Fädchen bunte Wolle heraus, dann ein angelaufenes Plastikröhrchen von der Größe eines Centime-Stücks. Sie sah sich beides genau an. Den knubbeligen rosa Knopf ließ sie in dem Tütchen. Aimée drehte es hin und her und deutete auf die verschlungenen Cs auf dem Knopf.

»Komisch«, sagte sie. »Lili Stein schien mir nicht der Typ für Chanel.«

»Aha!« Morbier stöhnte auf. »Der Mörder trug Chanel und hat beim Hochschleifen der Leiche einen Knopf verloren.« Er stupste gegen den klobigen Knopf. »Sozusagen ein Designer-Mord!« Er grinste.

Sie ignorierte es. »Nehmen wir mal an, das ist Lili Steins Wolle, wo sind dann ihre Stricknadeln? Oder die Tasche, in der sie ihre Handarbeit mitnahm?«

Und was war mit Soli Hechts Namen, den sie auf einem Zettel in Lili Steins Strickzeug gefunden hatte, dem Foto und der Drohung, die sie selbst per Fax erhalten hatte? Sie erwähnte nichts davon, besonders nachdem Morbier die BRI erwähnt hatte, die Elitetruppe der Regierung. Zunächst hatte sie geglaubt, dass Hecht die *flics* wegen seines angeborenen Misstrauens der Polizei gegenüber nicht involvieren wollte. Aber vielleicht war es auch etwas anderes … vielleicht vermutete er Korruption.

»Sind die Mülltonnen überprüft worden?«, fragte Aimée.

»Mülltonnen, das ist klassisch«, antwortete er. Er sah auf seine Notizen und machte ein langes Gesicht. »Der Müll wurde an diesem Morgen abgeholt, und im Hotel waren die Tonnen auch gerade geleert worden.«

Sie neigte den Kopf zur Seite. »Welches Hotel?«

»Hôtel Pavillon de la Reine, gleich in der Nähe.«

Sie hatte schon von diesem exklusiven Hotel gehört, es hatte mehrere Sterne im Michelin-Führer.

»Was ist hiermit?« Sie zeigte auf ein Stückchen Papier in der Tüte. »Wie weit entfernt lag das von der Leiche?«

»Die Spurensicherung hat notiert, dass es beim Eingang zum Hof gefunden wurde«, sagte er.

»Schau dir die Zahlen an. Das sieht aus wie eine Quittung. Lass mich eine Kopie machen«, sagte sie. »Und ich würde mir gern die Fotos ausleihen.«

Er nickte.

Sie nahm ein Stück sterile Klarsichtfolie, legte es auf die Oberfläche des Kopierers und platzierte das Papierstückchen mit der Pinzette darauf. Dann breitete sie ein weiteres Stück sterile Folie darüber, schloss den Deckel und drückte »Kopie«.

Die zerrissene Kante hatte eine Nummer, wie am Ende eines Bons. Sie würde die Läden der Umgebung überprüfen.

»Danke, Morbier.« Sie beäugte einen Trenchcoat im Columbo-Stil mit geflicktem Innenfutter, der an einem Kleiderhaken hing. »Deiner?«

Morbier schüttelte den Kopf. »Ich habe Bereitschaft«, meinte er dann. »Sag mir, wenn du irgendwas rauskriegst.«

»Meinst du, irgendjemand hätte was dagegen, wenn ich mir den Trenchcoat mal kurz ausleihe?«, fragte sie.

Er grinste. »Besser wär das. Dein Aufzug beleidigt garantiert jedes Auge.«

»Ich versuch mein Bestes«, sagte sie und schlüpfte in den Mantel.

Unten auf der Straße geriet Aimée direkt in einen Menschenauflauf, der eine Seite der Rue François-Miron verstopfte. Orthodoxe chassidische Juden standen ganz in Schwarz in kleinen Gruppen zwischen Schaulustigen in Anzügen und Jeans.

»*Nom de Dieu*, Soli Hecht!«, hörte sie eine alte Frau jammern.

Aimée wich zurück, als sie Hechts Namen hörte.

Rote Lichter blinkten auf einem Rettungswagen, der quer auf dem Bürgersteig hielt. Sie zog den Trenchcoat enger und fing an zu laufen. Sie erreichte die Straßenecke, bevor der Rettungswagen losfuhr. Sanitäter in weißen Kitteln schoben eine Bahre durch die Hintertüren. Aimée erhaschte einen Blick auf einen zugedeckten Körper, bevor die Türen zugeschlagen wurden. Die Sirenen hallten in der Straße wider, als die Ambulanz über das Kopfsteinpflaster die Rue Geoffroy-l'Asnier in Richtung Seine runterraste.

Mit gemischten Gefühlen sah sie zu dem sechseckigen Stern auf dem Tor zum Centre de Documentation Juive Contemporaine hinüber, der Schoah-Gedenkstätte.

Zwei Männer neben ihr unterhielten sich auf Jiddisch. Beide hatten die typischen schwarzen zylinderartigen Hüte auf. Einer von ihnen trug einen Bart, der andere hatte Anzughosen an, die nicht ganz bis zu den weißen Socken reichten.

»Was ist passiert?«, fragte sie.

»Soli Hecht wurde vom Bastille-Bus angefahren«, sagte der Bärtige auf Französisch. In seiner Tasche steckte eine hebräische Zeitschrift.

»Ein Unfall? Ist er verletzt?«, hakte sie nach.

Der bärtige Mann wandte sich ihr zu und zuckte mit den Achseln. »Schwer zu sagen, aber sie haben das Laken jedenfalls nicht über den Kopf gezogen. Kein *panier à salade*«, sagte er und wies auf den blauen Polizeitransporter. »Ein Unfall? Na, wenn Sie glauben, es war einer …« Er führte seinen Satz nicht zu Ende.

Erschrocken trat sie zurück und stieß mit dem Rücken gegen die Mauer hinter sich. »Aber er ist ein alter Mann …« Ihre Stimme verlor sich, als die Männer davongingen.

Jetzt, da die Menge sich fast aufgelöst hatte, sah sie die blutigen Pflastersteine zu ihren Füßen. Ein Schauer lief ihr über den Rücken. Lili Stein war nur drei Straßen weiter ermordet worden.

Das Centre de Documentation Juive Contemporaine befand sich in der Nähe der Seine. Ein Bronzedenkmal des Juif Inconnu, des unbekannten jüdischen Märtyrers, stand im Eingang. Aimée schritt zielstrebig daran vorbei, bis sie an den geschotterten Quai gelangte.

Sie dachte an die Umschläge in Lili Steins Schreibtischschublade, die an das Centre adressiert waren, die Liste in ihrem Handarbeitskorb, auf der »Soli H.« stand. Am bedeutsamsten schienen ihr jedoch Hechts Worte. Sie hatte das Foto in Lili Steins Hand gelegt. Aber es war zu spät gewesen. Wusste Hecht etwas, das ihn in Gefahr gebracht hatte?

Ein Gefühl des Unbehagens nagte an ihr. Erst Lili Stein, nun Soli Hecht.

Um ihre Füße herum tippelten Tauben auf der Suche nach Brotkrumen. Sie holte ihr Handy heraus, und ihre raschen Schritte ließen kleine Steinchen aufspritzen, während die bleifarbene Seine gemächlich neben ihr herfloss. Sie scheuchte die Tauben weg, als Morbier antwortete.

»Ich habe gerade gesehen, wie Soli Hecht in einem Rettungswagen abtransportiert wurde«, sagte sie. »Man munkelt, er wurde vor den Bus gestoßen.«

Aimée wollte von Morbier die offizielle Version hören. Rausfinden, ob die Polizei die Sache als Unfall oder versuchten Mord behandelte.

»Also wirklich!«, sagte Morbier. »Jemand stolpert vor einen Bus, und du rufst mich im *Commissariat* an! Hat jemand gesehen, wie er gestoßen wurde? Ja? Ein Täter und ein Motiv wären auch nicht schlecht. *Voilà*, dann hätten wir was.«

»Ich teile nur brüderlich.« Sie legte auf.

Die ganze Sache gefiel ihr nicht. Schon von Anfang an nicht. Das stank zum Himmel, hätte ihr Vater gesagt. Sie trat in den gepflasterten Hof des Centre, um zu fragen, ob Soli Hecht hier gewesen war oder ob jemandem etwas aufgefallen war.

Auf dem Denkmal waren die Namen der Opfer aus den Todeslagern eingemeißelt. Betroffen blickte sie auf die Liste der Vernichtungslager: Auschwitz, Belzec, Birkenau, Chelmno, Ravensbrück, Sobibor – so viele Orte, von denen sie noch nie gehört hatte. »Vergiss es nicht« stand handschriftlich in großen Buchstaben auf dem Schild darunter.

»Vergiss es nicht«, hatte Lili Stein auch ihrem jungen Sohn Abraham eingeimpft. Was hatte sie damit gemeint? Und war das vielleicht der Grund, warum sie sterben musste?

Innen bot das fünfstöckige Gebäude eine Mischung aus Fünfzigerjahre-Architektur und nichtssagender Hightech-Einrichtung. Die modernsten Alarmsensoren und hochauflösende Überwachungskameras hingen in den Marmornischen. An der hinteren Wand des schmucklosen Eingangsbereichs befand sich eine Übersicht in mehreren Sprachen.

Eine kleine junge Frau mit einem dicken schwarzen geflochtenen Zopf, der über ihrer Tunika baumelte, kam herbei, um sie zu begrüßen. Auf ihrem Namensschild war zu lesen »Solange Goutal, Verwaltungsassistentin«.

»Hallo, kann ich Ihnen helfen?« Hinter rahmenlosen Brillengläsern schauten sie gerötete Augen an.

Aimée zeigte ihren Ausweis. »Ich bin wegen Soli Hecht hier. Haben Sie mitbekommen, dass er bei einem Unfall vor dem Gebäude verletzt wurde?«

»Ja, natürlich.« Solange nickte und verzog schmerzlich das Gesicht. »Ich habe ja noch mit ihm gesprochen, bevor er ging.«

Aimée hoffte, dass man ihr die Überraschung nicht allzu sehr ansah. »Wann war das?«

»Sind Sie von der Polizei? Kann ich den Ausweis noch einmal sehen?«

Aimée behielt ihr geschäftsmäßiges Lächeln bei. Diese Frau war vielleicht die letzte Person, die mit Hecht gesprochen hatte. »Ich bin private Ermittlerin und untersuche den Mord an einer jüdischen Frau aus der Nachbarschaft.«

»Ich würde natürlich gerne helfen, aber wo ist hier der Zusammenhang?«, fragte Solange. Sie zog ein Spitzentaschentuch aus ihrer Tasche und putzte sich geräuschvoll die Nase.

Diese Solange war offenbar von der neugierigen Sorte. Aimée seufzte innerlich und sagte dann: »Mein Job besteht darin, alle Zufälle auszuschließen und handfeste Beweise zu finden, um schließlich jemanden überführen zu können.«

Solanges Augenbrauen zogen sich nachdenklich zusammen. »Ich verstehe«, sagte sie, und Aimée zweifelte daran, dass das der Fall war. »Randalierer haben letzte Woche unseren Davidstern angezündet. Les Blancs Nationaux haben sich nicht dazu bekannt, aber es würde mich nicht überraschen, wenn die es doch waren, was denken Sie?«

»Schwer zu sagen.« Aimée biss sich auf die Zunge, lächelte aber weiter. Sie wollte, dass diese Frau ihre Fragen beantwortete, nicht selbst Fragen stellte. »Warum erzählen Sie mir nicht etwas über Soli Hecht? Wie war ihre letzte Begegnung?«

»Nun, er brauchte Hilfe, um die Treppe runterzukommen, wegen seiner Arthritis.« Sie zeigte auf die geschwungene Marmortreppe. »Ich brachte ihm dann seinen Mantel. Ich habe ihm immer geholfen, wenn ich konnte. Seine Arbeit ist so wichtig.« Sie lächelte traurig.

»Haben Sie den Unfall gesehen?«

Sie zog die Nase hoch und unterdrückte die Tränen. »Nein, ich stand abgewandt, weil ich die Alarmanlage gerade ausschaltete«, sagte sie. »Ich hörte Bremsen quietschen, dann einen dumpfen Knall. Ich rannte raus, aber …« Sie schloss die Augen.

»Sie haben die Alarmanlage ausgeschaltet, nachdem Soli Hecht gegangen war?«, sagte Aimée. Das ergab keinen Sinn. »Warum?«

»Wenn Soli an einem Projekt mitarbeitete, konnte er hier jederzeit rein. Wir schließen am Freitag normalerweise mittags, wegen des Sabbat. Heute jedoch kam ich her, um etwas für die Deportations-Gedächtnisandacht vorzubereiten. Kurz nach drei klingelte Soli im Büro, und ich habe den Alarm ausgeschaltet, um ihn reinzulassen. Dann schaltete ich die Anlage wieder ein, aber er blieb nur kurz. Um ihn rauszulassen, musste ich sie wieder ausschalten. Dabei vergaß ich, den Alarm-Code des Büros einzugeben.«

»Aber ich bin doch gerade reingekommen«, unterbrach Aimée sie.

»Mein Fehler.« Solange schüttelte den Kopf. »Ich hätte die Anlage wieder aktivieren sollen. Aber es ist so schwer, immer daran zu denken.«

»Kann Soli Hecht jederzeit hier rein?«, fragte Aimée.

»Natürlich!« Solange klang überrascht. »Soli hat vom 4. Arrondissement einen Zuschuss für einen Platz in diesem Gebäude erhalten. Seine Stiftung hat oben ein Büro. Da die Juden hier im Marais lebten und starben, sollte ihre Geschichte auch hier gezeigt werden, sagte er immer. Aber diese Woche habe ich ihn zum ersten Mal seit mehreren Monaten wieder gesehen.«

Aimée zog überrascht die Augenbrauen in die Höhe. Diese Information passte ins Bild. Womöglich stand Hechts letzter Kontakt mit Lili Stein im Zusammenhang mit seiner Arbeit im Centre. »Wissen Sie, woran er gerade gearbeitet hat?«, fragte sie.

»Das ist vertraulich.« Solange schaute auf die Uhr. »Ich muss das Centre jetzt schließen.«

»Gibt es noch jemanden in seinem Büro, mit dem ich darüber sprechen könnte?«, fragte Aimée.

»Nein, Fragen dieser Art könnte Ihnen auch nur Soli beantworten. Außerdem ist heute sonst niemand hier.«

Warum wollte Solange nicht reden? Vermutlich war gerade ein Anschlag auf Soli Hechts Leben verübt worden – da brauchte man sich wohl kaum Sorgen um Vertraulichkeit machen.

»Solange, ich muss etwas über seine Arbeit hier erfahren, das könnte wichtig sein.«

»Ich hab doch gesagt, es ist vertraulich«, keifte sie.

Hecht hatte ihr fünfzigtausend Francs zugesteckt, um Lili Steins Mörder zu finden, und nun war er selbst verletzt. Es musste eine Verbindung zu Hechts Stiftung geben, aber sie würde es nicht herausfinden, solange diese bezopfte Tante ihr den Weg versperrte.

»Ihre Direktorin ist hoffentlich eine größere Hilfe.« Aimée beugte sich zu Solange hinüber.

»Sie ist heute mit der Andacht am Deportations-Mahnmal beschäftigt, aber sie wird Sonntag hier sein.« Solange wich zurück an den auf Hochglanz polierten hölzernen Empfangstresen.

»Und was ist, wenn Soli Hecht es nicht bis morgen schafft und Sie meine Ermittlungen behindert haben – hätten Sie das gerne auf Ihrem Gewissen?«

Solanges Kinn zitterte. »Ich mache die Regeln nicht, tut mir leid.«

»Sagen Sie mir nur eins.« Aimée verschränkte die Arme. »Wirkte Monsieur Hecht heute anders als sonst?«

Solange zögerte und verknotete ihre Finger. »Seine rheumatische Arthritis war schlimmer geworden. Er hatte ständig Schmerzen.« Sie druckste ein wenig herum. »Darum schien es mir ungewöhnlich.«

»Was schien Ihnen ungewöhnlich?«, fragte Aimée alarmiert.

»Na, dass er an der Bushaltestelle stand«, erklärte Solange nüchtern. »Er hatte mir gesagt, er wollte ein Taxi nach Hause nehmen.«

Aimée versuchte ihre Gesichtsmuskeln zu kontrollieren, um ihre Aufregung zu verbergen. Ihr Misstrauen in Bezug auf Solange löste sich in Luft auf. »Haben Sie den Unfall der Polizei gemeldet?«

»Die haben noch nicht einmal reagiert, als ich sie verständigte. Sagten einfach, ich sollte bei der SAMU anrufen und einen Rettungswagen anfordern.« Sie schüttelte den Kopf. »Soli ist ein so besonderer Mann. Warum musste das passieren? Das ist so ungerecht.«

Draußen starrte Aimée auf den mittlerweile bräunlichen Fleck auf den Pflastersteinen. Es ergab keinen Sinn, dass Hecht mit anhaltenden Schmerzen an der Bushaltestelle gestanden hatte, wo der Taxistand nur wenige Meter weit weg war. Besonders nachdem er gesagt hatte, er würde sich ein Taxi nehmen. Sie runzelte die Stirn. Irgendwie würde sie dieses Rätsel lösen, Pflasterstein für Pflasterstein, wenn nötig.

Später Freitagnachmittag

»Soli Hecht liegt im Koma?« Aimée stand vor Morbiers Schreibtisch. »Wird er wieder aufwachen?«

»Schlimmes Trauma, innere Verletzungen.« Morbier zuckte mit den Schultern. »Aber ich bin kein Arzt.«

»Wenn er zu sich kommt, kriegst du es dann hin, dass ich mit ihm reden kann?«, fragte Aimée.

Über ihnen dröhnte der Sender France 2 aus dem Fernseher der Ermittlungsabteilung des *Commissariat*. Auf dem Bildschirm marschierten neben einem Nachrichtenjournalisten, der verzweifelt versuchte, jemanden zu finden, der mit ihm redete, aufgebrachte Demonstranten am Élysée-Palast vorbei.

»Tja, *wenn* … Er ist über achtzig, es ist ein Wunder, dass sein Herz überhaupt noch schlägt. Im Übrigen wird er rund um die Uhr bewacht«, fügte Morbier hinzu.

Ihr Herz begann schneller zu klopfen. Irgendetwas war faul an der Sache.

»Wie jetzt – hast du nicht gesagt, es handele sich um einen Unfall? Noch nicht mal einer Untersuchung wert, als ich dich anrief …«

Morbier unterbrach sie. »Nicht ich. Das kam von oben.«

»Was soll denn das heißen?«

»Vorgesetzte. Nicht mehr mein Bereich. Meine Männer und ich wurden angewiesen, uns aus Sicherheitsgründen von dieser Untersuchung fernzuhalten. Das gilt auch für dich.« Er warf Aimée einen durchdringenden Blick zu.

»Warte mal.« Sie hasste es, etwas aus dritter Hand zu erfahren. »Betrifft das auch Lili Steins Fall?«

»Das BRI ist dem 3. und 4. Arrondissement zugewiesen worden«, entgegnete Morbier kurz angebunden.

Wenn Solange Goutals Anruf bei der Polizei ignoriert worden war, Soli Hecht jetzt aber plötzlich unter Beobachtung stand, lief hier mehr, als auf den ersten Blick ersichtlich. Das vermutete Aimée jedenfalls. »Du hast den Fall also gar nicht mehr?«

Morbier zeigte mit seinem nikotinverfärbten Finger in ihre Richtung. »Bleib bei deinen Computern, Leduc, das ist alles, was du wissen musst.«

»Und was ist mit den Telefonnummern, die vom Quartier der Blancs Nationaux aus gewählt wurden?«

Er schüttelte den Kopf. »Ich kann dir nicht helfen.«

Ein typisches gallisches Ausweichmanöver, dachte sie. Die Franzosen hatten die Kunst des Sich-neutral-Verhaltens wirklich perfektioniert. Morbier nahm einen tiefen Zug aus dem Stummel seiner unvermeidlichen Gauloise, die er wie immer zwischen Daumen und Mittelfinger hielt, und zog die buschigen Augenbrauen hoch.

»Rede mit mir, Morbier«, sagte sie. Es kam vertraulicher rüber, als sie es meinte.

»Es ist das erste Mal in sechsundzwanzig Jahren, dass mir ein Fall entzogen wird.« Er blickte verärgert auf seinen Schreibtisch und ignorierte den Ton in ihrer Stimme. »Nebenbei bemerkt, mir gefällt das auch nicht.«

Sie merkte, wie sie wütend wurde, aber aus Morbier war offensichtlich nichts herauszubekommen. Also bedankte sie sich und verließ das Revier.

Der Spätnachmittagsverkehr auf der Rue du Louvre war gänzlich zum Stillstand gekommen, als sie zum Büro zurückging. Morbiers Worte gingen ihr im Kopf herum, und sie schmachtete nach einer Zigarette.

Stattdessen kaufte sie sich ein Baguette in der Boulangerie neben ihrem Büro. In dem kleinen Supermarché, der gegenüber zwischen zwei hohen Gebäuden eingekeilt war, besorgte sie Chèvre, Tapenade und eine Flasche Orangina. Sie winkte Zazie zu, die hinter dem Fenster vom Café Magritte bei den Hausaufgaben saß.

Als sie die ausgetretenen Stufen zu ihrem Büro hochging, stand ihr Entschluss fest. Sie würde weiter ermitteln, egal, was Morbier sagte. Ihn konnten sie vielleicht rumschubsen, aber ihr hatte niemand etwas zu sagen.

Miles Davis begrüßte sie und schnüffelte aufgeregt an der Tüte mit Lebensmitteln. Sie fütterte ihn mit ein paar Resten vom Metzger. Das einzige Lebenszeichen von René war ein Zettel an seinem Monitor: »Bis später.«

Miles Davis legte sich zwischen die Heizung und Renés Stuhl und döste vor sich hin. Aimée goss die Orangina in ein altes Weinglas aus Kristall, das ihrem Großvater gehört hatte. Dann verfrachtete sie Käse und Tapenade in das knusprige Baguette und fing an zu essen.

Nachdem sie fertig war, suchte sie die beiden Hälften des alten Fotos heraus – den Teil, den sie sich aus dem Computer ausgedruckt hatte, und den Teil, den sie in Lili Steins Zimmer unter dem Aquarium gefunden hatte – und klebte die beiden Hälften vorsichtig zusammen. Sie scannte das komplette Bild und bearbeitete es digital, dann druckte sie es aus.

Sie legte das Bild zu den ausgebreiteten Fotos von der polizeilichen Untersuchung und ihren eigenen Archivfotos. Schließlich heftete sie alle Aufnahmen in chronologischer Reihenfolge an die Wand und suchte nach Verbindungen zu dem Hakenkreuz.

Sie betrachtete die Fotos mit der Lupe. Die schwarz-weißen Bilder tauchten alles in eine zeitlose Vergangenheit. Jede Aufnahme zeigte eine andere Szene, aber alle waren aus dem Marais. Sie erkannte das Café Ma Bourgogne, in das sie selbst oft ging. Eine Gruppe SS-Soldaten in schweren Stiefeln saß trinkend am Ecktisch. Daneben standen Frauen mit aufgerollten Haaren in Söckchen und Riemchenpumps mit Rationsbüchern Schlange.

Ein anderes Foto zeigte die Kommandantur in der Rue des Francs Bourgeois, mit bewaffneten Nazis, die vor der schweren Holztür Wache standen. Beinahe fiel ihr der Orangina-Kelch aus der Hand.

Auf den Flaggen, die über der Kommandantur wehten, entdeckte sie gekippte Hakenkreuze mit abgerundeten Enden, genau wie das auf Lili Steins Stirn.

Miles Davis knurrte, dann klopfte jemand vernehmlich an der Bürotür. Hatte René seine Schlüssel vergessen? Sie zog ihre nicht angemeldete 9-mm-Glock-Pistole aus der Schreibtischschublade und steckte sie in die hintere Tasche ihrer Jeans.

»Wer ist da?«, rief sie.

Eine gedämpfte Stimme erklang hinter der Tür. »Hervé Vitold von der BRI.«

»Zeigen Sie mir Ihren Ausweis.«

Ein laminierter Ausweis mit Passbild, auf dem *Brigade de Recherche et d'Intervention* stand, tauchte vor dem Spion auf.

»Einen Moment.« Sie sammelte rasch die Fotos ein und steckte sie zurück in den großen Umschlag in der Schublade.

»Bitte entschuldigen Sie die Vorsichtsmaßnahme.« Sie öffnete langsam die Tür. »Ich habe erst vor Kurzem einen Drohbrief erhalten.«

Aimée hatte noch nie zuvor einen Anzug aus der Londoner Savile Row gesehen, aber sie ahnte, dass der nordisch aussehende Mann vor ihrer Tür einen anhatte. Wahrscheinlich auch ein maßgeschneidertes Hemd von Turnbull & Asser.

»Kein Problem«, sagte er. Seine weißblonden Haare schimmerten im Licht des Flurs, aber sein Gesicht blieb im Schatten. »Mademoiselle Leduc?«

Aimée nickte, ließ dabei aber ihre Hand auf dem Abzug der Pistole.

»Ich habe keinen Termin, aber ich würde Sie gerne um eine halbe Stunde Ihrer Zeit bitten. Gegen ein entsprechendes Honorar selbstverständlich.« Er lächelte.

Aimée öffnete die Tür etwas weiter und ließ ihn herein. Sie versuchte, in ihrer zu engen Jeans und dem zerschlissenen Asterix-gegen-die-Römer-T-Shirt so professionell wie möglich zu wirken. Der Duft von etwas Teurem mit einem Hauch Zitrone schwebte ihr entgegen.

»Bitte kommen Sie rein und setzen Sie sich, ich bin gleich bei Ihnen«, sagte sie.

»Hervé Vitold.« Er streckte seine Hand aus, während sie ihn in ihr Büro führte. »Sicherheitsbeauftragter.« Er hatte goldgrüne Augen und eine für November exklusive Gesichtsfarbe.

»Bitte nehmen Sie doch Platz«, sagte sie noch einmal, überrascht, dass er keine Uniform trug.

Er lehnte sich vor, nahm ein ledernes Scheckheft heraus und bedachte sie mit einem strahlenden Siegerlächeln. »Erst das Geschäftliche. Wie ist Ihr Stundensatz?«

Aimée fragte sich kurz, warum ein *Gentlemen's-Quarterly*-Typ von der BRI in ihr Büro kommen und sie auch noch dafür bezahlen würde, mit ihm zu reden.

»Fünfhundert Francs für eine halbe Stunde«, sagte sie dann.

Sollte er doch seinen Worten Taten folgen lassen. Mal sehen, ob dieser attraktive Mann im Anzug es ernst meinte.

Unverzüglich zog er einen Montblanc-Kugelschreiber hervor, trug den Betrag ein, schob ihr den Scheck hin und berührte dabei leicht ihre Fingerspitzen. Sie hätte schwören können, dass seine kräftigen, manikürten Finger eine Sekunde zu lang auf den ihren verharrten. So verwundert sie auch über den Scheck war, sie ließ es sich nicht anmerken. Sie konzentrierte sich auf seine stark geschwungenen blonden Wimpern und das Grün in seinen Augen. »Zu schön, um wahr zu sein«, blinkte es irgendwo in ihrem Gehirn, aber sie ignorierte die Warnung.

»Wie kann ich Ihnen helfen?« Sie lächelte.

»Zuerst möchte ich mich bedanken, dass Sie sich so spontan die Zeit nehmen. In einem Beruf wie Ihrem ...« Hierbei gestikulierte er vage durch das Büro, das nicht unbedingt den Anblick geschäftiger Produktivität vermittelte. »Und mit Ihrem sicherlich sehr engen Zeitplan ...« Er lächelte breit. »Aber ich komme direkt zum Punkt, darf ich?«

»Es ist Ihr Geld.«

»Meine Abteilung arbeitet im Bereich der Gefahrenprävention, eine Art Außendienst von La Défense«, sagte er.

Komm schon, Junge, raus mit der Sprache, dachte sie. »Tut mir leid, aber mit Staatssicherheit kenne ich mich überhaupt nicht aus – tragen Sie denn keine Uniformen?«

Wieder dieses Lächeln. »Keine Uniformen. Es gibt uns und es gibt uns nicht, wenn Sie verstehen ...«

Er redete Chinesisch. »Nicht wirklich. Vielleicht sollten Sie tatsächlich auf den Punkt kommen.«

Ein amüsiertes Lächeln huschte über sein Gesicht.

Die Schatten an den Bürowänden wurden länger, und sie stand auf, um die Beleuchtung anzuschalten.

»*Mais bien sûr*«, sagte er. »Eine Sondereinheit in Bourget, verantwortlich für Terrorabwehr, hat den Fall Stein übernommen. Alle Anfragen, Überwachungen und Nachforschungen laufen jetzt über uns.«

Das passte zu Morbiers Ansage. »Warum?«

»In der momentanen politischen Lage und in Anbetracht der Sensibilität der Sache hat die Sondereinheit das Gefühl, dass man hier äußerste Vorsicht walten lassen sollte.« Vitold lehnte sich zurück und schlug die Hosenbeine in einem rechten Winkel übereinander. »Dies ist ein historischer Moment. Endlich, zum ersten Mal seit dem Krieg, werden sich die Delegierten der EU zusammensetzen und ein Abkommen unterschreiben, das Europa verbindet. Nichts soll dies, oder die verdeckte Operation, die wir laufen haben, um Terroristen zu fassen, die diesen Prozess verhindern wollen, in Gefahr bringen.« Er sah sie bedeutungsvoll an.

Zu schön, um wahr zu sein, in der Tat. »Wollen Sie mir so etwas sagen wie: Halten Sie sich da raus?«

»Mademoiselle Leduc, ich bitte Sie!« Seine Augen funkelten wieder vergnügt, dann verhärtete sich sein Blick. »Ich weiß, wie wichtig momentan diese Fristverlängerung des Finanzamts für Ihre kleine Firma ist, und es wäre doch bedauerlich, wenn etwas dazwischenkäme.«

»Soll das eine Drohung sein?«

Er erhob sich und strich sich ein paar Mal über seine perfekte Bügelfalte und sein immer noch faltenfreies Hemd. »Aber, aber …«, gluckste er jovial.

Sie erhob sich ebenfalls. »Also«, sagte sie. »Sie kommen hier rein, schreiben einen Scheck aus und erwarten, dass ich die Finger von einem bereits bezahlten Auftrag lasse, indem Sie mir mit meinen Steuern drohen? Wer glauben Sie eigentlich, wer Sie sind?«

»Hervé Vitold, wie ich bereits sagte, aber ich vergaß zu erwähnen, dass Ihre Ermittlerlizenz demnächst abläuft, da Sie keine Verlängerung beantragt haben.«

»Meine Ermittlerlizenz ist *orange*. Das bedeutet ohne zeitliche Begrenzung, und ich brauche sie auch nicht zu verlängern«, entgegnete sie.

»Jetzt nicht mehr.«

»Ach, gehen Sie doch jemand anders einschüchtern.« Sie starrte ihn wütend an und zerriss den Scheck in kleine Fetzen.

Er griff nach ihren Handgelenken und umklammerte sie wie ein Schraubstock. Kleine weiße Papierstückchen flatterten auf den Parkettboden. Sie realisierte, dass seine großen manikürten Hände ihre Knochen wie Streichhölzer hätten zerbrechen können.

»Sie sollten auf Ihre Händchen achtgeben.« Er streichelte über die Narbe in ihrer Handfläche.

Sie wies mit dem Kopf in Richtung der Videokamera, die im Deko-Stuck an der Decke angebracht war. »Tun Sie sich keinen Zwang an, die Überwachungskamera wird alles schön aufnehmen.«

Ein eigenartiges Lächeln huschte über sein Gesicht, und er ließ sie los.

Dann war er raus aus dem Büro und ging den Flur entlang. Vor der Ausgangstür mit der Milchglasscheibe drehte er sich noch einmal um.

»Überlegen Sie es sich gut. Ich würde das, an Ihrer Stelle«, sagte er.

Sie zog die Glock hervor. Aber er war verschwunden. Nur ein Hauch von Zitrone lag noch in der Luft.

Aimée zitterte so stark, dass sie ihre Hände kaum ruhig halten konnte. Sie zwang sich, tief durchzuatmen, und sicherte die Pistole. Wie tief hing sie in der Sache drin – und in welcher Sache genau hing sie eigentlich drin?

Sie rieb sich die Handgelenke. Die Druckstellen, wo Hervé Vitold sie gepackt hatte, waren immer noch weiß. Dann spulte sie die Videokassette zurück und druckte ein Foto von ihm aus. Sie dachte an den alten Spruch aus Texas – »Taugt nicht mal als Hundefutter« – und schrieb ihn mit einem roten Edding quer über Vitolds Gesicht.

Als sie sich endlich wieder so weit beruhigt hatte, dass sie arbeiten konnte, setzte sie sich an den Computer. Sie wusste, dass die Zugangscodes in der Sicherheitsabteilung von La Défense täglich wechselten. Innerhalb von zehn Minuten hatte sie das »sichere« System der Regierung umgangen, war in deren Datenbank und sah sich die Sondereinheit Bourget an.

Die Befehlskette für Antiterror-Einsätze überging die kommunale Polizei in Fällen wie Bombenattentaten, Geiselnahmen oder Ähnlichem. Von toten alten Damen mit Hakenkreuzen auf der Stirn war nicht die Rede.

Sie überprüfte die Daten der BRI, aber einen Hervé Vitold gab es nicht. Sie verbrachte zwei Stunden damit, sich in alle entsprechenden Regierungsbehörden einzuloggen.

Wenn Vitold der war, für den er sich ausgab, war sie Madame Charles de Gaulle, Gott beschütze sie! In nicht einer Datenbank fand sich ein Herr mit dem Namen Hervé Vitold.

Freitagabend

Die raue Stimme klang nicht zufrieden.

»Betrachten Sie es als Befehl, Griffe. Der Minister ist bei diesem Punkt der Agenda sehr festgelegt.«

Hartmut Griffe zwang sich, ruhig zu bleiben. »Selbstverständlich. Ich sagte ja bereits, dass ich den Verzichts-Nachtrag überprüfe, bevor ich eine Entscheidung treffe.«

Er legte auf. Und fragte sich einen Moment, wie Bonn wohl reagieren würde, wenn er nicht unterschrieb.

Er stellte seinen Aktenkoffer müde auf dem Aubusson-Teppich ab und ließ sich in den Brokatstoff der Récamière fallen. Alle Zimmer waren mit echten Antiquitäten eingerichtet, trotzdem waren sie sehr bequem, dachte er. Das silberne Seidenkissen war ihm vertraut wie die, die seine Mutter an Winterabenden vor langer Zeit bestickt hatte.

Aber die Welt von damals war aus den Fugen geraten. Er legte seine Füße auf das Kissen, lehnte sich erschöpft zurück und schloss die Augen.

Er konnte nicht einschlafen. Noch einmal durchlebte er die Rückkehr zu seinem Elternhaus am Stadtrand von Hamburg. Nachdem einundneunzigtausend Deutsche bei Stalingrad gefallen waren, hatte er zu den fünftausend Überlebenden gehört, die sich aus den sibirischen Arbeitslagern nach Hause schleppten.

Am Ende der von Bombenkratern durchlöcherten, aufgeweichten Straße hatte er das Haus trotz der verbrannten Fassade und der zerborstenen Fenster erkannt. Als er in die türlose Ruine trat, die leer und verlassen dalag, sah er, dass sogar die Mauersteine des Kamins mitgenommen worden waren. Er schlurfte nach hinten, auf der Suche nach seiner Verlobten. Seine Familie hatte damals noch die Verlobung ausgerichtet, als er in die letzte Klasse des Gymnasiums ging, vor dem Krieg.

In der beißenden, bitterkalten Luft hörte er ein stetes Hacken, dann das Geräusch von splitterndem Holz aus dem verfallenen Schuppen. Mit roten Wangen und mit vor klirrender Kälte weißem Atem war Grete an diesem kalten Märznachmittag dabei, mit einer rostigen Axt den Gartenschuppen in Kaminholz zu zerlegen. Ihre aufgesprungene, zerschrammte Hand schnellte vor den Mund, als sie ihn erkannte. Sie unterdrückte einen Schrei, dann lief sie auf ihn zu, umarmte ihn.

»Du lebst!«, brachte sie endlich heraus, ihre Stimme klang brüchig. »Katia, Papa ist hier. Dein Papa!«, rief sie und zitterte im eisigen Wind.

Ein kleines Kind saß, eingewickelt in zusammengeflickte Leinensäcke, in einer Schubkarre in der Nähe des Schuppens. Seltsamerweise fühlte er keinerlei Zuneigung für dieses Wesen mit den hohlen Wangen, der laufenden Nase und den verklebten Augen. Das Kind spielte mit einem verzogenen Fotoalbum und dem Geigenbogen seines Vaters, mehr war nicht von der Familie übrig. Grete versicherte ihm stolz, dass Katia sein Kind war, gezeugt auf seinem letzten Fronturlaub 1942.

Ja, er erinnerte sich. Er hatte es nach den teigigen Beinen und der verzweifelten Umarmung seiner Verlobten kaum abwarten können, wieder nach Paris und zu Sarah zurückzukehren.

Er wusste, dass Katia von ihm war, und er nahm es ihr übel. Er wünschte, es wäre anders gewesen. Schuldgefühle übermannten ihn: Er war einer, der sein eigenes Kind nicht wollte.

Ihm war klar, dass er bleiben musste. Wegen Katia. Er würde Grete heiraten, sein Versprechen halten. Grete hatte sein Kind bekommen, das Haus gehütet. Er war es ihr schuldig. Dann erzählte sie ihm, was mit seinen Eltern geschehen war.

»Es war im April, der Schnee noch nicht geschmolzen, und deine Eltern konnten es nicht ertragen, Katia so fürchterlich frieren zu sehen. Sie hatten gehört, dass es in Hamburg Decken auf dem Schwarzmarkt gab, und wollten in die Stadt. Es fuhr nur noch eine Bahn, sie war angemalt wie ein Krankenwagen, weiß und rot.« Grete schwieg einen Augenblick und senkte dann den Kopf. »Es tut mir leid, Helmut. Ich bin mir sicher, sie haben nicht mehr viel gemerkt. Wir haben nur das grelle Licht gesehen.« Sie deutete die lehmige, holprige Straße hinunter. »Nach der Explosion stieg Rauch in den Himmel, und es regnete kleine rote Stücke auf das schneebedeckte Feld.«

Er fragte sich, ob sie wirklich die Wahrheit sagte oder ob die Wahrheit vielleicht noch schrecklicher gewesen war. Es klang wie die Explosionen auf den sibirischen Ölfeldern, als er Kriegsgefangener war. Bei der Arbeit in der gefrorenen Tundra waren

Männer vor seinen Augen durch plötzlich ausbrechende Feuer auf dem Eis in verkohlte Asche verwandelt worden. Noch heute trug er Handschuhe, um die Narben der Hauttransplantationen zu verbergen.

In kalten Schweiß gebadet setzte er sich auf. Die treue und unerschütterliche Grete, sie hatte etwas Besseres verdient als sein leeres Herz. Aber wie hätte er nach Frankreich zurückgehen sollen? Ein Exnazi, frisch aus dem Kriegsgefangenenlager, um nach einem jüdischen Mädchen zu suchen, einer Kollaborateurin.

Im Nachkriegsdeutschland gab es weder Dienstleistungen noch Lebensmittel. Grete kochte Rüben und Wurzeln, die er unter dem Schnee ausgegraben hatte. Beim Durchforsten des Waldes träumte Griffe von Sarah, von ihrem hellen Gesicht in den Katakomben, wo sie sich Dosen mit Schwarzmarkt-*pâté* teilten.

Um ihn herum kochten die Leute ihre Schuhsohlen aus, wenn sie noch welche hatten. Er tauschte die Perlenkette seiner Mutter gegen einen Sack schrumpeliger Kartoffeln, die den schlimmsten Hunger stillten. Scharen von Kindern liefen hinter den wenigen fahrenden Zügen her, in der Hoffnung, ein Stückchen Kohle zu ergattern, das noch nicht ganz verbrannt war. Sie wagten es nicht, in die Trümmerkeller zurückzukommen, ohne etwas zu essen oder zum Verheizen mitzubringen.

Ausgemergelt und wie in Trance überlebte er, weil er seinen Verstand nutzte, um an Essbares zu kommen. Wenn er nachts zwischen Grete und Katia lag und sie sich gegenseitig wärmten, sah er Sarahs schlanke weiße Schenkel vor sich, fühlte ihre samtige Haut und stellte sich ihre blauen Augen vor.

Grete wusste, dass er sie nicht mehr liebte, dass da eine andere war. Aber sie heirateten ohne Reue. Keiner hatte Zeit für Reue im Nachkriegsdeutschland, und Grete und er waren ein gutes Team, die besten Eltern für die kleine Katia. Ihre Augen schienen nie zu heilen. Ein Auge war völlig verklebt und nässte ständig. Es gab kein Penizillin, und sie hatten kein Geld für den Schwarzmarkt.

Eines Tages kam Grete nach Hause und hatte Tuben und Päckchen in den Taschen ihres zu kleinen Wintermantels stecken. Sie zog eine Tube mit einer metallisch riechenden Tinktur heraus.

»Das wird ihren Augen helfen, Helmut«, sagte sie. »Du musst sie jetzt festhalten.« Dann nahm sie die Tube und drückte entschlossen die Salbe unter die Augenlider der kleinen Katia, während er das zappelnde Kind hielt. Schließlich zog sie ein paar riesige gelbschwarze Kapseln aus einer Papierverpackung. »Braves Mädchen, Katia, jetzt nur noch die hier schlucken. Hier ist etwas Tee«, sagte Grete beruhigend.

Katia verzog das Gesicht und spuckte die gelbschwarzen Dinger aus. Grete stopfte sie wieder zurück in ihren Mund.

»Grete, Grete, was machst du denn da?« Im ersten Moment dachte er, Grete wäre verrückt geworden und würde Katia jetzt mit toten Bienen füttern, weil sie so hungrig war.

Gretes Augen funkelten wütend. »Das ist Medizin, du Idiot! Kapseln. Sie muss sie nehmen, sonst wird sie blind, Gott im Himmel, nun hilf mir doch!«

Und er half. Er hatte diese riesigen Penizillinkapseln nicht vergessen – und auch nicht Gretes Gesicht, nachdem Katia die Tabletten endlich geschluckt hatte. Nur die GIs hatten solche Medikamente. Katias Augen heilten, und er hatte seine Frau nie gefragt, wie sie an das Penizillin gekommen war.

SAMSTAG

Samstagmorgen

In einer braunen Wolljacke und einem dicken Schal ging Aimée durch die schmale Gasse hinter der Rue des Rosiers. Sie ließ ihre Hand samt Handschuh in ihrer gefütterten Jackentasche, um sie warm zu halten. Die Nebel krochen durch das Marais und zogen sich bis zur Place des Vosges. Das alte Kopfsteinpflaster, von zahllosen Schritten blank gelaufen, klackte unter ihren Stiefeln. Über ihr hingen vor den Fenstern rote Geranien aus Blumenkästen.

Eine kaputte Straßenlaterne brummte und flackerte unregelmäßig. In der Nähe, auf der Rue Pavée, befanden sich eine feine Charcuterie, die importiertes Fleisch verkaufte, Javels Schusterei und eine kleine Reinigung. Sie trug die Kopie des abgerissenen Kassenbons vom Revier bei sich, der bei der Spurensicherung gefunden worden war, und hoffte, hier die andere Hälfte zu finden. Als Erstes versuchte sie es in der Charcuterie. Der geschäftige Besitzer gab ihr zu verstehen, dass seine Kundenbelege gelb waren, anders als das Stückchen Papier in ihrer Hand. Versuchen Sie es nebenan, schlug er vor.

Aimée öffnete die Tür zu der blitzblanken Reinigung von Madame Tallard. Warme, intensiv nach Stärke riechende Luft stieg hinter dem angeschlagenen Resopaltresen auf.

»Bonjour, Madame.« Aimée hielt die Kopie ihres Papierstückchens hoch. »Kennen Sie das hier?«

Die Frau kam hinter der Bügelpresse hervor und tastete sich am Tresen entlang. Sie lächelte unbestimmt. »Legen Sie es in meine Hand. Ich kann vieles ertasten.«

Die Frau war nahezu blind. Aimée konnte ihr Pech kaum fassen. »Ich habe mich gefragt, ob dies ein Zettel aus Ihrer Reinigung sein könnte«, sagte sie.

Eines von Madame Tallards Augen war milchig-weiß verschleiert, das andere schielte. »Ich passe für meine Tochter auf den Laden auf. Ihr Baby ist krank.« Sie tastete nach etwas hinter dem Tresen. »Hier, schauen Sie selbst.« Sie schob einen Quittungsblock in Aimées Richtung.

»Danke.« Aimée blätterte durch das handelsübliche Büchlein mit den verschmierten Durchschlägen.

Keine der Nummern passte, aber das Formular schien das richtige zu sein.

»Hm, ich finde ihn nicht«, sagte sie. »Aber der Bon sieht aus wie einer von Ihren.«

»Ich helfe meiner Tochter, solange die Kleidungsstücke keine Flecken haben oder ausgebessert werden müssen.« Madame Tallard räusperte sich. »Mein gutes Auge wird schnell müde. Wir arbeiten sehr sorgfältig und achten auf jede Kleinigkeit, wissen Sie? Für einen Kunden mit Couture-Kleidung gibt es nichts, das unwichtig ist, sage ich meiner Tochter immer.«

Aimée versuchte, optimistisch zu bleiben. Madame Tallard würde sich vielleicht an etwas erinnern. »Ich komme wegen eines Chanelkostüms! Sagt Ihnen das vielleicht etwas?«

»Ja. Meine Tochter hat mal eines erwähnt … war es knallrosa?«

»Stimmt«, sagte Aimée. »Mit großen, knubbeligen Knöpfen.«

»So wie diese?« Die Alte zog eine Schachtel mit Knöpfen aus einer Schublade unter dem Tresen hervor. Ihre Finger wanderten darüber, bis sie Aimée einen Perlmuttknopf mit verschlungenen Cs überreichte. »Ich habe immer Knöpfe in Reserve, falls eine Kundin einen braucht.«

»Genau. Nur pinkfarben«, sagte Aimée und erkannte die Art Chanelknopf wieder, wie ihn Morbier in seiner Beweisstück-Sammlung gehabt hatte.

»Das Kostüm wurde am Mittwochabend abgeholt.« Madame Tallard schlug ihre Handfläche auf den Tresen. »Aber es ist nicht Ihres, oder?«

»Bitte entschuldigen Sie.« Mechanisch zog Aimée ihren Ausweis heraus. »Ich bin eine private Ermittlerin von der Detektei Leduc. Können Sie mir sagen, wer das rosa Chanelkostüm abgeholt hat?«

Madame Tallard wich empört zurück. »Meine Kundschaft geht Sie nichts an. Das ist vertraulich, und ich möchte die Privatsphäre meiner Kunden nicht verletzen!«

»Mord ist eine noch größere Verletzung, Madame Tallard«, sagte Aimée. »Besonders, wenn er um die Ecke geschehen ist. Direkt bei Ihnen um die Ecke.«

»Meinen Sie die alte Frau mit dem Hakenkreuz auf der Stirn?« Die Hände von Madame Tallard zitterten.

»Ich wäre Ihnen wirklich dankbar für Ihre Mithilfe, Madame.«

Sie schüttelte den Kopf. »Schrecklich. Meine Tochter hat mir davon erzählt.«

»Was hat sie erzählt?«

»Dass es für alte Leute allmählich gefährlich wird, im Marais zu leben.«

Sie tastete sich zu einem dreibeinigen Hocker vor. Aimée lehnte sich über den Tresen.

»Ich ermittle sozusagen im Auftrag des Opfers«, sagte sie.

»Hat Sie irgendeiner dieser *imbéciles* reinkommen sehen?«

Aimée hielt erstaunt inne. »Was genau meinen Sie damit?«

»Na, diese Schwachköpfe, die Hakenkreuze auf unsere Fenster geschmiert haben!«

Madame Tallard hatte Angst, das war unschwer zu erkennen.

»Die Straße war leer, als ich reinkam.« Aimée schaute zum Fenster raus. Niemand. »Immer noch leer.«

Madame Tallard seufzte. »Das Kostüm gehört Albertine Clouzot. Sie wohnt in der Impasse de la Poissonnerie.«

Aimée nickte. Impasse de la Poisonnerie, eine Gasse mit einem neoklassizistischen Brunnen, wie sie Voltaire gefallen hätte, führte zu privaten gepflasterten Innenhöfen. Sehr exklusive Gegend.

»Madame Clouzot schickt ihre Sachen immer in unsere Reinigung«, sagte Madame Tallard. »Sie sagt, wir sind die Einzigen, die auch die Taschen sauber machen, und das stimmt auch. Aber was soll sie mit dieser Sache zu tun haben?«

Aimée spürte ihre Erregung. Vielleicht war Madame Clouzot eine Augenzeugin gewesen. »Um wie viel Uhr hat Madame Clouzot am Mittwoch das Kostüm abgeholt?«

»Oh, das war nicht Madame selber. Ihre Haushälterin kam natürlich«, sagte Madame Tallard abwehrend. »Ich habe nichts zu verbergen.«

»Die Haushälterin?«

»Sie kam, kurz bevor wir zugemacht haben. Sagte, Madame Clouzot bräuchte das Kostüm für ein spätes Abendessen. Das ist alles, was ich weiß.«

»Als Sie den Laden abschlossen, haben Sie da ein lautes Radio gehört?«

Madame Tallard rieb sich die runzlige Stirn. »Darauf hab ich nicht geachtet. Ich hatte es eilig, nach Hause zu kommen.«

Aimée stellte noch ein paar Fragen, aber Madame Tallard versicherte ihr, an besagtem Abend nichts Außergewöhnliches gehört oder gesehen zu haben. Ein paar Minuten später verließ Aimée aufgeregt und mit dem Gefühl, einen Schritt weitergekommen zu sein, die Reinigung. Wenigstens konnte sie jetzt die Besitzerin des Chanelkostüms und deren Haushälterin befragen.

Wie aber passte ein Neonazi von Les Blancs Nationaux, der Lili Stein verfolgte, mit dem Chanelkostüm einer feinen Pariser Dame zusammen? Sie legte die Frage geistig auf Wiedervorlage, während sie die Straße weiter entlangging.

Ihr nächstes Ziel, die Schusterei Chaussures Javel, lag nur ein paar Türen von der Reinigung entfernt. Seit Rachel Blum an dem Abend bei Lili Stein den damaligen Mord an der Hausmeisterin erwähnt und dabei seinen Namen genannt hatte, hatte sie mit dem Schuster sprechen wollen.

Glocken läuteten, als sie das Geschäft betrat. Durch die Spitzenvorhänge vor der Fensterbank drang das Schnurren einer Katze in Staubsaugerlautstärke.

»*Bonjour*. Monsieur Javel?«

»*Qui.*« Er sprach es »Whuä« aus, wie ein echter Pariser. Ein Mann mit dichtem, weißem Haar, der einer verschrumpelten braunen Walnuss nicht unähnlich war, arbeitete an einem Paar schwarzer Pumps aus Schlangenleder. Seine blaue Arbeitsschürze, die mit Schuhcreme verschmiert war, hatte er hinter dem Rücken verknotet.

Nachdem das Gespräch mit Madame Tallard so überraschend ausgegangen war, entschied Aimée sich, mit Javel offen zu sprechen. Was nicht hieß, dass sie nicht gleichzeitig neue Absätze auf ihre Stiefel machen lassen konnte.

»Können Sie diesen Absatz reparieren?«, fragte sie.

Javels Gesicht passte zu dem Leder, das er gerade bearbeitete. »Kleinen Moment, bitte setzen Sie sich.« Er zeigte mit der Hand auf einen Hocker an der Seite des Ladens.

Die Wände der Werkstatt hatten Wasserflecken und waren mit gelblichen Sockelleisten abgesetzt. Der dunkle Holzboden gab unter ihr nach, als sie über ein paar lose Dielen vor einen bescheidenen Schaukasten mit Senkfußeinlagen und Absätzen trat. In der Ecke bullerte ein uralter Heizofen. Die aufsteigende Wärme und ein Hauch von Verwahrlosung durchzogen den Laden.

Als Javel aufstand, um nach einem Werkzeug zu greifen, das über ihm hing, sah sie seine Beine. Sie waren so extrem krumm, dass sie aussahen wie die Zeichen für »Klammer auf« und »Klammer zu«. Es tat fast weh, ihm bei seinem Humpeln zuzusehen.

Er bedeutete ihr, den Stiefel auszuziehen. »Ich versuche es mal.« Er fing an, in seinem Werkzeugkasten zu wühlen. »Es ist besser, die Absätze zu erneuern, bevor sie so weit runtergelaufen sind«, sagte er vorwurfsvoll.

»Kannten Sie Lili Stein?«, fragte sie und wartete auf seine Reaktion.

Er blickte nicht auf und arbeitete weiter. »Die mit dem Laden an der Rue des Rosiers?«

Aimée nickte.

»Ich hab davon gehört.« Sein Blick blieb neutral, während er einen neuen Absatz an ihrem Stiefel befestigte. »Grausam. Was wird nur aus der Welt?«

Zu neutral, dachte sie. »Kannten Sie sie nicht von früher?«, fragte sie.

»Sind Sie von der Polizei?« Er schaute immer noch nicht auf.

»Ich bin private Ermittlerin und mit diesem Fall befasst«, sagte sie. »Rachel Blum hat mir gesagt, Sie wüssten etwas über die Concierge, die in Lili Steins Wohnhaus zu Tode geprügelt wurde.«

Er reichte ihr den Stiefel zurück. Sie griff in die Tasche, während er stumm auf das Schild mit den Preisen zeigte.

Dann blickte er sie mit steinerner Miene an. »Wen interessiert das?«

»Lili Stein hat ihr Fenster zugenagelt, um nicht daran erinnert zu werden«, sagte sie. »Kannten Sie sie schon damals?«

Er schnaubte. »Sie meinen, ich erinnere mich noch daran, was irgendein blödes jüdisches Schulmädchen vor fünfzig Jahren getan hat?«

Sie wusste, dass er etwas verschwieg. Nur jemand, der Lili als Schulmädchen gekannt hatte, würde so reagieren.

»An was erinnern Sie sich denn?«, fragte sie ruhig.

»Sie arbeiten an irgend so einer verrückten Theorie, was?« Er schüttelte den Kopf. »Über Arlette und das eingeritzte Hakenkreuz. Dann hören Sie mir mal gut zu. Arlette war nicht jüdisch, sie hatte auch nichts mit den Nazis zu tun. Kümmern Sie sich lieber um die Skinheads, die aus Spaß mein Schaufenster eintreten!«

»Erzählen Sie mir von Arlette«, sagte sie. »Sie war also die Concierge?«

Er schlug heftig mit seinem Hammer auf die Werkbank und katapultierte dabei Nägel und Metallösen in die Höhe, sodass sie von den Wänden abprallten. »Arlette Mazenc war meine Verlobte. Warum das plötzliche Interesse? Die *flics* haben mich damals zusammengeschlagen. Haben nie ermittelt … warum jetzt? Nur weil eine alte jüdische Schachtel von Skinheads umgelegt wurde, kümmert es jetzt jemanden, oder wie?«

Der verbitterte kleine Mann tat ihr leid.

»Monsieur Javel, ich habe das Gefühl, dass es hier einen Zusammenhang gibt. Etwas verbindet diese beiden Morde. Wenn ich konkreter sein könnte, wäre ich es«, sagte sie.

»Wenn Sie etwas herausfinden, kommen Sie wieder. Vorher nicht.«

»Rate mal?!«, sagte Aimée und legte ihre Hände von hinten über die Augen einer älteren Frau, die vor einer Reihe Aluminiumspindeln stand und Knöpfe sortierte. Der Geruch von Rosmarin und geröstetem Knoblauch wehte durch die Fabrik.

Klein und drahtig stand Leah in Wollsocken, Clogs und einer Strickjacke unter ihrer Arbeitsschürze vor ihr. Sie nahm Aimées Hände in ihre rauen eigenen. »Endlich sieht man dich mal wieder, Aimée«, sagte sie und drehte sich grinsend um. »Meinst du wirklich, du kannst mich überraschen?«

»Ich habe es immerhin versucht, Leah.« Aimée lachte und umarmte sie. »Irgendetwas riecht hier ganz wunderbar.«

Leah, eine alte Freundin ihres Vaters, wohnte mit ihrer Familie über der Knopffabrik *Mon Bouton*. Sie kochte das Mittagessen für die Arbeiter in einer Küche neben den Schmelz- und Stanzmaschinen.

»Man muss kein Hausmütterchen sein, um gut zu kochen, Aimée«, sagte Leah und bezog sich damit auf eine andauernde Diskussion über Aimées mangelnde Kochkünste. »Ich sehe dich nur, wenn du Hunger hast. Kochen ist eine Form von Kreativität, lass es mich dir beibringen.«

»Im Moment kannst du mir lieber etwas über Chanelknöpfe beibringen. Ich brauche deine Fachkenntnis«, sagte sie.

»Ein Fall?« Leahs Augen leuchteten auf. Sie las jede Woche einen neuen Spionagethriller und liebte es, von Aimées Arbeit zu hören.

»Leah, du weißt, ich darf nicht über laufende Ermittlungen sprechen.« Aimée zog eine Skizze, die sie von dem Chanelknopf angefertigt hatte, hervor. »Kannst du mir irgendetwas über diesen Knopf sagen?«

»Farbe und Material?«, fragte Leah und wischte sich die Hände an ihrer Schürze ab.

»Pink, und die verschlungenen Cs waren irgendwie aus einem messingartigen, glänzenden Metall.«

Leah, die kurzsichtig war, rückte ihre Brille zurecht und betrachtete die Zeichnung aufmerksam. »Ich würde sagen, der Knopf ist von einem Kostüm aus der Frühlingskollektion. Ein Mohairkostüm. Wir hatten einen Prototypen hergestellt, aber der Chef hat ihn zur Produktion nach Malaysia geschickt. Couture hieß früher Couture aus Frankreich – Garn, Bänder, Reißverschlüsse, Innenfutter und Knöpfe. Heute ist das nicht mehr so.«

»Irgendeine Idee, wer so was anziehen würde?«

»Zwanzig oder dreißig Jahre alt. Wohlhabend und gelangweilt. Mit hübschen Beinen.«

»Warum hübsche Beine?«

»Alle Mohairkostüme kamen mit Miniröcken.«

Samstagmittag

»Madame ist in ihrem Büro beschäftigt. Darf ich fragen, wen ich melden darf?« Die Haushälterin lächelte und klopfte Mehl von ihren Händen. Groß und schlank, hatte sie lebhafte Augen, die im Kontrast zu ihrer strengen Haushälterinnentracht standen.

»Aimée Leduc. Ich bin private Ermittlerin. Es wird nur ein paar Minuten dauern.« Aimée fischte ihre Visitenkarte aus der Tasche.

Neugierde leuchtete in den Augen der Haushälterin auf. *»Un moment«*, sagte sie. Ihre abgenutzten Pantoletten klatschten den Marmorflur hinab.

Aimée hatte sich umgezogen, sie trug einen dunkelblauen Faltenrock und einen Blazer, ihre klassische Sicherheitsdienst-Uniform. Manchmal steckte sie sich noch einen Sticker an den Jackenaufschlag. Für diese Befragung hatte sie ihr Haar glatt nach hinten gekämmt und unter einen blauen Hut in Keilform gesteckt, wie ihn französische Polizistinnen trugen. Nur ein Hauch von Mascara, kein Lippenstift.

Dieser zugige Eingangsflur von Albertine Clouzots Wohnung in der exklusiven Impasse de la Poissonerie hätte locker zwei LKWs aufnehmen können. Zwischen römischen Bronzestandbildern und Büsten auf Säulen standen ein Kinderfahrrad und Inlineskater.

Kurze Zeit später kam die Haushälterin wieder und führte Aimée einen langen Flur hinunter. Sie traten in einen Salon – anders konnte man es nicht nennen –, der direkt aus dem achtzehnten Jahrhundert zu stammen schien. Wahrscheinlich war er tatsächlich so alt. Aimée hatte das dumpfe Gefühl, dass seitdem auch nicht mehr geheizt worden war. Ihr Atem bildete Wölkchen. Vorsichtshalber behielt sie ihre Angora-gefütterten Handschuhe an.

An den sechs Meter hohen Wänden hingen Wandteppiche mit ländlichen Motiven. In der Ecke, eingerahmt von einem Fenster mit dahinter liegendem privatem Innenhof, saß eine Frau Ende dreißig und arbeitete an einem riesigen Puppenhaus, einem Südstaaten-Herrenhaus mit Säulen, über dessen Miniaturtür »Mint Julep« gepinselt worden war. Ein kleines tragbares

Heizöfchen stand neben einem Tablett mit weißen Korb-Puppenmöbeln.

»Danke, dass Sie sich die Zeit nehmen, Madame Clouzot«, begann Aimée.

»Ich bin fasziniert. Warum sollte eine echte Detektivin mit mir sprechen wollen?«, entgegnete Albertine Clouzot. Sie setzte eine Miniaturkommode ab und erhob sich. Sie trug dunkle Netzstrümpfe, einen schwarzen Mini-Lederrock und bräunlichen Lippenstift. Ihr perfekt geschnittener blonder Pagenkopf berührte sanft ihre Schultern. Sie wankte Aimée auf ihren Plateausohlen mit Leopardenmuster ein Stück entgegen. »Worum geht es? Florence, Sie dürfen gehen.«

»Vielleicht wäre es besser, Florence würde bleiben.« Aimée lächelte gewinnend und wandte sich der Haushälterin zu. Sie wollte auf keinen Fall, dass Florence ging. »Ich würde gerne mit Ihnen beiden sprechen.«

Sie griff in ihre Tasche und zog einen Notizblock heraus, den sie vorgab zu studieren.

»Madame, gehört Ihnen ein rosa Chanelkostüm?«

»Ja, allerdings.«

»Als Sie es von der Reinigung zurückbekamen, fehlte da ein Knopf?«

»Das stimmt. Ich musste an dem Abend etwas anderes anziehen.« Florence stand stocksteif, während sich Albertine vor einem bodentiefen, vergoldeten Spiegel begutachtete. »Das erste Mal, dass ich Probleme mit Madame Tallard hatte.«

»Ich verstehe. Sie sind nicht selbst in die Reinigung gegangen, ist das richtig?« Aimée behielt ihren sachlichen Ton bei.

»Natürlich nicht.« Albertine Clouzots Gesicht sah erstaunt aus. »Warum sollte ich?«

Albertine stammte aus einer Welt, in der solche Aufgaben von anderen ausführt wurden.

»Ihre Haushälterin Florence hat das für Sie erledigt, korrekt?«

Albertine nickte abwesend. Sie hatte offenbar das Interesse an dem Gespräch verloren und zog kleine Schubladen aus der Puppenkommode.

»Um welche Zeit verließ Florence am Mittwochabend das Haus?«

»Was soll das werden – ein Verhör? Ich sage nichts mehr, bis Sie mir erklären, worum es hier eigentlich geht.«

Sie drohte ihr zu entgleiten. »Madame, bitte gedulden Sie sich noch einen winzigen Augenblick.« Aimée lächelte erneut gewinnend. Sie steckte sich den Bleistift hinters Ohr und schüttelte den Kopf. »Ermittlungsarbeit läuft nicht so wie im Film. Der Großteil besteht in der langweiligen Überprüfung von Details. Was wir wissen, ist, dass ein rosa Chanelknopf neben einer ermordeten Frau gefunden wurde, die nicht einmal zwei Blocks entfernt von Ihrer Wohnung gewohnt hat.«

»Nun, er muss abgefallen sein … Mein Gott, Sie wollen doch nicht im Ernst behaupten, ich hätte diese Frau umgebracht! Die Frau mit dem …«

Aus ihrem Augenwinkel sah Aimée, wie Florences Arm kurz zuckte. Entweder die Haushälterin war von der nervösen Sorte, oder sie hatte einen Nerv getroffen.

»Madame«, entgegnete sie beruhigend. »Ich überprüfe lediglich die Beweisstücke und versuche den zeitlichen Ablauf für den Mord zu rekonstruieren.«

Sie sah Florence direkt an. »Um wie viel Uhr haben Sie das Kostüm von der Reinigung abgeholt?«

Florence schlug sich die Hände vor den Mund. Auf ihren Wangen waren kleine Mehlflecken. »Kurz bevor der Laden zumachte«, stammelte sie.

Ich habe den Nerv getroffen, dachte Aimée.

Sie erinnerte sich an Sintas Kommentar über die Schuhe mit dem Abholzettel, die Lili gerade erst vom Schuster geholt hatte. Wenn Lili die Schuhe bei Javel abgeholt hatte und dabei von einem Mitglied der LBN verfolgt wurde, und wenn Florence ihr ebenfalls gefolgt wäre … Aber das erklärte nicht, *warum* Florence ihr hätte folgen sollen.

Aimée unterdrückte ihre Aufregung und behielt den geschäftlichen Ton bei.

»Um welche Zeit war das?«

Wenn Florence tatsächlich gesehen hatte, wie ein Neonazi eine alte jüdische Frau auf Krücken verfolgte, wäre sie vielleicht beunruhigt gewesen und ihr nachgegangen. Vielleicht hatte sie etwas gesehen.

Florence zögerte und schaute auf den Boden.

»Nun rede schon, Florence.« Albertine klimperte genervt mit ihren beige lackierten Fingernägeln auf dem Dach des Puppenhauses herum.

Florence zuckte mit den Schultern. »So gegen Viertel nach sechs, halb sieben. Madame Tallard wollte gerade abschließen, und ich ging schnell rein, um das Kostüm zu holen.«

Als Aimée die Leiche fand, hatte die Leichenstarre noch nicht richtig eingesetzt. Sie wusste, dass Kälte die Leichenstarre verzögern konnte, aber intensive Muskelarbeit – Lili Stein hatte sich ganz offensichtlich gegen den Mörder gewehrt – konnte Milchsäuren freigesetzt haben, die den Prozess beschleunigten. In jedem Fall passten der Zustand der Leiche und Florences Zeitangaben nicht ganz zusammen. Sie musste Morbier noch einmal fragen, was die Ermittlungen letztlich ergeben hatten.

Florence wandte sich an ihre Arbeitgeberin. »Madame, es tut mir leid, aber vielleicht sollten wir das Kostüm ansehen, um sicherzugehen …«

»Will man mir jetzt einen Mord anhängen? Das ist ja lächerlich!« Empört stapfte Albertine auf Aimée zu und thronte mit ihren Leoparden-Plateauschuhen über ihr.

»Nein, natürlich nicht, wir könnten dann nur ein Beweisstück ausschließen. Der Knopf ist sicher in der Dunkelheit abgegangen, ohne dass Florence es gemerkt hat«, sagte Aimée so sachlich wie möglich. »So muss es gewesen sein. Das ist völlig plausibel.«

»Aber die Polizei hat mich nicht verhört«, sagte Albertine. »Warum kommen Sie nun?«

»Ich kann nicht für die Polizei sprechen«, erklärte Aimée und steckte ihren fast leeren Notizblock zurück in die Tasche.

»Das ist doch absurd.« Albertine starrte sie kühl an. »Wenn Sie weitere Fragen haben, wenden Sie sich an meinen Anwalt.«

Als Aimée sich zum Gehen wandte, sah sie, wie Albertine Clouzot ihre Haushälterin anstarrte. »Wir sprechen später noch«, hörte sie Madame Clouzot sagen.

Florence folgte Aimée in den Flur hinaus. »Ich bin erst seit Kurzem bei Madame Clouzot angestellt«, sagte sie zögernd. »Seit zwei Wochen.«

Schmerz oder Angst – Aimée war sich nicht sicher, was es war – schienen sich auf dem Gesicht der alten Frau abzuzeichnen. Sie tat Aimée leid.

»Florence, ich möchte Sie nicht in Schwierigkeiten bringen«, sagte sie. »Ich ermittle in einem Mordfall. Ich musste mich vergewissern, wer das Kostüm von der Reinigung abgeholt hat, und ob tatsächlich ein Knopf fehlte. Können Sie sich vielleicht erinnern, ob Sie irgendetwas Auffälliges bemerkt haben, als Sie aus der Reinigung kamen?«

»Nein.« Sie schüttelte den Kopf. »Ich habe mich beeilt. Madame Clouzot wartete ja auf mich.«

Aimée sah die Angst in ihren Augen.

»Sie sind dem Mörder vielleicht über den Weg gelaufen.« Aimées Augen verengten sich. »Sind Sie sich sicher mit der Uhrzeit?«

Florence nickte und schaute zur Seite.

»Als Sie aus der Reinigung kamen, haben Sie da eine alte Frau auf Krücken gesehen?«

»Nein.«

Sagte sie die Wahrheit?

»Sind Ihnen irgendwelche herumlungernden Skinheads aufgefallen?«

»Ich hatte es eilig, wie gesagt.«

»Oder haben Sie ein lautes Radio gehört?«

Florence versteifte sich. »Ich hatte meine eigenen Angelegenheiten im Kopf, das ist alles«, sagte sie. Sie strich mit ihren mehligen Händen über die Schürze, und weißer Staub rieselte zu Boden. »Ich kümmere mich um meine eigenen Angelegenheiten, verstehen Sie?«

»Der Temple Emanuel hat mich beauftragt, in diesem Fall zu ermitteln. Hier ist meine Karte«, sagte Aimée.

Zögerlich nahm Florence die Visitenkarte. Ihre Hand zitterte.

»Das Marais ist klein. Rufen Sie mich an, wenn Sie etwas hören oder sich an etwas erinnern. Unter dieser Nummer erreichen Sie mich direkt, Tag und Nacht, kein Anrufbeantworter«, sagte Aimée. Sie spürte den Blick in ihrem Rücken, als sie zum Ausgang schritt.

Aimée glaubte nicht, dass Albertine Clouzot oder Florence Lili Stein ermordet hatten. Keine von ihnen hatte ein erkennbares Motiv. Aber wovor hatte Florence dann Angst?

Samstagnachmittag

»Nun iss endlich etwas«, sagte Leah.

Während Aimée an dem *cul de lapin au basilic*, einem Kaninchenrücken mit Basilikum, knabberte, las sie im *Figaro* die Schlagzeile: KRAWALL AM JÜDISCHEN DEPORTATIONSMAHNMAL – NEONAZIS SCHLAGEN DEMONSTRANTEN ZUSAMMEN. Der knappe Bericht erwähnte mehrere rechtsradikale Gruppen, unter ihnen Les Blancs Nationaux.

Leahs Küche, in der es warm und mollig war von der heißen Knopfpresse, ließ Aimée die Kälte vergessen. Wie auch der *vin rouge*, den sie sich in ein einfaches Weinglas goss. Der kräftige Geschmack des Eichenholzaromas rann ihre Kehle hinunter.

Sie wühlte in ihrer Tasche nach Thierry Rambuteaus Visitenkarte. Da Morbier ihr nicht mehr helfen wollte, musste sie selbst herausfinden, mit wem Thierry am Telefon gesprochen hatte. Die Verabredung nach dem Meeting der LBN konnte eine Falle sein.

Sie schloss einen Code Enabler an Leahs Minitel-Telefon an, spleißte das Kabel und verband es mit dem kleinen Fernseher im Essbereich.

Dann rief sie bei der Zentrale für Post und Telekommunikation an. »Die Technikabteilung bitte«, sagte sie.

»Guten Tag, wie kann ich Ihnen helfen?« Eine männliche Stimme meldete sich.

Aimée schaltete den Fernseher ein und spielte mit den Einstellungen. »Mein Exmann bedroht mich. Er ruft mich zu jeder Tages- und Nachtzeit an, bedroht auch die Kinder, aber ich kann es nicht beweisen.« Aimée verlieh ihrer Stimme einen hysterischen Klang. »Der Richter unternimmt gar nichts, solange ich keine Beweise vorlege. Können Sie meine Telefonnummer bei der Arbeit überprüfen? Dann könnten Ihre Aufzeichnungen wenigstens bestätigen, dass er immerzu dort anruft.«

»Ich kann verifizeren, welche Anrufe eingehen«, sagte der Mann, nicht unfreundlich. »Mir ist es allerdings nur gestattet, eingehende Anrufe zu überprüfen.«

Perfekt, dachte sie. Auf diese Weise konnte sie feststellen, wer Thierry angerufen hatte, während sie im LBN-Büro gewesen war. Und es wäre noch perfekter, wenn der Enabler funktionieren würde.

»Merci, Monsieur.« Sie schaltete das Gerät ein. »Das ist eine so große Hilfe für mich!«, sagte sie. »Meine Büronummer lautet 43 43 25 45.«

Sie beobachtete Leahs Fernseher, während der Mann die Nummer des LBN-Büros auf seiner Tastatur eingab. Daraufhin erschienen mehrere Telefonnummern, die an dem Tag auf dieser Leitung angerufen hatten. Sie kopierte alle.

»Von welcher Nummer aus würde Ihr Mann denn anrufen?«, fragte der Mann von der Fernmeldetechnik.

Sie dachte sich eine Nummer aus und sah, wie er diese eintippte. Das Ergebnis war ein blinkendes »Keine Verbindung« auf dem Bildschirm.

»*Pardon*, Madame. Ich fürchte, diesmal war es nicht Ihr Mann«, sagte er. Sie bedankte sich und legte auf.

Als Nächstes gab Aimée sich als Sekretärin der LBN aus und gab vor, die Gebühren auf der Bürorechnung überprüfen zu wollen. Es ging um fünf Telefonnummern. Die erste gehörte zu einem kleinen Laden für Büromaterial, wo die LBN ein Kundenkonto hatte, die zweite einem Café in der Nachbarschaft, das Gebäck an sie lieferte. Aimée zweifelte stark daran, dass die dürre Frau, die ihr im Büro begegnet war, je etwas davon aß.

Die dritte und vierte Nummer gehörten Crédit Agricole und bezogen sich auf Kontogebühren. Aimée rief bei der fünften Nummer an, die sich als »Jetpresse« erwies, eine Vierundzwanzig-Stunden-Druckerei in Vincennes. Sie hatte schon fast aufgegeben, als sie der Vollständigkeit halber Thierrys Namen erwähnte.

Sie war überrascht, als die Angestellte sofort anfing, sich zu entschuldigen. »Ihre Exemplare sind fertig, Mademoiselle«, sagte sie. »Es gab da wohl ein Missverständnis, das tut uns sehr leid. Wir liefern nicht aus, das steht auch in unseren Geschäftsbedingungen. Das war Ihnen wahrscheinlich nicht klar.«

»Ich hole sie ab«, sagte Aimée schnell. »Mm, wie viele waren es genau?«

»Moment, ich schaue nach. Fünfundzwanzig gebundene Ausgaben von *Mein Kampf*«, sagte die Angestellte.

Aimée verschluckte sich fast. »Ich komme innerhalb der nächsten Stunde.«

Aimée steuerte auf die Gruppe der Neonazis zu, die vor der Videothek ClicClac zusammenstanden. Sie hatte ihre Haare nach hinten gekämmt und sich in ihre Skinhead-Kluft geworfen. Ihre Finger waren – mehr zum Schutz als zur Dekoration – mit silbernen Ringen übersäht. Sie spürte ihr Herz, das im raschen Takt des blinkenden lila und grünen Neonschildes über der Videothek schlug, und wünschte sich, sie wäre nicht so nervös.

Ein kahlköpfiger arabischer Ladenbesitzer in einer wallenden grauen Kutte fegte vor seinem Obst- und Gemüseladen den Bürgersteig. Jaulende arabische Musik waberte aus seinem Laden.

»Ist der dein Typ, *chérie?*«, stichelten einige Skinheads. »Wenn ihr euch schon die Straße teilt, dann kannst du dir mit dem Araber doch auch gleich das Zelt teilen, was?«

Sie fluchte leise. Der Karton mit den fünfundzwanzig Ausgaben von *Mein Kampf* war verdammt schwer. Sie hätte ihn am liebsten in ihre anzüglich grinsenden Gesichter geknallt. Stattdessen fühlte sie sich gezwungen, etwas arische Glaubwürdigkeit zu zeigen. Obwohl es ihr unangenehm war, rempelte sie den Ladenbesitzer an.

»He, Abdul, bleib auf deiner Seite«, sagte sie vernehmlich.

Er hielt seinen glänzenden Kopf gebeugt und schob seinen Besen weiter weg, während er in gebrochenem Französisch etwas murmelte, von dem sie so tat, als verstünde sie es nicht. Sie ging ihm hinterher und drängte ihn in eine Ecke. Mit eingezogenem Kopf fegte er um ihre Motorradstiefel herum.

»Kannst du kein Französisch, Abdul?«, fragte Aimée. »Geh dahin zurück, wo du hergekommen bist!« Sie schlug ihm den Besen aus seinen Händen.

Der alte Mann kauerte vor der Ladentür, während ein paar Skinheads beifällig klatschten. Dann rettete er sich in sein Geschäft und schloss die Tür.

Als sie die Seitentreppe der Videothek ClicClac hochging, hörte sie jemanden sagen: »Wer ist denn diese Wahnsinns-Eva-Braun?«

Misstrauische Augenpaare musterten sie. Ihr Herz schlug so schnell, dass sie fürchtete, die anderen könnten es hören. Was, wenn sie mehr tun musste, als einem wehrlosen Araber den Besen wegzuschlagen? Sie schob den Gedanken beiseite und schloss sich einem Heavy-Metal-Paar an, das mit Arm in Arm die Treppe hochging.

Eine prächtige Sammlung Nazidevotionalien empfing sie, als sie den Raum in der ersten Etage betrat. Vergrößerte Fotografien von Adolf Hitler, der vor Menschenmengen salutierte, riesige rote Hakenkreuze sowie das Foto eines Konzentrationslagers, das mit Rot durchgestrichen war, bedeckten die schwarzen Wände. Darunter stand AUSCHWITZ = JUDENLÜGE.

Wo waren die Aufnahmen der lebenden Skelette in Lumpen neben Blechdosen voll Zyklon B, die die Alliierten gefunden hatten, als sie Auschwitz befreiten? Aimée vermutete, dass Details wie diese am heutigen Abend wohl nicht erörtert werden würden.

Ihr Blick fiel auf das Foto eines Vietnamesen, dessen Gehirn von einem amerikanischen Offizier weggepustet wurde, und das eines zahnlosen, grinsenden Palästinenser-Jungen vor dem verbrannten Beirut, der mit einem Maschinengewehr auf einen durchlöcherten Körper zeigte. Aber im Großen und Ganzen waren die Zeichen des Hasses vornehmlich nationalsozialistisch geprägt.

Thierry Rambuteau stand in einem knöchellangen schwarzen Sturmbannführer-Mantel vorne im Raum. Trotz seiner jugendlichen Bartstoppeln, der verwaschenen Jeans und der Hightech-Laufschuhe wirkte er alt im Vergleich zu seinem Publikum. Um seine stechenden blauen Augen herum zeigten sich bereits Falten. Aimée schätzte ihn auf fünfzig. Irgendetwas an diesem Typ stimmte nicht, er passte nicht hierher. Vielleicht war es sein Versuch, jugendlich zu wirken, vielleicht hatte er auch einfach zu viel Grips.

Sie wuchtete den Karton mit den Exemplaren von *Mein Kampf* auf den Tisch. Thierry nickte ihr zu und deutete auf einen Platz, den er für sie freigehalten hatte. Sie setzte sich. Viele der Gesichter in dem verrauchten Zimmer überraschten sie. Zwischen den rasierten Köpfen befanden sich Lastwagenfahrer in Overalls, einige Professorentypen in Cordhosen und auch ein paar, die aussahen wie Großkundenbetreuer, in Anzügen. Doch die meisten waren Skinheads, Mitte zwanzig. Von den ungefähr dreißig Leuten, die sich hier versammelt hatten, trugen fast alle Schwarz, rauchten oder waren damit beschäftigt, Zigarettenkippen in leere Bierflaschen zu stopfen.

Sie fühlte sich beobachtet und blickte zu dem Mann, der neben ihr saß. Er hatte dunkles zurückgegeltes Haar und trug eine braune Strickweste und schwarze Jeans, die er an seinen nicht existenten Hüften mit einem Gürtel zusammengeschnürt hatte. Seine tiefschwarzen Augen und die spöttisch gekräuselten Lippen gingen ihr durch Mark und Bein. Sie fühlte sich angezogen und gleichzeitig abgestoßen. Der Mann sah sie eine Sekunde zu lang an, bevor er den Blick wieder abwandte. Seine Augen wirkten intelligent, und sie spürte die Anziehungskraft wie einen Magneten. Böse Jungs waren schon immer ihr Verhängnis gewesen.

Auf einem Tisch in ihrer Nähe lagen Stapel kostenloser Videos, es gab ein kleines Bierfass und Plastikbecher, SS-Armbänder und Eiserne Kreuze an Ketten. Der Andrang bei den Videos hielt sich in Grenzen, aber das Bier und die Kreuze waren begehrt. Rasch schnappte sie sich ein Kreuz mit spitzen Ecken und Kanten, um ihrem Outfit den letzten Schliff zu verpassen.

»Kameradschaft!« Thierry war zum Podium gegangen. »Willkommen! Lasst uns wie immer mit einem Moment der Einkehr beginnen.«

Köpfe neigten sich flüchtig, dann ertönten auf ein Signal hin, das Aimée nicht wahrgenommen hatte, einstimmig laute »Sieg Heil«-Rufe. Etliche Arme schnellten zum Nazigruß nach vorn.

Thierry antwortete seinerseits mit einem Salut. Bei diesem Ausdruck von quasireligiösem Bruderschaftsgefühl wurde ihr schlecht. Obwohl sie die Philosophie der Neonazis kannte, schockierte es sie, das Ganze in Aktion zu erleben.

Während er eine Hetzrede über Juden, den Abschaum der Menschheit, vom Stapel ließ, beobachtete Aimée die Reaktion des Publikums. Hass stand in jedem Gesicht. Man musste es ihm lassen, Thierry sprach mit Inbrunst und einem gewissen Charisma. Er erklärte mit großer Überzeugungskraft, dass Wissenschaftler bewiesen hatten, dass bestimmte Rassen genetisch unterlegen waren. Dies sei eine historische Tatsache, stellte er fest, die kulturell und gesellschaftlich bewiesen sei. Sie hatte das Gefühl, dass Thierry sich mit seinen Worten selbst überzeugt hatte.

Dann wurden die Lampen gedimmt, und man zeigte ein Video. Es handelte sich nicht um Amateuraufnahmen, sondern um eine aalglatte professionelle Produktion, die richtig was gekostet hatte. Der Titel erschien in großen Buchstaben: »Die Auschwitz-Lüge«. Bilder des heutigen Auschwitz, umgeben von idyllischen Weiden, eingebettet in ein ländliches, grünes Tal, zogen vorbei, während eine freundliche, seriöse Stimme kommentierte: »Als eine unparteiische Gruppe besuchten wir ein sogenanntes Todeslager. Wir hatten Geräte dabei, die auf dem neuesten Stand der Technik sind, um Spuren von Mineralien und Knochenbestandteilen in der Bodenzusammensetzung aufzuspüren. Nach gewissenhafter Messung an vielen Stellen des Lagers, in dem angeblich Gaskammern waren, fanden wir keinerlei chemische Rückstände oder Spuren von Zyklon B. Wir fanden auch keine Hinweise auf Massengräber oder irgendetwas, das auf deren Existenz schließen lassen würde. Die verbliebenen Gebäude, solide Holzbarracken, attestieren die

Nutzung als Arbeitslager und die Handwerkskunst deutscher Schreiner insofern, als dass sie nach über fünfzig Jahren noch stehen.« Die Kamera zoomte dann auf die Eisenbahnschienen, die vor dem eisernen Tor endeten, und auf den schmiedeeisernen Spruch darüber: *»Arbeit macht frei.«*

Als das Video zu Ende war, rief ein Skinhead in hautenger Lederhose und Lederweste, unter der gepiercte Brustwarzen hervorlugten: »Ich bin stolz darauf, ein Mitglied der *Kameradschaft* zu sein!«

Ein Chor aus zustimmendem Gemurmel erklang. Aimée sah zu dem Skinhead in der Lederweste und bemerkte das Banner neben ihm, auf dem in großen Buchstaben stand: »1889 Hitlers Geburtsjahr – als die Welt begann!«

»Wir sind ein heroisches *Volk*«, rief jemand von hinten. »Wie der Führer in *Mein Kampf* sagt: Wir müssen das Problem an der Wurzel packen, diesem sich ständig wandelnden schädlichen Bazillus, der sich immer weiter ausbreitet, Einhalt gebieten. Wir müssen handeln!«

Thierry ließ seine Faust bei jedem Wort nach unten sausen, als er jetzt rief: »Das Arische ist in jeder Hinsicht überlegen. Unsere Zuversicht soll gedeihen und wachsen.«

Aimée vermutete, dass das Videoarchiv – der Grund, warum sie eigentlich hier war – in einem Zimmer weiter hinten zu finden sein würde. Sie wollte gerade aufstehen und den Bereich hinter einem lebensgroßen Foto des salutierenden Hitlers checken, als sich Finger in ihren Arm gruben.

»Setz dich«, sagte ein Brummifahrer in einem schmierigen Overall.

»Wer ist die Kleine?«, fragte sein Kumpel, der einen noch dreckigeren Springeranzug trug.

Nervös setzte sie sich wieder hin. Jemand stieß ihr in die Seite. Sie drehte sich ruckartig herum und sah, wie der Typ in der schwarzen Lederhose sie angrinste. Sein weißblondes Haar war nach oben gezupft, als würde es strammstehen.

»Jungs haben Tätowierungen, kleine Lady«, sagte er mit einem spöttischen Lachen. »Arische Frauen nicht.«

»Tja. Die eine so, die andere so.« Sie wies mit einem Nicken auf andere Frauen im Raum. Nicht viele waren tätowiert. Einige trugen Dirndl, aber alle steckten in klobigen Doc Martens. »Ist halt eine Frage der persönlichen Präferenz.«

»Große Worte. Weißt du denn auch, was sie bedeuten?«, fragte er.

Sie blieb stumm und biss die Zähnen zusammen.

»Frauen sehen besser aus, wenn sie vor einem knien«, sagte er. »Du auf jeden Fall.«

Er stütze sich auf ihren Arm und umfasste ihre Schulter mit eisernem Griff. Sie konnte sich nicht bewegen.

Da bellte eine Stimme neben ihm: »Besorg dir deinen eigenen Harem, Leif.«

Der dunkle Typ mit den gegelten Haaren glitt neben Aimée und pflückte Leifs Finger von ihrer Schulter, dabei grinste er süffisant. Er klemmte sich zwischen sie beide. Höhnisch zog Leif die Augenbrauen hoch.

Aimée wusste nicht, ob sie vom Regen in die Traufe geraten war, und lächelte versuchsweise. Dann stand sie auf und hob die Hand, bis Thierry sie bemerkte.

Aimée zwang sich zu einem Grinsen. »Warum gestehen die Juden es sich nicht endlich ein? Sie waren nur die Opfer von kriegsbedingter Lebensmittelknappheit, genau wie alle anderen.«

Zustimmendes Prusten erklang, als sie sich setzte. Sie nahm die Körperwärme wahr, die der Typ mit den dunklen Haaren neben ihr ausstrahlte.

»Ich bin Luna«, stellte sie sich vor.

»Yves«, sagte er, ohne seinen Kopf in ihre Richtung zu drehen, während Thierry fortfuhr:

»Leif wird uns nun die Pläne für die nächsten Tage darlegen und die Details zu unserem abendlichen Einsatz und dem Vorgehen bei der Demonstration morgen erläutern.«

Leif stiefelte zu einer Tafel, über der ein Original-SS-Rekrutierungsposter hing. Zu Aimées Entsetzen stellte er eine Aktion vor, die noch am gleichen Abend die orthodoxen Synagogen zum Ziel hatte. Sie fürchtete, der Temple Emanuel könnte darunter sein.

Thierry setzte sich neben sie. »Nett, dass du unsere Literatur mitgebracht hast. Ignoriere Leifs schlechte Manieren – seine Stärke liegt in detaillierter Planung und Organisation.«

Er nickte Yves zu. »Mach die Ausrüstung fertig.«

Yves glitt von seinem Stuhl. Aimée wollte ihm gerade folgen, da lehnte Thierry sich zu ihr hinüber.

»Bleib besser hier und hör zu. Das könnte lehrreich für dich sein.«

Sie nickte und versuchte, nicht auf ihrem Sitz hin und her zu rutschen. War Yves der Kameramann? Wenn sie auch dieses Treffen filmten, hatte sie die Videokamera jedenfalls noch nicht entdeckt.

»Die Transporter bringen uns zur Synagoge«, erklärte Leif mit einer Stimme, die völlig emotionslos zu sein schien. »Bei diesem Job müssen wir rein und raus, schnell und brutal.«

Aimée fragte sich, ob er Frauen auch so behandelte. Ihr Instinkt riet ihr, herauszufinden, um welche Synagoge es sich handelte, Morbier zu informieren und dann so schnell wie möglich aus dieser Hölle zu verschwinden.

Thierry nickte Aimée anerkennend zu. »Ich wette, du begreifst schnell. Es wäre besser für dich, bei uns zu bleiben, als dir eine Nadel in den Arm zu jagen.«

Wenn ich die Wahl hätte, würde ich mich für die Nadel entscheiden, dachte sie. Doch Thierry schien ihr helfen zu wollen, auf seine eigene arische Art.

»Bei all unseren Einsätzen entsteht ein Zusammengehörigkeitsgefühl«, fuhr er fort. »Wir tun uns zusammen und erreichen unsere Ziele. Wir gewinnen Zufriedenheit daraus, Ideen in konkrete Taten umzusetzen.«

Sie ahnte, dass er von sich selbst sprach, so als ob er seine Existenz rechtfertigen müsste.

»Wir greifen zuerst an. Kein Arier wird je wieder ein Opfer sein!«, grölte Leif vom Podium aus in die Menge, die begeistert zurückbrüllte.

»Uns dreht sich der Magen um«, fügte Thierry hinzu. »Aber wir tun es – aus Liebe.«

Sie ging zu Leif hinüber, in der Hoffnung herauszufinden, um welche Synagoge es ging. »Können wir wenigstens jemandem eine reinhauen?«, fragte sie mit einem Schmollmund und so laut, dass er es hören musste.

»Wenn du Glück hast«, sagte er und musterte sie von oben bis unten. »Gesund genug siehst du jedenfalls aus. Du könntest sicher unseren Bestand sichern.«

Durch das Fenster fiel das neongrüne Licht der Leuchtreklame und ließ seine Augen in einem echsenhaften Grün erstrahlen. Dieser Typ flößte ihr Angst ein. Sie fühlte sich wie ein Stück Fleisch, das auf dem Spieß gedreht wird.

Schnell schlug sie die Hacken zusammen und streckte ihren Arm in einer *Sieg-Heil*-Geste aus. »Wenn du meinst.«

»Okay jetzt. Ziehen wir los«, sagte Leif.

»In Ordnung! Wohin geht's?«

»Das sag ich dir, wenn es so weit ist«, grinste er. »Auf alle Fälle Judenland. Und wenn du ein braves Mädchen bist, darfst du auch jemanden treten. Also los!«

»Cool, ich muss nur noch mal schnell pinkeln.« Sie ging in Richtung Hintertür und kam dabei an einem Haufen Skinheads vorbei.

Thierry packte sie am Arm. »Da lang.« Er zeigte in die entgegengesetzte Richtung.

Na super, dachte Aimée, wie komme ich jetzt aus dieser Sache raus? Thierry ist ein Kaliber für sich, und er hat mich im Visier. Sie schloss sich auf der Toilette ein und überprüfte die Batterien ihres Aufnahmegeräts. Bleistiftdünn und angeschmiegt an ihre Lendenwirbel nahm dieses moderne Gerät alles auf, sogar ein Gähnen fünfzig Schritte weiter. Sie hatte es in einem Spionagefachgeschäft erworben, bevor die *flics* den Laden dichtgemacht hatten.

Wenn sie nur nicht so wahnsinnig schwitzen würde, das Gerät war äußerst feuchtigkeitsempfindlich … Sie packte es in eine kleine Plastiktüte, die sie bei sich hatte, bohrte ein Loch für das Mikrokabel hinein und klebte es sich auf den Rücken. Dann holte sie ihr Handy aus der Jeans und wählte Morbiers Nummer. Im Moment war es ihr egal, dass er nicht mehr an dem Fall Stein arbeitete, sie brauchte Verstärkung. Während sie darauf wartete, dass Morbier abhob, stellte sie sich auf den geschlossenen Toilettendeckel und spähte aus dem schmalen Fenster. Im Licht der Straßenlaterne sah sie zwei Transporter vor einer schimmernden Regenpfütze stehen.

Keiner ging ans Telefon.

Jemand hämmerte gegen die Toilettentür.

»*Salope!* Kann man hier nicht mal in Ruhe scheißen?«, rief sie.

Das Hämmern hörte auf.

Endlich hörte sie eine entfernte Stimme in der Leitung. »Ja, bitte?«

»Ich brauche Morbier, es ist ein Notfall«, flüsterte sie.

»Er hat Bereitschaft«, sagte die Stimme. »Ich stelle Sie durch.«

Das konnte lange dauern. »Bitte beeilen Sie sich«, drängte sie.

Es knackte ein paar Mal in der Leitung, dann war eine durchdringende Stimme zu hören: »Morbier.«

Erleichtert seufzte sie auf und kam dann ohne Umschweife zur Sache. »Es wird gleich einen Anschlag geben«, flüsterte sie eindringlich. »Zwei Transporter mit Skinheads sind auf dem Weg zu Synagogen im Marais.«

Das Hämmern setzte wieder ein. Aimée betätigte die Toilettenspülung, schaltete ihr Handy aus und schob es zurück in ihre Hosentasche. Sie öffnete die Tür und sah gerade noch Leif, der mit dem Rücken zu ihr stand und Yves half, etwas Schweres den dunklen Flur hinunterzubewegen. Ein Poltern erklang aus Richtung der Treppe, und Aimée vermutete, dass die beiden Ausrüstungsgegenstände hinunterschleppten. Sie sah sich um und entdeckte eine schwarz gestrichene Tür, die nur angelehnt war. Schnell schlüpfte sie hinein und zog die Luft ein.

In dem lilagrünen Schein des blinkenden Videothek-Schilds sah sie in den Regalen an den Wänden etliche Reihen von nach Datum katalogisierten Videokassetten. Welche konnte es sein?

Ein muffiger Geruch stieg von einem abgewetzten Teppich auf, der kaum den zerkratzten Fliesenboden verbarg. Das Datum, dachte Aimée fieberhaft, ich muss auf das Datum achten! Sie überflog die Regale auf der Suche nach den letzten beiden Treffen, fand sie und steckte die entsprechenden Kassetten blitzschnell unter ihre schwarze Lederjacke. Mit angehaltenem Atem zog sie den Reißverschluss der Jacke zu. Das Geräusch klang in ihren Ohren wie eine jaulende Kettensäge. Immer noch wagte sie kaum zu atmen, aber es kam niemand herein. Draußen im Flur ertönten weitere Schritte, dann dumpfe Schläge von der Treppe.

Sie riskierte einen prüfenden Blick in den Flur. Sie sah niemanden und probierte es an der Hintertür. Abgeschlossen. Unmöglich aufzubrechen, ohne einen Heidenlärm zu verursachen. Alle Fenster zeigten zur Straße, wo die Transporter standen. Sie schlich die Treppe hinunter.

Partylaune lag in der Luft, während sich die Mitglieder versammelten und in Richtung der Transporter gingen, die wie ehemals blaue Milchwagen aussahen. Die Gruppe zählte jetzt ungefähr zwanzig Leute. Als sie sich langsam von der Gruppe absetzen wollte, kam Thierry auf sie zu und winkte sie herbei.

»Nimm mal.« Er reichte ihr eine schwere Sporttasche. »Du sitzt vorne bei mir.« Er scheuchte die Gruppe in die Transporter

Auf der vorderen Sitzbank hockte bereits ein untersetzter Typ mit Glatze und paramilitärischer Kluft. Er drückte ihr Knie. »Halt dich an mich«, sagte er.

»Freut mich, dabei zu sein.« Sie schob seine Pranke von ihrem Knie und machte eine spöttische Verbeugung in dem beengten Fahrerraum. Dann sagte sie: »Ich hab das Gefühl, die mögen mich nicht.«

»Die Jungs sind immer misstrauisch gegenüber Neuen.« Er zeigte mit dem Daumen nach hinten. »Wenn es zur Sache geht, werden alle nervös.« Er grinste und zeigte dabei kantige, braune Zahnstoppel. »Bereit für eine Gaudi? Es wird dir gefallen, da bin ich mir sicher.«

Als sein Atem ihr entgegenschlug, musste sie sich abwenden. Ihr wurde mulmig bei dem Gedanken, wie wohl die Neuen eingeführt wurden. Als Thierry dem Skinhead sagte, er solle rüberrutschen, damit sie zwischen ihnen beiden sitzen könnte, schüttelte sie den Kopf.

»Im Auto wird mir immer schlecht – ich brauche frische Luft.« Sie kurbelte ihr Fenster so weit runter, wie es ging. Es war nur ein Spalt.

Wenigstens saß sie an der Tür. Thierry drehte die Heizung hoch, und die heiße Luft traf sie mit voller Wucht. Die Unterhaltung während der Fahrt bestand in der Hauptsache darin, dass Thierry den anderen Typen beschimpfte, weil der irgendeine Nachricht vom Anrufbeantworter gelöscht hatte. Verbissen und mürrisch ignorierte der Glatzköpfige Thierry und starrte bloß Aimée an. Sie fing an, in ihrer Lederjacke zu schwitzen. Die beiden Videokassetten klebten an ihrer Haut und stachen sie in die Rippen. Thierry verließ die breiten Boulevards der Bastille und bog in dunkle, schmale Straßen ab, die ruhig und menschenleer dalagen. Aimée spürte Schweißperlen auf ihrer Stirn.

»Mir wird schlecht. Dreh mal die Heizung runter«, sagte sie.

Von hinten riefen einige: »Hier hinten ist es eiskalt, dreht die Heizung auf!«

»Wir sind fast da«, sagte Thierry.

Die Geschäfte hatten die Rollläden runtergelassen, und die Straßen waren wie leer gefegt. Es war still, bis auf das Gemurmel von hinten. Genau in diesem Moment fing es an zu knistern. Ihr Schweiß hatte den Recorder kurzgeschlossen, gleich würde sie eine Brandwunde haben.

Sie beugte sich nach vorne und drehte knurrend die Heizung aus. »Es ist zu heiß.«

Unzufriedenes Grollen von hinten. Sie griff nach einem Lumpen, der auf dem klebrigen Boden des Transporters lag, und wischte sich damit den Schweiß ab. Unglückseligerweise hatte sie das nach Patschuli stinkende Kopftuch des Glatzkopfs erwischt.

»Kannst du behalten.« Er grinste sie an. »Damit du mich nicht vergisst.«

Das Patschuliöl strömte aus ihren Poren, und ihr wurde übel

»Halt die Klappe«, stöhnte Aimée.

Er kicherte. »Du bist ganz nach meinem Geschmack.«

Sie starrte auf Thierrys Hände am Lenkrad und entdeckte eine weitere Tätowierung.

»Was heißt das?«, fragte sie.

»Meine Ehre heißt Treue«, sagte er voller Stolz. Seine Augen verengten sich, als wollte er sie herausfordern.

»Klar! Konnte ich von hier nur nicht richtig lesen.« Sie nickte. »Das Motto der Waffen-SS.«

Was hatten diese Verrückten vor und wo genau fuhren sie hin? Würde Morbier die *flics* rechtzeitig ins Marais führen? Und wie lange dauerte es noch, bis dieses stinkige Patschuli von ihrer Haut verdunstet war?

Ihr lief der Schweiß nur so herunter, während das zerschlissene Tanktop und die Videokassetten an ihrer Haut klebten. Sie benutzte das schmierige Kopftuch des Skinheads nochmals, um sich den Schweiß abzutupfen, ohne dabei die Kassetten zu verschieben.

»Auge um Auge … darum geht es doch, oder?« Sie schlug mit der Faust auf das gesprungene Armaturenbrett. »*Sieg Heil* und all das ist ja gut und schön, aber den Juden mal so richtig eine reinwürgen …« Sie gluckste und überließ es Thierry, die Lücken zu füllen.

»Sich mit Gewalt zu behaupten ist ein Teil der Lösung, aber nur Mittel zum Zweck«, sagte Thierry.

Der paramilitärische Skinhead runzelte die Stirn. »Hör schon auf mit den klugen Sprüchen! Jetzt treten wir den Juden in den Arsch.«

Thierry lenkte den Transporter durch eine schmale Öffnung in der mittelalterlichen Klostermauer auf die kleine Place du Marché Sainte-Catherine.

Aimée trieb es weiter. »Wir helfen bei der Endlösung. Wir erledigen sie, einen nach dem anderen, was?«

Sie bekam nie eine Antwort. Motorräder jaulten auf, während eine Lautsprecherstimme sie anwies, an die Seite zu fahren. Aus dem Nichts füllte sich der kleine Platz mit Blaulichtern und Motorradpolizei.

»Alkoholkontrolle. Alle raus. *Allez-y!*«, befahl ein behelmter Streifenpolizist.

»*Merde!*«, murmelte Thierry. »Ausgerechnet heute.«

»Merkwürdiger Zufall«, sagte jemand von hinten. »Nachdem die uns mit ihrer Anwesenheit erfreut hat.«

»Spar dir deinen schlechten Atem für die Bullen auf«, entgegnete Aimée und hoffte, dass Morbiers Taktik aufging.

»Raus jetzt!«, riefen die *flics*. Sie rissen die Beifahrertür auf und schoben die Hintertür zur Seite.

Aimée wehrte sich und stieß dem überraschten Polizisten ihren Ellenbogen in die Rippen. »Nimm deine dreckigen Pfoten von mir«, rief sie und begann, ihn gegen die Knöchel zu treten.

Sie wollte festgenommen werden. Unbedingt! Raus aus der Misere, solange sie noch Undercover war und die Videos unter der Jacke hatte. Sie würde die Polizeikontrolle nutzen, egal, ob das Morbiers Plan war oder nicht.

Plötzlich traf sie ein Stiefel an der Hüfte und beförderte sie rüber zu den *flics* und deren erhobenen Schlagstöcken. Heisere »Faschistenschweine«-Rufe ertönten, dann brach die Hölle los. Schmerzensschreie füllten den kleinen Platz. Sie begann, über die nassen Pflastersteine zu kriechen. Sie schaffte es auf die andere Seite des Transporters und wäre fast entkommen.

»Schnell«, schrie Thierry, schubste sie in den Wagen zurück und startete die Zündung.

Sie hatte keine Zeit, die Ironie der Situation zu erfassen oder ihre Flucht zu planen. Als der Transporter anfuhr, sprang Leif durch die Schiebetür herein und zog sie geräuschvoll zu.

Thierry gab Gas. Der Transporter geriet ins Schleudern, und Aimée hob ihre Arme schützend vors Gesicht. Ein Satz nach vorn katapultierte sie auf den gurgelnden, bemoosten Wasserspeier des Katharinendenkmals zu. Die eine Seite des Transporters wurde aufgerissen, ein Stück des Denkmals brach ab, dann korrigierte Thierry den Kurs und schoss endlich von dem Platz herunter.

»Wer bist du?«, fragte Leif von hinten und presste etwas Spitzes in ihre Rippen. Er schlug sie mit seinem Handrücken ins Gesicht.

»Hör auf damit, Leif …«, rief Thierry.

»In meinem früheren Leben?«, entgegnete sie frech. Ihre Wangen glühten, sie hielt den Blick gesenkt. »Nimm das Messer da weg, Blödmann.«

»Erst wenn du mich davon überzeugt hast, dass du nichts mit dem zu tun hattest, was eben passiert ist«, knurrte Leif.

»Wovon redest du? Ich bin auf eurer Seite«, erwiderte Aimée.

»Lass sie«, sagte Thierry. »Du bist paranoid.«

»Und wenn schon!«, sagte Leif. »Erinnerst du dich, was beim letzten Mal passiert ist?« Er stach das Messer in das eh schon ramponierte Armaturenbrett und zerfetzte dabei endgültig die Dichtung der Windschutzscheibe.

Im nächsten Moment drückte Aimée den Türgriff runter, stieß die Tür auf und sprang hinaus. Bei der Landung versuchte sie, sich über die Seite abzurollen, um nicht direkt unter die Hinterräder zu kommen. Ein stechender Schmerz fuhr durch ihren Arm. Ausgerenkte Schulter, wenn ich Glück habe, dachte sie. Sie rappelte sich auf, stolperte und fing an zu laufen. Hinter sich hörte sie Bremsen quietschen, einen Zusammenstoß und das Splittern von Glas. Ein anderes Auto hatte Thierrys Transporter erwischt. Sie gewann dadurch eine Minute Vorsprung, dann hörte sie die laut stampfenden Schritte hinter sich. Der Transporter hustete, stotterte und startete wieder lautstark.

In der schmalen Einbahnstraße hallten ihre Schritte wider. Hinter sich hörte sie immer noch Schritte und den aufheulenden Motor des Transporters. Um sie herum standen stille, dunkle Gebäude. Nur wenige Fenster waren hinter Gardinen schwach erleuchtet. Gibt es denn keine Straßen, die von dieser abgehen?, fragte sie sich und lief weiter. Gehetzt sah sie sich um, in panischer Suche nach einer Gasse, in die sie einbiegen könnte. Doch sie war von den letzten mittelalterlichen Überresten im Marais umzingelt. Die langen kreisförmigen kleinen Straßen waren entstanden, um Eindringlinge abzuwehren, nun hielten sie Aimée gefangen. Direkt hinter sich hörte sie schweres Keuchen. Verschwitzt und außer Atem zwang sie sich, nicht die Nerven zu verlieren. Eine efeubewachsene, ungefähr drei Meter dicke und zwei Stockwerke hohe Mauer versperrte ihr den Weg.

Sackgasse. Sie saß in der Falle.

Da entdeckte sie links von sich einen schmalen Durchgang. Sie zwängte sich hinein, prallte gegen eine Mülltonne, die laut schepperte, und rannte weiter. Sie hörte das gleiche metallene Scheppern, als jemand hinter ihr ebenfalls gegen die Tonnen stieß, stolperte und *»Merde«* schrie. Hier war es zu eng für ein

Fahrzeug. Die feuchte Luft füllte ihre Lungen, und sie keuchte schmerzhaft. Aus den dunklen Ecken konnte sie Ratten quieken hören. Vor ihr, am Ende eines dunklen Durchgangs, leuchtete der schummrige gelbe Strahl einer Straßenlaterne.

Als sie bei der Laterne ankam, wich sie dem Geräusch eines Motors zu ihrer Linken aus. Sie drehte den Kopf und erhaschte einen kurzen Blick auf ein Taxi, das mit seinem blauen Licht signalisierte, auf Fahrgäste zu warten.

Sie drehte sich um, behielt ihr Tempo bei und rief: »Hier herüber!«

Das Taxi drohte davonzufahren.

»Vergewaltigung! Hilfe, ich werde vergewaltigt!«, schrie sie.

Das Taxi verlangsamte seine Fahrt. Aimée nahm an, dass ihre Verfolger im Rückspiegel des Taxis auftauchten. In dem Moment, als sie den Türgriff packte, hörte sie angestrengtes Atmen und Rufe hinter sich. Ihr Verfolger konnte sie einfach aus dem Taxi zerren. Wer immer hinter ihr her war, sprang auf sie zu, verpasste aber um ein Haar ihre Jacke, als sie sich umdrehte. Sie hörte einen Schrei und einen dumpfen Aufschlag, als sie davonlief. Das Taxi ließ den Motor aufheulen und raste an ihr vorbei.

Sie rannte den rutschigen, schimmernden Bürgersteig entlang. Lauf weiter, dachte sie. Ihre Lungen brannten, und ein dumpfer Schmerz pochte in ihrem Arm, während sie weiter die Videokassetten fest an sich drückte.

Endlich sah sie die willkommenen Ampeln und Lichter der Rue Saint-Antoine, an der jede Menge Taxis standen. Gott sei Dank, dachte sie und atmete so tief durch, wie ihre schmerzende Schulter es zuließ. Als sie auf die Straße trat, kam der zweite blaue Transporter quietschend vor ihr zum Stehen.

»Steig ein«, schrie Yves und machte eine entsprechende Handbewegung.

Sie hörte wieder die Schritte hinter sich, die von den Mauern hallten. Sie kamen näher.

»Los!« Yves zog am Türgriff der Fahrerseite, und die verbeulte blaue Tür sprang auf.

Bevor sie die Tür zuziehen konnte, schoss der Wagen schon die belebte Rue Saint-Antoine hinunter.

»Wo kommst du denn her?«, fragte Aimée misstrauisch. Warum war Yves nicht beim Rest der Gruppe?

»Ich war hinter den anderen.« Er zeigte in den Laderaum des Transporters. »Da ich die Videoaufnahmen mache, kümmere ich mich ums Equipment. Thierry vertraut mir.«

Aimée stöhnte.

»Was ist mit dir passiert?« Er schaute sie besorgt an, dann reichte er ihr seine Jacke. »Da, die ist wärmer.«

»Nein, danke.« Sie konnte ihre schmutzige, zerrissene Lederjacke nicht ablegen, da das Aufnahmegerät immer noch an ihrem Rücken klebte und die Videos aus ihrem Tanktop ragten.

»Ich brauche etwas gegen die Schmerzen«, sagte sie. »Lass uns was trinken gehen.«

Yves hielt in einer schmalen Gasse, die von der Bastille abging, aber immer noch im Marais lag. Ein Kellner schloss gerade die Fensterläden eines düsteren Bistros an der Ecke. Sie hörte eine verzerrte E-Gitarre, als die Tür aufging und ein lachendes Pärchen herauskam. Wenn sie sich Mühe gab, konnte sie die paar Schritte zur Ecke schaffen und einen Aufstand machen, bis das Bistro sie reinließ.

»Hör mal, meine Schulter tut echt weh«, sagte sie und merkte, wie ihr schwindelig wurde.

»Ich weiß genau, welche Medizin da helfen könnte.« Seine schwarzen Augen durchbohrten sie mit laserartiger Intensität.

»Ich brauch echt einen Drink.« Sie fing an zu kichern, obwohl sie selbst nicht wusste, warum.

»Kannst du von mir kriegen«, entgegnete er mit einem Lächeln.

Es war ein wundervolles Lächeln, fiel ihr auf. Da saß sie also, neben einem Neonazi und mit zwei gestohlenen Videos, die vielleicht den Mord an einer alten Frau zeigten, den er gefilmt hatte. Und sie fühlte sich wahnsinnig von ihm angezogen. Er hatte ihr heute bereits zum zweiten Mal geholfen.

»Meine Wohnung ist da drüben«, sagte er und deutete auf ein um 1900 erbautes dunkles Lagerhaus. »Schaffst du es noch bis dahin?«

»Du lässt das Equipment im Transporter auf der Straße stehen?«, fragte sie und staunte über ihre Geistesgegenwart.

»Keiner rührt unsere blauen Transporter an«, sagte er. »So viel ist sicher. Aber« – er zog eine Fernbedienung raus und drückte ein paar Ziffern – »keine Sorge, ich parke nicht auf der Straße.«

Als das Metalltor langsam hochrollte, fuhr Yves den Transporter in den Innenhof des Lagerhauses.

Aimée gefiel das Geräusch des heruntergleitenden Tors gar nicht, und sie schaute sich nach einem Ausweg um. Ein schmaler Seiteneingang ließ einen kleinen Lichtstrahl erkennen.

»Willst du schon wieder los?«, fragte Yves und schloss eine Tür unter dem Torbogen des Gebäudes auf.

»Noch nicht.« Sie grinste. »Ich hab Durst.«

»Lass dir helfen, das wirst du nicht schaffen«, sagte Yves und hob sie einfach hoch. Er betätigte einige Lichtschalter und trug sie eine eiserne Wendeltreppe herunter, die in eine Kellerwohnung führte.

Warme Luft, gemischt mit einem vertrauten scharfen Duft, wehte ihr entgegen. Sie traten auf einen gebleichten Holzfußboden, am Rand standen tiefe, weiße Sofas, ein langer Metalltisch, die Küche war offen. Die Bögen in den Wänden waren zugemauert worden, davor hingen helle Batikstoffe.

»Hier standen früher Gerbtröge«, erklärte Yves und bettete sie aufs Sofa. »Das war mal eine Sattelfabrik. Für Polizei und Kavallerie«, setzte er grinsend hinzu.

Aimée war heiß und sie fühlte sich verklebt, aber sie wagte es nicht, ihre Lederjacke auszuziehen. Ihr Arm hatte angefangen zu pochen. Merkwürdig, wie etwas anfing wehzutun, wenn man die Zeit hatte, daran zu denken. Sie war sich sicher, dass ihre Poren das Schmierfett und das Patschuliöl aufgesogen hatten. Sie wollte sich waschen.

»Ist Rémy okay?«, fragte Yves, als er ihr einen enormen Cognacschwenker reichte.

Aimée hatte seit Jahren keinen Rémy Martin VSOP mehr gehabt. Sie schnurrte fast, als die goldene Flüssigkeit ihre Kehle herunterglitt. Dieser Typ hatte definitiv mehr Stil als seine Kameraden.

»Ich muss mich frisch machen«, sagte sie.

Er machte eine einladende Handbewegung. »Fühl dich wie zu Hause.«

Sie nahm den Rémy und humpelte in Richtung Küche. Im weiß gekachelten Badezimmer legte sie ihre Klamotten in einem Haufen auf den Boden. Sie achtete darauf, dass die Videokassetten sicher in der Jackentasche verstaut waren.

Ein Vorteil war, dass ihre Schulter so wehtat, dass sie sonst nicht viel spürte. Sie drehte das heiße Wasser auf und betete, dass es für einen Wannenfüllung reichte. Dann kniete sie sich auf einem dicken Handtuch vor einen alten vergoldeten Spiegel. Nachdem sie noch einen kräftigen Schluck Rémy genommen hatte, bemerkte sie die dünne rote Linie verbrannter Haut entlang der Wirbelsäule.

Ihre Schulter hing schief herunter, sie kannte das schon und wusste, was zu tun war. Mit ausreichend Cognac würde sie es auch hinbekommen. Sie biss die Zähne zusammen und drehte ihre Schulter entgegen dem Uhrzeigersinn auf eine Drei-Uhr-Position.

Sie nahm einen weiteren Schluck und packte mit der linken Hand die rechte Schulter. Sie holte tief Luft, zog den Arm gerade heraus, drehte ihn dabei leicht und schob ihn ruckartig zurück in die Zwölf-Uhr-Stellung. Der Schmerz fuhr ihr von den Fingerspitzen bis in den Nacken. Jemand hinter ihr holte tief Luft. Yves war im Spiegel zu sehen, immer noch in Jeans und Pullover.

Er kniete sich neben sie und nahm sie sanft in den Arm.

»Alles in Ordnung?«

Sie nickte und schenkte ihm ein schiefes Lächeln.

»Du fällst mir jetzt nicht in Ohnmacht, oder?« Er hielt sie weiter fest.

»Noch nicht.«

Er schenkte ihr nach, und sie nahm einen langsamen Schluck. »Mir geht's gut.«

Sanft streichelte er über ihr feuchtes Haar. »Was für eine Gesetzesbrecherin bist du?«

»Verrückt, verrucht und gefährlich. Aber ich sollte das lieber dich fragen …«

»Dann bekämst du die gleiche Antwort.« Er lachte, und Aimée wusste, dass sie in Schwierigkeiten war.

Sie endeten zusammen mit der Flasche Rémy in der Badewanne, umgeben von einer dampfenden Wärme, die sie größtenteils selbst verschuldeten.

Aimée schlüpfte in ihre Jeans und ließ Yves weiterschlafen. Zuvor hatte sie allerdings seinen braunen Pullover geklaut und die Wohnung inspiziert. Neben der Küchenzeile entdeckte sie ein kleines Büro mit hochmodernem Computer, Drucker und Scanner. Yves hatte anscheinend einen gut bezahlten Hauptjob. Rasch ließ sie ihren suchenden Blick schweifen, fand aber keine weiteren Videos.

Sie schlich aus dem Haus, nahm ein Taxi, wechselte es in Saint-Paul einmal und fuhr dann nach Hause. Um ganz sicher zu sein, dass ihr niemand folgte, ging sie zweimal den Quai entlang. Nichts. Es war eine Stunde vor Sonnenaufgang. Miles Davis begrüßte sie in der dunklen Wohnung, schnupperte geräuschvoll an ihr und grub sich dann in ihre nach Patschuli riechende Jacke. Vor der Straßenlaterne am Quai zeichnete sich der schwarze Schatten der Seine ab, die sich vor ihrem Fenster entlangschlängelte.

Aimée fühlte sich schuldiger als je zuvor in ihrem Leben. Irgendwie hätte sie sich eher abseilen sollen. Aber sie hatte zu viel getrunken, und dann hatte sie es einfach nur genossen, wie sie sich mit Yves fühlte. Der Cognac hatte keine Schuld, sie wusste, was sie tat. Und sie hatte es gewollt. Aber was, wenn er in den Mord an der alten Dame verwickelt war? Sie ekelte sich vor sich selbst. Wie hatte sie nur mit ihm ins Bett gehen können?

Sie schraubte eine Volvic-Flasche auf und nahm eine Handvoll Vitamin B und C. Dann schob sie eine der Videokassetten der Blancs Nationaux in den Recorder. Sie trug die Aufschrift »Treffen November 1993«. Miles Davis kuschelte sich in ihren Schoß, und sie drückte ihn an sich, während sie versuchte, sich auf die schreckliche Wahrheit einzustellen.

SONNTAG

Sonntagmorgen

»Herzlichen Glückwunsch, mein Herr.« Ilse drückte fest seinen Arm und flüsterte: »Wir werden die Vergangenheit wieder zum Leben erwecken!«

Griffe befürchtete, dass sein Lächeln ziemlich gequält aussah, und wandte den Blick ab. Er sah hinüber zu dem nahezu kahlköpfigen Pariser Bürgermeister, der zusammen mit den EU-Diplomaten der Zeremonie beiwohnte. Nur ein Mal schweifte sein Blick ab und verfing sich in der grauen Holzvertäfelung des Raums.

Er erinnerte sich gut an diese Wände. In genau diesem Zimmer hatte er regelmäßig die Befehle zur Deportation von Juden in vierfacher Ausfertigung abgeheftet. Sein Kommandant betrachtete die »Deportation« als simplen geschäftlichen Teil der Besatzung. Juden waren als »Deportations-Material« mit ermüdenden, aber routinemäßigen Formalitäten verbunden. Formalitäten, die Griffe jedes Mal zu erledigen hatte, wenn er das Marais nach Juden durchkämmte. Bei Sarahs Familie kam er zu spät. Sie waren bereits mit einem Konvoi nach Auschwitz deportiert worden.

Ilse strahlte unter dem Rand ihres rosa Huts. Ihnen gegenüber scherzte Cazaux vertraulich mit dem Bürgermeister. Nach der Eröffnungszeremonie begleitete Griffe die Sekretärin in ihren braunen orthopädischen Schuhen über die Rotunde aus schwarz-weißen Fliesen.

Er stieg in die wartende Limousine, die sie zur Saint-Sulpice-Kirche bringen würde. Erst als er dort saß, in dem mit Weihrauch erfüllten Kirchenschiff unter den grinsenden Phantomen, die in Delacroix' Wandmalerei gefangen waren, atmete er erleichtert aus. Bald würde die ganze Angelegenheit vorbei sein. Noch ein paar Tage, und er wäre wieder zurück in Hamburg. In Sicherheit.

Als die Glocken anfingen zu läuten und die kleine Gruppe die Marmortreppe der Kirche hinunterging, spürte er, wie sich ihm die Nackenhaare aufstellten.

Er hatte das merkwürdige Gefühl, beobachtet zu werden.

Bei dem anschließenden Empfang zog ihn ein lächelnder Cazaux beiseite. »Wir müssen über die Zukunft der Handelskommission sprechen, Monsieur Griffe. Ich glaube, Sie wären bestens geeignet, die Verhandlungen zu leiten.«

Hartmut Griffe wollte dieses Gespräch nicht führen. Er hielt auch nichts von dem unfairen Abkommen, das zu unterzeichnen sie ihn zwingen wollten. Er musste Cazaux hinhalten, um Zeit zu gewinnen. Vielleicht konnte er andere Delegierte überzeugen, Kompromisse bei den schärfsten Richtlinien einzugehen. Er machte sich keine großen Hoffnungen, aber er würde es versuchen.

»Ich fühle mich geschmeichelt«, sagte er. »Aber andere sind deutlich qualifizierter als ich.«

»Politiker können es sich nicht leisten, bescheiden zu sein.« Cazaux zwinkerte und klopfte ihm auf den Rücken. »Natürlich wird die Zusammensetzung der Kommission erst festgelegt, nachdem das Abkommen unterschrieben ist. Alles der Reihe nach.«

Quimper, der belgische Delegierte mit den rosa Wangen, gesellte sich zu ihnen. »Diese Gänseleberpastete ist vorzüglich!«, sagte er und tupfte dabei vorsichtig seinen Schnurrbart ab.

Cazaux grinste. »Darf ich Ihnen mein Büro anbieten, um die Klauseln einer eingehenden Prüfung zu unterziehen?«

Griffe hatte das Addendum bereits gesehen. Er vermutete, dass Cazaux vorhatte, zuerst die Deutschen und die Belgier ins Boot zu bekommen, dann würde er auch versuchen, die anderen Delegierten zur Zustimmung zu bewegen.

»Minister Cazaux, ich hatte es so verstanden, dass morgen allen europäischen Delegierten gemeinsam der Vertragstext vorgelegt wird und wir dort Details oder Änderungen besprechen, bevor wir dem Abkommen zustimmen.«

Ein Schatten huschte über Cazaux' Gesicht, verschwand aber gleich wieder.

»Da haben Sie ganz recht, Monsieur Griffe.« Cazaux nickte sorgenvoll. Dann legte er den beiden Männern die Arme um die Schultern und führte sie weg von der Menge.

»Meine Herren, Sie wissen genauso gut wie ich, dass dieses Abkommen nicht die beste aller Antworten darstellt«, sagte Cazaux. »Frankreichs Wirtschaft jedoch und unser Verhältnis zu Ihnen, unseren nächsten europäischen Nachbarn, wird darunter leiden, wenn es nicht unterschrieben wird.« Er seufzte. »Massenarbeitslosigkeit – nun, das ist nur die Spitze vom Eisberg.«

Quimper nickte zustimmend. Cazaux ließ die Arme sinken und blickte auf den Fußboden.

Griffe starrte Cazaux an. »Dieses Abkommen umgeht Gerichtsverfahren für Einwanderer und Asylbewerber. Das Mandat gestattet, sie auf unbegrenzte Zeit in Migrantenunterkünften festzuhalten – ohne Verhandlung durch einen Richter oder eine Jury. Kein oberster Gerichtshof wird dies genehmigen.«

»Oberster Gerichtshof? Nein, mein lieber Griffe, so weit wird es nicht kommen. Ist das Abkommen erst einmal unterzeichnet und rechtskräftig, dann schreckt es die Immigranten ab. Danach werden wir das Verfahren einleiten, diese Klauseln wieder zu streichen.« Cazaux lächelte übertrieben. »Die Zusätze werden gelöscht, als hätte es sie nie gegeben! Die Einwanderung wird bis dahin stark zurückgegangen sein. Und *voilà*, wir brauchen kein schlechtes Gewissen mehr zu haben.«

»Nun, wir werden morgen ausreichend Zeit haben, uns damit auseinanderzusetzen«, erklärte Griffe ausweichend.

»Aber natürlich, meine Herren.« Cazaux lächelte und legte seine Arme wieder um beide Männer. »Wo sind meine Manieren als Gastgeber? Und wo ist diese vorzügliche Gänseleberpastete?«

Hartmut Griffe fühlte den klauenartigen Griff Cazaux' auf seiner Schulter. Mehr denn je wünschte er sich weit, weit weg.

Sonntagmittag

Sarah zog ihren Hut tiefer über ihre Augen. Sie fühlte sich seltsam verloren, versuchte damit zurechtzukommen, wie Paris sich in den letzten fünfzig Jahren verändert hatte.

»*Bonjour,* Monsieur, die Abendausgabe des *Figaro*, bitte.«

Sie zahlte und ging unter den feuchten Kolonnaden der Place des Vosges entlang. Das Marais kam ihr fremd vor und doch seltsam vertraut. Jede Ecke hielt Erinnerungen für sie bereit.

Der Wind scheuchte welkes Laub um ihre Beine, und sie zog den Regenmantel enger um ihren schlanken Körper. Der Geruch gerösteter Maronen wehte über den Platz. Unten auf der letzten Seite der Zeitung fand sie den Artikel, den sie gesucht hatte.

Mord im Marais

Lili Stein, sechsundsiebzig Jahre alt, wohnhaft in der Rue des Rosiers Nummer 64, wurde am späten Mittwochabend tot aufgefunden. Die durchgeführte Obduktion hat inzwischen zweifelsfrei ergeben, dass die alte Dame Opfer eines Mordes wurde. Die Polizeiermittlungen konzentrieren sich auf das Marais und das umliegende 4. Arrondissement. Für sachdienliche Hinweise, die zur Ermittlung des Täters führen, hat der Temple Emanuel eine Belohnung ausgesetzt.

Da stand es schwarz auf weiß, dass Lili ermordet worden war! Sie musste die erste Zeitungsmeldung verpasst haben. Über ihr drang der Klang einer Violine aus einem offenen Fenster, die *Cœur Vagabond* spielte.

Ihre Mutter hatte dieses alte Lied immer an den Waschtagen gesummt – bevor die französische Garde Mobile auf Befehl der Gestapo ihre Familie zusammen mit Tausenden von anderen Pariser Juden festgenommen und in das *Vélodrome d'Hiver* getrieben und von dort aus nach Auschwitz deportiert hatte. Jenen Tag im Juli 1942 würde sie niemals vergessen. Sie zitterte, und daran war nicht der kalte Novemberwind schuld. Waren sie auch hinter ihr her? Oder war Helmut ihr auf der Spur?

Sonntagmittag

Aimée fand Abraham Stein in der Synagoge in der Rue des Écouffes, einer klitzekleinen Straße, welche die Rue des Rosiers kreuzte. Ehemals ein Schreibwarengeschäft, befand sich die Synagoge neben einem Gemüseladen, der auf dem Gehweg Kästen mit dunkelvioletten Auberginen, glänzenden grünen Paprikas und knolligen Kartoffeln anbot.

Abraham Stein sah noch dünner aus, sofern dies überhaupt möglich war. Er war bleich, und die dunklen Ringe unter den Augen und sein dunkelblau gestreiftes Hemd ließen Aimée unwillkürlich an den Insassen eines Konzentrationslagers denken. Zur Trauerfeier für Lili Stein hatte sich die kleine Gemeinde in dieser winzigen dunklen Synagoge versammelt.

Alles an dieser Stätte strahlte Tradition aus – die leisen Geräusche, der Geruch nach Fett, das von einer Hühnersuppe in einer Küche in der Nähe abgeschöpft wurde, das Leuchten der Messingkerzenständer und das Gefühl, das ihr die raue Holzbank gab, auf der sie saß. Die Gegenwart löste sich auf.

Sie war wieder ein kleines Mädchen, dessen Strümpfe immer rutschten und dessen Pullover am Hals kratzte. Hibbelig wie immer. Sie versuchte, so französisch wie alle anderen zu sein, der ewige Kampf ihrer Kindheit. Ihre Mutter hielt ihre Hand, bekreuzigte sich und ermahnte sie, nicht immer diese

Mischung aus Englisch und Französisch zu sprechen. »*Mais Maman*, ich kann es nicht anders!«, hatte sie gerufen. »Hör auf mit diesem Kauderwelsch, Amy, du bist jetzt alt genug, den Unterschied zu erkennen«, hatte ihre Mutter gesagt. Aber der war ihr so fremd, wie sich als Französin zu fühlen. »Je schneller du es begreifst, desto besser«, hörte sie ihre Mutter sagen. »Du musst lernen, dich selbst zu behaupten.«

»Baruch atah adonai.«

Langsam kehrte sie in die Gegenwart zurück, während ein paar altersweise Hände die ihren ergriffen und ihr bei den vorgeschriebenen Handbewegungen halfen. Aber es waren nicht die Hände ihrer Mutter. Erstaunt blickte sie in das gütige Gesicht einer weißhaarigen Frau mit trüben Augen, die sie nie zuvor gesehen hatte.

»Très bien, mon enfant!« Die Alte mit dem schlecht sitzenden Gebiss strahlte und umarmte sie.

Aimée sackte enttäuscht zurück. Ihre Kindheit war unwiederbringlich vorbei, und ihre Mutter würde nicht zurückkommen. Sie holte tief Luft und befreite sich vorsichtig und dankbar aus den knorrigen Händen der alten Frau.

Draußen nickte Aimée in Sintas Richtung und ging dann zu Abraham Stein, der auf der gegenüberliegenden Seite der Synagoge auf dem Bürgersteig stand. Er wirkte wie üblich zutiefst melancholisch.

Rachel Blum stand bei ihm, gebeugt und in ein altes, weites Blumenkleid gehüllt, dann verschwand sie hinter einer Holztür, die in das Gebäude führte.

»Entschuldigen Sie.« Aimée schob sich an Abraham vorbei. Sie klopfte mehrfach gegen die Holztür, die sich schließlich einen Spaltbreit öffnete.

»Hallo Rachel, ich bin's, Aimée Leduc. Darf ich einen Moment reinkommen?«, fragte sie lächelnd.

Rachel erwiderte ihr Lächeln nicht. »Warum?«

»Ich habe vergessen, Sie etwas zu fragen.«

Langsam zog Rachel die schwere, quietschende Tür auf.

»Wie geht es Ihnen, Rachel?«, fragte Aimée, während sie in den modrig riechenden Eingang trat.

Rachel seufzte. »Senkfüße, das sagt der Arzt jetzt dazu. Wie auch immer, ich kann nicht lange stehen. Meine Füße sind auch nicht mehr das, was sie mal waren.«

Sie bedeutete Aimée, sich neben sie auf eine Holzbank im dunkel gepflasterten Eingangsbereich zu setzen.

»Zu viel über Steine gelaufen, das ist das Problem.« Sie hatte einen Schuh ausgezogen und rieb sich ihre Fußsohle. »Früher war die Treppe zu Lili rauf aus Holz. Diese Steine sind der Tod für meine Zehenballen.«

»Waren dort nicht auch die blutigen Fußspuren?«, entfuhr es Aimée unwillkürlich. Sie erinnerte sich noch gut an das, was Rachel erzählt hatte. Auch Morbiers Leute hatten dort Spuren von Lili Steins Blut gefunden.

»Sie geben nie auf, oder?«

»Keiner verdient es, so zu sterben«, sagte Aimée, und ihre Wangen wurden rot. »Aber immer, wenn ich mit jemandem über Lilis Vergangenheit reden möchte, verstummen alle. Stattdessen fragt mich jeder, warum ich mir nicht diese Neonazis vorknöpfe, das wäre etwas Handfestes.«

Rachel rieb sich weiter den Fuß und wich Aimées Blick aus.

»Mir ist es egal, welche Rolle Sie in Lili Steins Vergangenheit gespielt haben«, fuhr Aimée fort. »Sie reden nicht mit mir, weil Sie glauben, ich würde Sie verurteilen, weil Sie davon überzeugt sind, dass sowieso keiner in meinem Alter verstehen kann, was Sie zur Zeit der Occupation durchgemacht haben. Richtig?«

Aimée gab sich Mühe, ihre Stimme neutral klingen zu lassen, aber sie war nicht besonders erfolgreich. »Wer gibt Ihnen eigentlich das Recht, einfach so über mich zu urteilen? Und auch wenn ich es nicht verstehen sollte, wollen Sie wirklich, dass der ganze Horror, der damals passierte, totgeschwiegen wird?«

Rachel mied immer noch ihren Blick.

»Sehen Sie mich an, Rachel!«

Rachel schüttelte den Kopf.

»Lilis Ermordung geht nicht auf das Konto dieser Skinheads. Das Hakenkreuz auf ihrer Stirn war im Stil der Waffen-SS«, sagte sie. »Die SS … haben Sie das nicht bemerkt? Oder wollen Sie es nicht sehen?«

Rachel zuckte mit den Schultern. »Sie sind doch die mit den großen Theorien.«

Aimée ließ sich zurücksinken, die harte Rückenlehne traf schmerzhaft die verbrannte Stelle an ihrem Rücken. Sie schüttelte den Kopf und sagte, eher zu sich selbst: »Wer wird das nächste Opfer?«

Rachel seufzte. »Arlette wurde nach einer großen Juden-Razzia im Marais ermordet«, sagte sie.

Aimée erstarrte.

Rachels Hände schnitten durch die Luft und untermalten ihre Worte. »Danach sind die Juden in ihren Häusern geblieben. Wir waren nur zu bestimmten Uhrzeiten einkaufen, und selbst dann hatten wir Angst. Die Gestapo kam immer öfter auch in der Nacht. Fast jede Nacht. Ich werde es nie vergessen. Mitten in der Nacht, Bremsen quietschten in der Straße, und Schritte stampften die Treppen hoch. Würden sie an unserer Tür halten? Würden sie ›Machen Sie auf!‹ rufen und die Tür mit ihren Springerstiefeln eintreten? Oder würden sie an unserer Tür vorbeigehen, sich jemand anderes aussuchen? Meine Nachbarin, die ein Stockwerk tiefer wohnte, ist ihnen zuvorgekommen. Als sie ihre Tür eintraten, griff sie ihre beiden schlafenden Babys und sprang aus dem Fenster, direkt in die Rue des Rosiers.« Rachel zeigte auf die Straße. »Vor diesem Haus. Ich stelle mir bis heute vor, die Babys haben einfach weitergeschlafen, bis sie im Himmel waren.«

Aimée hatte das komische Gefühl, dass etwas an Rachels Worten merkwürdig klang, aber sie konnte nicht ausmachen, was es war.

Die alte Frau holte tief Luft. »Vor Lilis Wohnung konnten sie das Blut nicht von der Holztreppe abbekommen. Keiner wollte die Treppe hochgehen, sie haben es am Ende einfach mit Putz zugegipst.« Rachel lehnte sich näher an Aimées Ohr heran.

Aimée verlagerte ihr Gewicht auf der dunklen, schmalen Bank.

Rachel flüsterte: »Einige behaupteten, es wären Lilis Fußspuren gewesen, weil die Fußabdrücke klein waren. Aber Lili war nicht mehr da. Sie kam erst nach der Befreiung zurück, und dann war so viel los, dass keiner daran dachte, sie zu befragen. Ich habe sie einmal nach dem Mord an der Concierge gefragt, den sie ja gesehen hatte, aber sie hat das nicht weiter ausgeführt. Sie wollte nie über die Besatzungszeit sprechen, sie meinte, der Krieg sei vorbei. Sie erzählte ihrem Sohn allerdings gerne davon, wie sie mit Kollaborateuren umging«, fügte sie hinzu. »Lili konnte manchmal ziemlich gemein sein.«

»Wer hat die Concierge eigentlich damals gefunden?«, fragte Aimée.

»Javel. Offenbar kam er abends vorbei, um ihr den Hof zu machen, und sah das ganze Blut. Er hat sie im Lichtschacht gefunden, ihr Gehirn überall verteilt.«

»Was meinen Sie mit ›das ganze Blut‹?«, fragte Aimée.

»Nun ja, ich war selbst nicht dabei, hab's nur gehört.« Rachel Blum zwang ihren Fuß zurück in den Schuh und stand vorsichtig auf. »Ich sag Ihnen, die Leute haben sich ganz schön über den Mord an Arlette gewundert, zumal sie keine Jüdin war. Es ging das Gerücht, sie sei eine BOF, aber andererseits taten das alle, die es sich leisten konnten.«

»BOF?«

»*Beurre, œufs, fromage* – Butter, Eier und Käse«, sagte Rachel. »Das war die Währung auf dem Schwarzmarkt. Sie wären überrascht, wie viele angebliche Mitglieder der Résistance im Krieg ein Vermögen verdient haben. Jeder beneidete die BOFs.

In meiner Erinnerung war Arlette einfältig und gierig. Sie sprach immer über ihren Verlobten. Jetzt, wo Lili nicht mehr da ist, werden wir wohl nie erfahren, was passiert ist.«

Aimée fragte sich, warum Lili einen Mord gesehen, aber nie jemandem davon erzählt hatte.

Rachel drehte sich um und starrte Aimée an. »Glauben Sie mir, keiner hat was davon, das alles wieder auszugraben«, sagte sie. »Die Toten soll man ruhen lassen.«

»Das höre ich nicht zum ersten Mal. Werden Sie mir noch mehr Steine in den Weg legen, Rachel? Vielleicht noch einen kleinen Drohbrief?«

Rachel schüttelte trotzig ihren Kopf.

»Sie haben mir das Fax geschickt, nicht wahr?«

»Ich sage es noch einmal.« Rachels Augen wurden hart. »Vergessen Sie die Vergangenheit, es ist vorbei.«

»Nein, Rachel.« Aimée stand auf. Die Geschichte ergab jetzt einen Sinn. »Die Vergangenheit ist nicht vorbei. Das müssen Sie doch selbst am besten wissen. Waren Sie damals die Informantin? Fünfzig Jahre sind nicht Strafe genug, oder?«

Rachels Entschlossenheit brach mit einem Mal in sich zusammen. Sie verbarg das Gesicht in ihren Händen. »Es sollte nicht so kommen«, jammerte sie. »Sie haben die falsche Wohnung erwischt. Das habe ich doch nie gewollt!«

»Wie können Sie von mir verlangen, die Vergangenheit zu vergessen?«, fragte Aimée. »Sie selbst werden von ihr verfolgt.«

»Drei Tage danach haben sie uns alle mitgenommen.«

Fassungslos schüttelte Aimée den Kopf. Rachel blieb gebeugt, ihr Blick war jetzt glasig und distanziert.

Aimée öffnete die Tür und trat auf die geschäftige Rue des Rosiers hinaus. Lili Steins Treppenhaus beherbergte einige Antworten. Aber sie zu bekommen war das Problem. Ein großes Problem.

Sie ignorierte Sintas Blick und ging direkt zu Abraham Stein. Er räusperte sich unbehaglich.

»Wir müssen miteinander reden«, sagte sie.

»D'accord.« Er drehte sich zu seiner Frau um, aber sie war schon verschwunden.

Langsam gingen sie die Rue des Rosiers runter, an Lilli Steins Geschäft vorbei und in Richtung der Rue Vieille du Temple. Bei der Place des Singes, gegenüber einer mit Graffiti beschmierten Wand, setzten sie sich in ein Straßencafé.

»Ich möchte mich entschuldigen, Mademoiselle Leduc. Sie meinen es gut, das weiß ich. Der Rabbi vom Temple Emanuel bat mich, hilfsbereiter zu sein, nicht so intolerant.« Abraham Stein schaute auf seine Hände.

Sie sagte nichts, bis der Kellner ihm ein Mineralwasser und ihr einen großen *café crème* serviert hatte.

»Ich verstehe, dass es im Moment nicht einfach für Sie ist, Monsieur Stein«, sagte sie.

Auf dem Bürgersteig riss ein Vater gerade noch seine Tochter zurück, die gestolpert war und sonst von einem Wagen erfasst worden wäre. Er begrub ihre Tränen in einer Umarmung und setzte sie dann auf seine Schultern.

Aimée musste an ihren zwölften Geburtstag denken, als sie sich geweigert hatte, weiterhin von ihrem Vater zum Ballettunterricht begleitet zu werden. Eigenartigerweise hatte er sich gar nicht darüber aufgeregt. Er hatte sie in komischer Verzweiflung angesehen und gesagt: »Du bist nur eine halbe Französin, aber eine ganze Pariserin, jedes eigensinnige bisschen von dir.« Dann hatte er sie lange und fest in die Arme geschlossen, was er selten machte, seitdem ihre Mutter sie verlassen hatte.

»Was haben Sie herausgefunden?«, fragte er.

Sie schüttelte ihre Erinnerungen ab. »Gestern Abend habe ich mich unter die Blancs Nationaux gemischt. Sie hätten fast einen Anschlag auf Ihre Synagoge verübt.«

Stein verschluckte sich an seinem Mineralwasser. »Wie bitte?«

Sie erzählte ihm von der Zusammenkunft der Neonazis über der Videothek ClicClac und deren Vorhaben. Den Teil mit ihrer Schulter und Yves übersprang sie.

Er riss entsetzt die Augen auf.

»Hören Sie, Monsieur Stein. Ich möchte jetzt genau wissen, was Ihre Mutter am letzten Mittwoch gemacht hat – jedes Detail kann wichtig sein.«

Er dachte nach. »Mittwochs hielt sie sich üblicherweise den Nachmittag frei, um Erledigungen zu machen, zum Beispiel besondere Lebensmittel für den Sabbat zu besorgen.«

»Hat sie gekocht?«

Er schüttelte den Kopf. »Mittwochabends essen wir immer bei meinem Neffen Ital. Aber letzten Mittwoch ist meine Mutter nicht gekommen. Deshalb habe ich nach ihr gesehen.«

»Ital wohnt in der Nähe?«

»Um die Ecke in der Rue Pavée.«

Sie rührte aufgeregt in ihrem Kaffee. »Ist das nicht in der Nähe der Schusterei Javel?«

»Genau nebenan.«

Irgendwie passt alles zusammen, dachte Aimée und erinnerte sich an die frisch besohlten Schuhe, die Sinta im Schrank aufgefallen waren. »Hatte Ihre Mutter an diesem Tag ihre Schuhe bei Javel abgeholt?«

Er überlegte. »Itals Tochter feiert nächste Woche ihre Bar-Mizwa. *Maman* hatte tatsächlich irgendetwas mit Schuhen erwähnt. Aber ich bin mir nicht sicher.«

»Was hat sie noch gemacht?«

»Sie hat mittwochs immer den Müll sortiert, damit ich ihn später runtertragen kann zu den Tonnen, die unten im Lichtschacht stehen.«

Aimée fiel fast der Löffel aus der Hand. Morbiers Leute hatten Zeichen eines Kampfes bei den Mülltonnen gefunden.

»War Ihre Mutter denn schon zum Lichtschacht runtergegangen?«

Stein schüttelte den Kopf. »*Maman* ist nie zum Lichtschacht gegangen. Sie hat sich geweigert.«

Etwas machte Klick bei Aimée. Die Nähe von Javels Laden, der Lichtschacht, wo seine Verlobte gefunden worden war und wo jetzt, fünfzig Jahre später, Lili Steins Blutspuren gefunden wurden. Alles schien auf Javel hinzuweisen.

Sie machte sich darauf gefasst, diesen abscheulichen Gedankengang verfolgen zu müssen. »Monsieur Stein …«

»Abraham.« Er lächelte das erste Mal.

»*D'accord.* Nennen Sie mich Aimée.« Das machte es nicht leichter. Schade, sie mochte diesen Mann, fühlte seinen Schmerz fast so, als wäre es ihr eigener. »Bitte nehmen Sie es mir nicht übel. Es tut mir leid, das fragen zu müssen. Aber viele Frauen, die mit den Nazis fraternisierten, wurden nach der Befreiung durch Hakenkreuze auf der Stirn verunstaltet. Könnte es hier eine Verbindung geben?«

Stein seufzte. »Ja, davon habe ich auch gehört. Aber *Maman* war ganz bestimmt keine Kollaborateurin. Im Gegenteil, sie selbst hat solche Leute angezeigt, das hat sie mir einmal sehr selbstgerecht erzählt.«

Seine Augen zogen sich schmerzlich zusammen, und er vergrub sein Gesicht in den Händen. Sie wartete, bis seine Schultern aufhörten zu beben, und reichte ihm eine Serviette.

Kichernde Schüler rannten über das Kopfsteinpflaster, vorbei an dem fast leeren Straßencafé. Aimée griff in ihren Rucksack, um nach Taschentüchern zu suchen, und zog das Erste was sie zu fassen bekam, heraus. Es war die zerknitterte Ausgabe der *Hewbrew Times*, in die sie vor ein paar Tagen Lili Steins Mantel eingewickelt hatte.

Als sie genauer hinsah, zog sie erstaunt die Augenbrauen hoch. *Cochon assassin* – Drecksmörder – war dort in kantiger Handschrift über einem kleinen Foto und dem dazugehörigen Artikel gekritzelt. Sie strich die Zeitung glatt. Politiker und Minister waren mit dickem rotem Stift umkringelt worden. Aimée konnte die Gesichter kaum erkennen, aber sie konnte die Namen lesen.

Sie warf Stein die Zeitung hin. »Das hat Ihre Mutter geschrieben, nicht wahr?«

Er nickte. »Ja. *Maman* hat sich eines Abends darüber ausgelassen. Ein Nazilügner, der in schwarzen Stiefeln umherstolzierte, sie wusste alles über ihn. Sie zog weiter über ihn her, aber als ich sie nach Einzelheiten fragte, machte sie zu. Wollte kein weiteres Wort darüber verlieren. Meine Mutter war nicht gerade die einfachste Person.« Stein zog eine Grimasse. »Aber Familie ist Familie, Sie wissen, wie das ist.«

Aimée nickte, als wüsste sie es, dabei hatte sie keine Ahnung.

»Letzte Woche fiel meiner Frau auf, das *Maman* viel unterwegs war.« Er machte eine Pause, um einen Schluck Mineralwasser zu trinken. »Sinta erinnert sich daran, dass sie sagte, sie würde sich nicht länger von den Geistern einschüchtern lassen.« Er schwieg, zögerte.

»Sprechen Sie weiter, Abraham.« Da war etwas, und sie fragte sich, warum er Angst hatte, es ihr zu erzählen.

»Ich habe Ihnen anfangs misstraut, Aimée.« Er sah zu Boden. »Geben Sie die Schuld meiner altmodischen Sichtweise auf Frauen. Aber jetzt, ob begründet oder nicht, mache ich mir Sorgen um Sie.«

Sie schwieg gerührt.

Stein sprach in gemessenem Ton weiter. »Die letzten Worte *Mamans*, an die ich mich erinnere, waren: ›Ich komme etwas später zu Ital.‹ Sie sagte es so, als ob sie noch etwas oder jemanden erwarten würde.«

Aimée war hin und her gerissen. Gern hätte sie Abraham erzählt, dass sie selbst es gewesen war, auf die seine Mutter gewartet hatte. Aber wenn sie das tat, brachte sie vielleicht unnötig Abraham in Gefahr – und wäre trotzdem kein Stück weiter in Lili Steins Mordfall.

»Und noch etwas hat meine Mutter an diesem Mittwoch gesagt«, fuhr Abraham nachdenklich fort. »Sie sagte: ›Heute Abend wirst du die Bretter von meinem Fenster entfernen.‹«

Aimée setzte sich aufrecht hin. »Was hat sie damit gemeint Abraham?«

»Ich weiß es nicht«, sagte er.

»Aber offensichtlich fanden Sie diese Bemerkung ungewöhnlich«, sagte sie. »Was wollte sie damit wohl sagen?«

»Bei *Maman* wusste man nie so genau, woran man war ... Vielleicht hatte sie auch Schuldgefühle.«

»Weswegen? Wofür hätte sie sich schuldig fühlen sollen?«

»Ist nur so ein Gefühl«, entgegnete er. »Ich hab nichts Konkretes.«

Mit einem Mal wirkte er verstört. »Ich muss zurück.« Er knallte ein paar Geldstücke auf den Tisch und verließ eiligen Schrittes das Café.

Sie stand auf, faltete vorsichtig die Zeitung zusammen und steckte sie zurück in ihren Rucksack. Sie war verwirrter als vorher. Was hatte das zugenagelte Fenster mit dem Foto zu tun, das sie bearbeitet hatte?

In der Nähe ihres Büros blieb Aimée an einem Eck-Kiosk in der Rue du Louvre stehen. Maurice, der Besitzer, nickte ihr zu. Er hatte einen gestutzten Oberlippenbart und helle spatzenartige Augen.

»Das Übliche?«, fragte er.

Sie lächelte und legte ein paar Francs auf einen dicken Stapel Zeitungen.

Maurice schob Aimée mit seinem Holzarm eine Ausgabe des *Figaro* herüber. Er war ein algerischer Kriegsveteran, und ihm gehörten einige Kioske in Paris, aber er war sich nicht zu schade, gelegentlich auch mal auf Miles Davis aufzupassen.

Sie hielt die Zeitung fest und stieg die ausgetretenen Stufen zu ihrem Stockwerk hoch. Den ganzen Weg über fragte sie sich, warum Lili wegen des Mordes an Arlette Schuldgefühle haben sollte. Und wenn sie einen ehemaligen Nazi erkannt hatte, warum sprach sie dann nicht darüber?

Zurück in ihrem Büro loggte sie sich an ihrem und an Renés Computer ein. Sie wusste, wo sie suchen musste. Die Akten, die nicht von den Deutschen vernichtet worden waren, hatte man zentral archiviert. Auf Renés Rechner erlangte sie Zugriff auf die Datenbank des Yad Vashem Holocaust Memorial Museum in Jerusalem und lud das *R.F. SS Sicherheitsdienst Memorandum 1941–45* herunter. Auf dem Monitor erschienen dicke schwarze Gestapoblitze.

Auf ihrem Terminal umging sie einen *tracer link* und lud GROUPER herunter, die Hintertür zu Interpol. Sie griff auf GROUPER zu und suchte nach Hartmut Griffe, einem der Namen unter dem Foto, über das Lili mit Rotstift geschrieben hatte. Eine freundliche digitale Computerstimme verkündete: »Verbleibende Restzeit vier Minuten zwanzig Sekunden.«

Auf Renés Bildschirm war mittlerweile ein langer deutscher Bericht mit dem Titel »Nachrichtenübermittlung vom 21. August 1942« zu sehen. Auch mit ihrem sehr rudimentären Deutsch konnte Aimée sich denken, worum es ging. Adressiert an Adolf Eichmann in Berlin behandelte der Bericht die »*Deportation von Juden aus Frankreich nach Auschwitz*«. Aimée übersetzte sinngemäß, dass es im Oktober keinen Judentransport nach Auschwitz geben würde und der Gestapoführer bei Eichmann anfragte, was dieser diesbezüglich zu tun gedenke.

Hier hatten wir es ja mit einem ganz dienstbeflissenen Herrn zu tun; er machte sich bereits im August Sorgen darüber, dass er im Oktober vielleicht nicht genug Leute für seine Gaskammern haben würde. Der Bericht war von einem R. A. Rausch, *Obersturmführer*, unterzeichnet. Zwei weitere Unterschriften, die von K. Oblath und H. Volpe, stammten von der SiPo und vom Sicherheitsdienst, die für die Judenrazzien verantwortlich waren.

Zurück an ihrem Rechner sah Aimée nach, ob eine Antwort auf ihre Anfrage bei GROUPER aufgetaucht war. Ein lautes Surren, dann ertönte eine Reggae-Version von *2001: Odyssee im Weltraum*. Heute kam der GROUPER-Zugang ja über einen lustigen Server. Sie grinste. Alte russische Kriegsberichte leuchteten auf dem Bildschirm auf. Sie überprüfte die Namen der drei Gestapomänner: Rausch, Oblath und Volpe. Jeder Name war als verstorben gelistet. Das war merkwürdig.

Eine ausführlichere Recherche ergab, dass jeder Einzelne der drei 1943 als in der Schlacht von Stalingrad gefallen gemeldet war. Warum hätte man Rausch, den Kopf der Gestapo, 1943 an die Front schicken sollen?, fragte sich Aimée.

Sie überprüfte andere Memos in der Datei. Rausch unterzeichnete 1944 immer noch Befehle, Juden aus Paris zu deportieren, obwohl er 1943 als tot gelistet war. Sehr seltsam! Aimée lehnte sich zurück und pfiff leise.

Interpol-Namenslisten mit Querverweisen zu US-Nachkriegsdokumenten in Berlin um 1948 tauchten auf dem Bildschirm auf. Hier war auch ein Hartmut Griffe genannt, an der Front in Stalingrad gefallen. Das war alles.

Die Dokumente waren offensichtlich manipuliert worden Das war der Beweis. Aber es reichte nicht aus, um die Nazis wenn sie überhaupt noch am Leben waren, heute zu identifizieren.

Sinta hatte ihr erzählt, dass Lili Stein glaubte, sie würde von Geistern verfolgt. Aber es war Rachels Fax, das sie davor gewarnt hatte, tote Geister zu wecken.

Sonntagabend

»Reservieren Sie mir bitte einen Platz auf dem Spätflug nach Hamburg.« Hartmut Griffes Finger klopften auf den eleganten Walnusssekretär, der als Hotelrezeption diente.

Am Nachmittag war ihm klar geworden, dass er die Nase voll hatte. Er würde Cazaux zufriedenstellen, das Abkommen unterzeichnen und damit die Werwölfe glücklich machen. Das Abkommen der EU würde zwar dem Rassismus Vorschub leisten und die Einrichtung von Lagern für Migranten quasi sanktionieren, aber vielleicht meinte Cazaux es ja ernst, wenn er versprach, die rassistischen Klauseln im Nachhinein wieder zu streichen.

Er hatte gedacht, er könnte es aufhalten. Jetzt war ihm klar, wie vergeblich sein Bemühen war – er hatte nicht die Macht, die Werwölfe zu stoppen, und wollte nur noch so schnell wie möglich nach Hause zurück.

»Natürlich, Monsieur, ich werde Sie informieren, sobald die Reservierung bestätigt ist«, sagte der Mann an der Rezeption.

Und ich kann dem Geist von Sarah, der in meinem Kopf herumspukt, endlich entkommen, dachte Griffe und bedankte sich. Wie töricht war es von ihm gewesen zu glauben, dass sie hätte überleben können! Dennoch brannte ganz tief in ihm und entgegen jeder Vernunft immer noch dieser winzige Funken Hoffnung. Es würde keine Unterlagen über sie geben, dafür hatte er 1943 selber gesorgt. Unglücklich blickte Griffe über die Place des Vosges.

»Entschuldigen Sie, Monsieur Griffe«, sagte der Angestellte und verbeugte sich eilfertig. »Fast hätte ich es vergessen – das hier wurde für Sie abgegeben.« Er reichte Griffe einen großen weißen Umschlag.

Griffe bedankte sich mit abwesender Miene und ging zum Fahrstuhl. Erst als er eingestiegen war und den anderen Fahrgästen kurz zunickte, bemerkte er seinen Namen auf dem Umschlag, der mit der Hand geschrieben war. Die Schrift sah altmodisch aus, kursiv und geschwungen, wie er es von früher kannte, heute schrieb niemand mehr so. Auch die Schrift hatte sich nach dem Krieg verändert, wie so vieles. Als der Fahrstuhl ein Pärchen ausstieß, freute er sich bereits auf den Abend, wenn er im Flieger sitzen würde. Dann würde er endlich in Sicherheit sein.

Griffe betastete die Ausbuchtung des Umschlags und merkte, wie ihn Panik überfiel. Hatte er gerade etwa vertrauensvoll eine Briefbombe in Empfang genommen? Er war immerhin in Paris. Hier waren Terroranschläge an der Tagesordnung! Seine Hände zittern derart, dass ihm der Umschlag auf den Boden fiel. Aber das Einzige, was geschah, war, dass ein in verblichenen gelben Stoff gewickeltes Stück Elfenbein lautlos auf den Fahrstuhlteppich rollte.

Er kniete sich nieder und faltete vorsichtig den ramponierten gelben Stern mit dem aufgestickten J auseinander – jeder Jude hatte so einen tragen müssen. Konnte es Sarahs Stern sein? Fassungslos betrachtete er das Stück Elfenbein in seiner Hand. Ansonsten war nichts weiter in dem Kuvert. Konnte sie nach all den Jahren doch noch am Leben sein? Hatte sie überlebt?

Das Elfenbein war ihr Zeichen gewesen. Sie hatte das Stückchen auf einen Sims vor den Katakomben gelegt. Es bedeutete: »Wir treffen uns morgen Nacht.« Wer sonst würde ihm eine Nachricht wie diese schicken? Tränen stiegen ihm in die Augen, und das Elfenbeinstück verschwamm.

Er würde zu ihr gehen und sie dort treffen, wo sie sich immer getroffen hatten. Wenn es dunkel wurde und die Lichter hinter dem Marmor-Salamander auf dem Torbogen verschwanden.

Entschlossen fuhr er mit dem Fahrstuhl wieder abwärts und ging zurück an den Empfang.

Er lächelte. »Entschuldigen Sie, aber es hat sich in allerletzter Minute eine Änderung ergeben. Bitte stornieren Sie meinen Flug für heute Abend.« Er versuchte, beiläufig zu klingen. »Wer hat den Umschlag für mich abgegeben?

»Es tut mir leid, Herr Griffe, ich bin erst seit zwei Uhr im Dienst, da lag der Umschlag schon hier.«

»Natürlich, vielen Dank«, sagte Griffe. Er glaubte, der Mann müsste seinen Herzschlag hören können. In ein paar Stunden würde es dunkel sein. Sie hatten sich immer kurz nach Sonnenuntergang getroffen, die sicherste Zeit, da Juden nach zwanzig Uhr nicht mehr auf der Straße sein durften.

Er verließ die Lobby, ging über den Innenhof mit den roten Geranien und trat auf die sonnenbefleckte Place des Vosges. Er schloss das Tor hinter sich und ließ seinen Schritten ebenso freien Lauf wie seinen Gedanken. Pflichterfüllung. Griffe wusste alles darüber, da der Großteil seines Lebens darauf aufgebaut war – sein politisches Leben, seine Ehe, das Bestreben, ein anständiger Deutscher zu sein.

Die Platanen hatten noch etwas Laub an den Ästen, gelbe Blätter segelten herab und tanzten in den sprudelnden Wasserfontänen. Kleine Kinder in warmen Jacken jagten Tauben und plumpsten unter Freudengeschrei ins Gras. Wie es seine Tochter Katia auch einmal getan hatte. Damals in Hamburg. Bevor sie blindlings vor einen GI-Truppentransporter gelaufen und in Gretes Armen gestorben war. Sie war nur sechs Jahre alt geworden.

Trotz alldem konnte er niemals vergessen, wie er Sarah zum ersten Mal gesehen hatte. Sie hätte direkt aus dem Regal mit den Porzellanfiguren im Häuschen seiner Großmutter in Bremerhaven stammen können.

Als Junge hatte er dort jeden Sommer verbracht und mit seinen Cousins am Meer gespielt. Manchmal hatte er stundenlang die Figuren der Sammlung seiner Großmutter angestarrt und sich zu jeder von ihnen eine Geschichte ausgedacht. Großmutter hatte es ihm nie erlaubt, sie zu berühren, das war verboten, aber er war damit zufrieden gewesen, sie einfach nur anzusehen.

Seine Lieblingsfigur – er hatte sich nur schwer entscheiden können – war die Schafhirtin mit ihrem rabenschwarzen, gewellten Haar, den azurblauen Augen, in denen dunkelblaue Pünktchen funkelten, der weißen Porzellanhaut. Sie hielt einen Stab und trieb ihre wolligen Schafe an, die mit ihren Vorderhufen für immer im Sprung schwebten.

Natürlich war alles verloren. Das Häuschen seiner Großmutter war, wie so viele andere Vororthäuschen, bei den ersten Bombenangriffen auf den Bremerhavener Hafen zerstört worden.

Doch an jenem Tag im Jahr 1942 hatte Griffe seine Schafhirtin lebendig und leibhaftig gesehen. Er war wieder durch das Marais gestreift, in der Nähe des Gebäudes mit dem steinernen Salamander. Im Innenhof, dessen Fensterläden zur Mittagsruhe geschlossen waren, beugte sich ein Mädchen zu einer orangefarbenen Katze runter und streichelte sie.

Das Mädchen mit dem lockigen schwarzen Haar sah auf und lächelte ihn an, als er näher kam. Sie hatte unfassbar himmelblaue Augen, Alabasterhaut. Ihr Gesichtsausdruck veränderte sich, als sie seine schwarze Uniform mit den SS-Abzeichen auf den Ärmeln und die schweren Kampfstiefel sah. Er ignorierte ihren panischen Blick, als sie sich zögerlich aufrichtete. Hartmut Griffe würde nie vergessen, dass sie das einzige französische Mädchen war, das ihn je mit einem Lächeln begrüßt hatte. Liebe auf den ersten Blick kann auch kommen, wenn man achtzehn ist, dachte er. Sie hatte ein Leben lang gehalten.

Sie war ängstlich zurückgewichen, aber er hatte einen Finger an die Lippen gelegt und sich hingekniet, um die Katze auch zu streicheln. Ihr Fell war uneben und hatte kahle Stellen, was erklärte, warum sie noch von niemandem geschlachtet und gegessen worden war. Er öffnete sein Herz und lächelte dem Mädchen beruhigend zu. Sie nickte und kniete sich neben ihn und die Katze.

Ihre Schulbücher ragten aus dem verschlissenen Ranzen auf den Pflastersteinen. Etwas an ihr war so wehrlos und rührend, dass er sich entschloss, den gelben Judenstern auf ihrer Schulkleidung zu übersehen. Sie wechselten sich beim Streicheln der Katze ab, die sich lauthals schnurrend etwas zu fressen erhoffte. Das Mädchen hatte die größten blauen Augen, die er je gesehen hatte. Griffe konnte nicht aufhören, sie anzuschauen.

Als sie zu ihm aufsah, zog er ein Stück Kreide aus der Tasche. Er malte eine Katze mit Schnurrbarthaaren, sie lachten beide. Sein Französisch war so schlecht und sein Verlangen mit ihr zu reden so unbändig, dass er das Einzige tat, was ihm im Moment einfiel.

»Wau, wau«, bellte er.

Ihr ungläubiger Blick wandelte sich erst in ein unterdrücktes Kichern und dann in ein Lachen. Er stand auf und begann sich unter den Armen zu kratzen und wie ein Äffchen herumzuspringen. Es war ihm egal, ob er sich selbst lächerlich machte, er wollte sie einfach nur zum Lachen bringen. Sie war so wunderschön. Er erinnerte sich an etwas, das sein Onkel, ein Junggeselle mit vielen Geliebten, immer gesagt hatte: Wenn du sie erst einmal zum Lachen gebracht hast, gehören sie dir.

Es war ihm wichtig, dass sie ihn auch wollte, dass sie sich nicht wie eine Gefangene fühlte. Er legte sanft seine Hand auf ihre Schulter, spürte ihre Knochen und wie dünn sie war, und vollführte mit der anderen Hand eine Geste. Zitternd griff sie in ihren Ranzen und übergab ihm ihren Schulausweis, an dem auch der Passierschein angebracht war. Er kannte die Adresse. Seine Leute hatten dort im Juli die Razzia Vel d'Hiver zu verantworten gehabt. Er deutete geradeaus, führte sie durch den Innenhof und die Treppe mit einer gewundenen Eisenbrüstung hoch.

»Ja. *C'est bien*, kein Problem.« Er lächelte und klopfte ihr sanft auf den Arm, um ihr Mut zu machen.

Gerade als sie sich der Wohnung näherten, öffnete sich im Flur eine Tür, und ein alter Mann mit einem Gehstock humpelte heraus. Seine wässrigen Augen blickten unverfroren, und mit einem Zungenschnalzen machte er seinem Missfallen Luft. Sarah hatte ängstlich aufgeblickt, aber Griffe ignorierte den Alten, der jetzt den Flur entlangschlurfte. Vor ihrer Wohnungstür machte Griffe ein paar Gesten, um ihr zu verstehen zu geben, dass er ihr etwas zu essen bringen würde.

Er nutzte das bisschen Französisch, das er konnte, zeigte dann auf seine Armbanduhr, auf die Uhrzeit, zu der er zurückkommen würde. Sie schien ihn zu verstehen und nickte ein paar Mal. Er fasste ihr Kinn mit der Hand, ihre Haut war warm und glatt, und er lächelte. Er konnte einfach nicht aufhören, sie anzustarren. Dann ging er.

Als er zurückkam, war die Wohnung leer. Sie war vor ihm davongelaufen.

Also wartete er und streifte wieder und wieder durch das Marais. Er würde sie finden. Am dritten Tag sah er sie, sie trat aus dem Innenhof eines verfallenen Herrenhauses, eines *hôtel particulier*, in der Rue Payenne. Er beschloss zu warten. Es wurde dunkel, bis sie endlich zurückkam. Er beobachtete, wie sie die Trümmer durchwühlte, dann verschwand sie hinter einem Haufen Müll.

Er umklammerte sein Päckchen mit Essen, strich sein dunkles Haar unter die Mütze, fegte sich den Staub von den Schulterklappen. Dann näherte er sich den Büschen, Zweige und kaputte Möbelteile knackten unter seinen Stiefeln, als er über das Geröll stieg.

Er entdeckte ein altes rostiges Bettgestell. Er schob es beiseite, die Sprungfedern schepperten und baumelten zur Seite. Dann sah er die Öffnung. Er fand Fußstützen und kletterte hinab. Er fand sich in einer mit Kerzenlicht erhellten Kaverne wieder, einem Teil der alten römischen Katakomben, die sich unter der Stadt befanden. Sie lag zusammengekauert in einer schummrigen Ecke auf der feuchten Erde. Ihre Hände zitterten, als sie versuchte, ihn wegzuschieben.

»*Non, s'il vous plaît. Non!*«, flehte sie.

»*Mangez, mangez.*« Er lächelte und vollführte mit den Fingern eine Bewegung, als würde er essen.

In einer Ecke der Katakombe lag eine geflickte Decke auf einer alten Matratze, daneben diente eine ramponierte, hölzerne Teekiste als Tisch. Er bedeutete ihr, dorthin zu kommen, und zeigte auf sein Päckchen mit den Lebensmitteln. Unter seinem Arm zog er einige Bücher mit Eselsohren hervor.

»Ja. *Amis. Étudiez f-français?*«

Er nahm seinen Gestapodolch aus der Scheide und legte ihn flach auf die Kiste. Beschwörend winkte er sie zu sich, und sie krabbelte langsam ein Stückchen näher, wobei sie die ganze Zeit den Dolch im Blick behielt, über dem die Kerze flackerte.

Ihre Augen weiteten sich, als er das Päckchen öffnete und Dosen mit Gänseleberpastete, Rotwein, weichem Montélimar-Nougat, Calissons d'Aix, dem schiffchenförmigen Marzipankonfekt aus der Provence, und knuspriges Baguette vor ihr ausbreitete.

In primitivem Französisch hatte er einstudiert: »Lass uns Freunde sein, teilen.«

Sie breitete die Arme aus, als ob sie ihm mit Gastfreundschaft begegnen wollte, dann warf sie ihm eine Flasche Wasser in den Schoss und schlug sofort die Augen nieder.

Zunächst traute sie sich nicht, etwas anzurühren, aber nachdem er die Flasche Rotwein geöffnet hatte, fiel sie über den Inhalt der Dose mit dem klebrigen Nougat her. Er begann, auf Deutsch mit ihr zu reden, während sie aß. Ständig konsultierte er sein französisch-deutsches Wörterbuch, das im Dritten Reich an die Armee ausgegeben worden war, und ein zerfleddertes Buch mit gängigen Redewendungen, das er an einem kleinen Bücherstand am Quai des Célestins gefunden hatte. Er versuchte sie zu beruhigen, ihr Vertrauen zu gewinnen. Er sprach jedes Wort deutlich aus und vergewisserte sich immer wieder durch einen Blick ins Wörterbuch.

Jedes Mal, wenn er anfing zu stottern, blickte sie zu ihm auf. Das Stottern hatte angefangen, als er zehn war und sein Bruder starb. Jetzt wollte sein Mund wieder nicht mitspielen. Sie beobachtete ihn aufmerksam, bemerkte seine Frustration. Dann nahm sie seine Hand und führte sie an ihre Lippen, um ihn spüren zu lassen, wie sie die Worte formte.

»*Je m'appelle* Sarah. SA-RAH.«

»*Ich b-b…bin* He…Helmut. HEL-MUT«, stotterte er, als er ihre kleinen weißen Hände an seinen Lippen zog und sie küsste

Sie zog sofort die Hände weg und sagte mit ernsthafter Stimme: »*Enchantée*, HEL-MUT.«

»*Enchanté*, S-SARAH.« Er verbeugte sich so tief er konnte und spürte das leise Knirschen in seinen Knien.

Ein schwacher Geruch von Verwesung hing an den Höhlenwänden, die gespickt waren mit Knochen. Feuchte Kälte kroch aus der Dunkelheit hinter der flackernden Kerze hervor.

»Ich w-werde dir nichts tun, S-SARAH«, flüsterte er. »N-Niemals.«

Seine Nachtschicht begann um Mitternacht, und er verließ die Höhle gerade noch rechtzeitig, um die paar Blocks bis zur Kommandatur zu schaffen.

Achtzehn Familien in ihrer Straße waren von einem Kollaborateur verraten worden, hatte sie erzählt. Er hatte versprochen, nach ihren Eltern zu suchen, aber das war eine Übung in Vergeblichkeit.

Alle Juden waren in den Konvoi Nummer 10 in Richtung Auschwitz geladen worden.

Das Einzige, was er tun konnte, war, sie zu retten. Und das konnte nur gelingen, wenn er vorsichtig war. Angst, Dankbarkeit und sein Versprechen, sie in Sicherheit zu bringen, waren alles, was sie im Moment hatte. Aber er würde warten.

Jeden Abend vor dem Dienst schlich er sich zu ihr in die Katakomben. Seine Einsamkeit verschwand, wenn er zu ihr hinabkletterte und ihr Gesicht sah. Dankbar und voller Hoffnung.

1942 waren alle Häftlinge des Sammellagers in Drancy gezwungen worden, eine fröhliche Botschaft an ihre Familie zu verfassen, bevor sie in die Züge gepfercht wurden. In der folgenden Woche hatte er die Karte von ihren Eltern gefunden und ihr gebracht. Außer sich vor Freude hatte sie ihn umarmt und geweint. Sie bestand darauf, ihre Ersatzdecke in das Gefängnis zu schicken.

Hartmut Griffe wusste, dass er ihr nie die ganze Wahrheit hätte sagen können. Das brachte er nicht übers Herz. Sarah würde nicht verstehen, warum er gelogen hatte. Stattdessen übernahm er mit seinem mageren Sold die Bestechungsgelder für die Lebensmittel, mit denen er sie versorgte.

An einem Abend, an dem sein Kommandant die Oper besuchte, war Griffe in das Büro der Kommandantur geschlichen, wo sich die Listen mit Namen noch nicht aufgefundener Juden befanden. Er hatte ihren Namen durchgestrichen. Das Einzige, was er tun konnte, um sie zu retten.

MONTAG

Montagmorgen

Martine Sitbon, Aimées Freundin seit dem Algebraunterricht im *lycée*, klang müde. Ihre Nachtschicht beim *Figaro* dauerte noch fünfzehn Minuten.

»*Ça va*, Martine? Hast du kurz Zeit?«, fragte Aimée.

»Na, Aimée – lange nichts mehr von dir gehört«, erklang Martines heisere Stimme. »Ist das ein Freunde-erkennt-man-in-der-Not-Anruf?«

»Das könnte man so sagen, und ich würde dir ein Gourmet-Essen ausgeben«, sagte Aimée und lachte in sich hinein.

Martine gähnte inbrünstig. »Dann schieß mal los, bevor ich umfalle. Du hältst mich übrigens davon ab, gleich in mein warmes Bettchen zu kriechen, wo schon jemand auf mich wartet – mehr davon beim Essen. Also gut, gehen wir ins Le Grand Véfour – die Gänseleberpastete und der *tête de veau* sind vorzüglich.«

Aimée zuckte schmerzlich zusammen. In dem Laden fing ein Essen ohne Wein bei sechshundert Francs an. Aber Martine war eine Feinschmeckerin und sie bestimmte immer, in welches Restaurant sie gingen.

»Na gut, du verdienst dir mit diesem Fall auf jeden Fall das Essen. Hast du eigentlich immer noch diesen Freund bei der Sozialversicherung?«

»*Bien sûr!* Ich hege und pflege meine Kontakte, Aimée. Ich bin Journalistin.«

»Wunderbar. Ich brauche alles, was du über ein paar Mitglieder der Blancs Nationaux rauskriegen kannst. Ich will wissen, woher die ihre Gelder beziehen.« Sie gab ihrer Freundin die Namen von Thierry und Yves durch.

Martine schwieg einen Moment. »Worum geht es hier, Aimée?«

»Ein Fall.«

»Aimée, arische Rassisten halten sich nicht an die Spielregeln. Dieses EU-Abkommen lässt so einige Ratten aus der Kanalisation auftauchen. Nur eine freundliche Warnung.«

»*Merci*«, entgegnete Aimée unbeeindruckt. »Noch eine Sache. Kannst du einen Mord aus dem Jahr 1943 überprüfen? Das Opfer war keine Jüdin. In der Rue des Rosiers, ich bin aber nicht sicher, ob der Mord je gemeldet wurde. Und wo du dabei bist, kannst du auch die Kollaborateure im Marais raussuchen?«

»Du meinst Leute, die damals mit den Nazis kollaboriert haben?«, fragte Martine. »Hochsensibles Thema! Keiner spricht gerne darüber. Aber ich werde mich ein wenig umhören, wenn du mir versprichst, vorsichtig zu sein.«

»So vorsichtig wie eine Maus, die den Käse aus der Mausefalle klaut«, sagte Aimée.

»Pass du lieber auf mit deinem frechen Mundwerk. Ich weiß, dass in der Besatzungszeit alle Zeitungen von den Deutschen übernommen wurden und im Prinzip zu Propagandazwecken eingesetzt wurden. Aber einige Arrondissements haben doch heimlich ihre eigenen Seiten mit lokalen Infos gedruckt: Geburten, Todesanzeigen, Strompreise. Ich recherchier das mal und melde mich dann bei dir. Und noch was …«

»Bin ganz Ohr, Martine.«

»Reservier gleich für drei, falls mein Freund mitkommen möchte.«

Aimée stöhnte. Das würde teuer werden.

»Monsieur Javel, Sie erinnern sich an mich, oder?« Aimée lächelte den Schuster freundlich an. »Wie wäre es mit einem Schluck? Lassen Sie uns über unsere gemeinsamen Interessen sprechen.« Sie zog eine apfelgrüne Flasche Pernod hervor und hielt sie hoch.

»Ach, und was könnte das wohl sein?«, grummelte Félix Javel und wackelte auf seinen schiefen Beinen hin und her.

»Der Mord an Arlette«, sagte sie. »Wenn wir Informationen austauschen, hätten wir vielleicht beide was davon.«

Bevor er reagieren konnte, schob Aimée sich an ihm vorbei durch die Hintertür seines Ladens. Sie war fest entschlossen herauszufinden, was Javel 1943 beobachtet hatte. Und sie hoffte, dass der Pernod seine Zunge lockern würde.

Javel zuckte mit den Schultern. »Wie Sie wollen. Ich hab nicht viel zu sagen.« Er rieb sich mit einem grauen Flanelltuch den Nacken, während er sie einen schmalen, nur mit einer gelblichen Glühbirne beleuchteten Flur entlangführte. Er schlüpfte aus seinen Schuhen und deutete ihr an, dasselbe zu tun, bevor sie die Wohnstube betraten.

Der Raum, durch eine moderne Ölheizung zum Ersticken warm, stank nach Katzenklo. Ein viktorianischer Schaukelstuhl mit abgewetzten Chintzkissen stand vor einem verchromten Fernsehgerät aus den Sechzigerjahren. Obenauf befand sich eine verbogene Zimmerantenne. Stränge blauer Glasperlen formten einen Vorhang, der vom Türrahmen bis zum Boden hing und eine kleine Küchenzeile abtrennte. Javel balancierte ein Tablett mit einem Krug Wasser und zwei Gläsern darauf, als er aus der Küche zurückkam. Aimée unterdrückte den Impuls, aufzustehen und ihm zu helfen, während er umständlich das klappernde Tablett auf den polierten Eichentisch stellte. Sie holte eine kleine Dose Gänseleberpastete aus der Tasche, stellte sie neben die Flasche und sah seine Augen aufleuchten.

»Ich habe genau das Passende dazu«, brummte er.

Erneut trat er durch den Perlenvorhang und brachte diesmal eine angestoßene Sèvres-Schale mit, in der ein paar weich gewordene alte Kräcker lagen. Aimée sah zu, wie er bestickte Spitzenservietten auf den Tisch legte, und nahm sich dann eine.

»Die sind fast zu schön, um sie zu benutzen«, sagte sie. Ihr fielen sofort die verschlungenen Buchstaben A und F auf.

»Arlette hat sie bestickt. Das komplette Set ist immer noch in unserer Hochzeitstruhe. Ich bekomme nicht oft Besuch, also können sie jetzt auch mal benutzt werden.«

»Sie kannten Lili Stein«, begann Aimée. »Warum haben Sie mir das verheimlicht?«

Langsam mischte Javel Wasser und Pernod, bis die Flüssigkeit angemessen milchig aussah. Er strich etwas Pastete auf einen Kräcker. »Warum schnüffeln Sie herum?«, fragte er.

»Ich mache nur meine Arbeit.« Sie zog ihren Stuhl näher an seinen heran. »Lilis Ermordung hat etwas mit der von Arlette zu tun.«

Er gluckste und schenkte sich noch einen Pernod ein. »Der Vorkriegs-Absinth wurde noch mit echtem Wermut gemacht. Hat einem glatt das Hirn weggefressen.«

»Wer hat Arlette ermordet?«, versuchte sie es noch einmal.

Er leerte sein Glas und füllte es wieder.

»Sie sind doch die Detektivin«, entgegnete er.

»Aber Sie haben Ihre eigene Theorie«, sagte sie. »Es gibt da etwas, das Sie gesehen haben, die *flics* aber nicht, ist es nicht so?«

Ein Hauch von Überraschung huschte über sein Gesicht.

»Was haben Sie gesehen?«, rief sie erregt.

Ein langer, lauter Rülpser brach aus den Tiefen seines Magens hervor.

»Alles Arschlöcher«, sagte er. »Sie haben mich geschlagen.«

»Warum? Warum haben sie Sie geschlagen, Javel?«

Seine Augen verengten sich. »Sie sind Jüdin, oder?

Sie schüttelte den Kopf. »Und wenn ich eine wäre?«, sagte sie dann.

»Ich mag Ihre Sorte nicht«, sagte er. »Was immer Sie sind.«

»Ich verlange ja nicht, dass Sie mir bei der Wahl zur Miss World Ihre Stimme geben«, erwiderte sie.

Ungerührt schmierte er die Pastete auf weitere Kräcker und schaufelte sie dann auf seinen Teller.

Es musste einen Weg geben, zu diesem bockigen kleinen Mann durchzudringen. »Haben Sie keine Angst, Javel? Sie haben doch selbst den Vandalismus der Neonazis und die willkürliche Gewalt im Marais angesprochen. Aber Sie scheinen mir nicht sonderlich beunruhigt.«

»Warum sollte ich?«, ereiferte er sich und schenkte sich ein weiteres Mal nach.

»Genau. Warum sollten Sie? Vielleicht weil Sie wissen, dass der Mord an Lili Stein etwas mit der Vergangenheit zu tun hat.«

»Ach, lassen Sie mich doch in Ruhe«, sagte er. »Gehen Sie.« Er wandte sich ab, seine Mundwinkel zuckten.

»Erzählen Sie mir, was Sie gesehen haben.«

Er hob seine Faust drohend in die Luft, ohne sie anzusehen.

Am liebsten hätte sie die Wahrheit aus ihm rausgeschüttelt.

»Hören Sie, Javel, ich weiß, Sie können mich nicht leiden, aber alles für sich zu behalten macht Arlette auch nicht wieder lebendig! Sie wollen Gerechtigkeit? Nun, ich auch. Und wir wissen beide, dass wir sie selber finden müssen. Nicht wahr? Haben die *flics* noch etwas getan, außer Sie zu schlagen?«

Sie konnte sein Gesicht nicht sehen. Endlich sprach er weiter, immer noch mit dem Rücken zu ihr. »Alles hat mit dem verfluchten Dosenlachs angefangen«, brummte er.

»Was meinen Sie damit?«, fragte sie verwundert.

»Er war in ihrem Kleiderschrank versteckt. Überall Dosenlachs.«

»Vom Schwarzmarkt?«

Er drehte sich um und packte sein Glas. Sie nahm die Flasche und schenkte ihm langsam nach, während Rachel Blums Worte ihr durch den Kopf gingen.

»Arlette hat auf dem Schwarzmarkt Lebensmittel verkauft – sie war eine BOF, oder?«, fragte sie.

Er blickte erschüttert auf. »Diesen Ausdruck habe ich seit Jahren nicht mehr gehört.« Er seufzte. »Sie hatte sich zu Benzin, Uhren und sogar Seidenstrümpfen hochgearbeitet. Ich habe ihr gesagt, dass diese Sachen zu gefährlich sind.«

»Hat Lili Stein ihr geholfen?«

In seinem Mundwinkel formte der Speichel Bläschen.

»Wo war Lili? Haben Sie sie gesehen?«

»Ich wollte mich doch nur entschuldigen«, sagte er und zuckte mit den Schultern. »Und dann waren da diese blutigen Fußspuren. Überall.«

»Warum wollten Sie sich entschuldigen? Hatten Sie sich mit Arlette gestritten?«

Er nickte.

»Die Fußspuren führten nach oben?«, sagte Aimée. »Sie dachten, es wären Lilis Fußspuren?«

Er zog die Augenbrauen hoch.

»Javel, Lili hatte gesehen, was passiert war. Warum haben Sie sie nicht gefragt?«

Er schüttelte den Kopf. »Sie war weg. Da waren so viele Fußspuren beim Waschbecken.«

»Lili war nicht da? Vielleicht hatte sie sich irgendwo versteckt?«

Seine Augenlider wurden schwer und ließen nur noch einen schmalen Schlitz frei. Sie fürchtete, er würde gleich in Ohnmacht fallen. Entschlossen nahm sie einen Schluck Pernod, um gegen den durchdringenden Ammoniakgeruch des Katzenklos anzukämpfen.

»Javel«, sagte sie laut und erschöpft. »Verraten Sie mir, warum.«

»Ich habe es dem Inspektor gesagt.« Er sprach wieder deutlicher, bemerkte nicht die Tränen, die in dünnen silbrigen Linien seine Wangen herunterliefen. »Sie haben mich auf der Wache blutig geschlagen. Haben mich Krüppel genannt. Sagten, ich würde keinen hochkriegen, und haben mich ausgelacht. Der erste Inspektor wurde zu gierig für eine Schwarzmarkt-Kollaborateurin.«

»Wie hieß er?«, fragte Aimée.

»Lartigue. Wurde versehentlich von einem Truppenwagen der Nazis überfahren, hieß es.«

»Lili wusste, wer Arlette umgebracht hat, oder?«, fragte sie noch einmal.

Er schob sein leeres Glas in ihre Richtung, und sie schenkte ihm Pernod nach, mit einem großzügigen Schuss Wasser.

»Rachel hat gesagt, dass Lili es wusste«, sagte Aimée. »Kommen Sie, Javel, wer könnte sonst noch davon gewusst haben?«

Er zuckte mit den Schultern und lehnte sich vor. »Die jüdische Kollaborateurin, die mit dem *Boche*, diesem Scheißdeutschen, geschlafen hat.« Er flüsterte, kniff die Augen zusammen. »Mit ihrem kleinen Bastard-Balg.« Seine Schultern sanken hinab. »Hatte die gleichen Augen.«

»Gleiche Augen?« Von wem sprach er?

»So helle blaue Augen für eine Jüdin!«, nuschelte er.

»Wann haben Sie sie zum letzten Mal gesehen?«, fragte Aimée aufgeregt.

Sein Kopf schlug schwer auf den Tisch. Erst als er anfing zu schnarchen, legte ihm Aimée eine gehäkelte Decke über die Schultern. Sie goss etwas Milch in den Napf der Katze, spülte die Gläser ab und zog die Tür leise hinter sich zu.

Montagabend

Le Renard – »Der Fuchs« – war ein Relikt aus den Fünfzigern. Es lag in Les Halles, und irgendwie hatte die Abrissbirne das Gebäude verschont, als sie in der Rue des Prêcheurs den alten Zentralmarkt in Schutt und Asche legte. Dort hatten Violette und Georges um fünf Uhr morgens den Fischhändlern ihre berühmte *soupe à l'oignon gratinée*, ihre überbackene Zwiebelsuppe, serviert.

Aimée hatte sich hier mit Morbier verabredet. Nach dem, was Javel ihr erzählt hatte, hoffte sie auf seine Unterstützung, um ihren Plan durchzuführen.

Sie trat in die Schwaden von Zigarettenqualm und lautem Gelächter. Georges zwinkerte ihr zu, als sie ihr schwarzes Kleid glatt strich, ihre Zehen in den hochhackigen schwarzen Schuhen zurechtschob und ihre einzige ordentliche Perlenkette zurechtrückte. Sie kam um die Ecke des verzinkten Tresens, um ihn auf beide Wangen küssen zu können.

»Hey, wo hast du dich rumgetrieben? Hält dich die Schnüffelei davon ab, mit den alten *flics* zu quatschen?« Georges neckte sie mit einem ernsten Gesicht.

»Ich musste mir einen besseren Umgang suchen, Georges, mein Ruf war angeschlagen«, erwiderte sie herzlich.

Morbier saß am Tresen und suchte in seinen Hosentaschen herum. Er fand eine leere Packung Gauloises, zerknüllte die Packung und suchte in seinem Mantel weiter.

»Haben wir eine Chance auf Violettes Cassoulet für mich und den hier?« Sie stupste Morbier dabei in die Seite.

Georges lächelte und sagte: »Ich schau mal.«

»Ich lade dich ein«, ließ Aimée Morbier wissen.

Er tat so, als wäre es ihm egal. »Wie komme ich zu der Ehre?«

»Geht aufs Firmenkonto«, sagte sie. »Informationseinkauf.«

Er gluckste, als er sich eine blaue Gauloise ohne Filter anzündete. »Kannst es ja versuchen.«

Sie gingen zu einer Sitzecke mit zerschlissenen Ledersitzen. Eine Bullenkneipe mit gutem Essen, ein bisschen heruntergekommen und gemütlich. Einige andere aus dem *Commissariat* nickten ihnen zu und erhoben grinsend ihre Rotweingläser, als sie an ihnen vorbeigingen. Sie erkannte ein paar Kollegen aus der Zeit, als ihr Vater noch im *Commissariat* gearbeitet hatte. An einem der Tische saßen ein paar Typen in Nadelstreifenanzügen und diskutierten, während sie Georges' Spezialität in sich hineinschlurften. Banker, Börsenmakler, sogar ein berühmter Designer tauchten hier in regelmäßigen Abständen auf. Schon oft hatte Aimée den Renault des Premierministers mitsamt Chauffeur vor der Tür stehen gesehen wenn dieser auf ein Schälchen vorbeikam. So gut war die Suppe.

»Ich kann dir nichts weiter zur Spurensicherung sagen, Aimée. Lili Steins Akten sind nach oben verschwunden.« Morbier riss sich ein Stück von dem frischen Baguette ab.

»Aber ich muss wissen, wann sie ermordet wurde.«

»Arbeitest du an einer Theorie, von der ich wissen sollte?«

»Es ist nur eine Theorie«, sagte Aimée.

»Und die wäre?« Er zog die Kante des weißen Tischtuchs hoch und wischte sich den Schnurrbart ab.

Sie runzelte die Stirn und warf ihm eine Leinenserviette zu.

»Es deutet nichts direkt auf die Blancs Nationaux hin. Die Hakenkreuze bei den Treffen sahen anders aus als das auf …« Aimée hielt inne. Sie dachte an die blutleeren Linien auf Lili Steins Stirn und hörte die monotone Stimme aus dem Auschwitzlügen-Video. Brennende Wut stieg in ihrem Hals hoch.

»Stimmt was nicht?«, fragte Morbier.

Sie unterdrückte das Gefühl. Wut würde sie nicht weiterbringen.

»Nein. Das Schlimmste, was auf den Videos, die ich mir ausgeliehen habe, zu sehen war, ist eine brennende Synagoge und wie jemand einen Judenstern vor dem jüdischen Museum abfackelt.«

Die Empfangsdame der Schoah-Gedenkstätte, Solange Goutal, hatte richtig geraten.

»Geliehen?«, fragte er.

Nachdem sie die Videos der Blanc Nationaux angeschaut hatte, war sie erleichtert gewesen, dass auf keinem der Mord an Lili Stein zu sehen war. Was nicht bedeuten musste, dass sie es nicht gewesen sein konnten. Aber jedenfalls hatte sie keine entsprechende Videokassette gefunden, und das machte die

Sache einfacher. Immerhin hatte sie mit Yves geschlafen und wollte es insgeheim auch wieder tun.

»Ja, geliehen – wie aus der Bücherei«, sagte sie. Ihr Rücken schmerzte, als wären Baumstämme darübergerollt.

Morbier schnaubte.

»Ich weiß bloß, dass es ein total kranker Haufen ist«, sagte sie.

»Kranker Haufen. Wie originell.« Morbier nickte. »Die haben sich gleich gedacht, dass du zum Spionieren gekommen bist. Sie wussten nur nicht, wer dich geschickt hat.«

»Gestatten, Aimée Bond«, spottete sie. »Hast du bei der Alkoholkontrolle irgendjemanden fassen können?«

»Eine dieser Kakerlaken hatte gegen seine Bewährungsauflagen verstoßen. Das war's auch schon«, sagte er.

»Wenigstens haben sie keinen Anschlag auf eine Synagoge verübt.«

»Du bringst sie schon auf den richtigen Weg, Leduc.«

In diesem Moment tauchte Georges mit zwei dampfenden, wundervoll duftenden Schüsseln *soupe à l'oignon gratinée* auf. Dicke halb geschmolzene Käsestücke lagen auf einem Stück Baguette, das genüsslich in der Mitte trieb. Seit einer Ewigkeit hatten diese riesigen blauen Schüsseln Schlachter, Fisch-, Gemüse-, Käse- und Obstverkäufer am frühen Morgen verköstigt.

»Tut mir leid, wir haben kein Cassoulet mehr«, entschuldigte sich Georges. Ein Insider-Witz. Im Le Renard hatte es noch nie Cassoulet gegeben, nur die beste Zwiebelsuppe von Paris.

Eine Weile war das einzige Geräusch am Tisch das andächtige Tunken von Brot.

»Ich hätte gern die Akten zu einem Mord aus dem Jahr 1943«, sagte Aimée schließlich.

Georges stand mit einem blauweiß karierten Tuch über dem Arm am Tresen. Sie nickte ihm zu und formte mit den Lippen das Wort »Espresso«. Er zwinkerte als Antwort zurück.

Morbier zuckte mit den Schultern. »Gibt es einen Zusammenhang?«

»Ein Inspektor namens Lartigue hat den Mordfall 1943 untersucht.« Aimée ließ einen braunen Zuckerwürfel in ihren Espresso plumpsen. »Das Opfer hieß Arlette Mazenc.«

»Das war vor meiner Zeit. Was hat das mit irgendwas zu tun?«, fragte Morbier verdrossen.

Sie musste vorsichtig sein mit dem, was sie ihm verriet. Ihr Verdacht beruhte auf Informationen, die sie sich illegal heruntergeladen hatte. Zu illegal, um es Morbier zu beichten.

»Nun … Ich habe noch eine andere Theorie«, sagte sie.

»1943 sind viele Leute verschwunden, und es wurden nicht unbedingt sorgfältige Nachforschungen angestellt«, sagte Morbier.

»Sie ist nicht verschwunden, Morbier. Sie wurde ermordet. Bitte tu mir den Gefallen und schau dir die Akten an«, sagte sie.

Seine Stimme veränderte sich. »Warum?«

Sie bat Georges um die Rechnung. »Weil du mich um Hilfe gebeten hast, erinnerst du dich? Es ist schon sehr merkwürdig, dass genau im selben Gebäude zwei Frauen ermordet wurden. Irgendwie besteht da ein Zusammenhang.«

Er schnaubte. »Zusammenhang? Das ist noch nicht mal ein bemerkenswerter Zufall, Leduc. Wenn es da eine Verbindung gibt, dann nur in deinem Kopf.«

»Diese Frau, Arlette, sie wurde unter Lili Steins Fenster umgebracht …«

Morbier unterbrach sie. »Und fünfzig Jahre später wird Lili Stein von einem Nazitypen erledigt. Wo ist da die Verbindung?«

»Die Spurensicherung könnte uns mehr verraten.«

Georges brachte zusammen mit Aimées Wechselgeld ein fingerhutgroßes Glas mit brauner Flüssigkeit für jeden. »Der Calvados meines Bruders. Selbst gemacht«, erklärte er stolz.

Aimée stürzte den Calvados in einem Zug herunter und spürte den rauen, intensiven Apfelgeschmack in ihrer Kehle brennen.

»Kein Wunder, dass wir deinen Bruder nie sehen, Georges.« Aimée grinste. Das Stechen verwandelte sich in einen angenehm warmen Nachgeschmack.

Morbier setzte die Unterhaltung fort. »Vergiss es. Ist nicht mehr mein Fall.«

»Aber du hast Zugriff auf die alten Akten. Morbier, noch kann ich nichts beweisen – ich muss mich da selbst erst rantasten.«

»Du hast mir immer noch nichts über die angebliche Verbindung zwischen beiden Fällen verraten«, sagte er und schaute auf. Er aschte auf das weiße Tischtuch aus festem Papier, das mit Brotkrumen übersät war.

»Ich glaube, Lili hat gesehen, wer damals Arlette ermordet hat«, sagte sie.

»Na und? Das erklärt noch lange nicht das Hakenkreuz auf ihrer Stirn.«

»Es erklärt gar nichts, Morbier, aber ich muss irgendwo anfangen. Besorg mir die Akte und lass mich beweisen, dass der Mord an Lili Stein …«

Er hob die Hand, um sie zu stoppen. »Ich habe den Fall nicht mehr, schon vergessen? Also bleib bei deinen Computern, Leduc. Du lehnst dich zu weit aus dem Fenster.«

Sie stützte ihre Ellenbogen auf den Tisch und formte mit den Fingern ein Zelt. »Morbier, was ich dir jetzt sage, hast du nie von mir gehört, und wenn du was ausplauderst, werde ich alles abstreiten.«

Er lehnte sich zu ihr herüber.

»Ich habe eine Idee. Sie ist unausgegoren, aber wir könnten damit etwas rauskriegen«, sagte sie. »Ich brauche Luminol, um die Blutspuren in dem Lichtschacht unter Lili Steins Fenster zu überprüfen. Die Spur könnte uns zum Mörder führen.«

Am Ende stimmte er zu.

Später, als sie sich von Georges verabschiedeten, fiel Aimée auf, wie ruhig Morbier geworden war.

»Vielleicht sollte ich in Rente gehen«, sagte er und steckte seine Hände in die Taschen, als sie nach draußen traten.

In der schmalen Rue des Prêcheurs wühlte sie in ihrer Umhängetasche nach dem Métro-Ausweis. »Was redest du da, Morbier«, sagte sie zerstreut. »Du hast einfach zu viel getrunken heute Abend.« Dann bemerkte sie seinen verlorenen Blick.

»Mir ist noch nie ein Fall weggenommen worden«, sagte er.

»Wer genau hat dich abgezogen?«

Er zuckte mit den Schultern. »Der Kriminalhauptkommissar teilte es mir mit, als er ging.«

»Als er ging? Er wurde entlassen?« Sie schaute Morbier direkt ins Gesicht.

»Befördert. Jetzt bin ich direkt dem Leiter der Antiterror-Einheit unterstellt. Beim *Commissariat* sagen wir statt höher und weiter: dümmer und reicher. Verstehst du?«

»Du meinst Bestechung?« Sie neigte ihren Kopf ungläubig zur Seite. »Der Kripo-Chef von ganz Paris?«

Morbier zuckte mit den Schultern. »Nun, um fair zu sein, er wäre in ein paar Monaten sowieso befördert worden. Ist nur schneller gekommen als erwartet.«

»Was willst du damit sagen, Morbier?«

»Könnte ein Zufall sein« – er starrte hoch zur Mondsichel am kalten Nachthimmel –, »Launen der Natur, verursacht von den Mondphasen. Was weiß ich?«

»Warum würde sich jemand von der Antiterror-Abteilung über dich hinwegsetzen?«, fragte sie.

»Manche Dinge passieren einfach, und entweder du akzeptierst das, oder du gehst. Das ist alles. Lass uns ein Stück laufen.«

Sie hakte sich bei ihm unter, und sie gingen eine ganze Weile nebeneinander her, ohne zu reden. So, wie sie es früher mit ihrem Vater getan hatte. Paris war eine Stadt, in der man spazieren ging, wenn Worte nicht mehr ausreichten.

Sie kamen vorbei am Hôtel de Ville mit den dreifarbigen Flaggen, die von den Balkonen wehten, gingen über den Pont d'Arcole zur hell beleuchteten Notre-Dame, dann die Île de la Cité zum Pont Neuf runter und vorbei am schemenhaften Louvre und ihrem dunklen Büro, überquerten die schimmernde Seine auf dem Pont Royal bis zum Rive Gauche.

Sie spazierten die elegante Rue du Bac hinunter und schlenderten den quirligen, überfüllten Boulevard Saint-Germain entlang, wo trotz der kühlen Novembernacht die Tische auf den Bürgersteigen besetzt waren von rauchenden, trinkenden, gestikulierenden, lachenden Gästen, die gerne anderen Leuten zusahen. Models, Studenten, Touristen und alle, an deren Ohren Handys festgewachsen waren.

Auf der Île Saint-Louis, in der Nähe ihrer Wohnung, hielten sie auf ein Sorbet bei Berthillon, das berühmt war für das beste Eis in Paris. Aimée wählte Mango-Limone und Morbier Vanille. Schließlich standen sie vor ihrem dunklen Wohnhaus.

Sie küsste ihn auf beide Wangen. Er hielt sie fest umarmt und ließ nicht locker. Unbehaglich versuchte sie, sich zu lösen.

»Lädst du mich noch ein, mit hochzukommen?«, raunte er ihr ins Ohr.

»Wir haben eine wundervolle Freundschaft, Morbier, wir sollten es dabei belassen. Vergiss nicht unseren Plan«, sagte sie. Sie trat durch die Tür, bevor er einen weiteren Annäherungsversuch unternehmen konnte, der ihm am nächsten Tag peinlich sein würde.

Miles Davis begrüßte sie begeistert an der Tür. Sie lachte und wuschelte ihm durch das Fell.

Beim ersten Klingeln war sie am Telefon.

»Luna?«, flüsterte Yves.

Aimée schluckte.

»Du hast dich gar nicht verabschiedet.«

Aimée zögerte, was sollte sie tun?

Als könnte er ihre Gedanken lesen, sagte er: »Komm vorbei. Der Eingangscode ist 2223. Ich warte auf dich.« Er legte auf.

Er hatte so selbstsicher geklungen, dass es sie wütend machte. Nein, sie würde nicht vorbeikommen. Wie konnte eine vernünftige Frau freiwillig mit einem Mitglied einer rechtsextremen Vereinigung schlafen wollen?

Hastig öffnete Aimée den Reißverschluss ihres Kleids, warf die Perlenkette in eine Schublade, schlüpfte in ihre alte Jeans und die schwarze Lederjacke. »Du kannst bei Onkel Maurice bleiben«, sagte sie zu Miles Davis. Sie packte den Hundekorb und warf ein paar Hundekekse hinein. »Hilf ihm mit dem Kiosk. Du magst doch seinen Pudel Bizou, oder?« Er sprang in den Korb und wedelte mit dem Schwanz. »Dachte ich mir.« Sie rannte die Treppe hinunter und rief ein Taxi.

Montagabend

Hartmut Griffe saß auf einer Bank auf dem Square Georges Cain und beobachtete die länger werdenden Schatten. Er hatte provenzalische Süßigkeiten besorgt, die gleichen *calissons* wie früher. Aber was er ihr wirklich schenken wollte, war er selbst.

Wie würde sie aussehen? Er war achtzehn und sie vierzehn gewesen, als er sie das letzte Mal gesehen hatte. Jetzt waren sie beide in den Sechzigern, und er fragte sich, ob er sich immer noch zu ihr hingezogen fühlen würde, so wie damals. All diese Jahre hatte er nur von ihr geträumt, von Sarah. Die einzige Frau, die ihn je in seinem Innersten berührt hatte.

Wenn es eine zweite Chance auf das Glück gab, wollte er sie nutzen, egal wie. Er wollte nicht in dem Bewusstsein sterben, sein Leben zu bedauern. Er würde dem Wirtschaftsministerium seine Kündigung schicken und sie mit Krankheit begründen. Irgendwie würde er auch den Werwölfen entkommen. Und dann würde er vor ihrer Tür zelten, bis sie ihn wieder zurücknahm.

In den nahe gelegenen Büschen hörte er ein leises Rascheln. Er ging nachschauen, fand aber nur ein paar Kieselsteine. Als er zur Bank zurückkehrte, saß dort eine zusammengekauerte Gestalt in einer Art Poncho. Er nickte kurz und setzte sich wieder. Erst dann wandte er den Kopf, um sie anzusehen.

Diese Augen. Himmelblaue Seen, so tief, dass er augenblicklich begann, sich darin zu verlieren. Die Jahre fielen von ihm ab. Es gab keinen Zweifel.

Einen Moment lang war er so schüchtern und unsicher wie in dem Moment, als er sie das erste Mal berührt hatte. Ein stotternder, schlaksiger Achtzehnjähriger.

Fältchen bildeten ein feines Netz um ihre Augen, darunter tiefe Schatten. Ihre blasse Haut leuchtete hell, fast durchscheinend in dem schummrigen Licht der Straßenlaterne. Das Cape verbarg alles außer ihren Augen und ihren hohen Wangenknochen. Und sie war immer noch wunderschön.

Seine Gesichtsoperationen konnten sie nicht täuschen, das wusste er. Ihr würden die tiefen Falten in seinem Gesicht auffallen und die dünne, faltige Haut am Hals. Sein Haar, einstmals schwarz, war nun vollständig ergraut.

Sie betrachtete ihn eine lange Zeit schweigend, dann sagte sie leise: »Du siehst verändert aus, Helmut.«

Seit über fünfzig Jahren hatte ihn niemand mehr Helmut genannt.

»Dein Gesicht sieht anders aus, aber deine Augen sind noch genauso wie früher. Ich wusste sofort, dass du es bist.«

»Sarah«, flüsterte er wie hypnotisiert. »Ich h-habe nach dir gesucht.«

»Du hast mich angelogen, Helmut, du hast damals die Deportation meiner Eltern veranlasst.« Sie verfiel in jene Mischung aus Französisch und Deutsch, in der sie früher miteinander gesprochen hatten. »Sie waren tot, und du hast es die ganze Zeit gewusst.«

Er hatte alles erwartet, nur nicht das. In seinen Träumen hatte sie sich genauso nach ihm gesehnt wie er sich nach ihr. Er merkte, dass sie auf eine Antwort wartete.

»Zu dieser Zeit wurden *alle* deportiert. Ich habe erst später herausgefunden, dass sie tot waren, aber dich habe ich gerettet. Ich habe nach dem Krieg immer wieder nach dir gesucht, aber jede Suche führte in eine Sackgasse, ich selbst hatte ja deine Unterlagen vernichtet.« Er griff nach ihren Händen.

Sie zog sie weg und schüttelte den Kopf. »Ist das alles, was du zu sagen hast?«

»Du bist die Einzige für mich, Sarah«, erklärte er mit sanfter Stimme und versuchte erneut, ihre Hände zu greifen. »Ich werde dich niemals wieder gehen lassen, n-niemals.« Seine Stimme zitterte.

»Du hast mein Leben zerstört«, sagte sie heiser. »Ich bin hier zurückgeblieben. In den Blicken der anderen stand nur ein Wort: Nazihure. Ich war fünfzehn Jahre alt, als ich auf einem Holzfußboden unser Kind bekam. Die Concierge holte es mit einer Eiszange aus mir heraus, weil es keine Geburtszange gab. Nach der Befreiung setzten sie uns auf die Straße. Die Meute versuchte, mich zu lynchen, während ich das Baby festhielt, und immer wieder schrien sie: ›*Boche!* Da ist die Verräterin mit ihrem Bastard.‹ Sogar Lili.«

Sie machte eine Pause und holte tief Luft. »Von allen Kollaborateuren war ich diejenige, die sie am meisten hassten, obwohl ich mein Essen mit ihnen geteilt hatte.«

Ihre Augen funkelten im Schein der Straßenlaterne. »Ich stand achtzehn Stunden lang am Fuß einer Statue. Sie haben ein Hakenkreuz auf meine Stirn gebrannt. Voller Hohn fragten sie mich, wie ich mit einem Nazi schlafen konnte, während meine Familie in den Öfen von Auschwitz verbrannte.«

Er schüttelte ungläubig den Kopf. »Wir hatten ein Baby? Was ist passiert?«, stammelte er und spürte, wie sein Herz sich zusammenzog.

»Das Baby starb, weil ich keine Milch mehr hatte, um es zu stillen.« Sie schüttelte den Kopf und starrte vor sich hin. »Weißt du, Helmut, ich habe so viele Gründe, dich zu hassen – da wäre es schwierig, den wichtigsten zu nennen.« Wieder schwieg sie einen Moment. »Nach der Befreiung versteckte ich mich in dem eiskalten Keller eines Bauernhofs und machte den Schweinen in den Ställen ihr Futter streitig, weil Kollaborateure mit rasierten Köpfen sich verstecken mussten. Nach einem Jahr begann das Hakenkreuz auf meiner Stirn endlich zu verheilen. Ich musste Europa verlassen, woanders hingehen. Hier gab es nichts mehr für mich. Nichts und niemanden. Das einzige Schiff, das Marseilles verließ, fuhr nach Algerien, also habe ich, die einstmals streng koschere Jüdin, im Oran für eine Familie von *pieds-noirs* gekocht – so nannten sie die Algerienfranzosen. Faire und ehrliche Leute. Ich wurde Teil ihres großen Haushalts. Sie verließen das Land in den Sechzigern, nach dem Putsch. Ich blieb dort und heiratete später einen Algerier mit französischen Wurzeln, der für Michelin arbeitete. Er verstand mich, und wir hatten ein gutes Leben – besser, als ich es mir jemals hätte vorstellen können. Aber in meinem Leben gab es eine Leere, die nicht mehr gefüllt werden konnte.«

Sie zog langsam das Cape herunter, bis es in Falten auf ihren Schultern ruhte. Kurz geschnittenes flauschiges weißes Haar umgab ihren Kopf wie ein Heiligenschein. Auf ihrer Stirn entdeckte er die feinen zartrosa Spuren der hakenkreuzförmigen Narbe. Er schluckte.

Ihre Stimme wurde unsicher, als sie jetzt weitersprach: »Ich mochte es nie wirklich, wenn Männer mich anfassten, nicht nach dir und dem Baby. Es war schwer für mich, sogar mit meinem Mann. Er war ein guter, geduldiger Mann. Er wartete, bis ich so weit war. Doch durch die Eiszange war ich innerlich so verletzt worden, dass ich keine Kinder mehr bekommen konnte.«

Griffe hörte ihr mit gequälter Miene zu. Er nahm ihre Hand und streichelte sie, aber sie schien es nicht zu bemerken. Ohne ihn zu beachten, fuhr sie mit ihrer Erzählung fort.

»Algerien veränderte sich, ich hatte dort nie so recht Wurzeln geschlagen. Aber nun hatte ich Ausweispapiere, ein wenig Geld. Als mein Mann Anfang des Jahres starb, fühlte ich mich so einsam, dass ich nach Frankreich zurückkam, nach Paris. Ich wollte wieder im Marais leben, der einzigen Heimat, die ich jemals gehabt hatte. Auf diese Weise konnte ich zumindest jeden Tag an dem Haus meiner Eltern vorbeigehen, auch wenn in der Wohnung jetzt eine Generation lebte, die nach dem Krieg geboren wurde. Aber das Marais ist sehr teuer geworden. Ich beschloss, mir eine Arbeit zu suchen. Mit meinen Referenzen fand ich einen Job. Ich habe herausgefunden, was damals mit meiner Familie passiert ist. Ich habe herausgefunden, was du den Bewohnern unseres Hauses angetan hast.«

Griffe wurde blass. »A-alles, w-was ich damals noch tun k-konnte, war, dein Leben zu retten«, stotterte er. »Ich liebte dich doch, aber ich konnte die anderen nicht retten, wir mussten uns an die B-Befehle halten, es war Krieg, verstehst du? Es war Krieg, und ich war achtzehn, und du warst das schönste Wesen, dem ich jemals begegnet war. Ich habe Gedichte geschrieben, nachdem wir uns gesehen hatten. Du warst in meinen Träumen. Immer! Ich wollte dich zu mir holen, nach Hamburg.«

»Du lebst in der Vergangenheit«, sagte sie.

Er nahm ihr Gesicht zwischen seine Hände. »Ich liebe dich, Sarah.«

Sie wandte sich von ihm ab. Wie konnte er so sprechen, nach allem, was passiert war? Wieso fühlte es sich wieder so an wie damals? Diese Sehnsucht! Sie schwankte, war fast im Begriff nachzugeben, dann sah sie die Gesichter ihrer Eltern vor sich. Sie schüttelte den Kopf. »Du bist mit deinen Gedanken in einer Vergangenheit, die wir nie hatten.«

»Du musst nichts sagen, ich kenne dein Herz. Du fühlst dich schuldig, weil du den Feind liebst«, sagte er. »Doch was zwischen uns ist, kennt keine Grenzen oder Religionen.«

»Was soll das zwischen uns gewesen sein?«, entgegnete sie bitter. »Es im Dreck treiben? Gänseleberpastete fressen, während andere verhungern? Sich in Katakomben verstecken, immerzu verstecken, aus Angst, gesehen zu werden … was war das?«

Er ließ den Kopf sinken. »Ich wollte doch nie, dass dir etwas Schlimmes passierte, n-niemals. Und auch später, als es keine Hoffnung mehr gab, dass du noch am Leben sein könntest, hast du mich bis in meine Träume verfolgt.«

Ihre Stimme zitterte. »Ich wollte dich umbringen, ich hatte es mir vorgenommen, aber« – sie ließ den Kopf hängen, niedergeschlagen – »ich kann es nicht.«

»Sarah, kannst du mir v-verzeihen?« Er schluchzte, den Kopf zwischen den Händen. Als er schließlich aufblickte, war sie verschwunden. Er hatte sich noch nie so allein gefühlt.

Montagabend

Sarah verriegelte die Tür zum Dachboden und rollte sich auf ihrem Bett zusammen. Sie hatte noch ein paar Stunden, bis ihr Dienst am nächsten Morgen begann. Sie presste ihre Hände auf die Stelle, wo damals der gelbe Stern gesessen hatte, und versuchte, die Erinnerungen zu verdrängen. Versuchte zu vergessen. Doch sie schaffte es nicht.

Es war 1942, der heißeste und schwülste Septembertag seit dreißig Jahren. Kein Luftzug in der Stadt. Die Schule hatte bereits begonnen, die ersten Aufsätze waren fällig, alles war zu einer langweiligen Routine geworden. So routinemäßig, wie die Nazibesatzung es eben erlaubte. Nur sie und Lili Stein trugen den gelben Stern auf ihren Schuluniformen.

»Willst du mal was sehen?«, fragte Lili nach der Schule. Sie stand vor ihr, unauffällig wie stets mit ihren nach innen gedrehten Schuhspitzen.

Überrascht, dass eine Sechzehnjährige sie ansprach, nickte sie eifrig und folgte ihr. Mit vierzehn war sie stolz darauf, dass ein älteres Mädchen etwas mit ihr zu tun haben wollte. Kühle Luft drang aus den dunklen Innenhöfen, als sie an der ruhigen Rue Payenne vorbeigingen. In den Fenstern, die normalerweise wegen der Hitze geschlossen waren, hingen leblos ein paar Spitzengardinen.

Auf dem Square Georges Cain saßen sie im Schatten der Platanen auf einer Bank in der Nähe der römischen Säulen. Keiner war draußen, es war zu heiß. Für Autos gab es kein Benzin mehr, und in der Ferne rumpelten Pferdekutschen über das Kopfsteinpflaster. Übel riechende, stickige Luft hing über der Seine.

Sie legten ihre weißen Schürzen ab, beugten sich vor und tauchten sie in den urnenähnlichen Springbrunnen. Kichernd betupften sie ihre verschwitzten Hälse und Gesichter mit dem kühlen, klaren Brunnenwasser. Lili lehnte sich zurück, ihr Blick war besorgt.

»Vor der Mathestunde ist etwas aus deinem Ranzen gefallen«, sagte sie. »Aber ich habe es aufgehoben, bevor es jemand sehen konnte.«

Sie zog ein mandelförmiges *calisson* aus ihrer Tasche, eine Spezialität aus Aix-en-Provence.

Sarah rutschte ertappt hin und her.

»Woher hast du das?«, fragte Lili.

»Sieh mal, Lili …«, begann Sarah.

»Stopp.« Lili unterbrach sie. »Sag es mir besser nicht, sonst muss ich dich melden. Das muss ich vielleicht sowieso, Sarah Strauss!«

Sarah zog die Schachtel aus ihrem Ranzen und drückte sie Lili in die Hand.

Lili jauchzte vor Freude: »Ich kann's nicht glauben.« Sie öffnete die Schachtel und steckte sich eine Süßigkeit in den Mund. »Köstlich!«, stöhnte sie genüsslich, dann nahm sie noch ein paar mehr. »Die rosafarbenen schmecken am besten.«

Sarah sah zu, wie Lili die Süßigkeiten aus der provenzalischen Metallschachtel, die mit Früchten und Reben bemalt war, aufaß. Die Beine der Mädchen baumelten in dem kühlen, sprudelnden Wasser. In der grünen Hecke summten Libellen. Alles fühlte sich sanft und friedlich an – als gäbe es keinen Krieg.

Lilis Augen wurden schmal. »Was haben wir noch?«

»Ich kann mehr besorgen, wenn du niemandem etwas verrätst«, sagte Sarah. »Wirst du Paris verlassen, wenn Madame Pagnol einen Weg findet, uns in die unbesetzte Zone zu schmuggeln?«

»Klar, ich warte nur auf ihre Nachricht, sie sagte, es wäre vielleicht nächste Woche so weit«, vertraute sich Lili ihr an. »Madame Pagnol meint, es würden noch Züge in den Süden fahren, aber man müsste über die Berge, um in die freie Zone zu kommen. Ortskundige aus den Dörfern führen einen, aber die wollen was dafür.« Lili rieb die Fingerspitzen gegeneinander und blickte vielsagend.

»Geld?«, fragte Sarah naiv.

»Natürlich, oder Schmuck, vielleicht nehmen sie auch Lebensmittel«, erklärte Lili.

Sarah zupfte nervös an ihrem Ranzen herum. Sie war noch nie aus dem Marais herausgekommen, geschweige denn aus Paris. »Werden wir zusammen gehen?«

»Zwei gelbe Sterne auf einmal? Schwer zu sagen.« Lili warf ihr einen scharfen Blick zu. »Bring mir mehr von denen. Ich muss mich bei der Concierge beliebt machen.«

»Aber das könnte sie doch stutzig machen.« Unsicher schüttelte Sarah den Kopf. »Das möchte ich nicht.«

»Du wirst die Gestapo stutzig machen, Sarah Strauss, wenn ich sie nicht mundtot machen kann!«

Am nächsten Tag in der Schule erfuhren sie von ihrer Lehrerin, Madame Pagnol, dass sich bald eine Möglichkeit zur Flucht bieten könnte, und wenn, würde das sehr kurzfristig sein. So trafen sich die beiden Mädchen in den folgenden Wochen nach der Schule am Square Georges Cain, um Pläne zu schmieden.

Lilis Ausweis, mit einem J für Jüdin versehen, war an ihrem sechzehnten Geburtstag ausgestellt worden, wie in Frankreich üblich. In dem Moment, wenn Lili ihre Lebensmittelration einforderte, würden die Nazis ihren Ausweis sehen wollen und sie anschließend direkt in das Durchgangslager Drancy schicken. Das wusste Sarah, und sie wusste auch, dass Lili ausschließlich von dem lebte, was sie mit ihr teilte.

Jeden Abend versicherte ihr Helmut, dass er die Durchgangslager nach den Namen ihren Eltern überprüft hatte. Er versprach, sie ausfindig zu machen und sein Bestes zu tun, damit sie genug zu essen hatten. Er war so großzügig, und sie hatte Schuldgefühle. Weil er der Feind war und weil sie sein Essen annahm, auch wenn sie es mit Lili und den anderen in ihrem Haus teilte.

Die meiste Zeit gelang es ihr, die widerstreitenden Gefühle in ihrem Inneren zu ignorieren – ihr Schuldgefühl und die wachsende Zuneigung für ihn. Sie gestand sich nur ungern ein, wie attraktiv sie ihn fand. Mit seinen dunklen Augen, die im Kerzenschein der Kaverne leuchteten, sah er aus wie einer der Filmschauspieler, die sie vor dem Krieg in den Kinozeitschriften ihrer älteren Schwester gesehen hatte. Sie sagte sich, dass er es schon verstehen würde, wenn sie aus Paris floh. Als Jüdin war es ihre Pflicht, zu fliehen.

Die meisten Lebensmittel, die Helmut mitbrachte, waren eher exotisch, gerade für ein koscher lebendes jüdisches Mädchen. Sie machte sich nichts aus den *Fauchon*-Dosen mit Gänseleberpastete.

»Unsere Concierge sagt, Fauchon ist das schickste Lebensmittelgeschäft in Paris«, erklärte Lili einmal gierig mampfend.

»Der Rabbi wird uns verzeihen, dass wir nicht koscher essen, oder?«

Sie hörte zum ersten Mal Zweifel in Lilis Stimme. »Na ja, wir haben keine Wahl«, entgegnete sie. »Was soll's, es ist Gänseleber, keine Schweineleber.«

Lili hatte nach unten geschaut, aber Sarah hatte die Erleichterung in ihrem Blick bemerkt.

An diesem Abend fand eine weitere Razzia im Marais statt. Flaschengrüne Busse, nach hinten offen, rumpelten durch die dunklen Straßen. Sie waren voll mit Juden mit weinenden Kindern und Koffern. Sarah und Lili waren nervös. Jeden Tag wurde es gefährlicher, mit einem gelben Stern durch die Straßen zu laufen.

Der Abendhimmel war in ihrer Erinnerung ungewöhnlich orange gewesen an diesen späten Oktobertagen. Eines Nachmittags, nachdem Sarah sich von Lili verabschiedet hatte, schlich sie sich wieder zu den Katakomben. In der dunklen kühlen Höhle fühlte sie sich immer sicher. Sie hatte sogar noch einen anderen Ausgang auf den Square Georges Cain entdeckt, hinter einigen großen Marmorbüsten, die sich aus dem Boden reckten. Eine sah aus wie das Bild von Caesar Augustus, das Madame Pagnol ihnen im Geschichtsbuch gezeigt hatte. Wie die Büste, die sie auf ihrem letzten Klassenausflug in den Park gesehen hatten, als Madame ein Foto von ihnen gemacht hatte.

Hinter einem Holzpfosten hörte sie ein Knacken und blickte auf. In einer engen Nische, in der bleiche Oberschenkelknochen übereinanderlagen, stand Lili.

»Mit wem kollaborierst du?«, fragte sie sachlich, den Mund noch mit Nougat verschmiert.

Sarah fuhr erschrocken auf und stieß sich den Kopf an der Decke aus Erdreich. »Wie bist du hier hereingekommen?«

Lili ignorierte ihre Frage. »Du musst eine Verräterin sein, um an dieses Essen zu kommen. Komm schon, ich sage es auch niemandem.« Sie hielt inne. »Du solltest besser aufpassen, du bist nicht mehr so dünn wie früher.«

»Wie bist du hier reingekommen?«

»Ich bin dir seit Tagen gefolgt, Dummchen. Du bist nicht besonders vorsichtig«, sagte Lili und kroch auf sie zu. »Nett und kühl hier drin.«

»Du bist mir gefolgt? Warum?« Dann machte sich Sarah ihren Reim. »Lili, werde nicht gierig. Ich teile mit den anderen. Du bekommst genug.«

»Die Concierge ist gierig geworden. Eine andere Familie ist in meine Wohnung gezogen«, sagte Lili und kratzte dabei kleine Steine aus der Wand. »Wenn ich ihr nicht mehr gebe, darf ich nicht bei ihr wohnen bleiben.«

Sarah fielen die dunklen Ringe unter Lilis Augen auf, ihre eingefallenen Wangen und die geflickten Schuhsohlen. »Ich werde versuchen, mehr zu bekommen. Bald fahren die Züge wieder. Dann flüchten wir!«

Lili starrte sie an. »Wen hast du verraten?«

»Niemanden! Ein Soldat handelt mit mir«, sagte Sarah defensiv.

»Was für ein Soldat? Was tust du für ihn?«

»Was geht es dich an, Lili? Du hast es mir zu verdanken, dass du zu essen hast.« Sie versuchte, das Gefühl der Scham abzuschütteln. »Belassen wir es dabei.«

Einige Erdbrocken fielen herab. Voller Panik sah sie Helmut kommen, er blockierte das bisschen Licht, das zu ihnen herunterdrang.

Lili schrie erschrocken auf und presste sich an die Wand. Helmut, in seiner Uniform, lächelte verwundert und starrte von einer zur anderen. Dann legte er den Finger über Lilis Lippen, forderte sie auf, sich hinzusetzen, und bedeutete Sarah, zu ihnen zu kommen.

»Es ist alles in Ordnung, Lili, er wird dir nichts tun«, murmelte sie.

Lilis angsterfülltes Gesicht schwankte zwischen vorwurfsvollen Blicken und einer aufkeimenden Ahnung, warum dieser deutsche Offizier Sarah besuchte. Helmut zog teuren Lachs in Dosen aus seiner Tasche und drückte sie in Lilis Hände.

»Ja, ja, nimm sie, *s'il vous plaît*«, sagte er und legte den Finger über seine Lippen. »Schhh … *ça va?*«

Lilis Augen verengten sich. Ihr fleckiges, rotes Gesicht war gezeichnet von Hunger und Angst. Sie öffnete ihre Faust und nahm vorsichtig die Dosen mit Lachs, ohne seine Finger zu berühren.

Er zuckte mit den Schultern. »Sarah«, sagte er und legte den Arm um ihre Taille. »Dein Gast hat keine guten Manieren.«

Sarahs Wangen wurden feuerrot. Lili starrte sie beide mit eifersüchtigen Blicken an, und Sarah war klar, dass Lili sie für ein Liebespaar hielt.

»Bedank dich bei ihm und dann verzieh dich«, sagte Sarah und vermied es, Lili anzusehen.

»*Merci*«, quiekte Lili. Sie kletterte eilig die Stufen der Leiter hoch.

»Wer war das?«, wollte Helmut wissen.

Sarah verdrehte die Augen. »Nur meine Schulkameradin, neugierig und nervig, sie trägt einen gelben Stern. Mach dir keine Sorgen.« Sie verbannte Lilis Gesichtsausdruck aus ihren Gedanken.

Helmut blickte auf seine Armbanduhr. »Ich bin nur vorbeigekommen, um dir zu sagen, dass ich noch etwas abholen muss und dann später wiederkomme.« Er hatte seine Schicht getauscht, weil er es hasste, sie nachts allein zu lassen.

Er zog einige Bratwürste aus seiner SS-Tasche und zwinkerte. »Ein Fleischer aus Hannover, der etwas zum Krieg beitragen wollte.«

Später kehrte er mit einer Ententerrine zurück, marmoriert mit Aspik und Kräutern. Sie aßen, während Kerzenwachs träge über die Teekiste tropfte. Nach dem Essen übte sie wie üblich

Französisch mit ihm. Ihr großer Wollpullover rutschte ihr von den Schultern, als sie seine Verbkonjugationen mit einem dicken Bleistift korrigierte.

»*Très bien*, Helmut, sehr gut.« Sie lächelte. »Bravo.«

Er legte das Heft beiseite und zog sie an sich. Mit einer Hand öffnete er seine Uniform und breitete seine Jacke als Unterlage auf der harten Erde aus. Sie bekam Angst und grub ihre Finger in den Boden. Sie hatte keine Brüder, hatte noch nicht einmal ihren Vater ohne Hemd gesehen. Stramme Muskeln spannten sich über Helmuts schlanken Oberkörper, seine Haut schimmerte im Schein der Kerze.

Mit einer Mischung aus Dankbarkeit und Angst starrte sie ihn an und war wie gelähmt. War er nicht derjenige, der nach ihren Eltern suchte? Gab er ihr nicht zu essen? Die Nazis, welche die Razzien in ihrer Nachbarschaft durchführten, waren anders als er. Helmut war immer so lustig und großzügig. Im flackernden Kerzenschein legte er sie hin, und ihr schwarzes Haar verfing sich im glänzenden Sturmtruppenabzeichen auf seiner Jacke. Ihr Körper versteifte sich.

Sie schüttelte den Kopf. »*Non*, Helmut.«

Er strich mit seiner Hand über ihr Gesicht, hielt es dann in den Händen. Als er ansetzte, etwas zu sagen, zuckte sie zusammen. Sie wollte, dass er aufhörte.

»Hab keine Angst, Sarah, ich werde dir nicht wehtun.« Er kam näher und rieb seine raue Wange an der ihren.

Sie atmete seinen rauchigen Duft ein, als er sein Gesicht in ihren Haaren vergrub. Er streifte ihren Hals sanft mit den Lippen, dann wanderten seine Küsse abwärts.

Tränen traten in ihre Augen. Warum ließ sie ihn gewähren? Seine Lippen hatten ihren Bauchnabel erreicht, ihr wurde heiß. Er küsste ihre Brust, streichelte dabei die ganze Zeit ihr Gesicht, liebkoste die Mulde unter ihren Wangenknochen, küsste sie hinter den Ohren und auf die Augen, hielt sie einfach nur in den Armen. Sie stöhnte leise. Jetzt wollte sie nicht mehr, dass er aufhörte. Schließlich verschmolzen ihre Schatten und wippten auf dem Grund der alten römischen Katakombe vor und zurück.

Auf dem Weg zur Schule am nächsten Morgen dachte sie, dass jedem die straffen Nähte ihrer Schuluniform auffallen müssten. Zu viel gutes Essen. Aber das Einzige, was auffiel, war ihr Judenstern. Sie stieg in die »Synagoge« ein, den hintersten Wagen der Métro, den einzigen, in dem Juden noch mitfahren durften, sie fühlte sich so müde. Sie war erst im Morgengrauen eingeschlafen, als Helmut ging. In ihrer Klasse erwarteten sie eine neue Lehrerin und ein leerer Tisch. Madame Pagnol war verschwunden. Lili auch.

DIENSTAG

Dienstagmorgen

Aimée wachte auf und zog ihr zerknittertes T-Shirt über, an dem noch Yves' moschusartiger Geruch hing. Er war schon fort. Ein Teil von ihr war ärgerlich, weil sie gestern mit ihm ins Bett gesprungen war. Der andere Teil schnurrte zufrieden wie eine Katze. Es war ein Jahr her, dass ihr Hackerfreund Bertrand sich aus ihrer Beziehung nach Silicon Valley abgeseilt hatte.

Yves und sie hatten wieder einige Zeit in der Wanne verbracht. Es hatte eine kleine, lustvolle Überschwemmung gegeben, doch was dann folgte, war noch besser. *La relation fluide* schien eine passende Bezeichnung für ihre Verbindung. Aimée grinste und beschloss, später das geflieste Badezimmer trocken zu wischen.

Dann hielt sie inne und schwelgte in der Erinnerung an die letzte Nacht. Helles Sonnenlicht schien durch das Fenster aufs Bett. Geistig und körperlich waren sie auf einer Wellenlänge gewesen, das passierte ihr selten. Alles an ihm fühlte sich richtig an. Abgesehen von seiner Naziverbindung natürlich.

Da gab es nichts zu deuteln.

Ihre nackten Beine stießen gegen irgendetwas, und sie streckte sich, um nachzusehen, was es war. Ihr Aufnahmegerät, ohne die Plastiktüte.

Wie lange hatte es dort schon gelegen? Hatte sie es neulich zurückgelassen, weil sie so auf die Videos konzentriert gewesen war? Sie musste doch betrunkener gewesen sein, als sie gedacht hatte. Hatte Yves es gefunden? Sie drückte den Startknopf, und das Band lief an. Die Kassette war offensichtlich bis zum Anfang zurückgespult worden.

Ihr wurde mulmig zumute. Wenn Yves das abgehört hatte, musste er wissen, dass sie nicht war, wer sie vorgab zu sein. Hatte er geplant, sie damit zu konfrontieren, und sich dann ablenken lassen? Hatte er den anderen davon erzählt? Wenn er es wusste, warum hatte er dann nichts gesagt? Ich bin so ein Idiot, dachte sie.

Wütend über sich selbst schoss sie aus dem Bett und schlüpfte in ihre schwarze Jeans und ihre Jacke. Was immer für ein Spiel Yves mit ihr spielte, sie war draußen. Vielleicht hatte er vor, den anderen das Aufnahmegerät zu präsentieren und seine Loyalität unter Beweis zu stellen. Den ganzen Weg ins Büro fragte sie sich, wie sie sich so geirrt haben konnte.

Dienstagnachmittag

René knickte die Ecke der Seite um, auf der er war, und knallte das Taschenbuch auf den Tisch, als Aimée ins Büro kam.

»Ich habe einen Wechsel von Eurocom. Zwanzigtausend Francs«, sagte er.

Aimée umarmte ihn. *»Superbe!«* Sie hob das Buch auf, *Das andere Geschlecht* von Simone de Beauvoir, und blätterte darin. »Du liest zu viel, René.«

»Meine Güte!« René verdeckte mit seinen kurzen Armen seine Augen. »Das ist ein Klassiker, Aimée. Du könntest darin vielleicht auch ein paar nützliche Hinweise finden.«

»Nützliche Hinweise?« Sie schnaubte. »Die hätte ich heute Nacht brauchen können. Hab noch nie so falsch gelegen.«

Sie kaute energisch auf ihrem Nicorette-Kaugummi. »Warum kümmerst du dich nicht um die offene Rechnung bei unserem Kunden in Lyon? Erklär die Sache dem netten Geschäftsführer persönlich.«

»Versuchst du gerade, mich loszuwerden?«, fragte René.

Sie warf ihm ihre Citroën-Schlüssel zu. »Na los, du fährst doch gerne. Setz den Wagen nur nicht gegen einen Baum. Und wenn du schon dabei bist, fordere auch noch eine Anzahlung.«

Er grinste. Auf dem Weg nach draußen warf er einen Blick über seine Schulter.

»Wer passt jetzt auf dich auf?«

Sie klopfte auf die Pistole in der Hosentasche. »Die hier.«

Um fünfzehn Uhr hatte Aimée die Erlaubnis von Abraham Stein und den übrigen Hausbewohnern, eine Freigabe vom Verband für den Erhalt historischer Gebäude im Marais, die Genehmigung der Vereinigung für Sozialen Wohnungsbau im 4. Arrondissement und die erforderliche Genehmigung zur Freilegung der Holztreppe. Morbiers Durchsuchungsbefehl hatte den Prozess beschleunigt. Er war mürrisch, weil er nicht rauchen durfte. Luminol war leicht entflammbar.

»Wo zur Hölle ist das Brecheisen, Leduc?«, fragte er.

Aber sie konnte ihn nicht hören. Aimée und Serge, der bärtige Kriminologe mittleren Alters, waren beschäftigt. Sie arbeiteten in einem Zelt inmitten des dunklen Innenhofs des Wohnhauses der Familie Stein in der Rue des Rosiers. In Schutzanzügen, die die Absorption von Chemikalien in die Haut verhindern sollten, versprühten sie Luminol auf den alten Brettern, die im Innenhof unter dem Waschbecken freilagen. Luminol hatte die Eigenschaft, Blut und kleinste Blutspuren auf jeder porösen Oberfläche ans Licht zu bringen. Auch wenn darübergemalt oder -geschrubbt worden war, würde man Blutspuren finden.

»Ein ungelöster Mordfall von vor fünfzig Jahren, und Sie meinen, Sie finden die Fußabdrücke des Mörders?« Serges Stimme war durch den Mundschutz gedämpft. »Sieben Jahre ist die äußerste Grenze, maximal elf Jahre. Warum sind Sie sich so sicher, dass es hier noch Spuren gibt?«

»Soweit ich weiß, hat keiner je bewiesen, dass es nicht funktioniert. Wenn es mit einem sieben Jahre alten Fleck geklappt hat, warum dann nicht bei einem von vor fünfzig Jahren?«, sagte sie.

Ihre Argumente dafür, Luminol zu benutzen, basierten auf dieser Annahme. Aber jetzt fragte sie sich, ob es auch wirklich funktionieren würde. Was, wenn nicht?

Sie trat aus dem Zelt, um nach Morbier zu suchen, und fand sich direkt vor einem Kamerateam wieder. Helle Scheinwerfer strahlten ihr ins Gesicht.

Reporter riefen: »Sind Sie von der Brigade Criminelle? Was hoffen Sie hier zu finden?«

Ihr Schutzanzug ließ sie schwitzen wie in einer Sauna. Das Scheinwerferlicht machte es nicht besser.

»Haben Sie die Absperrung nicht gesehen? Die Presse hat hier keinen Zutritt«, sagte sie. Sie pfiff einen blau uniformierten *flic* heran, der auf das Kamerateam zuging.

Sie hatte nicht damit gerechnet, dass der Luminoleinsatz an die Öffentlichkeit dringen könnte. Würde der Mörder nicht misstrauisch werden, wenn es tatsächlich eine Verbindung zwischen den beiden Morden gab?

Sie zum Schweigen zu bringen wäre dann das Ziel des Mörders. Sie verdrängte diesen beunruhigenden Gedanken. Wenn das hier die Ratte ans Licht lockte, umso besser.

Zurück im Zelt zog sie ein frisches Paar Plastiküberzieher über ihre Schuhe, um eine Kontaminierung zu vermeiden, und fing an, alles mit einer Restlichtkamera aufzunehmen. Serge sprühte Luminol auf die Pflastersteine im Innenhof und um den alten Beton um das Waschbecken herum. Er sprühte weiter, während er sich rückwärts aus dem Lichtschacht von den alten Brettern weg in Richtung Treppe bewegte. Er tränkte die ursprünglichen Holztreppenstufen bis hoch zur Tür der Stein'schen Wohnung.

Dann rief er zu Aimée herunter: »Hol Morbier. Wenn es funktioniert, und ich sage *wenn*, gibt es in drei Minuten eine Lightshow.«

Aimée war sich sicher, dass das Holz Blutspuren in den Ritzen oder Spalten aufweisen würde, und hoffte nur, dass der Beton und die Platten darüber die verbliebenen Beweise konserviert hatten. Nun, sie würden es bald wissen. Nach fünf Jahren konnte man das Blut nicht mehr typisieren, aber das war ihr egal. Das war nicht das, wonach sie suchte.

Morbier trat in das Zelt und ließ einen breiten Lichtstrahl einfallen.

»Beeilen Sie sich«, rief Serge und blieb weiter an der Stein'schen Haustür. Er konnte sich nicht rühren, bis das Luminol wirkte.

Wenn es wirkte.

»Schließen Sie das Zelt von außen«, rief Morbier, während er blindlings an seinen Plastiküberziehern fummelte.

Im Zelt war es stockdunkel.

»Mein Gott, Leduc, wehe, das funktioniert nicht. Mein Arsch steht auf dem Spiel. Wir haben die halbe Straße abgesperrt, die Hausbewohner evakuiert, alles auf Kosten der Pariser Steuerzahler, die ihre Francs lieber unter der Matratze hätten, irgend so ein Idiot aus dem 4. Arrondissement denkt, wir drehen einen Science-Fiction-Film, und hat die Presse alarmiert. Und das i-Tüpfelchen ist, dass Agronski, ein scharfsichtiger Inspektor von der Brigade Criminelle, vorbeispaziert ist, weil er ›Luminol so toll findet‹.«

»Sprich weiter, Morbier, ich hab alles auf Band, auch wenn ich dich nicht sehen kann«, informierte Aimée ihn.

Jetzt war er richtig sauer: »Leduc, ich hab dir doch gesagt … Aaah!«

Aimée fuchtelte mit der tragbaren LumaLite herum, sie und Serge riefen im Chor: »Lightshow!«

Das Luminol glühte und präsentierte die fluoreszierende Dokumentation einer fünfzig Jahre alten Metzelei.

»Oh mein Gott«, sagte sie in die Kamera, die jeden Flecken und Spritzer Blut registrierte. Javel hatte recht gehabt. Überall war Blut. Kreisförmige Bögen krochen den Lichtschacht hoch, ein zackiger Bach schlängelte sich zum Abfluss und verschwand dort. Luminol verblasste in knapp einer Minute, aber sie hatte alles auf Video aufgenommen.

»Es ist unglaublich!« Serge schlich neben den blutigen Fußspuren die Treppe hinunter. »Fünfzig Jahre lang war dieses Blut unter Beton und Platten konserviert. Ich werde ins Guinnessbuch der Rekorde kommen.«

»Lass uns noch mal die Treppe besprühen«, forderte Aimée energisch.

Sie hielt das Lineal bereit und legte es schnell neben ein paar leuchtende Fußabdrücke, die erschienen. Die Abdrücke führten die Treppe hoch und maßen neun Zentimeter. In das Blut war noch eine andere gedämpfte Farbe gemischt.

»Vermutlich Gewebe oder Organe; dieser Bereich war unglaublich geschützt«, sagte Serge.

Aimée blickte hoch zu Lilis verschmutzter Fensterscheibe. Offenbar war das Ganze schneller, brutaler und chaotischer gewesen, als es das Luminol erahnen ließ. Auf den ersten Blick und wenn man den Winkel der Blutspritzer des verspritzten Bluts in Betracht zog, musste der Angriff von oben erfolgt sein. Fußabdrücke verließen den Lichtschacht. Sie schienen von einem festen Schuh, wie einem Stiefel mit schief abgelaufenem Absatz, zu stammen, nach innen geneigt, als wäre der Besitzer leicht x-beinig. Die Abdrücke waren vorne etwas stärker als hinten und führten zu dem trogartigen Betonwaschbecken. Verschmiertes Blut war auf dem bröckeligen Beton zu sehen. Gruselig, wenn sie bedachte, wie ahnungslos sie hier herumspaziert war. Seit Jahren hatte niemand in den Räumen der Concierge gelebt; jetzt begriff sie, warum.

Morbier hatte sich neben Aimée gestellt.

»Zwei Spuren.« Sie drehte die Kamera in die Richtung einer Folge von Fußabdrücken. »Eine kleine Person und eine etwas größere.« Sie schaute runter zum Waschbecken und untersuchte es mit ihrer Lupe. »Die kleineren Fußspuren müssen die von Lili Stein sein, aber von wem sind die anderen?«

Sie hielten inne.

Ein weiteres Paar Abdrücke führte vom Lichtschacht zum Waschbecken und endete dort.

Verschmiertes Blut und ein feiner Tröpfchenregen waren von dem porösen Material aufgesogen worden. Sie betrachtete die gesprungenen Porzellangriffe am Wasserhahn.

»Hier ist noch was hingekommen, als er das Wasser aufdrehte. Er hatte sogar Zeit, sich die Schuhe zu waschen, bevor er zurück auf die Straße ging«, sagte sie. »Oder waren es Stiefel?«

Es fühlte sich an, als stünde sie direkt neben dem Mörder. Schmerzhaft nah, und doch so weit weg. Fünfzig Jahre zu weit. Was würde sie beweisen können?

Stunden später, als der Kriminologe seine Arbeit beendet hatte und Agronski so tief beeindruckt war, dass er Morbier zum Abendessen einlud, konnte Aimée sich immer noch nicht losreißen. Immer wieder kehrte sie zurück zu der Stelle, wo die größeren Fußabdrücke neben den kleineren auftauchten, und versuchte, sich in den Mörder hineinzuversetzen. Dann ging sie vorsichtig die Treppen hoch.

Sie versuchte sich in die verängstigte sechzehnjährige Lili Stein hineinzuversetzen. Ein junges jüdisches Mädchen, dessen Familie abgeholt worden war, das allein war und abhängig von der Concierge. Einer Concierge, die Javel zufolge gefährlich tief in Schwarzmarktgeschäfte verwickelt war.

»Wir haben jetzt alles aufgezeichnet, Leduc«, sagte Serge. »Ich hab alles zusammengepackt, die Maurer kommen gleich, wir sollten jetzt gehen.« Er scharrte ungeduldig mit dem Absatz. »Ist schließlich unsere Zeit, Leduc.«

Doch Aimée war noch nicht zufrieden. »Ich muss noch eine Sache überprüfen. Wir treffen uns gleich draußen.«

Die Maurer in ihren fleckigen Overalls warteten mürrisch im Innenhof. Das Gebäude würde eine lang überfällige, massive Renovierung über sich ergehen lassen müssen, alles dank der Pariser Polizei und dem 4. Arrondissement. Die letzten Baumaßnahmen waren laut Unterlagen im Jahr 1795 erfolgt. Aimée grinste. Bis zur nächsten Renovierung würde es sicher noch einmal so lange dauern.

Sie hatte das drängende Gefühl, etwas vergessen zu haben, irgendetwas schrie nach Aufmerksamkeit, doch sie wusste nicht, was. Das hohe »Piep-piep-piep« des Lasters der Maurer war ohrenbetäubend, als das Fahrzeug jetzt rückwärts in den Innenhof setzte und Aimée dabei fast über die Füße fuhr.

»He, Vorsicht!« Frustriert trat sie gegen die Stoßstange, stieß gegen das Metall.

Und in diesem Moment fiel ihr der eine Ort ein, an dem sie noch nicht gesucht hatten. Die eine Stelle, wo der Mörder eine kurze Pause gemacht, vielleicht das Waschbecken umfasst hatte, um seine Hände zu reinigen. Sich das Blut von den Händen zu waschen.

Schnell lief sie zurück auf den Hof und schob sich unter das Waschbecken. Kantige Pflastersteine bohrten sich in ihre Schulterblätter, der Geruch von Schimmel attackierte ihre Nasenschleimhäute. Sie leuchtete mit der Taschenlampe in jede Spalte und jeden bröckligen Riss, sie versuchte, sich so weit zu strecken, wie sie konnte, während sie auf dem Rücken lag. Dann sah sie es.

»Holen Sie das Luminol noch mal raus, Serge. Decken Sie das Waschbecken ab. Sehen Sie das hier? Diesen ganz schwachen Abdruck in dem Spalt?«, fragte sie aufgeregt. »Ich schätze, dieser Fingerabdruck wird sehr nett aufleuchten, wenn Sie mit Ihrer Arbeit fertig sind. Jetzt hab ich ihn!«

René holperte mit dem Citroën über den schmalen Rinnstein der Rue des Rosiers.

»Ich dachte, du wärst in Lyon«, sagte sie überrascht.

»Steig ein, Aimée«, entgegnete er.

Renés Citroën war im Inneren speziell auf seine kurzen Arme und Beine zugeschnitten und erlaubte ihm zu kuppeln, zu schalten und wie der Teufel zu rasen – so wie alle es in Paris machten. René nutzte seine Spezialanfertigung weidlich aus. Von den schaumgummiweichen Sitzen aus konnte er alle Bedienelemente mühelos erreichen. Aber auch Aimée konnte den Wagen fahren, wenn sie die Sitze wieder verstellte.

»Ich hab ihn, René, ich wusste, die Antwort liegt direkt vor meiner Nase«, sagte Aimée. »Jetzt muss ich nur noch herausfinden, wer er ist oder war.« Ihre Augen funkelten, und ihre Wangen waren gerötet. »Ich habe ein Polaroid von dem Abdruck gemacht. Im Büro scanne und vergrößere ich es.«

»Ich will dich nicht um dein Vergnügen bringen, aber was hat der Mord an Lili Stein damit zu tun?«, fragte René, während sie in halsbrecherischem Tempo in eine der vielen mittelalterlichen Einbahnstraßen einbogen.

»Daran arbeite ich noch. Aber ich werde es rauskriegen.«

»Du und Morbier, ihr seid die Stars der Abendnachrichten. Sollten die Ermittlungen nicht verdeckt ablaufen? Ist das nicht gefährlich für dich, wenn du so in der Schusslinie stehst?«

»Ich hab die Presse nicht eingeladen, René. Ich hab versucht, mich von den Kameras fernzuhalten.«

»Du brauchst dich nicht zu verteidigen, Aimée. Ich hab deine Füße in diesen kleinen fluoreszierenden Schühchen auf France 2 gesehen«, sagte er. »Das Luminol bringt möglicherweise Dinge ans Licht, mit denen du nicht gerechnet hast und die anderen Leuten nicht gefallen werden. Vielleicht wäre es besser, du würdest eine Weile bei mir wohnen.«

Aimée musste plötzlich an Hervé Vitold denken, und bei der Erinnerung an seinen brutalen Griff schlang sie ihre Finger besorgt ineinander.

»Wann hast du das letzte Mal geputzt? Ich bin kein Snob, René, aber ein gewisser Hygienestandard muss schon gewährleistet sein.«

»Hast du noch nicht daran gedacht, dass jemand vielleicht nicht möchte, dass die Büchse der Pandora geöffnet wird?«, fuhr René ungerührt fort.

Oh doch. Dieser Vitold hatte das klar und unmissverständlich zum Ausdruck gebracht.

»Genau deshalb muss sie ja geöffnet werden«, entgegnete sie und versuchte zu lächeln.

Mehrere Hupen ertönten, als der Citroën in den Gegenverkehr schlingerte. Widerwillig akzeptierte sie den Ersatzschlüssel für seine Wohnung.

René ließ sie an der Ecke Rue de Rivoli raus. »Miles Davis ist oben.«

Aimée nahm eilig die Treppen hoch zum Büro, sie konnte es kaum erwarten, sich bei FRAPOL 1 einzuloggen. Sie hoffte, in der Datenbank der Polizei den Luminol-Fingerabdruck identifizieren zu können.

Das heisere Bellen von Miles Davis schallte ihr beunruhigend entgegen, als sie den letzten Treppenabsatz nahm, und sie spürte, wie eine merkwürdige Vorahnung sie beschlich. Und es war nicht nur eine Vorahnung. Die Milchglastür ihres Büros war angelehnt, als sie oben ankam. René hätte die Tür niemals offen stehen lassen. Jemand war hier gewesen, und heute war nicht der Tag, an dem die Putzfrau kam. Statt einzutreten, stieg sie die Treppe weiter hoch. Die Firma *Editions Photogravure Lapousse* hatte die Türen geöffnet, und sie konnte das Klackern der Computertastaturen hören.

»*Bonjour, ça va?* Darf ich?«, sagte sie zu einer älteren Dame mit Kopfhörern, die so mit ihrer Datenerfassung beschäftigt war, dass sie nur abwesend nickte und sie ansonsten ignorierte. Aimée ging an ihr vorbei und öffnete die Balkontüren zur Straße hin. Sie kletterte über die schwarze schmiedeeiserne Brüstung, hielt sich an dem breiten Geländer fest und wurde von einem milchigen Sonnenuntergang über dem Louvre und der dahinterliegenden Seine begrüßt. Der Anblick hätte fast gereicht, um die nervöse Frage, wen sie in ihrem Büro vorfinden würde, zu vertreiben.

Der Mond hing blass über dem weiter entfernten Eiffelturm, unter ihr brummte der Verkehr. Vorsichtig schob sie die Fußspitze in einen Spalt der Kalksteinfassade und platzierte den Absatz ihres Stiefels auf dem Metallschild. Vier Stockwerke über der Rue du Louvre kletterte sie vorsichtig zum ersten E der Buchstaben LEDUC DETECTIVE, um durch ihr Bürofenster nach einem Eindringling zu spähen.

Aus dem gekippten Fenster wehte ihr der Geruch von frischer Farbe entgegen. Sehr frisch. René würde wohl kaum das Büro streichen lassen, ohne es ihr vorher zu sagen. Sie zog die 9-mm-Glock aus dem Halfter an ihrem Bein.

Als sie ihren Körper an das halbrunde Fenster schmiegte, zögerte sie. Sie hatte zwar einen Waffenschein, aber keine Zulassung für ihre Glock. Eine nicht angemeldete Pistole auf jemanden zu richten bedeutete Ärger. Das französische Waffengesetz, immer noch Teil des *Code civil Napoléon*, erlaubte ihr nicht, eine Waffe zu tragen. Auch nicht zur Selbstverteidigung oder in unmittelbarer Not. Wenn es die *flics* waren, die ihr Büro durchsuchten, war sie in Schwierigkeiten. Mit einer Waffe in der Hand konnte es passieren, dass man ihr die Ermittlerlizenz umgehend entzog. Falls dieser unangenehme Hervé Vitold von der Brigade d'Intervention das nicht sowieso schon veranlasst hatte.

Aber ohne Verstärkung wollte sie auch nicht in ihr Büro platzen, nachdem sie schon die offene Tür gesehen hatte. Sie zog ihr Handy raus und wählte die Büronummer. Direkt unter ihr klingelte das Telefon.

Als der Anrufbeantworter ansprang, wartete sie und rief dann in den Hörer: »Ich hab dich im Visier, *salope*! Ich ziele direkt aus dem Fenster gegenüber auf dich.«

Ein lautes Trampeln schwerer Schritte war zu hören, dann fiel die Bürotür krachend ins Schloss. Das wird einfach, dachte Aimée. Jetzt muss ich nur noch abwarten, wer aus dem Gebäude herauskommt.

Fünf lange Minuten später war immer noch niemand in Sicht.

Inzwischen war ihr klar geworden, dass es ein Fehler gewesen war zu sagen, dass sie sich genau gegenüber befand. Nur ein Vollidiot wäre unter diesen Umständen zur Haustür herausspaziert. Jetzt musste sie ins Haus, ohne zu wissen, ob sie wirklich weg waren. Sie hielt ihre Pistole fest umklammert. Die *flics* würden sich jedenfalls nicht so verhalten. Zumindest nahm sie das mal an.

Als sie herunterrutschte und auf dem rostigen Zinnrohr hocken blieb, hörte sie ein ominöses Knacken von unten und griff nach dem großen D. Gerade noch rechtzeitig. Das Rohr löste sich und krachte vier Stockwerke tief auf die Straße. Zum Glück war niemand auf dem Bürgersteig gewesen. Als sie schließlich das Fensterschloss aufgebrochen hatte und in ihr Büro sprang, war es leer.

Überall lagen Papier und Akten verstreut. Die Schubladen waren ausgeleert worden, jede Ecke und Nische hatte man durchsucht. Das müssen Profis gewesen sein, dachte sie. Sie hob die Pistole, als sie langsam den Schrank öffnete, aus dem ein Geräusch zu hören war. Miles Davis plumpste heraus, er war überglücklich, sie zu sehen. Mit großer Vorsicht durchsuchte sie das Büro, um sicherzugehen, dass niemand sich versteckte.

Sie schlich in den Flur. Eine kühle Brise drang durch ein Fenster, das auf die schummrige Gasse zwischen den kastenförmigen Vorkriegsbauten ging. Sie hörte das Quietschen der schaukelnden rostigen Feuerleiter. Der Eindringling hatte es wahrscheinlich inzwischen auf diesem Weg bis zur nächsten Métro-Station geschafft. Sie klopfte sich den Staub ab und nahm einen Schluck Mineralwasser. Dann rief sie Martine an.

»Jemand hat mein Büro auf den Kopf gestellt!«, sagte sie. »Kannst du mir die Seiten noch einmal faxen?«

»Aimée, sei bitte vorsichtig, ich meine es ernst«, sagte Martine, ohne Luft zu holen. »Gib mir lieber die Exklusivrechte an der Geschichte. Mit der Story käme ich sicher auf alle Titelseiten und könnte Gilles endlich aus meinem Bett schmeißen.«

»Du musst mit Gilles schlafen, um deinen Job zu behalten?« Aimée konnte die Überraschung in ihrer Stimme nicht verbergen. »Okay, klar kannst du die Story haben.« Sie zögerte. »Aber du kannst jetzt noch nichts bringen. Ich muss erst alles in trockenen Tüchern haben. Kapiert?«

»D'accord«, entgegnete Martine langsam. »So schlecht ist es jetzt wieder auch nicht mit Gilles, wir haben unsere Absprachen. Ich weiß, dass ich einen guten Job mache, aber ich bin eben nicht wie du, Aimée. Du brauchst keinen Kerl.«

»Nun, ich würde den Neonazi-Adonis, den ich neulich bei einem LBN-Treffen kennengelernt habe und mit dem ich dann gleich in die Kiste gehüpft bin, nicht unbedingt eine gute Wahl nennen. Aber das ist eine andere Geschichte.«

»Scheint das Ganze aber etwas aufgepeppt zu haben.« Martine kicherte. »Ich werde seinen Namen mal überprüfen.«

Ein Klingeln signalisierte das eingehende Fax. »Ist das von dir, Martine?«

»Ja. Und vergiss nicht – die Geschichte gehört mir«, mahnte Martine.

Der Geruch nach Farbe war jetzt stärker, er kam aus der Richtung des Faxgeräts. Aimée ging um die Bürostellwand herum und starrte auf das beängstigende Bild, das sich ihr bot. Auf der Wand prangte ein Hakenkreuz wie das auf Lilis Stirn. Daneben waren in roter Farbe fünf Worte geschmiert:

DU BIST ALS NÄCHSTES DRAN!

MITTWOCH

Mittwochmorgen

Aimée hockte in ihrem roten Kostüm auf dem üppigen schwarzen Samtsofa. Nur ungern hatte sie es aus der Reinigung ausgelöst. Und noch weniger gern hatte sie dem Hotelmitarbeiter ein paar Hundert-Francs-Scheine zugesteckt. Feine Hotels verlangten elegante Kleidung und hohe Bestechungsgelder, notwendige Kosten, um im Geschäft zu bleiben.

»Mademoiselle Leduc?«, erklang eine tiefe Stimme, die einen unverkennbar deutschen Akzent hatte. »Sie wollten mich sprechen?«

Hartmut Griffe deutete eine Verbeugung an und schaute erwartungsvoll zu Aimée hinüber. Er fügte sich perfekt ein in das diskrete Klirren von Kristall und Silber in der Lounge des Hotels Pavillon de la Reine. Weltmännisch, braun gebrannt, ausgesprochen attraktiv. Curd Jürgens hatte einen Bruder bekommen.

»Herr Griffe, nehmen Sie doch Platz, bitte. Sie haben sicher einen langen Tag vor sich. Wie wäre es mit einem Kaffee?« Aimée lehnte sich im Sofa zurück und machte eine einladende Handbewegung.

»In der Tat bin ich schon spät dran«, sagte er und brachte es irgendwie fertig, gleichzeitig auf seine Uhr und den *café au lait* zu blicken, der vor ihr auf dem niedrigen Tisch stand.

»Es dauert nicht lange. Ich weiß ja, wie beschäftigt Sie sind.« Aimée schaute zum Kellner hinüber und deutete auf ihre Tasse. Dann sah sie Griffe an und wies auf den bequemen burgunderroten Lederarmsessel neben dem Sofa. »Bitte.«

»Also gut – nur einen kleinen Moment«, sagte er. »Worüber möchten Sie mit mir sprechen?«

Sie wollte warten, bis er seinen Kaffee bekommen hatte.

»Bitte beeilen Sie sich!«, wies sie den Kellner an. »Monsieur hat es eilig!«

Umgehend erschien ein *café au lait* in einer Limoges-Tasse, begleitet von einem üppigen Obstteller.

»Ein kleiner Gruß von der Hoteldirektion«, sagte der Manager und verbeugte sich dabei so tief, dass sein Kinn fast den Tisch berührte.

»*Merci*«, erwiderte Griffe und griff nach seiner Tasse.

Sie versuchte, nicht zu sehr auf seine Hände zu starren, auf die feinen Kalbslederhandschuhe, die er anhatte. Am meisten aber versuchte sie ihre Enttäuschung darüber zu verbergen, dass sie keine Chance hatte, an seine Fingerabdrücke zu kommen. Sie beschloss, gleich in medias res zu gehen.

»Sagt Ihnen der Name Lili Stein etwas?«

»Entschuldigung, wer bitte?« Hartmut Griffe starrte sie ausdruckslos an.

Sie bemerkte, dass der Schaum auf seiner Tasse leicht ins Schaukeln geriet.

»Lili Stein, eine ältere jüdische Dame, vielleicht ein paar Jahre jünger als Sie, kennen Sie sie?« Aimée wartete.

»Nein.« Er schüttelte den Kopf. »Ich bin wegen des Gipfeltreffens in Paris. Ich kenne niemanden in der Stadt.«

Sie nahm einen Schluck Kaffee, und ihre Blicke trafen sich. Seiner wirkte glasig und verloren.

»Sie wurde vor ein paar Tagen ermordet, ganz in der Nähe«, sagte Aimée und setzte langsam ihre Tasse ab. »Erwürgt. Man hat ihr ein Hakenkreuz auf die Stirn geritzt.«

»Tut mir leid, ich habe den N-Namen noch nie gehört«, sagte er. Er blinzelte mehrfach.

Sie bemerkte sein leichtes Stottern und sah, wie er sich bemühte, es zu unterdrücken.

»Ihre Familie hat ausgesagt, dass sie sehr verängstigt gewesen sei, bevor es passierte. Ich glaube, sie kannte irgendein Geheimnis.« Aimée beobachtete ihn. »Sie waren schon früher in

Paris, vielleicht haben Sie Lili Stein damals kennengelernt, *non?*«

Es war reine Spekulation, aber einen Versuch wert.

»Da müssen Sie mich mit jemandem verwechseln. Ich bin zum ersten Mal in Paris.« Er stand hastig auf.

Aimée erhob sich ebenfalls. »Hier ist meine Karte. Manchmal erinnert man sich nach einer solchen Unterhaltung doch noch an das eine oder andere. Sie können mich jederzeit anrufen.« Sie lächelte und stutzte dann, als ob ihr gerade noch etwas eingefallen wäre. »Ach, eine letzte Frage, Monsieur Griffe. Warum sind Sie in der Schlacht von Stalingrad eigentlich als gefallen gelistet?«

Er wirkte ehrlich überrascht.

»Da müssen Sie im Verteidigungsministerium nachfragen. Ich weiß es nämlich nicht. Alles, woran ich mich erinnern kann, sind diese Leichen im Schnee, die wie Scheitholz übereinandergestapelt lagen. Große Haufen. Zusammengefroren. Kilometerlang, so weit wie der russische Horizont.«

Hartmut Griffe schüttelte den Kopf, als wolle er die Erinnerungen abschütteln. Dann gewann er seine Haltung zurück.

»Nur zu, Mademoiselle Leduc, kneifen Sie mich, um sich selbst zu überzeugen. Ich bin quicklebendig. Und jetzt entschuldigen Sie mich bitte.« Er verbeugte sich kurz und verschwand.

Sie sackte auf dem Samtsofa zusammen und dachte nach. Hatte er die Handschuhe absichtlich getragen, um keine Fingerabdrücke zu hinterlassen? Sie spürte, dass er etwas verheimlichte. Es war bloß eine Frage der Zeit, bis es an die Oberfläche kam.

Aimée fand es eine Schande, Himbeeren im November verkommen zu lassen. Nachdenklich pflückte sie das Obst vom Teller, bis er leer war. Wenigstens eines hatte sie erfahren. Entweder war dieser Griffe ein unglaublich guter Lügner, oder jemandem war ein Fehler unterlaufen. Sie entschied sich für Version eins. Immerhin war der Mann Diplomat und Politiker.

Eine Gruppe von Demonstranten, die »Nicht noch einmal nicht noch einmal!« skandierte, blockierte den Weg zur Métro. Dicht an dicht standen die Busse in der schmalen Rue des Francs Bourgeois, die Luft war geschwängert mit Dieselabgasen, die Stimmung aufgeheizt. Aimée wünschte, sie hätte die hohen, massiven Mauern aus dem siebzehnten Jahrhundert umgehen können – stattdessen schob sie sich zusammen mit den anderen Passanten den vollen Bürgersteig entlang.

Polizisten in schwarzen schusssicheren Westen hockten zwischen zionistischen Jugendgruppen und Skinheads, die »Frankreich den Franzosen« riefen. Ein leichter Nieselregen formte kristallähnliche Tropfen auf den durchsichtigen, kugelsicheren Schutzschilden der Polizisten, die aussahen wie kauernde Gottesanbeterinnen.

Eine glänzende schwarze Mercedes-Limousine, die im Hof des Hôtel Pavillon de la Reine feststeckte, fiel Aimée ins Auge. Der Fahrer gestikulierte in Richtung der schmalen Straße, während er mit einem Mitglied der Bereitschaftspolizei diskutierte. Das getönte Fenster glitt herunter, und Aimée sah, wie sich eine geäderte Hand herausreckte.

»Phillipe, bitte, ich gehe lieber zu Fuß«, erklang die unverkennbare Stimme. Sie erinnerte sich an das letzte Mal, als sie sie gehört hatte – im Radio, nachdem sie Lili Steins Leiche entdeckt hatte.

Die auf Hochglanz polierte Tür öffnete sich, und Minister Cazaux, Frankreichs angehender Premierminister, trat in den stockenden Verkehr hinaus. Die zivilen Bodyguards, die den großen, hageren Mann umgaben, zogen die Aufmerksamkeit der Menge auf sich.

»*S'il vous plaît, Monsieur le Ministre*, ich weiß nicht, ob unter diesen Umständen …«, begann ein Bodyguard.

»Seit wann kann ein Staatsdiener sich nicht mehr in der Öffentlichkeit bewegen?« Cazaux grinste. »Kurz vor der Unterzeichnung des Abkommens ist mir jede Gelegenheit recht, bei der ich erfahre, was die Menschen bewegt.« Er zwinkerte in die Menge, die sich um die Limousine herum versammelt hatte, und mit seinem Charme lockte er bei vielen Menschen ein Lächeln hervor, während er zwischen ihnen hindurchging und Hände schüttelte, völlig entspannt und Herr der Lage.

Er lächelte Aimée direkt an, die etwas unglücklich zwischen einigen Hotelangestellten eingeklemmt war. Er sah jünger aus als im Fernsehen, aber sie war überrascht von der dicken Schminke auf seinem Gesicht.

»*Bonjour, Mademoiselle*. Ich hoffe, Sie unterstützen unser Parteiprogramm!«

Cazaux umfasste ihre Hände mit seinen warmen Fingern, und sie zuckte unter dem plötzlichen Druck zusammen.

»*Je m'excuse.*« Er ließ los und schaute auf ihre Hand.

Sein Charme war entwaffnend. Wenn er erst einmal gewählt war, würde er fünf Jahre im Amt bleiben.

»*Monsieur le Ministre*«, begann sie und unterdrückte dabei ein Lächeln, »Sie befürworten Sozialreformen, aber Ihre Partei sanktioniert dieses rassistische Abkommen. Können Sie diesen Widerspruch erklären?«

Cazaux nickte und machte ein nachdenkliches Gesicht. »Mademoiselle, Sie haben recht.« Er wandte sich der Menge zu, in der sich Demonstranten, Passanten, die einen Einkaufsbummel machten, etliche Skinheads und junge Zionisten mischten. »Wenn es einen anderen Weg gäbe, unsere lähmende Arbeitslosenquote von 12,8 Prozent zu reduzieren, wäre ich der Erste, der sich dafür einsetzen würde. Doch im Moment muss Frankreich wieder auf die Füße kommen, im globalen Markt agieren und bestehen – nichts ist wichtiger für uns!«

Viele aus der Menge nickten, aber ein paar Zionisten riefen: »Nie wieder Lager!«

Der Minister ging auf sie zu. »Einfache Antworten auf die Ausländerregelung gibt es leider nicht; ich wünschte selbst, es wäre anders.«

Er nahm ein weinendes Baby in die Arme, das ihm von einer verschwitzten Mutter hingehalten wurde. Als hätte er alle Zeit der Welt, wiegte er das kleine Wesen wie ein erfahrener Großvater. Dann küsste er das gurrende Baby auf beide Wangen und reichte es sanft der strahlenden Mutter zurück. »Freie Diskussionen sind die Grundlage unserer Republik.« Er lächelte die Zionisten an. »Kommen Sie mit Ihren Problemen zu mir ins Büro.«

Cazaux war gut, das musste man ihm lassen. Er verstand es, die Leute ins Boot zu holen. Ein echter Profi. Fotos wurden gemacht, die ihn im freundschaftlichen Gespräch mit den jungen Zionisten zeigten. Als sich die Menschenansammlung auflöste, waren sogar die Zionisten fast kleinlaut.

Seine Bodyguards gaben ihm ein Signal, Cazaux winkte, kletterte in die Limousine zurück und brauste die Straße runter. Die ganze Angelegenheit hatte nicht mal fünfzehn Minuten gedauert, stellte Aimée fest. Seine Fähigkeit, aufgebrachte Menschenmengen mit potenzieller Gewaltbereitschaft so zu steuern, war ihr nicht geheuer. Er hatte diese unberechenbare Situation auf eine Weise manipuliert, als hätte er sie selbst geplant. Seit wann bin ich so zynisch?, wunderte sie sich.

Vor ihr stand ein alter Mann mit einer schiefen blauen Baskenmütze. »Ganz wie früher. Vielleicht machen sie es diesmal richtig«, murmelte er. Sein Gesicht war von Hass verzerrt.

»Überall Schwarze und Araber«, fuhr er fort. »Meine Kriegsrente ist halb so viel wie das, was die Schwarzen bekommen. Die ganze Nacht machen sie Lärm, und sie sprechen noch nicht mal Französisch.«

Sie wandte sich ab und blickte direkt in die Augen von Leif, dem LBN-Lederhosen-Skinhead. Er stand im Eingang eines kleinen *hôtel particulier* und beobachtete sie. Selbst in ihrem roten Kostüm mit Make-up und Pumps, statt in Leder, mit schwarzem Lippenstift und Ketten, wollte sie nicht darauf warten, ob er sie erkannte.

Als sie erneut hinübersah, war er in der Menge verschwunden. Der Geruch von Schweiß und feuchter Wolle umgab sie. Sie erstarrte, als sie seinen stoppeligen Irokesen-Kopf plötzlich hinter der Schulter des alten Mannes auftauchen sah.

»*Salopes!*«, schimpfte der alte Mann in die drängelnde Menge, aber Aimée wusste nicht, wer genau gemeint war.

Sie hatte Angst. In dieser engen, vollen Straße sah sie keinen Ausweg. Sie duckte sich hinter den alten Mann, zog ihre rote Kostümjacke aus, stülpte sich eine braune Wollmütze über, die sie in der Tasche fand. Ein feiner Nieselregen hatte eingesetzt, und sie zitterte in ihrer cremefarbenen Seidenbluse. Hastig setzte sie eine schwarz umrahmte große Brille auf und versuchte, so gut es ging, in der Menge unterzutauchen.

»Sie haben meinen Sohn entlassen, aber er bekommt keinen fetten Sozialhilfe-Scheck, so wie die Schwarzen fürs Nichtstun«, rief der alte Mann erbittert.

Plötzlich spürte Aimée eine Hand, die unter ihre Bluse zu grabschen versuchte, konnte aber nicht sehen, wer es war. Sie senkte den Kopf und biss zu, so fest sie konnte. Jemand jaulte vor Schmerz laut auf, die Leute stoben ängstlich auseinander. Drängelnd und schubsend bahnte Aimée sich ihren Weg durch die grummelnde Meute, bis sie endlich an der Métro angekommen war. Sie schob ihre Fahrkarte durch den Schlitz am Drehkreuz und rannte zum nächsten Bahnsteig. Heiße Luft stieg aus den gekachelten Lüftungsschlitzen auf, wenn eine Bahn einoder rausfuhr. Sie blieb davor stehen, bis ihre Bluse getrocknet war und sie nicht mehr zitterte. Dann hatte sie einen Plan.

Mittwochmittag

Aimée saß hoch konzentriert in ihrer Wohnung vor dem Computer. Sie hatte sich Zugangsdaten zu Thierry Rambuteaus Kreditkarten, Strafzettel und sogar seinem Reisepass verschafft. Er fuhr einen Porsche Baujahr 59, wohnte bei seinen Eltern und hatte gestern Abend im Crépuscule am linken Seineufer zu Abend gegessen und mit seiner American-Express-Karte bezahlt.

Am letzten Mittwoch, dem Tag, an dem Lili Stein ermordet worden war, zeigte die Karte am Morgen eine Tankstellenabbuchung an der Autobahn A2 in der Nähe von Antwerpen. Er hätte also ausreichend Zeit gehabt, am frühen Abend wieder in Paris zu sein. Sie klickte sich durch den Rest, der nicht so interessant erschien, und wollte gerade aufhören, überprüfte dann aber der Vollständigkeit halber noch die Einsätze seines Reisepasses. Da sah sie es. Einreise nach Istanbul, Samstag vor einer Woche, kein Ausreisestempel. Das musste nicht unbedingt etwas bedeuten, die meisten Länder stempelten die Pässe nicht bei der Ausreise. Kein Wunder, dass er braun gebrannt war, als sie ihn das erste Mal im LBN-Büro gesehen hatte. Und es wäre ein mögliches Alibi.

Sie nahm einen Schluck aus der Wasserflasche und rief Martine beim *Figaro* an.

Sie musste einen Moment warten, dann war Martine wieder am Apparat. »Also ... was haben wir hier ... Einmal im Monat gibt es einen Eingang der DVU auf dem gemeinsamen Konto von Thierry und Claude Rambuteau. DVU bedeutet Deutsche Volksunion: Das sind diese Faschisten, die die Häuser türkischer Familien abfackeln. Warum versuchst du etwas über den Typen herauszufinden? Ich bin einfach nur neugierig.«

»Er ist ein Verdächtiger beim Mord an einer jüdischen Frau«, antwortete Aimée.

»Lass mich raten«, gähnte Martine. »In Wirklichkeit ist er ein Jude.«

Aimée verschluckte sich und ließ fast die Wasserflasche fallen. »Das ist ein ironischer Blickwinkel, an den ich noch gar nicht gedacht habe.«

Martine klang jetzt ganz wach. »Ehrlich? Ich hatte das bloß zum Spaß gesagt; da hätte er allen Grund, so durchgeknallt zu sein.«

»Durchgeknallt genug, eine Frau zu erwürgen und ihr ein Hakenkreuz in die Stirn zu ritzen?«, fragte Aimée.

»Oh mein Gott, Gilles hat mir davon erzählt, er schreibt einen Artikel für die Sonntagabend-Ausgabe darüber. Meinst du, dieser Typ war es?«

»Martine, die Sache muss unter uns bleiben. Gilles darf nichts davon erfahren«, sagte Aimée bestimmt. Sie gab Claude Rambuteaus Namen in den Computer ein, während sie sprachen. »Warum würde Thierrys Vater …?«

»Warte mal, Aimée. Wer ist sein Vater?«

»Laut Kreditkartenantrag ist Claude Rambuteau Thierrys Vater«, sagte sie und lud die Information auf ihren Bildschirm herunter.

»Und jetzt fragst du dich, warum er ein gemeinsames Konto mit seinem Sohn Thierry hat und Gelder von der DVU bekommt?«, erkundigte sich Martine.

»So in etwa«, sagte Aimée. »Am besten frag ich ihn selbst.«

Der Regen spritzte über die Pflastersteine, als Aimée zur Hausnummer zwölf rannte. Sie klingelte neben dem Namen Rambuteau, zog ihren langen Wollrock zurecht und versteckte ihr zerzaustes Haar unter einer passenden Baskenmütze.

Die Silhouette einer kleinen Person erschien hinter einer Milchglasscheibe. Ein korpulenter Mann mit kurzem grauem Haar und dunkler Brille öffnete die Tür einen Spalt. Er trug einen modischen Trainingsanzug.

»Ja bitte?« Er blieb zum Teil im Schatten der Tür verborgen.

»Mein Name ist Aimée Leduc, von der Detektei Leduc«, sagte sie und reichte ihm ihre Karte. »Ich würde gern mit Thierry Rambuteau sprechen.«

»Er ist nicht hier, er wohnt nicht bei uns, wissen Sie«, sagte der Mann. Schon hatte sie ihn bei der ersten Lüge erwischt.

»Könnte ich vielleicht für einen Moment hereinkommen?«, fragte sie freundlich. Ihre Baskenmütze war bereits klatschnass.

»Gibt es ein Problem?«

»Nicht wirklich. Ich arbeite an einem Fall, und …«

Er unterbrach sie. »Worum geht es?«

»Lili Stein, eine ältere jüdische Frau, wurde hier in der Nähe ermordet. Eine Synagoge aus dem Viertel hat mich gebeten, in der Sache zu ermitteln.« Sie spähte in den Flur. Ein schwarzer Sturmbannführer-Mantel hing an einem Garderobenhaken. »Das ist der Mantel Ihres Sohnes, oder? Bitte lassen Sie mich mit ihm reden.«

Er schüttelte den Kopf. »Er ist nicht hier. Das habe ich doch schon gesagt.«

»Ich würde gern ein paar Punkte klären, Monsieur Rambuteau. Sie können mir sicherlich auch helfen.« Sie trat näher. »Ich werde fürchterlich nass, und ich verspreche Ihnen, ich gehe, sobald wir uns unterhalten haben.«

Er zuckte mit den Schultern. »Also gut, aber machen Sie's kurz.«

Vor ihr her schlurfend führte er sie in einen antiseptisch reinen Frühstücksraum. Ein langer Tisch mit Resopalbeschichtung war für eine Person gedeckt. Neben einem Teller mit Sonnenblumendesign samt passender Tasse und Untertasse standen ein leeres Weinglas und diverse bunte Pillenschachteln. Gelbe Rosen verströmten ihren Duft aus einer Glasvase auf der Fensterbank. Rambuteau bedeutete ihr, sich auf die Couch am Fenster zu setzen. Er beugte sich vor und nahm seine dunkle Brille ab. Aus der Küche konnte sie das monotone Ticken einer Uhr hören. Papierstapel lagen auf dem Boden, daneben ein Karton mit Zeitungsausschnitten.

Aimée öffnete ihren nassen Rucksack und holte einen feuchten Notizblock heraus.

Beschämt sagte sie: »Meine Tinte wird auf diesem nassen Papier verlaufen. Könnte ich Sie um etwas Papier bitten?«

Rambuteau zögerte, dann sagte er: »Auf einem dieser Stapel liegt ein Notizblock. Ich war gerade dabei, eine Liste zu machen.«

»*Merci.*« Sie griff nach dem nächstbesten Stapel. Obenauf lag der leere Notizblock. Sie nahm ihn und griff nach einer Mappe, um sie als Schreibunterlage zu benutzen.

Er verdrehte nervös das Gelenk seines Ringfingers. »Stehen die Blancs Nationaux unter Verdacht?« Seine Stimme klang gequält.

Aimée antwortete ruhig: »Ich ermittle in alle Richtungen.«

Er seufzte tief und legte seine Hände auf dem fleckenlosen weißen Tisch ab. Dann wandte er sich Aimée zu. »Meine Frau ist gerade verstorben.« Er zeigte auf ein Foto in einem Silberrahmen, das auf einer Vitrine mit Glastüren stand. »Ich muss nachher zum Père-Lachaise; die Beerdigung ist heute.«

»Das tut mir sehr leid, Monsieur Rambuteau«, sagte sie.

Auf dem Foto war eine Frau mit schmalen Augenbrauen in einer glänzenden Lederhose und einem strassbesetzten Pullover zu sehen. Sie trug das Haar in einem helmartigen Bob, und ihre Augen zeigten einen überraschten Ausdruck, den Aimée einem Facelift zuschrieb.

»Ihre Sachen«, sagte er und zeigte auf die Papierstapel.

»Ich verstehe, dies ist kein guter Zeitpunkt, ich fasse mich kurz«, sagte sie. »Kannte Ihr Sohn Lili Stein?«

»Mein Sohn übertreibt es manchmal ein wenig. Geht es darum?«, fragte er.

»Ich will es mal so formulieren, Monsieur Rambuteau, Ihr Haus ist nicht weit entfernt vom Ladengeschäft des Opfers in der Rue des Rosiers. Kannte Thierry Lili Stein?«

»Ich weiß nicht, ob er sie kannte oder nicht. Aber ich bezweifle es.«

»Wie kommen Sie darauf?«

»Nun ja … sagen wir mal so … für gewöhnlich pflegt mein Sohn keinen … äh … Umgang mit Juden«, antwortete Monsieur Rambuteau.

»Wie weit könnte diese Abneigung reichen?«

Entsetzt wandte Rambuteau seinen Blick ab. »Nein. Niemals. Mag sein, dass er manchmal etwas zu weit geht, aber das ist alles. Außerdem ist es meine Schuld; ich habe ihn ermutigt. Ich meine, am Anfang habe ich mich gefreut, dass er sich für Politik interessierte. Für einen guten Zweck.«

Eindeutig fiel der Apfel nicht weit vom Stamm. Aimée zwang sich, mit ruhiger Stimme zu fragen: »Ein guter Zweck beinhaltet in Ihren Augen eine neonazistische Vereinigung?«

»Das habe ich nicht gesagt.« Er räusperte sich. »Am Anfang sprachen Thierry und ich über ihre Ideologie. Es gibt einige Punkte in deren Programm, die Sinn machen, ob man ihm nun zustimmt oder nicht. Ich befürworte auf keinen Fall Gewalt, aber soweit ich weiß, hatte Thierry in der letzten Zeit nichts mit ihnen zu tun. Er dreht Filme.«

»Monsieur Rambuteau, würden Sie sagen, dass Sie Ihren Sohn in einem politisch konservativen Geist erzogen haben?«, fragte Aimée.

Er zog die Augenbrauen hoch und zuckte dann mit den Schultern. »Lassen Sie uns sagen, wir haben *sucre à la droite* und nicht *à la gauche* serviert.«

Er bezog sich auf weißen und braunen Zucker, eine Metapher für die rechten Konservativen und die linken Sozialisten. Sie wusste, dass viele Haushalte ihre politische Überzeugung durch die Wahl des Zuckers in der Zuckerdose ausdrückten.

»Teilte Ihre Frau diese Ansichten?«, fragte sie.

»Es ist mir nicht unangenehm, zuzugeben, dass wir Maréchal Pétain und seine Vichy-Regierung in höchstem Maße schätzten. Sie haben keinen Krieg erlebt. Sie werden nie verstehen, wie sehr Le Maréchal daran gelegen war, Frankreichs Reputation makellos zu halten«, sagte er.

Aimée beugte sich vor. »Hat Thierry deswegen Geld von einer deutschen rechtsextremistischen Gruppe erhalten – um die Les Blancs Nationaux zu unterstützen?«

Seine Augen verengten sich. »Das können Sie nicht beweisen.«

»Zu beweisen, dass die Blancs Nationaux von DVU-Rassisten finanziert wird, ist nicht besonders schwer. Und das wird sicherlich einige Leute stören, die bei Deutschen immer noch an Nazis und ›*boches*‹ denken.«

Monsieur Rambuteaus Wangen waren rot angelaufen, und er atmete schwer. Er griff nach einem Fläschchen gelber Pillen auf dem Tisch vor sich, schüttelte drei heraus, goss sich ein Glas Wasser ein und schluckte alles herunter. Sein Atem ging in kurzen Stößen.

Schließlich atmete er tief durch und faltete die Hände. »Ich bin ein kranker Mann«, sagte er. »Sie sollten jetzt besser gehen.« Er stand mit erkennbarer Mühe auf und führte sie zur Tür. »Mein Sohn könnte niemandem etwas zuleide tun, glauben Sie mir«, sagte er. In seinen müden kleinen Augen sah Aimée den Schmerz.

»Sie haben mich nicht überzeugt, Monsieur.« Sie zog ihre Baskenmütze zurecht und sah ihn entschlossen an. »Ich komme ein anderes Mal wieder.«

Er schloss die Tür, und Aimée ging im Nieselregen zur Bushaltestelle.

Sie würde mithilfe von René und seinem Computer beweisen, dass Les Blancs Nationaux von Neonazigeldern lebten. Zwanzig Minuten später stieg sie in der Nähe ihrer Wohnung auf der Île Saint-Louis aus dem Bus und trat in das Nachbarschaftscafé an der Ecke. Chez Mathieu war einladend – und viel wärmer als ihre Wohnung.

»*Bonjour*, Aimée«, begrüßte sie ein kleiner stämmiger Mann in einer weißen Schürze, der am Flipper stand. Immer wenn er eine Bande traf, ertönte ein Klingeln.

»*Ça va*, Ludovice? Einen *café crème*, bitte.«

Er nickte. Das Café war leer. »Ich habe Knochen für deinen Jungen.« Er meinte Miles Davis.

»Merci.« Aimée lächelte und wählte einen Tisch an einem beschlagenen Fenster mit Blick auf die Seine. Sie breitete ihre Unterlagen zum Trocknen aus und holte ihren Laptop aus der Tasche. Als sie den Notizblock von Monsieur Rambuteau herauszog, bemerkte sie, dass sie versehentlich die Mappe eingesteckt hatte, die ihr als Unterlage gedient hatte. Sie öffnete die Mappe und sah sich den Inhalt an.

Listen mit persönlichen Habseligkeiten der verstorbenen Nathalie Rambuteau füllten zwei Seiten. Zerlesene Theaterprogrammhefte, darunter ein paar kopierte Blätter, von denen eines mit »Letzter Wille und Testament« beschriftet war. Neugierig untersuchte Aimée die Papiere. Obenauf lag ein Testamentsnachtrag, datiert vor drei Monaten: »Von einer unheilbaren Krankheit betroffen kann ich, Nathalie Rambuteau, nicht mehr mit gutem Gewissen die wahre Herkunft meines Sohnes verheimlichen. Ich möchte das Versprechen nicht brechen, das ich der leiblichen Mutter meines Sohnes gab. Und so wünsche ich, dass mein Sohn Thierry Rambuteau nach meinem Tod die Wahrheit über seine wirkliche Mutter erfährt.«

An die Rückseite war mit krakeliger Handschrift eine Notiz geheftet: *S. S. Brief beim Notariat Maurice Barrault.* Überrascht lehnte sich Aimée zurück. Wer war Thierrys wahre Mutter?

»Ça va?«, fragte Ludovice, als er ihr den *café* auf den Tisch stellte. »Alles klar?«

»Ich bin mir nicht sicher. Hast du eine Zigarette?«

»Ich dachte, du hast aufgehört.« Er rieb seine nassen Hände an der Schürze ab und langte in seine Tasche.

»Hatte ich auch.« Aimée nahm eine Gauloise aus dem Päckchen, und er gab ihr Feuer. Als sie den ersten tiefen Zug tat, traf sie der beißende Rauch hinten im Rachen, dann spürte sie den vertrauten Ruck, als ihre Lungen sich mit dem Nikotin füllten. Sie schloss die Augen und stieß den Rauch aus.

Dann deutete sie auf einen Stuhl. Ludovice setzte sich und machte sich auch eine Zigarette an.

»Ich möchte dich etwas fragen …«, begann sie.

»Und dabei trinken wir was. Ich lad dich ein.« Er griff nach einer Flasche Pernod, zwei Schnapsgläsern und schenkte ein. »Was für eine Frage hast du?«

Das leere Café war ruhig, bis auf die Regentropfen, die aufs Dach prasselten.

»Glaubst du an Geister?«, fragte Aimée. »Ich glaube nämlich, ich fange damit an.«

Aimée verließ das Café, als es aufgehört hatte zu regnen. Müde schleppte sie sich die Treppen zu ihrer Wohnung hoch. Noch bevor sie sich aus ihren feuchten Klamotten geschält hatte, fing ihr Telefon an zu klingeln.

Sie nahm ab. Die Krankenschwester, der sie ein paar Scheine zugesteckt hatte, damit sie sich meldete, wenn sich der Zustand von Soli Hecht änderte, redete schnell.

»Soli Hecht ist vor fünfzehn Minuten aus dem Koma erwacht«, sagte sie.

»Ich bin gleich da.«

Mit einem Schlag war sie wieder hellwach. Sie warf die feuchten Klamotten über einen Stuhl, griff nach einem Pullover und schlüpfte hastig in eine schwarze Hose und ein Paar rote Chucks, wickelte sich ihr Chanel-Halstuch um und warf sich die Jeansjacke über. Dann rannte sie die zwei Stockwerke hinunter nach draußen. Ihre Mobylette holperte und hüpfte über die unebenen Pflastersteine am Quai. Regenfrische Luft mischte sich mit einem schwachen Abwassergeruch, als sie die Seine überquerte. Das Parfum von Paris, hatte Papa immer gesagt. Sie hielt sich an die kleinen Straßen im Marais. Vor dem Hôpital Sainte Catherine rammte sie ihr Moped in eine Reihe zwischen andere Zweiräder und schloss es ab.

Kalter Zigarettenrauch und gedämpftes Bimmeln aus einem Lautsprecher empfingen sie, als sie im fünften Stock des

Krankenhauses aus dem Aufzug stieg. Übervolle Aschenbecher und eine Reihe welker Topfpflanzen zierten den Wartebereich.

Sie lief über den abgetretenen Linoleumboden des Krankenhausflurs zu Zimmer 525. Laute Beeper ertönten, als ein Team von Krankenschwestern und Ärzten an ihr vorbeiflog.

»*Attention!* Aus dem Weg«, schrie ein Sanitäter mit einem Defibrillator.

Sie folgte ihm mit einer düsteren Vorahnung. Ein Arzt kniete über einem Polizisten in blauer Uniform, der bewusstlos auf dem Boden lag.

»Was ist passiert?«, fragte sie mit einem bangen Gefühl.

»Ich bin nicht sicher«, sagte der Arzt und fühlte den Puls des Polizisten.

Sie stürzte ins Zimmer 525. Dort lag Hecht kalkweiß und unbekleidet, nur mit einem losen Laken über den Hüften, an Drähte und Schläuche angeschlossen. Seine Haut glänzte verschwitzt. Auf seinem Unterarm konnte Aimée eine Einstichwunde und einen Blutstropfen erkennen.

Sie rannte wieder hinaus in den Flur. »Dieser Patient hier braucht dringend Hilfe!«

Überrascht nickte der Arzt der Krankenschwester zu und trat in das Krankenzimmer.

Aimée griff nach dem Funkgerät, das an der Hosentasche des Polizisten klemmte, und drückte auf den Sendeknopf. »Benötige Unterstützung; Anschlag auf Soli Hecht im fünften Stock des Sainte Catherine – ein Beamter ist verletzt. Verstanden?«

Sie hörte nur ein Rauschen. Als sie nach der Tasche des Polizisten griff, berührte ihre Hand eine kalte Pistole. Sie fragte sich, warum ein Pariser *flic* eine Beretta 7,65 trug. Die *flics*, die sie kannte, waren jedenfalls nicht so ausgestattet. Die hatten Manurhin-Revolver. Sie ließ die Waffe in ihre Tasche gleiten.

Noch mehr Rauschen, dann eine Stimme: »Verstanden. Verstärkung ist unterwegs. Wer ist dran?«

Aber Aimée stand bereits am Fußende des Bettes, wo Ärzte und Schwestern Soli Hecht bearbeiteten.

»Adrenalin, bei drei«, sagte ein Arzt, der in der Nähe von Solis Brustkorb stand, welcher sich jetzt in Spasmen hob und senkte.

Sie schaute auf die Blutblase am Arm, hörte das schwere Atmen. Solis eingefallene Wangen sogen verzweifelt Luft ein. Ein Moment des Erkennens flackerte in seinem Blick auf.

Der Arzt blickte auf. »Jemand soll den Rabbi holen. Suchen Sie ihn. Ist jemand von der Familie hier?«

Aimée ignorierte das Pochen ihres Herzens und trat vor. »Ich bin seine Nichte. Mein Onkel steht unter ständiger Überwachung, aber jemand muss an ihn rangekommen sein. Ihm wurde etwas gespritzt.«

Der Arzt blickte sie fragend an: »Meinen Sie das hier, am Arm …?« Er griff nach Solis Patientenakte, die am Bett angebracht war. Er überflog sie und schüttelte den Kopf. »Er reagiert kaum noch. Überprüfen Sie die Infusionslösung«, wies er die Schwester an.

»Können Sie denn nichts tun?« Aimée trat an den Kopf des Betts und fühlte sich ein wenig schuldbewusst wegen ihrer Lüge. Soli Hechts Augen fixierten sie, und sie blickte zurück.

»Vitalfunktionen nur noch minimal«, sagte der Arzt.

Aimée beugte sich vor und berührte sanft Solis Arm, der sich feucht und kalt anfühlte. Sie hatte ein ziemlich schlechtes Gewissen, aber sie wusste nicht, wie sie es sonst herausfinden sollte. Leise und beschwörend sagte sie: »Was ist mit diesem Foto, Soli?«

Seine Arme rissen sich von den Schläuchen und schlugen wild umher. Dann griff er nach Aimée.

»Sie wissen es, nicht wahr?« Sie sah ihm direkt in die Augen. »Warum Lili ermordet wurde?«

Seine Fingernägel gruben sich wie Stecknadeln in ihren Arm. Aimée zuckte zusammen, aber er zog sie zu sich herunter und raunte ihr ins Ohr: »Lassen … Sie … ihn … nicht …«

»Wen?«, fragte Aimée, als sein trockener Atem auf ihre Wange traf.

Jemand packte sie an der Schulter. »Der Rabbi ist hier. Lassen Sie Ihren Onkel mit ihm beten.«

Solis Augen verdrehten sich nach oben.

»Soli … bitte …« Die Krankenschwestern versuchten, sie zur Seite zu schieben, um für den Rabbi Platz zu machen.

Sein Kopf zitterte, und er versuchte, Aimée wieder zu sich heranzuziehen, seine Finger gruben sich in ihren Nacken.

»Sag es mir! Sag mir seinen Namen«, beschwor ihn Aimée.

Solis andere Hand krallte sich in das Bettlaken. »Lo…«

»*L'eau*, Soli? Wasser?«, fragte sie.

»Ka…za…«

»Was meinst du?«

Er blinzelte ein paar Mal, dann wurden seine Augen starr. Die Herzfrequenz am Monitor zeigte nur noch eine gerade Linie. Aus Solis Nase sickerte Blut. Sanft löste der Arzt Solis Finger von Aimées Hals.

»Yit-gadal v'yit-kadash sh'mei.« Der Rabbi trat herbei und stimmte das hebräische Totengebet an.

Die Schwester führte Aimée in den Flur, wo sie sich zitternd gegen die Wand lehnte. Sie hatte mit ansehen müssen, wie ihr Vater vor ihren eigenen Augen verendet war. Und nun Soli Hecht.

Ihr Hals fühlte sich wund an. Wund wie ihr Herz. Noch eine Sackgasse. Er hatte sie nur um Wasser gebeten.

Der Rabbi klemmte sein Gebetsbuch unter den Arm und gesellte sich zu ihr in den Flur. Er schaute sie eine Weile lang an. »Sie sind nicht Soli Hechts Nichte. Seine gesamte Familie wurde in Treblinka vergast.«

Aimées Schultern verkrampften sich. Sie blickte den Flur hinunter und fragte sich, warum die Polizeiverstärkung noch nicht eingetroffen war. »Soli Hecht wurde ermordet.«

»Sie haben hoffentlich mehr als Chuzpe, am Bett eines Sterbenden zu stehen und zu lügen, und dann zu behaupten, er wäre umgebracht worden. Das müssen sie genauer erklären.«

Entweder hatte sich die Reaktionszeit der Polizei dramatisch verschlechtert, oder es war kein Polizeifunkgerät, in das sie hineingesprochen hatte. Ihr wurde noch mulmiger.

»Ich erkläre es gern, aber nicht hier«, sagte sie. »Lassen Sie uns den Flur runtergehen, an der Lobby vorbei, in Richtung Fahrstuhl.«

Sie marschierten an dem Notfall-Defibrillator vorbei, der jetzt verwaist im Flur stand.

»Der Temple Emanuel hatte mich angeheuert, im Mordfall Lili Stein zu ermitteln.«

Seine Augen weiteten sich. »Sie meinen, das hier hat etwas mit Lili Steins Tod zu tun?«

Sie nickte. »Haben Sie denn nicht den bewusstlosen Polizisten gesehen, der das Zimmer bewachte? Und die Einstichwunde an Solis Arm, eine Pfuscherei, die zur Größe einen Golfballs angeschwollen war?«

Der Rabbi nickte langsam.

»Jemand hat Soli Hecht vor einen Bus gestoßen«, sagte sie. »Das hat nicht gereicht. Als er also aus dem Koma erwacht ist, haben sie ihn mit einer Spritze erledigt. Leider waren diese Leute schneller hier als ich. Ich weiß noch nicht genau wie, aber ich bin mir sicher, dass das hier mit Lili Stein zu tun hat.«

Aus dem Flur erklangen Stimmen. Einige Polizisten in Zivil liefen den Flur entlang. Warum war keine uniformierte Einheit gekommen? Aimée wurde noch misstrauischer. Sie wandte sich ab, senkte den Kopf und hakte sich bei dem Rabbi unter. »Lassen Sie uns die Treppe nehmen«, sagte sie leise. »Ich möchte nicht gesehen werden. Bitte helfen Sie mir!«

Der Rabbi seufzte. »Ich kann einfach nicht glauben, dass sich jemand so etwas ausdenkt.«

Er schob sie voran. Arm in Arm gingen sie in Richtung der Treppen, und Aimée drückte ihr Gesicht gegen seinen kratzigen grauen langen Bart. Als sie das Rauschen und Knacken der Polizei-Funkgeräte im Flur weiter hinten hörte, vergrub sie ihren Kopf noch tiefer an seiner Schulter.

Als sie um die Ecke bogen, zischte der Rabbi ihr ins Ohr: »Ich helfe Ihnen nur, weil Soli so ein guter Mann war.« Er stellte sich vor den Treppenabsatz und versperrte den Blick, während Aimée die Treppen hinunterrannte. Sie bewegte sich so leise und schnell, wie die alten Stufen es zuließen.

»Entschuldigen Sie, Rabbi. Wo ist die Dame, mit der Sie sich gerade unterhalten hatten?«, fragte eine laute Stimme.

»Oh … die macht sich gerade auf der Damentoilette frisch«, hörte sie ihn antworten.

Am Ende der Treppe folgte Aimée rasch einem verglasten Übergang in den älteren Teil des Krankenhauses. Draußen schloss sie ihr Moped auf und schaute sich um.

Ein paar zivile Polizeiwagen parkten beim Krankenhauseingang, aber sie konnte niemanden sehen. Der scharfe Geruch von Bleiche stieg aus der alten Krankenhauswäscherei auf. Sie betätigte den Kickstarter und fuhr dann die schmale Rue Elzévir entlang, eine baumbestandene Straße, die zu dieser Abendstunde ruhig und friedlich dalag.

Das *Commissariat de Police* gab keine Berettas aus. Professionelle Killer hatten Berettas, so viel wusste sie. Hinter ihr heulte ein Motorrad auf. Aimée drehte sich um und sah eine Gestalt in schwarzem Leder auf einer Moto Guzzi. Als die Maschine näher kam, steuerte sie ihr Moped in Richtung Bürgersteig. Da schoss mit einem Mal ein Wagen aus der gegenüberliegenden Gasse auf sie zu. Aimée sah nur noch die getönte Autoscheibe, bevor ihr Vorderrad einen losen Pflasterstein erwischte und sie in die Luft geschleudert wurde. Für drei Sekunden im freien Fall sah sie alles wie in Zeitlupe und registrierte noch, wie das Motorrad davonraste.

Instinktiv zog sie den Kopf ein und rollte sich ab. Ihre Schulter traf die Windschutzscheibe eines geparkten Wagens. Sie roch verbranntes Gummi, bevor ihr Kopf den Seitenspiegel wie mit einem Hammerschlag zerbrach. Ein stechender Schmerz durchfuhr ihren Schädel. Sie rollte über die Motorhaube auf den Boden.

Geschockt lag sie einen Moment ausgestreckt auf dem Bürgersteig, eingeklemmt zwischen einem erdverkrusteten Reifen und dem Rinnstein. Dann hörte sie, wie der Wagen stoppte und zurücksetzte, ein Motor heulte auf. Ihr war schwindelig, aber sie kroch über schmierige Ölflecken und klemmte sich unter das parkende Auto. Sie holte ihre 9-mm-Glock aus ihrer Jeansjacke und entsicherte sie. Eine Wagentür öffnete sich, dann hörte sie in der Nähe ihres Kopfes Schritte auf dem Bürgersteig.

Sie hielt den Atem an und sah schwarze Stiefel. Sie überlegte, ihm in den Fuß zu schießen, dann hallten laute Polizeisirenen die Straße herunter. Eine Zigarette mit orangem Filter flog vor ihren Augen auf den Bürgersteig und erlosch zischend in einer Pfütze. Sie hörte, wie sich eine Tür öffnete, dann raste der Wagen davon.

Sie sicherte ihre Pistole wieder und kroch langsam unter dem Wagen hervor. Ihr Kopf schmerzte, und ihre Knie zitterten so stark, dass sie über die Rinnsteinkante taumelte und hinfiel. Sie lag einfach dort und hoffte, ihr Herz würde aufhören zu hämmern. Ölflecken bedeckten ihre schwarze Hose, und ihre Hände waren mit braunen Streifen verschmiert, die verdächtig nach Hundescheiße rochen. Sie zog den nassen Zigarettenstummel aus der Pfütze. Nur ein gut bezahlter Auftragskiller konnte es sich leisten, extravagante, importierte Rothmans mit orangenem Filter zu rauchen.

Aimée klopfte an die Milchglastür und behielt den undeutlichen Umriss, der im Flur zu erkennen war, im Blick.

»Ich muss mit Ihnen reden, Monsieur Rambuteau«, rief sie. »Ich werde nicht gehen, bevor ich Sie gesprochen habe.«

Schließlich wurde die Tür einen Spalt geöffnet, und sie starrte in das runde Gesicht von Monsieur Rambuteau.

»*Nom de Dieu!* Was ist denn mit Ihnen passiert …?«

»Wollen Sie auf der Straße über das Testament Ihrer Frau sprechen?«

Sein Gesicht spiegelte Panik und Schmerz. Er zog die Tür weiter auf und schlurfte ergeben in Richtung Frühstücksraum.

Aimées Kopf pochte mit dumpfer Regelmäßigkeit. »Haben Sie vielleicht ein Aspirin da?«

Er zeigte auf ein Döschen auf dem Tisch. Aimée schüttelte zwei Tabletten heraus und spülte sie mit Wasser runter. Dann bediente sie sich selbst am Eisfach und nahm sich ein paar Eiswürfel.

»Danke«, sagte sie. Sie steckte die Eiswürfel in einen Plastikbeutel, drehte ihn zu und presste ihn sich gegen die Beule an ihrem Kopf. Der Schmerz ließ sie zusammenzucken, dann fing sie sich wieder.

»Wer sind Thierrys richtige Eltern?«

Er setzte sich ächzend und blickte besorgt zu ihr hinüber. »War das etwa mein Sohn?«

»Das war nicht meine Frage, aber Ihr Sohn würde sicherlich als Täter infrage kommen.«

»Lassen Sie die Vergangenheit ruhen«, sagte er.

»Dieser Satz fängt an, mich zu langweilen«, entgegnete Aimée. »Ich mag es nicht, wenn Leute versuchen, mich umzubringen, nur weil ich neugierig bin.«

Sie holte die Mappe mit den Kopien hervor und knallte sie auf den weißen Resopaltisch. »Wenn Sie es mir nicht sagen, wird es sicher dieser Anwalt tun, Monsieur Barrault.«

»Sie haben das gestohlen!«, sagte Monsieur Rambuteau vorwurfsvoll.

»Sie haben mir angeboten, Ihren Block zu benutzen, wenn Sie jetzt ins Detail gehen wollen. Die Mappe war nur meine Unterlage.« Sie legte langsam ihre Glock auf einen Sonnenblumenteller und behielt ihr Gegenüber im Auge. Ihr halber Schädel war gefroren von dem Eisbeutel, die andere Hälfte schmerzte dumpf. »Ich will Sie nicht einschüchtern, Monsieur Rambuteau, aber ich dachte mir, Sie wollen vielleicht mal sehen, was die großen Jungs rausholen, wenn sie Informationen benötigen.« Sie sah sein ängstliches Gesicht. »Keine Angst, ich war auf der Schule für höfliche Ermittler. Wir fragen immer erst«, fuhr sie fort.

Seine Hand zitterte, als er nach dem Fläschchen mit den gelben Pillen griff. »Ich werde die Eröffnung dieses Testaments mit einer gerichtlichen Verfügung verhindern. Was immer Sie tun, es wird an der Sache nichts ändern.«

»Ich werde diese Verfügung anfechten mit dem Hinweis, dass daran ein öffentliches Interesse besteht«, gab sie zurück. »Innerhalb von drei Tagen, Monsieur, kann das Testament dann eröffnet werden. Also, was genau verheimlichen Sie?«

»Nathalie war naiv, zu vertrauensvoll.« Er schüttelte den Kopf. »Hören Sie, ich möchte Sie anheuern. Ich bezahle Sie, damit nicht noch mehr Schaden entsteht. Der Krieg ist seit über fünfzig Jahren vorbei, die Menschen haben ein neues Leben begonnen. Einige Geheimnisse sollten besser Geheimnisse bleiben. Das meines Sohnes auf jeden Fall.«

»Bisher sind zwei jüdische Mitbürger im Marais ermordet worden, und ich bin, wie es aussieht, die Nächste auf der Liste«, sagte sie. Was musste passieren, um diesen Mann zu überzeugen? »Sie fangen besser an, mit mir zu reden, denn alles deutet auf Thierry Rambuteau hin. Wer ist er?«

Er blickte sich verstohlen um, als ob jemand sie hören könnte.

»Ich hatte keine Ahnung, dass Nathalie ihr Testament ändern wollte«, sagte er. »Wir waren uns über die Sache mit Thierry nie einig. Vielleicht hatte sie auch getrunken. Warum sollten Fehler, die wir machen, wenn wir jung sind, uns den Rest unseres Lebens begleiten?«

Aimée war sich nicht sicher, was er damit meinte, aber er wirkte mit einem Mal erschöpft und wischte sich über die Augenbrauen.

»Kommen Sie zur Sache, Monsieur.« Ihr Schädel brummte, und sie war mit ihrer Geduld am Ende. »Wer ist Thierry in Wahrheit?«

»Während des Kriegs arbeitete Nathalie als Schauspielerin beim Coliseum, ich als Beleuchter und Kameramann. Wir haben mit Allégret, dem Regisseur, zusammengearbeitet, in derselben Truppe wie Simone Signoret.« Ein melancholisches Lächeln huschte über sein Gesicht. »Nathalie wurde es nie leid, jedem davon zu erzählen. Wie auch immer, man beschuldigte Coliseum, eine kollaborierende Filmproduktion zu sein, die Firma wurde später zu Paricor. Aber wir haben dort nur Filme gedreht, Goebbels hat die Propaganda gemacht. Und wie jeder in Frankreich mussten wir für alles, was wir taten, eine Erlaubnis der Gestapo einholen. Zu der Zeit brauchte man die Genehmigung der Gestapo-Kommandantur, um sich die Fußnägel zu schneiden, verstehen Sie? Ich habe diesen Aufstand wegen der Kollaborateure nie so ganz verstanden. Wir waren doch alle welche, wenn man es so betrachtet.«

Vielleicht stimmte das ja, aber es erinnerte Aimée an den Spruch über die Résistance: Keine fünf von hundert Franzosen waren ihr jemals beigetreten – aber wenn man heutzutage jemanden über sechzig ansprach, hatten sie alle stets ihren Widerstandskämpfer-Mitgliedsausweis dabeigehabt.

Rambuteau machte eine Pause, sein Gesicht wurde traurig. »Jedenfalls, zur Zeit der Befreiung hatte meine Frau eine Totgeburt. Sie konnte es nicht verwinden, aber wissen Sie, so viele Babys kamen während des Kriegs tot zur Welt. Vielleicht lag es an der Unterernährung. Aber Nathalie fühlte sich persönlich schuldig. Alle waren damals völlig aus dem Häuschen. Unsere Retter, die Alliierten, waren endlich gekommen – und meine Frau hätte sich am liebsten umgebracht.«

Er atmete jetzt schwer, und sein Gesicht war gerötet. »Frauen mit rasierten Köpfen wurden durch die Straßen getrieben. Sie hatten mit den Nazis geschlafen.« Er brach ab.

»Monsieur, möchten Sie vielleicht etwas Wasser?« Sie reichte ihm das Fläschchen gelber Pillen über den Tisch.

»Merci«, sagte er und schluckte noch ein paar Pillen mit einem Schluck Wasser herunter.

»Was hat das alles mit Thierry zu tun?«, fragte sie dann.

»Eines Abends klopfte es bei uns an der Tür. Die kleine Sarah, sie war ja selbst noch ein halbes Kind, wirklich, hielt ein Baby in den Armen. Ich kannte ihren Vater, Ruben.«

»Sarah?«, wiederholte sie. Wo hatte sie diesen Namen schon mal gesehen? Dann fiel es ihr wieder ein: Er hatte auf Lilis Liste gestanden, die sie im Wollkorb gefunden hatte, direkt neben dem Namen von Soli Hecht. »Wie hieß Sarah mit Nachnamen?«

Claude Rambuteau schüttelte den Kopf. »Ich kann mich nicht erinnern. Ihr Vater arbeitete vor dem Krieg im Kamerateam, ein Jude, aber ...« Seine Augen wurden feucht, dann sprach er weiter. »Auf jeden Fall war es ein Schock, ich hatte Sarah seit Jahren nicht gesehen. Ihr Kopf war kahl geschoren, und man hatte ihr mit Teer ein Hakenkreuz auf die Stirn gebrannt. Sie weinte und jammerte vor unserer Tür: ›Mein Kind hat Hunger, meine Milch ist versiegt, es wird sterben.‹ Das Baby weinte herzzerreißend. Mir fiel auf ihrem zerrissenen Kleid der dunkle Umriss auf, wo der Stern aufgenäht gewesen war. ›Was ist mit deiner Familie?‹, fragte ich. Sie schüttelte nur den Kopf. Dann sagte sie: ›Die Leute sagen, es ist ein Nazibastard. Keiner gibt mir Milch.‹

Ich habe ihr gesagt, dass ich ihr nicht helfen kann. Man hätte mich sofort verdächtigt, mit den Nazis kollaboriert zu haben. Vor allem, weil ich während des gesamten Kriegs bei Coliseum gearbeitet hatte. Sie schaute meine Frau an und sagte, das Baby würde sterben, es wäre bei ihr nicht sicher und sie wüsste niemand anderen, den sie fragen könnte. Sie sagte, sie wüsste, wir hätten ein Baby bekommen, und ob meine Frau nicht auch ihres stillen könnte? Da habe ich ihr erzählt, dass unser Kind bei der Geburt gestorben war.«

Rambuteau schloss seine Augen. »Sie flehte mich an, auf Händen und Knien. Sie sagte, der Kleine wäre sicher bei uns, weil wir Verbindungen hatten.« Er seufzte. »Damals zogen ganze Horden von Mitgliedern des Widerstands rachsüchtig durch Paris. Ich sage Ihnen, wenn jemand dachte, man hätte kollaboriert, war es fast gefährlicher, auf die Straßen zu gehen, als vorher, als die Deutschen da waren.«

Er atmete ein paar Mal tief durch, dann sprach er energisch weiter, um zum Ende zu kommen. »Plötzlich nahm meine Frau das weinende Baby in ihre Arme. Sie öffnete ihre Bluse, und instinktiv begann das Baby, an ihrer Brust zu saugen. Nathalie hatte noch Muttermilch, und ihr Gesicht strahlte vor Glück. Da wusste ich, dass wir das Baby behalten würden. Eigentlich ist Nathalie seine echte Mutter. Sie gab ihm Nahrung und Leben, das hab ich ihr immer gesagt. Ich habe Sarah nie wiedergesehen.«

Ungläubig fragte Aimée: »Wie konnten Sie das Baby annehmen, so wie Sie über Juden denken?«

»Ich habe Thierry immer als Arier betrachtet, weil er zur Hälfte einer ist.«

»Er ist halb arisch?« Aimée zog die Augenbrauen befremdet hoch und richtete sich auf.

»Das Ergebnis einer Liaison zwischen einer Jüdin und einem deutschen Soldaten. Anscheinend hatte meine Frau irgendein dummes Versprechen gegeben, Thierry seine wahre Herkunft irgendwann zu verraten. Manchmal ist die Trinkerei ihr zum Verhängnis geworden.« Resigniert hob er seine Hand und strich sich sein schütteres, graues Haar hinter die Ohren. Dieser Mann hatte keine Tränen mehr. Aimée erinnerte sich an die Aussage des Schusters. Javel hatte eine blauäugige Jüdin mit einem Baby erwähnt.

»Hatte diese Sarah blaue Augen?«, fragte sie.

Monsieur Rambuteau schaute überrascht auf und runzelte die Stirn. »Ja, ganz blau wie Thierry.« Er zuckte mit den Schultern. »Er ist so vollkommen mein Sohn, als hätte ich ihn selber gezeugt. Er ist alles, was ich noch habe.«

»Sagen Sie ihm die Wahrheit, Monsieur Rambuteau. Seien Sie ehrlich.«

Rambuteau war entsetzt. »Ich weiß nicht, ob ich das kann. Wissen Sie, es würde ihn völlig aus der Bahn werfen.«

»Meinen Sie, er würde gewalttätig reagieren?« Rambuteau schien Angst vor seinem eigenen Sohn zu haben.

Er schüttelte deprimiert den Kopf. »Nein, das nicht. Aber seine wahre Herkunft steht allem entgegen, was ich ihm beigebracht habe. Und jetzt kommt alles wieder zurück und sucht mich heim. Ich habe ihn nie wirklich antisemitisch erzogen. Ich fand einfach nur, die Rassen sollten getrennt bleiben. Und ich hab ihn verwöhnt, ich konnte nie Nein zu ihm sagen. Er ist ein Dickkopf, ich weiß einfach nicht, was ich machen soll.«

Aimée staunte über die Ironie des Schicksals, die Monsieur Rambuteau widerfahren war. Aber die offensichtliche Liebe zu seinem halb jüdischen Sohn rührte sie auch.

Nach einer Minute des Schweigens wurde sein Atem leichter, und er lächelte schwach. »Es tut mir leid, ich bin ein kranker alter Mann. Und ich bin verzweifelt. Die Wahrheit würde ihn umbringen.« Er seufzte. »Mein Sohn ist nicht gerade einfach im Umgang. Wenn er Ihnen einen Haufen Fragen stellt, sagen Sie ihm, alle Geburtsurkunden wurden von den Nazis vernichtet, als sie das Lager Drancy aufgaben. Das ist die Wahrheit.«

»Sie lieben ihn«, sagte sie. »Aber ich kann Ihnen nicht helfen.«

»Die Unterlagen wurden vernichtet, es ist nichts mehr da«, sagte er.

Aimée zog das Polaroidbild mit dem roten Hakenkreuz auf ihrer Bürowand hervor. »Das ist das Werk Ihres Sohnes.«

Er schüttelte den Kopf. »Da liegen Sie falsch.«

»Woher wollen Sie das wissen, Monsieur Rambuteau?« Sie blickte ihn fragend an.

»Weil die Nazis Hakenkreuze so zu meiner Zeit gemalt haben.«

Verblüfft hielt sie inne und studierte das Bild nochmals.

»Er kann den Stil ja auch einfach kopiert haben«, wandte sie ein.

Unbeeindruckt schüttelte er den Kopf. Er schien sich seiner Sache sicher. »Soweit es mich angeht, junge Frau, hat diese Unterhaltung niemals stattgefunden. Ich werde es leugnen. Folgen Sie meinem Rat: Keiner möchte, dass die Vergangenheit ans Licht kommt.«

Mittwochnachmittag

Thierry Rambuteau, Anführer der Blancs Nationaux, ging ungeduldig vor dem steinernen Mausoleum auf und ab. Wo blieb sein Vater? Sie hatten ausgemacht, sich vor der Beerdigung hier zu treffen.

Das war doch lächerlich. Er würde nicht mehr länger warten. Er schritt über die schmalen Wege vorbei an den Grabsteinen auf dem Friedhof Père-Lachaise. Dann wurde ihm klar, dass er sich verlaufen hatte. Jede Biegung schien ihn weiter von seinem Ziel wegzuführen. Ein Senioren-Trio stand, in eine hitzige Unterhaltung vertieft, auf dem Kiesweg. Ihr Atem formte in der eisigen Kälte luftige Wölkchen.

»Hallo, bin ich hier im Westteil?«, fragte Thierry den mit der Schaufel. »Ich suche Reihe E.«

Der alte Mann sah auf und nickte wissend. »Ein neues Grab, oder? Sie sind im Ostteil, junger Mann, ein paar Mal falsch abgebogen.«

Der Alte zog seine Gartenhandschuhe aus, griff in die Westentasche und holte eine leuchtend orangefarbene Karte heraus. Darauf waren die Gesichter von Berühmtheiten zu sehen, die auf dem Père-Lachaise begraben lagen. Wie eine Karte mit den Häusern der Stars, die man in Hollywood kaufen konnte. Nur dass die Stars hier tot in ihren Unterkünften lagen. In diesem Augenblick marschierte eine Gruppe Touristen an ihnen vorbei, sie unterhielten sich auf Holländisch, während sie ihre eigenen Karten studierten.

»Was ist das hier, eine Touristenattraktion?«, fragte Thierry angewidert.

Der Alte hatte sich eine Gauloise angezündet. »Nun, den Toten ist es egal.« Er zuckte mit den Schultern und zeigte auf die Karte. »Wie auch immer, Sie biegen bei Oscar Wilde links ab, gut zu erkennen an dem Engel auf dem Grab. Eine große Attraktion hier, wissen Sie, dann geradeaus bis zu einer Marmorgruft. Wenn Sie bei Balzac rauskommen, sind Sie zu weit. Gehen Sie knapp rechts an Colette vorbei, dann sollten Sie da sein.«

Der alte Mann reichte Thierry die Karte. »Jemand aus Ihrer Familie?«, fragte er.

»Meine Mutter«, sagte Thierry. Er war überrascht gewesen, dass ihr Hang zur Flasche sie nicht umgebracht hatte. Das hatte dann der Krebs übernommen.

»Oh, mein Beileid. Sie müssen eine alte Familiengruft haben; es gibt hier keine neuen Plätze. Aber es wird Ihnen Freude machen, sie hier zu besuchen. Es ist niemals langweilig hier, besonders nicht da drüben, wo Jim Morrison liegt, da gibt's oft nächtelange Partys.«

Thierry machte sich auf den Weg und hielt bei dem Engel, den der Mann ihm auf der Karte gezeigt hatte.

Auf Oscar Wildes Grabstein war sein Name eingraviert, darunter die Jahreszahlen 1854–1900, dann kam die Inschrift: *For his mourners will be outcast men and outcasts always mourn*.

Eine einzelne rote Rose lag zu Füßen des Engels. Das klang trostlos, fand Thierry. Er wusste, wie es sich anfühlte, ein Geächteter zu sein.

Als Thierry die Grabstätte, die für seine Mutter ausgesucht worden war, erreichte, musste er lange warten. Endlich schleppte sein Vater sich auf ihn zu. Monsieur Rambuteau war rot im Gesicht und außer Atem.

»Sogar mit einer Karte ist dieser Platz schwer zu finden«, sagte er, ganz außer Puste. »Aber wenigstens ist deine Mutter hier in guter Gesellschaft.« Er zeigte auf den Grabstein Simone Signorets, der ein paar Meter weiter stand.

»Warum verlangen die hier keinen Eintritt wie beim Eiffelturm?«, fragte Thierry verächtlich.

Fünfzehn Gäste nahmen an der Beerdigung teil. Nathalie Rambuteau, eine bekennende Agnostikerin, hatte sich eine einfache Andacht am Grab gewünscht, nur die Familie und ein paar Freunde. Einige alte Gefährten aus ihrer Zeit beim Theater und beim Film waren gekommen.

Als Thierry und sein Vater sich anschließend vom Grab entfernten, erinnerte sie Monsieur Barrault, der Anwalt, daran, dass er später im Büro Madame Rambuteaus Testament verlesen würde.

Sie kamen an dem verwitterten und verwaisten Grabstein Sarah Bernhardts vorbei, und Thierry schüttelte den Kopf. »Wie konnten sie nur Juden hier reinlassen, ich verstehe das nicht.«

Der Griff seines Vaters um seinen Arm war bei jedem Schritt fester geworden, schließlich klammerte er sich schwer an Thierry, bis es richtig wehtat. Überrascht blickte Thierry in das Gesicht seines Vaters und sah, dass es schmerzlich verzerrt war.

»Papa.« Thierry hatte ihn lange nicht mehr so genannt. »Du siehst krank aus. Warum gehst du nicht nach Hause und ruhst dich aus?«

Monsieur Rambuteau antwortete nicht.

Auf dem Weg zurück in die Wohnung saß Monsieur Rambuteau schweigend in Thierrys Porsche. Schließlich sagte er in einem eigenartigen Tonfall: »Kündige unser gemeinsames Konto, Thierry. Ich wollte dir das schon seit einiger Zeit sagen. Es ist viel sicherer, wenn du die Gelder auf einem anderen Weg bekommst.«

»Warum, Papa?«, fragte Thierry.

»Man kann nie vorsichtig genug sein«, entgegnete Monsieur Rambuteau. Dann veränderte sich seine Stimme. »Erinnerst du dich, wie wir früher die Tauben auf der Place des Vosges mit Brotkrumen gefüttert haben?«

Der sanfte Klang in der Stimme seines Vaters beunruhigte Thierry. »Aber das ist lange her, Papa. Da war ich ein kleiner Junge.«

»Du hast es geliebt. Jeden Abend nach dem Essen hast du mich angebettelt, dass ich wieder mit dir hingehe«, sagte er. »Du sagtest immer, du wärst der glücklichste Junge der Welt, wenn du die Brotkrumen um das Denkmal von Louis XIII. auf seinem Pferd herum verteilen könntest.«

Thierry grinste. »Daran hab ich schon seit Jahren nicht mehr gedacht. Wie kommst du …«

Monsieur Rambuteau hatte sein Gesicht in den Händen vergraben. Seine Schultern bebten.

»Papa, was ist los?« Thierry lehnte sich zu ihm rüber und streichelte den Arm seines Vaters. »Wir werden doch wieder schöne Zeiten zusammen verbringen.« Er dachte, sein Vater litte wieder so wie all die Male, als seine Mutter eine Schweizer Klinik besuchte, um trocken zu werden.

Claude Rambuteau nickte und rieb sich die Augen. »Thierry, du musst nach einem blauen Umschlag neben dem Bild deiner *maman* schauen.«

Thierry sah zweifelnd zu seinem Vater hinüber, der in dem Schalensitz in sich zusammengesackt war.

»Im Frühstücksraum, nicht vergessen!« Monsieur Rambuteau rang nach Luft.

»Mein Sohn«, gurgelte er, als Thierry rechts ranfuhr.

Thierry durchsuchte panisch die Taschen seines Vaters. »Natürlich, mach dir keine Sorgen … Papa!«, rief er dann alarmiert.

Claude Rambuteaus Gesicht verfärbte sich zu einem ungesunden Lila. Seine Knie schlugen spasmisch gegen das Lederarmaturenbrett.

»Wo sind deine Pillen? Deine Pillen?«, schrie Thierry.

Er schrie es noch, als er durch die halb leeren Straßen zur Notaufnahme des Krankenhauses raste. Aber Claude Rambuteau konnte ihn nicht mehr hören

Mittwochnachmittag

Aimée hatte sich umgezogen. Über einer eleganten Stoffhose trug sie jetzt eine weiche Strickjacke aus Kaschmir. Sie wickelte sich den seidenen Hermès-Schal, einen weiteren Schatz, den sie auf dem Flohmarkt gefunden hatte, um den Hals und warf einen prüfenden Blick in den Spiegel. Perfekt. Dann nahm sie noch zwei Aspirin und kippte einen großzügigen Schluck Ricard hinterher. Ihr Kopf fühlte sich lädiert an, aber die Eiswürfel hatten eine größere Beule verhindert. Das dumpfe Pochen war verschwunden, und sollte es wieder auftauchen, würde sie es mit mehr Wermut behandeln. Sie verließ die Wohnung, bog um die Ecke und stieg in den Bus ein, der in Richtung Palais Royal fuhr.

Die Kanzlei des Notars, Maurice Barrault, befand sich im Erdgeschoss eines früheren *hôtel particulier* in der Rue du Temple. Vermutlich bei der Renovierung in den Siebzigern war der Salon mit seinen hohen Decken in Büros unterteilt worden. Ein Großteil des Charmes war dabei verloren gegangen, nicht jedoch der kühle Luftzug, bemerkte Aimée mit Unbehagen.

»Monsieur Barrault ist in einer Besprechung«, informierte sie die Sekretärin kurz angebunden und warf ihr einen geschäftigen Blick über ihre Designer-Drahtgestellbrille zu.

»Ach herrje, was mache ich jetzt nur?«, seufzte Aimée. »Das Testament meiner Tante soll heute verlesen werden. Ausgerechnet heute!«

»Tut mir leid. Möchten Sie einen neuen Termin vereinbaren?« Die Sekretärin schob auf dem Tisch einige Unterlagen zur Seite und holte einen Terminkalender hervor.

Aimée scheitelte ihre glatte, schwarze, schulterlange Perücke mit den Fingern. »Wissen Sie, ich habe in zwei Stunden eine Reservierung auf dem TGV nach Bordeaux.«

Sie entdeckte die gerahmten Babyfotos, die den Schreibtisch der Sekretärin zierten. Franzosen liebten Kinder und überschütteten jedes Kind mit Wärme und Aufmerksamkeit.

»Ich muss nach Hause. Meine einjährige Tochter hat Krupphusten! Der Arzt befürchtet eine mögliche Lungenentzündung als weitere Komplikation.«

Ein besorgter Blick zeigte sich hinter dem Brillengestell der Sekretärin. »Ich verstehe. Wie ist Ihr Name, bitte?«, fragte sie.

»Céline Rambuteau«, erwiderte Aimée. »Nathalie Rambuteau war meine Tante.«

»Ich schau mal, was ich machen kann.« Die Sekretärin klopfte auf den Stuhl neben ihrem Schreibtisch, und in ihrer Stimme lag plötzlich Anteilnahme. *»Calmez-vous.«*

Sie verschwand hinter einer hölzernen Trennwand. Aimée hörte, wie eine Tür geöffnet wurde und sich dann wieder schloss. Sie stand schnell auf und durchblätterte ungefähr fünfzehn Schriftsätze, die in mehreren Stapeln neben den Babyfotos lagen. Nichts. Dann durchsuchte sie, zunehmend genervt, einen weiteren Stapel, der mit »Anstehende Transkriptionen« beschriftet war. Das Testament lag wahrscheinlich direkt auf dem Schreibtisch des Anwalts, und sie würde es nie zu Gesicht bekommen.

In der offen stehenden Schublade der Sekretärin entdeckte sie ein Hängeregister. Im Abschnitt »Ablage Testamentseröffnungen« war einer der Ordner nicht vollständig eingesteckt worden. Aufgeregt warf sie einen Blick hinein. Etwa in der Mitte war eine Mappe mit einem Schild NATHALIE RAMBUTEAU.

Auf dem Schreibtisch klingelte das Telefon. Sie zuckte zusammen. Das rote Lämpchen blinkte. Sie würde keine Zeit haben, Nathalie Rambuteaus Mappe herauszuziehen. Ihre Hände zitterten. Jeden Moment würde die Sekretärin ins Zimmer zurückkommen, um das Gespräch anzunehmen.

Plötzlich hörte das Lämpchen auf zu blinken, das Klingeln stoppte. Aimée holte tief Luft. Rasch zog sie die Mappe heraus, öffnete den Deckel und überflog die Seiten. Sie blätterte zügig und suchte nach irgendetwas über Thierry. Hinter der hölzernen Trennwand hörte sie eine Tür ins Schloss fallen, dann das Klackern von Absätzen. Was für eine Story hatte Rambuteau ihr da aufgetischt? Hatte er die ganze Geschichte nur erfunden, um sie auf eine andere Fährte zu lenken?

An die Rückseite des Testaments geheftet befand sich ein Umschlag, auf dem in krakeliger Handschrift THIERRY RAMBUTEAU stand. Aimée hustete, um das Geräusch zu übertönen, das entstand, als sie den Umschlag abriss und in ihre Tasche stopfte. Gerade als die Sekretärin um die Trennwand kam, ließ Aimée das Testament zurück in den Hängeordner fallen.

»Ich befürchte, es gibt Komplikationen, Madame Rambuteau.« Die Sekretärin sah besorgt aus. »Im Falle des Testaments Ihrer Tante ist ein Nachlassverfahren eröffnet worden.«

»Aber warum?«, fragte Aimée.

»Monsieur Barrault würde gern persönlich mit Ihnen darüber sprechen; leider ist er in der Besprechung. Er wird Sie heute am späteren Nachmittag anrufen.«

»Nachlassverfahren?« Aimée zog die Augenbrauen hoch.

»Es tut mir leid, wenn Ihnen das jetzt etwas unerwartet erscheint …«, begann die Sekretärin.

»Das erscheint mir eher unprofessionell.« Aimée stand auf, richtete ihr Seidentuch und steuerte entschlossen auf das Büro des Anwalts zu. »Ich verlange eine Erklärung.«

Die Sekretärin versperrte ihr den Weg, aber ihr Blick wich Aimées aus. »Monsieur Barrault spricht gerade mit einem Vizepräsidenten der Bank von Frankreich. Sobald er fertig ist, wird er Sie anrufen und alles erklären.«

Aimée war kurz davor, eine Szene zu machen und durch die hohen Eichentüren zu stampfen, zügelte sich aber. Dann dämmerte ihr der Grund, warum ein Nachlassverfahren eröffnet werden sollte.

»Mein Onkel ist tot, nicht wahr?«

Die Augen der Frau zuckten nervös, dann nickte sie. »Es tut mir sehr leid. Monsieur Rambuteau hatte nach der Beerdigung einen Herzinfarkt. Die Testamentseröffnung ist vertagt, bis die Angelegenheiten Ihres Onkels geregelt sind.«

Aimée setzte sich erschüttert wieder hin.

»Es tut mir leid, dass Sie es von mir erfahren mussten.« Die Sekretärin lehnte sich zu Aimée herunter und berührte sanft ihren Arm. Ihre Augen waren voller Mitgefühl. »Es tut mir wirklich leid.« Die Frau hielt Aimées schockierte Reaktion für Trauer.

»Ein Herzinfarkt?« Aimée schüttelte fassungslos den Kopf.

»Direkt nach der Beerdigung, auf dem Weg zurück in die Wohnung. Und Sie haben ihn eben noch auf dem Friedhof gesehen! Das muss ja ein Schock für Sie sein.«

»Und meiner armer Cousin, Thierry … Ich muss sofort zu ihm!« Es war jetzt wichtiger denn je, Thierrys wahre Identität zu klären.

Die Sekretärin warf ihre Hände in die Luft. »Bitte erzählen Sie Monsieur Barrault nicht, dass ich es Ihnen gesagt habe. Das wäre …«

»Keine Sorge.« Aimée nickte ihr beruhigend zu und stand auf. »Es bleibt zwischen uns. Ich werde jetzt meinen Cousin suchen.«

Als Aimée ins Büro trat, bemerkte sie sofort den komischen Ausdruck auf Renés Gesicht. Er vermied es, sie anzusehen, und konzentrierte sich auf seinen Computerbildschirm.

»René, was ist passiert?«

Er nahm einen tiefen Atemzug, neigte seinen großen Kopf und deutete zum Faxgerät.

Miles Davis hüpfte geräuschvoll in ihre Arme, als sie sich herunterbeugte, um ihn hochzunehmen. Er schmiegte sich liebevoll an ihre Wange und leckte sie ab.

Ein langes Fax von Martine war gekommen und hatte sich bis auf den Boden gerollt. Martine hatte oben darauf geschrieben: »Mir ist der Appetit vergangen … lass uns ein anderes Mal essen gehen.«

Von Mikrofiche-Unterlagen vergrößert folgten einseitig beschriebene Flugblätter, auf denen in kruder Schrift »CITOYEN-STAATSBÜRGER« stand. Voller rachsüchtiger Artikel und Vorwürfe gegenüber Kollaborateuren machte ein hungerndes und verwaistes Frankreich seinem Ärger Luft. Jeder Artikel trug den Titel: *J'ACCUSE – Ich klage an!*

Da waren Fotos von Kollaborateuren, die an Straßenlaternen aufgeknüpft worden waren, auf ihre grotesk verdrehten Körper hatte man Hakenkreuze geschmiert. Dorfplätze voller zusammengesackter Leichen, von der Bürgerwehr erschossen, Gruppen von Frauen mit rasierten Schädeln, die von einer aufgebrachten Menschenmenge gesteinigt wurden. Der Rest war ein einziges Grauen. Kein Wunder, dass Martine schlecht geworden war.

Entsetzt starrte Aimée Bilder von Frauen an, die nach der Befreiung wie Schafe zusammengepfercht auf der Pariser Straße vor einem Bürgertribunal standen. Genau wie Claude Rambuteau es gesagt hatte. Die Bildunterschrift unter einem Foto lautete:

> Nicht nur haben französische Huren von deutschen Soldaten Lebensmittel angenommen, während ihre Nachbarn verhungerten, diese Jüdinnen schliefen sogar mit den Nazis, während ihre Familien auf Gestapobefehl vergast wurden!

In der zerlumpten Gruppe von Frauen mit rasierten Köpfen hielt eine ein Baby auf dem Arm. Sie sah noch sehr jung aus, ihr Blick war versteinert, ihr Kopf aufrecht. Aimée zog eine Lupe aus ihrer Schublade, um die Details deutlicher zu erkennen.

Die nächste Szene, die der Fotograf eingefangen hatte, bewahrte die grausame Wahrheit für alle Ewigkeit. Ein Hakenkreuz war in ihre Stirn gebrannt worden. Die junge Mutter war vor Schmerz auf den Boden gesunken, hielt aber immer noch ihr Baby fest, um es vor der Menge zu schützen. Konnte dies Thierry sein, in den Armen der jungen Mutter? War das die Jüdin, die mit einem Nazi geschlafen hatte?

Zwischen den Schaulustigen entdeckte sie ein junges Mädchen mit gönnerhaftem Blick. Um ihren Hals hing eine goldene Kette mit merkwürdigen Symbolen. Aimée schaute wieder durch die Lupe und erinnerte sich an die außergewöhnlichen Symbole, die sie bereits in den Würgemalen bemerkt hatte. Sie erkannte das Gesicht: In der Menge stand die junge Lili Stein.

»Mir gefällt deine Theorie«, sagte René. Seine Finger flitzten über die Tastatur. »Les Blancs Nationaux fungiert sozusagen als Frontorganisation und finanziert neonazistische Anschläge mit DVU-Geldern, die vom gemeinsamen Rambuteau-Konto stammen.«

»Das macht Sinn«, bestätigte Aimée. »Die deutschen Zuwendungen bieten die perfekte Tarnung für eine Endlösung, an die Thierry ernsthaft glaubt. Das müssen wir jetzt nur noch beweisen.«

René hatte schon damit begonnen, von seinem Rechner aus Rambuteaus Konto zu überprüfen. »Es würde jedenfalls passen, dass Thierry Soli Hecht ermordet, weil dieser ihm als Nazijäger in die Quere kommt, und mit Lili Stein hat er vielleicht irgend so ein Initiationsritual ins Leben gerufen«, überlegte er.

Aimée öffnete das Fenster zur Rue du Louvre. Die kühle Novemberluft konnte nicht den Geruch der vier Farbschichten vertreiben, die nötig gewesen waren, um das rote Hakenkreuz zu übermalen. Oder bildete sie sich das nur ein? Immer noch meinte sie, diese eigenartig abgerundeten Ecken vor sich zu sehen.

»Schau dir das mal an«, sagte sie und reichte René den blauen Umschlag. »Ich habe den Brief aus Nathalie Rambuteaus Testament geklaut. Es ist die Bestätigung seiner echten Mutter.«

»Seiner echten Mutter?«, wiederholte René erstaunt. Er drückte die Speichertaste und wandte sich ihr zu. »Wer ist sie?«

»Ein Frau namens Sarah. Die Ironie dabei ist – sie war Jüdin und deshalb ist er selbst Halbjude«, sagte sie. »Aber das soll Hitler ja auch gewesen sein.«

Sie würde die Wahrheit über die Morde schon aus Thierry herausbekommen. Nicht nur würde sie ihm die belastenden Kontoauszüge zeigen, sie würde ihn auch mit dem Inhalt des Umschlags konfrontieren.

»Wer ist dann sein Vater?«, fragte René, nachdem er den Brief gelesen hatte. »Hast du vielleicht schon eine Idee dazu?«

»Wahrscheinlich ein SiPo-Offizier, der Juden aus dem Marais deportiert hat«, sagte sie. »Aber es gibt nur einen Weg, die ganze Wahrheit herauszufinden. Und Thierry wird mir dabei helfen.«

Mittwochabend

Aimée legte ihre Finger um den Griff ihrer 9-mm-Glock, die sie in der Manteltasche verborgen hielt. Der Griff fühlte sich kalt an, trotz der Handschuhe. Mit der anderen Hand klopfte sie energisch an die Tür. Ein bleicher Thierry Rambuteau öffnete. Er starrte sie an. Der Schimmer eines Wiedererkennens huschte über sein Gesicht.

»Du! Was willst du hier?«, fragte er.

»Wir müssen reden«, sagte sie.

»Wer bist du eigentlich wirklich?«, stieß er unwirsch hervor, doch die Antwort schien ihn nicht ernsthaft zu interessieren, denn er machte Anstalten, ihr die Tür vor der Nase zuzuknallen.

Geistesgegenwärtig stellte Aimée ihren Stiefel dazwischen und umfasste die Waffe in ihrer Manteltasche. »Ich habe etwas, was du sehen solltest.«

Er schüttelte den Kopf.

»Und ich werde nicht gehen.«

Er machte unwillig Platz. »Wenn du darauf bestehst.«

Sie ging den Flur entlang. Der Frühstücksraum, der zuvor so freundlich und aufgeräumt gewesen war, wirkte jetzt schmierig und düster. Papiere lagen über das Sofa verstreut. Nathalie Rambuteaus gerahmtes Foto starrte sie vom Kaminsims aus an.

»Jetzt erkläre mir mal bitte, warum du versucht hast, mich umzubringen«, forderte Aimée mit ruhiger Stimme Thierry auf, den Finger auf dem Abzug in ihrer Tasche.

»Ich? Ich hab nie versucht, dich umzubringen«, sagte er. Mit wilden Blicken schaute er im Zimmer umher, unter seinen Augen lagen tiefe Schatten. Schroff schüttelte er den Kopf und fuhr sich mit den Händen über die Bartstoppeln.

»Wer dann?«, sagte sie, ließ aber den Griff noch nicht los.

»Ich dachte, du wärst so 'n verdammter *flic*, aber ich bin hier nicht der Messerstecher. Leif ist krasser drauf. Ich hab versucht, ihn aufzuhalten, aber dann bist du sowieso entkommen.«

»Leif – ist das der Typ mit den Lederhosen? Der hat mich verfolgt?«, fragte sie.

»Leif hatte recht, was dich angeht.« Er stand auf, murmelte etwas vor sich hin und tigerte mit abwesender Miene hin und her.

»Das sind alles Amateure! Ich muss härter arbeiten, damit sie es verstehen.« Er ignorierte sie und schob alte Zeitungsausschnitte zusammen. Seine blauen Augen wurden wie Stahl.

»Meine Verpflichtung, mein ganzes Engagement gelten der weißen Rasse. Ich arbeite aus tiefster Überzeugung für Les Blancs Nationaux und habe mich dieser Sache verschrieben. Wer sonst wird die Welt rein halten, wenn nicht wir?«

Sie war entsetzt. »Und was ist mit Lili Stein? Habt ihr die etwa auch ermordet, um die Welt rein zu halten?«, fragte sie dann. »Hast du die Morde an Lili Stein und Soli Hecht geplant und sie dann von deinen Leuten ausführen lassen? Raus mit der Wahrheit.«

»Die Wahrheit?!« Er lachte. »Mein Vater hat mich gewarnt. Du suchst nach demjenigen, der sich die alte Frau vorgenommen hat, was? Ihr das Hakenkreuz verpasst hat. Das sieht vielleicht nach uns aus. Aber Mord ist nicht unser Stil.«

»Warum sollte ich dir das glauben?«, entgegnete Aimée. »Du hast ein Motiv. Und kein wirkliches Alibi.«

»Ein Motiv? Die *flics* haben mich doch schon verhört«, unterbrach er sie irritiert. »Ich war in Instanbul, bin nach Antwerpen geflogen, hab die Videos abgeholt und bin dann mit dem Auto zurück nach Paris. Ich hab einen Stempel im Pass.«

Sie hatte die Buchung auf der Kreditkarte an der Autobahn A2 aus Belgien am Tag von Lilis Mord gesehen. »Zeig ihn mir.«

»Die *flics* haben den verdammten Pass behalten. Geh die doch fragen. Wenn etwas Brisantes passiert, werden sie versuchen, es mir in die Schuhe zu schieben, so ist das.« Thierrys Augen glänzten feindselig.

»Vielleicht gehört es ja zum Initiationsritual, dass neue Mitglieder in eurem Verein erst einmal jemanden umbringen müssen«, sagte sie scharf. »Um zu beweisen, dass sie es ernst meinen!«

Thierry schüttelte den Kopf. Er sah sie einen Moment verwundert an. »Aber die Überlegenheit der arischen Rasse ist echt«, sagte er. »Um das zu beweisen, muss niemand töten.«

Es war zu ärgerlich, aber sie hatte das dumpfe Gefühl, dass er die Wahrheit sagte. Wenn dem so war, fiel ihre schöne Theorie, in der Thierry für die Morde verantwortlich war, natürlich in sich zusammen. Aber sie hatte noch einen Schuss.

Thierry hatte gerade seine Eltern verloren. Sie würde ihn mit dem konfrontieren, was sie über seine Herkunft herausgefunden hatte, würde ihn an seine Grenzen bringen, ihn zwingen, ihr die Wahrheit zu sagen, die ihre Theorie dann entweder bestätigte oder widerlegte. Sie stand vor Nathalie Rambuteaus Foto. »Es gibt etwas, das du wissen solltest …«, begann sie zögerlich. »Und ich fürchte, es wird nicht einfach …«

»Was? Mir zu sagen, dass ich adoptiert wurde?«, fragte er spöttisch.

Überrascht starrte sie ihn an. Woher wusste er das?

»Mein Vater hat mir schon gesagt, dass du hier auftauchen würdest«, sagte er. »Mir einen Haufen Lügen erzählen würdest. Und jetzt verpiss dich. Spiel woanders Detektivin. Ich kenne die Wahrheit!«

Claude Rambuteau hatte Thierry gut vorbereitet. Er hatte alles getan, um sie als Lügnerin dastehen zu lassen. Er hatte es ihr ja quasi versprochen.

»Mein Vater ist in meinen Armen gestorben«, sagte Thierry. Seine Stimme brach. »Lass mich in Ruhe. Ich habe niemanden umgebracht!«

»Du solltest das hier besser lesen«, sagte sie. Sie packte den Griff ihrer Pistole fester und zog mit der anderen Hand den Umschlag mit der krakeligen Schrift heraus. »Das hier ist für dich. Dein Vater hat versucht, die Testamentseröffnung zu verhindern, aber durch seinen Tod ist alles in ein Nachlassverfahren übergegangen.«

Thierry wirkte verunsichert.

»Ich habe mich in der Anwaltskanzlei ein wenig bedient.« Sie öffnete den Umschlag und zog den Brief heraus. »Ich glaube, deine richtige Mutter ist noch am Leben, Thierry.«

»Er hat mir gesagt, du würdest es versuchen …«, stammelte Thierry.

»Und du bist ein Jude.«

Thierry hielt inne. »Was redest du da?«

»Jedenfalls nach der jüdischen Religionstradition«, fuhr Aimée fort, »weil du das Kind einer Jüdin bist. Das Judentum folgt der mütterlichen Abstammungslinie. Aber du bist auch Deutscher, weil dein Vater ein Soldat der Besatzungszeit war. Vermutlich bei der SiPo, die im Namen der Gestapo die Feinde des Reichs verfolgte.«

Er schüttelte den Kopf. »Warum tust du das?«

»Hier, lies selbst«, sagte sie.

Zweifel flackerten in seinem Blick auf.

»Nathalie wollte, dass du von deinen richtigen Eltern erfährst, Thierry«, sagte Aimée. »Das hat sie damals versprochen, und ihre Seele hat am Ende keine Ruhe gefunden. Insgeheim hat es sie verletzt zu sehen, wie du die Juden hasst. Besonders …«

Thierry riss ihr den Brief aus den Händen. Er trat ans Fenster und las. Es schien eine Ewigkeit zu dauern, in der nur das monotone Ticken der Küchenuhr zu hören war.

»Wie kann das die Wahrheit sein?« Sein verwundeter Blick traf Aimée. Er setzte sich und las den Brief noch einmal. »All diese Jahre? Lügen, ein Haufen Lügen! Hat sie deswegen getrunken?«

»Das kann ich dir nicht sagen«, sagte sie und hielt seinem verstörten Blick stand. »Aber vielleicht kannst du mir sagen, was das alles mit Lili Stein zu tun hat?«

»Woher soll ich das wissen?« Thierrys Stimme wurde leiser. »Nichts ergibt einen Sinn. Es fühlt sich an, als wäre ich im Meer von einer Riesenwelle erwischt worden. Mir ist der Boden unter den Füßen weggerissen worden, und ich weiß nicht, in welche Richtung ich zum Luftholen auftauchen soll.« Er starrte eine Zeit lang vor sich hin. Dann fragte er schlicht: »Warum haben sie mir nie gesagt, dass ich nicht ihr Kind bin?«

Er wirkte am Boden zerstört. Er tat ihr irgendwie leid, trotzdem fragte sie noch einmal.

»Hast du Lili Stein umgebracht? Um ein Exempel zu statuieren?« Sie beobachtete ihn aufmerksam.

Er schüttelte seinen Kopf. »Aus dem Flugzeug heraus? Ich hab doch schon gesagt, ich saß im Flieger und …«

»Wer war es dann?«, fragte sie.

»Jemand versucht, mir das in die Schuhe zu schieben«, entgegnete er. Er begann, in einigen Unterlagen zu wühlen, die vor dem Fenster lagen.

»Was suchst du, Thierry?«

»Etwas, das mir verrät, wer ich wirklich bin.« Thierry hob Papiere auf und hielt sie Aimée entgegen. »Alles, was das beweist, ist …« Aber er konnte es nicht über die Lippen bringen.

»… dass deine Mutter Jüdin war und dein Vater ein Nazi?«, beendete sie für ihn den Satz.

»Was bedeutet das?«, fragte Thierry mit einem merkwürdigen Blick. Er zog Nathalie Rambuteaus Foto aus dem silbernen Rahmen und hob einen Zettel auf. »Soll das mein jüdischer Nachname sein?« Er warf das Papier in Aimées Richtung.

Sie hob es auf. *Sarah Tovah Strauss, née 12 avril, 1928*, stand auf dem verblichenen Stückchen Papier.

»Ist das nicht unglaublich?«, sagte er dann. »Trotz meiner Arbeit bei den Blancs Nationaux habe ich mich nie so richtig als Nazi gefühlt.« Er lachte auf.

Dann schleuderte er das Foto mitsamt dem Rahmen zu Boden. Nathalie Rambuteau starrte unter den Glassplittern hervor an die Decke.

»Vielleicht, weil ich ein Halbjude bin«, sagte er.

Sie hasste es, zu den *Archives de France* gehen, aber wenn es irgendeine amtliche Erwähnung von Sarah Tovah Strauss gab – wenn man mal vom Centre de Documentation Juive Contemporaine absah, wo nichts vermerkt war –, dann war dies der einzige Ort, wo sie etwas finden konnte. Der alte Palast, arktisch kalt und voller staubiger Ecken, hatte am Mittwochabend lange auf. Napoleons Aufzeichnungen, Dokumente aus dem Zweiten Weltkrieg sowie der Großteil der Geschichte Frankreichs belegten große Teile der angrenzenden Villen, Hôtel de Soubise und Hôtel de Rohan. Ihr Berechtigungsausweis der Stufe zwei erlaubte ihr jederzeit den Zutritt.

Aimée folgte einem Angestellten mit gezwirbeltem Schnurrbart, der nach Kaninchen-Casserole mit Knoblauch roch. Sie kamen in eine verglaste Halle, in der große Lesetische aus Holz standen.

»Die Unterlagen sind ziemlich schwer. Benutzen Sie besser einen Wagen.« Er zeigte auf eine Hightech-Konstruktion aus Metall, die aussah wie ein italienischer Sportwagen.

An der Seite des mit Parkettboden ausgelegten Bereichs, der durch unzählige Oberlichter sehr offen und hell war, standen endlose Reihen von in Leder und Leinen gebundenen Bänden.

Sie trat an den kleinen Ausleihtresen. »*Bonjour*, ich suche Unterlagen aus den Archiven des Hauptkommissariats zwischen 1939 und 1945, es geht um eine jüdische Frau.«

»Haben Sie einen bestimmten Namen?«, fragte die Bibliothekarin. »Wir haben Tausende von Dokumenten.«

»Strauss, Sarah Tovah«, sagte Aimée.

Die Bibliothekarin tippte etwas in den Computer ein. »Lebt sie noch, oder ist sie verstorben?«

»Tja«, sagte Aimée zögernd. »Deshalb bin ich eigentlich hier.«

»Ich frage nur, weil einige Besucher es manchmal wissen.« Die Bibliothekarin lächelte verständnisvoll. »Suchen Sie in der Abteilung AN-AJ 38. Die Verstorbenen-Rubrik ist links, ungerade nummeriert. Gang 33, Reihe W, hat Bände mit den Namen, die mit S beginnen. Unbekannte oder nicht als verstorben gemeldete Mitbürger befinden sich auf der rechten Seite.« Sie wies auf einen deutlich kleineren Bereich. »Rufen Sie mich, wenn Sie Hilfe benötigen. Viel Glück.«

Am Anfang der Regalreihen wurde auf einem Schild darauf hingewiesen, dass die blauen Aufkleber Dokumente aus der deutschen Besatzungszeit kennzeichneten, orange Aufkleber befanden sich auf den Dokumenten der alliierten Streitkräfte, und die mit den grünen Aufklebern waren französischen Bürgern zugeordnet. Die meisten Regale beinhalteten Material mit blauen Stickern. Aimée wusste, dass die Deutschen in dem Ruf standen, dokumentationswütig zu sein, aber das hier stellte wirklich alles in den Schatten. Sie hob einen blauen Band, der mit einer Schnur zusammengehalten wurde, und las die Bestandsaufnahme einer Uhrenfabrik in der Rue Cloche-Perce Nummer 34, die offenbar einem Yad Stolnitz gehört hatte. Sein Name war mit rotem Stift durchgestrichen worden. Aimée ging oft durch die enge, mittelalterliche Rue Cloche-Perce, die in die belebte Rue Saint-Antoine mit ihren Boutiquen und Sushi-Restaurants mündete. Vor langer Zeit hatten dort kleine jüdische Bäckereien und Falafelstände floriert.

Sie kletterte eine schmale Bibliotheksleiter hinauf und fand den Bereich für jüdische Angelegenheiten. Von 11 bis 112 reichten die Unterlagen des SD – des Sicherheitsdienstes, dem Geheimdienst der SS. Aimée ließ den Blick über die Reihen schweifen. Unter dem Buchstaben »S« nahm schon das »St-« sechzehn Bände ein. Sie belud ihren Hightech-Wagen vorsichtig mit den verblichenen Dokumenten und schob ihn zu einem Lesetisch.

Beklommen blätterte Aimée von Seite zu Seite, die voll waren mit Pariser Juden, die es nicht mehr gab. Straus, Strausz, Strauz las sie und ging Zeile für Zeile die Namen durch. Jede Variante von Strauss war mit einer roten Linie durchgestrichen worden. Sie fand eine Sara Strausman, aber keine Sarah Tovah Strauss. Nach zwei Stunden begannen ihre Augen zu schmerzen, und sie fühlte sich irgendwie schuldig. Schuldig, einer Rasse anzugehören, die ganze Generationen von Menschen in Asche verwandelt oder in Kalkgruben-Massengräbern hatte verrotten lassen.

Konvoi-Listen beherrschten den Großteil des Bereichs für die Unbekannten. Juden, die in den Todeslagern angekommen waren, wurden abgehakt, aber es gab keine weiteren Informationen. Auch hier war keine Sarah Tovah Strauss aufgeführt.

Wieder im Bereich für Verstorbene bemerkte Aimée, dass die Deutschen die Deportierten auch mit den Pariser Arrondissements abgeglichen hatten. So konnten sie bestimmte Viertel der Stadt als *judenfrei* deklarieren. Bestimmt war das eine Idee dieses Gestapo-Arschkriechers, dessen Memo an Eichmann sie gefunden hatte. Der Typ, der besorgt war, dass er die Juden nicht schnell genug in die Öfen bekam. Sie fragte sich, wie Menschen sich gegenseitig so etwas antun konnten.

Nun gut, sie würde mit dem 4. Arrondissement anfangen, dem Marais, wo die meisten Juden gelebt hatten. Die jüdischen Namen waren den Straßen, Gassen und Boulevards zugeordnet. Vierzig Minuten später hatte sie einen Haushalt in der Rue Payenne Nr. 86 gefunden, der einen Querverweis zu einem Strauss, Ruben hatte, und darunter stand:

Strauss, Sarah T. 12-4-28 Paris Drancy J/A Camp, Konvoi 10

Der Name war mit Rot durchgestrichen, wie allen anderen auf der Seite. Die Familie Strauss war bei der Winterrazzia über das Vel d'Hiver ins Lager verfrachtet worden. Sarah T. Strauss war offenbar im Durchgangslager Drancy gewesen und dann auf dem Konvoi Nummer 10 nach Auschwitz gelistet worden. Doch wie konnte diese Sarah Strauss dann Thierrys Mutter sein?

Aimée fiel auf, wie intensiv leuchtend der rote Strich durch Sarahs Namen im Vergleich zu den anderen erschien. Merkwürdigerweise waren alle anderen roten Striche heller. Und es sah fast so aus, als wäre das A erst nachträglich neben die Spalte mit der nichtarischen Klassifizierung, dem dicken schwarzen J für Jude, gequetscht worden. Aber all das passte nicht zu dem, was sie bisher herausgefunden hatte.

Claude Rambuteau hatte den Säugling Thierry von einer *lebenden* Sarah bekommen. Wieder fiel ihr Javels Kommentar ein. Er hatte eine blauäugige Jüdin erwähnt, die einen *Boche*-Bastard zur Welt gebracht hatte.

Als Aimée wieder am Ausleihtresen vorbeiging und sich den Staub von den Händen wischte, teilte ihr die Bibliothekarin mit, dass es üblich wäre, die Mitarbeiter das Material wieder einzusortieren zu lassen. »Haben Sie gefunden, was Sie gesucht haben?«, fragte sie.

»Ja, aber es hat noch mehr Fragen aufgeworfen«, antwortete Aimée.

»Viele Leute, die herkommen, sagen das. Versuchen Sie es sonst mal in der National Library in Washington, oder in der Wiener Library in London. Das sind die wichtigsten Quellen, abgesehen von der Gedenkstätte Yad Vashem in Jerusalem.«

Aimée bedankte sich und ging die breite Marmortreppe hinunter. Sie fühlte sich schmutzig, nachdem sie all diese Seiten angefasst hatte, und ihre Finger rochen nach dem eigenartigen, modrigen Geruch, der an den Totenkatalogen haftete. Zu Hause sank sie auf dem Sofa zusammen und dachte über die Ereignisse des Tages nach. Dann ging sie unter die Dusche und ließ den heißen Wasserstrahl über sich laufen, bis das Wasser irgendwann kalt wurde. Aber sie konnte weder den Geruch loswerden noch die roten Striche aus ihrem Gedächtnis löschen.

DONNERSTAG

Donnerstagmorgen

»Ich habe nach dem Einbruch alle Schlösser auswechseln lassen«, sagte René. »Hier sind dein neuer Zugangscode und die Schlüssel zum Safe.«

»HOPALONG?« Sie lachte und gab ihren neuen Zugangscode ein. »Wie bist du denn da wieder drauf gekommen, René?«

»Ich habe meine verdrehte Kindheit damit verbracht, billige Western zu lesen.« Er zwinkerte. »Ich bin übrigens CASSIDY.«

»Was für ein Dichter du doch bist!« Sie grinste, dann runzelte sie die Stirn. »Diesen Luminol-Fingerabdruck zu finden wird komplizierter, als ich dachte. Die Datenbank für Fingerabdrücke ist zentralisiert worden. Es geht alles über FOMEX aus Neuilly.«

»Versuch es mal mit dem LanguedocZZ-Interface über Helsinki«, schlug René vor. »Das Hauptmenü ist ursprünglich von denen.«

»Gute Idee, Cassidy«, sagte sie.

Zwanzig Minuten später hatte sie Zugriff auf FOMEX, die Datenbank der Polizeipräfektur jeder Stadt in Frankreich, die groß genug für eine eigene Präfektur war. Im Hauptkatalog lautete die einzig passende Überschrift FINGERABDRUCK, BLUTIG, darunter gab es drei Kategorien: *ungeklärt*, *lebend*, *verstorben* – und Tausende von Daten in jeder davon. Der Abdruck konnte in alle drei fallen. Sie rief Morbier an.

»Wo ist der blutige Fingerabdruck jetzt?«, fragte sie.

»Bei den Experten«, sagte er.

Sie hörte das unvermeidliche Ratschen eines Streichholzes. Sie wusste, dass die Videoaufnahme des Fingerabdrucks sofort gescannt und umgehend in einer Computerdatenbank katalogisiert worden war.

»Im Ernst, Morbier. In welcher Kategorie ist der verdammte Fingerabdruck gelandet?«

»*Unklar* und *Interpol*. Was geht dich das an?«

Sie gab ein: *unklar*, dann *Paris*, dann *4. Arrondissement/Rue des Rosiers Nr. 64*. Auf ihrem Bildschirm tauchte ein riesiger Zeigefingerabdruck auf. Sie hätte fast gejubelt.

»Ach … ich möchte nur zu den achtundzwanzig Prozent der informierten Öffentlichkeit gehören«, sagte sie. Sie hätte zu gerne seinen Gesichtsausdruck gesehen, wenn er gewusst hätte, was gerade ihren Bildschirm füllte.

»Die Oberindianer haben wieder gesprochen. Sieht so aus, als wenn sie neuerdings jeden Fall, mit dem ich zu tun habe, an sich reißen«, knurrte er.

»Was nur heißen kann, dass sie deine Visage nicht in den Abendnachrichten sehen wollen?«

»Was nur heißen kann, dass der Gebrauch von Luminol unter die strengen Auflagen des Verteidigungsministeriums fällt«, antwortete er. »Die ich nicht beachtet habe. Also hat man mich von dem Fall entbunden.«

»Das ergibt keinen Sinn«, sagte Aimée.

»Leduc, nur ein gut gemeinter Ratschlag. Lass die Geschichte auf sich beruhen.«

»Nur die großen Jungs dürfen also mitspielen und sich ihre eigenen Regeln ausdenken? Ist es das, was du mir sagen willst, Morbier?«, fragte Aimée.

»Sie sind schon längst dabei, Aimée«, entgegnete er. »Sei wenigstens vorsichtig.«

Der Fingerabdruck war bislang weder klassifiziert noch typisiert worden, aber Aimée konnte an den Wirbeln bereits erkennen, dass diese Gemeinsamkeiten mit einem Drittel der Bevölkerung aufwiesen. Ein wirklich schöner, klarer Abdruck. Die Wirbel über dem Hügel in der Abdruckmitte waren einzigartig, so wie die jeder Person. Aber sie konnte mit der Klassifizierung anfangen und damit schon mal zwei Drittel der Millionen von erfassten Abdrücken ausschließen. Auf Renés Rechner ging sie in FOMEX rein und lud sich die Fingerabdrücke von Nazis der Nürnberger Prozesse herunter. Damit hatte sie für den Anfang eine Basis. Auf dem anderen Rechner, der an Minitel angeschlossen war, lud sie das *R.F. SS Sicherheitsdienst Memorandum* herunter, auf das sie bei der Yad-Vashem-Gedenkstätte in Jerusalem zugegriffen hatte.

Aber das Ganze führte in eine Sackgasse. Sie überprüfte andere Memoranden. Nichts. Die Nürnberger Prozesse enthielten nur die Fingerabdrücke derer, die schon als Kriegsverbrecher verurteilt worden waren, und die *R.F. SS*-Daten gaben auch keine klare Antwort.

Ohne Anhaltspunkt, wo sie weitermachen sollte, vergrub sie sich in die klassifizierten Dokumente der BRD. Nach weiteren vierzig Minuten Recherche verschaffte sie sich Zugriff auf die Datenbank des Dritten Reiches. Viele der Dokumente waren gescannte, verkohlte Überreste von Unterlagen aus dem brennenden Reichstagskeller, als Berlin fiel. Landesweite Listen der Mitglieder der Hitlerjugend und des Bunds Deutscher Mädel waren zusammen mit Sturmabteilungen katalogisiert, es gab Fingerabdrücke von Gestapomitarbeitern, und sogar deutschen Frauen, die das goldene Ehrenkreuz für Mütter verliehen bekommen hatten, weil sie mehr als vier Kinder zur Welt gebracht hatten, waren namentlich aufgeführt.

Sie ging die Gestapodaten durch und suchte nach Nachnamen. Nichts passte. Dann suchte sie nach Regionen, den drei Hauptquartieren in München, Hannover und Berlin. Ein »Volpe, Reiner«, Alter acht Jahre, tauchte auf, aber das war auch schon das Interessanteste. Daraufhin suchte sie nach Jahren. Sie fing 1933 an, das erste Jahr mit Daten einer etablierten Gestapo. Nach anderthalb Stunden hatte sie die Fingerabdrücke des SS-Standartenführers und seiner Untergebenen in Paris gefunden: Rausch, Oblath und Volpe. Sie druckte sie aus, fasziniert davon, dass nach all der Zeit noch so deutliche Abdrücke existierten.

Nachdem sie die Luminol-Fingerabdrücke aus den FRAPOL-1-Daten aufgerufen hatte, blickte sie durch eine Lupe auf die beiden Bildschirme voller Wirbel und Windungen. Sie schob die Scans übereinander, zählte bis zehn und drückte dann auf die ABGLEICHS-Taste. Es folgten ein leises Surren und dann eine Reihe kurzer Klickgeräusche. ANFRAGE ERHALTEN erschien auf dem Bildschirm, dann ein blinkendes Signal, das auf einen Auftragsüberhang hinwies. Jetzt konnte sie nur abwarten, ob eine Übereinstimmung gefunden wurde oder nicht.

Als das Blinken auf Renés Rechner endete und die Nachricht »Keine Übereinstimmung« erschien, war Aimée nicht sonderlich überrascht. Sie hatte Rausch, Oblath und Volpe als Mörder von Arlette eigentlich ausgeschlossen. Aber sie waren für so viele andere Morde verantwortlich, dass dies kaum von Bedeutung war. Einfaches Ausschlussprinzip. Sie wusste immer noch nicht, wer dieser Hartmut Griffe wirklich war. Üblicherweise wählte man Namen, die dem echten Namen der Person ähnelten, damit sie leichter zu erinnern waren und Versprecher vermieden wurden. Er konnte Rausch oder jeder der beiden Untergebenen sein: Oblath oder Volpe.

Plötzlich erschien eine Konstellation verdrehter Buchstaben auf ihrem Bildschirm, gefolgt von seltsamen Klickgeräuschen. Besorgt sah sie auf: »René, hier passiert gerade etwas Merkwürdiges.«

»Bei mir auch«, entgegnete er. »Entweder etwas stört die Übertragung, oder wir haben einen Virus erwischt.«

»Ich überprüfe den Backupserver-Link. Hast du unseren neuen Zugriffscode bei denen bestätigt?«, fragte Aimée.

»Ich hab es noch nicht geschafft«, stöhnte René. »Wir sind erledigt! Unser ganzes System ist abgestürzt.«

Aimée startete schnell das automatische Datenabfragesystem, damit keine Daten verloren gingen oder gelöscht wurden. Dieses System kostete sie viel Geld, aber es war garantiert ausfallsicher.

Sie seufzte erleichtert, nachdem sie die Dateien überprüft hatte. »Die Fingerabdrücke sind gespeichert, Glück gehabt.«

René sah besorgt aus, als er von seinem Stuhl herunterkletterte. »Ich glaube, du hast ein Warnsystem bei FOMEX angestoßen.«

»Ich glaube, da hast du recht.« Sie schaute auf den Bildschirm. »Das heißt, ich habe tief genug gegraben, um einen Alarm auszulösen.«

Zum ersten Mal gestand Aimée sich ein, dass sie sich vielleicht doch übernommen hatte. Ziemlich übernommen.

»Geh nach Hause«, sagte René, während er seinen Mantel anzog. »Ich werde einen Freund besuchen, der sich mit solchen Sachen auskennt. Rühr die Rechner nicht an, bis du wieder etwas von mir gehört hast.«

»Ich werde zu Fuß nach Hause gehen«, sagte sie. »Ich brauche frische Luft.«

»Geh nicht ans Telefon.« Er schien sich wirklich Sorgen zu machen. »Und achte unbedingt darauf, dass dir niemand folgt.«

Als sie an der Seine entlanglief und Kieselsteine ins Wasser kickte, vergewisserte sie sich immer wieder, ob ihr jemand folgte. Dann versuchte sie das Unbehagen, das sie ergriffen hatte, abzuschütteln und die neuesten Erkentnisse für sich zusammenzufassen.

Sie hatte herausgefunden, dass ein fünfzig Jahre alter Fingerabdruck, der am Tatort eines alten Verbrechens gefunden worden war, mit keinem von den drei überprüften SiPo-Offizieren im besetzten Paris übereinstimmte. Sie wusste jedoch, dass diese Offiziere in der Schlacht um Stalingrad als gefallen gelistet worden waren – während sie gleichzeitig noch Deportationsbefehle für Juden in Paris unterzeichnet hatten. Jemand war in ihr Büro eingebrochen, Unterlagen über Lili Stein und eine Kollaborateurin waren verschwunden, und ein Hakenkreuz war zusammen mit einer Drohung an ihre Wand geschmiert worden. Sie hatte Solis Hechts letzte Worte im Krankenhaus vernommen – wenn das komische »Ka…za«, das er am Ende geröchelt hatte, überhaupt einen Sinn machte – und war fast überfahren worden. Thierrys wahre Herkunft war enthüllt worden, und sie hatte Javels Bemerkung über die Jüdin mit den strahlend blauen Augen. Weitere Teile des Puzzles waren aufgetaucht, Bruchstücke, Bilder. Sie passten alle zusammen. Nur wusste sie nicht, wie.

Nun musste sie die Dinge noch mal neu angehen. Alles in eine Schüssel tun, einmal umrühren und warten, was passierte. Und diesen Hartmut Griffe noch mal überprüfen, dem sie misstraute. Sie holte ihr Handy aus der Tasche und rief Thierry an.

»Können wir uns im Innenhof des Picasso-Museums treffen? Jetzt gleich? Im hinteren Teil?«, fragte sie.

»Wozu?« Seine Stimme klang hohl.

»Es geht noch mal um deine echten Eltern«, sagte sie langsam. »Wir müssen da etwas …«

Er unterbrach sie aufgeregt. »Hast du etwas herausgefunden über meine …« Er stockte. »Die Jüdin?«

»Du findest mich bei der Minotaurus-Statue. Hinter den Platanen.«

»Aber warum?«

Sie schilderte ihm ihren Plan und legte dann auf.

Als sie die Place des Vosges überquerte, wirbelte sie mit ihren Schuhen das Laub auf. Dann rief sie noch einmal Hartmut Griffe an. Das, was sie vorhatte, würde auf jeden Fall ein paar Räder in Bewegung setzen. Ob es die richtigen waren, würde man abwarten müssen.

Das ehemalige Hôtel Salé in der Rue de Thorigny, in dem sich jetzt das Picasso-Museum befand, hielt nach wie vor im hinteren Teil des Innenhofs ruhige Nischen als grüne Rückzugsoasen bereit. Zu dieser Jahreszeit hielten sich hier draußen keine Museumsbesucher mehr auf. Kühle Herbstluft fegte die Blätter über Picassos Bronzestatuen, die auf dem Rasen aufgestellt waren. Mehrere seiner phallischen Boisgeloup-Statuen säumten die Kalksteinmauern.

Thierry stand mit gespreizten Beinen und ausdruckslosem Gesicht neben Aimée unter einer Platane. »Der da?«

Sie nickte. »Halte dich an den Plan.«

Hartmut Griffe hockte auf einer Bank neben dem vergoldeten Minotaurus und zog seinen Kaschmirmantel enger um sich. Er starrte sie an, als sie auf ihn zugingen.

»Danke, dass Sie gekommen sind, Monsieur Griffe«, sagte Aimée.

»Ihr Angebot hat mich neugierig gemacht, Mademoiselle Leduc.« Er neigte den Kopf in einer angedeuteten Verbeugung. »Nun, was gibt es so Interessantes für mich hier draußen in der Kälte?«, fragte er.

Aimée entging nicht, wie Griffe Thierrys auffallend blaue Augen musterte. Sie deutete auf den jungen Rambuteau. Thierrys Arm schoss in einem *Sieg-Heil*-Gruß aus seinem ledernen Sturmbannführer-Mantel hervor. Das alte Leder knarzte.

Griffes Blick wurde starr, als er sich jetzt erhob. »Bevor ich mich verabschiede – mit wem habe ich eigentlich das Vergnügen?«

Thierry lachte höhnisch auf. »Im Moment ist das eine gute Frage.«

Aimée trat vor. »Ich möchte Sie um etwas bitten, Monsieur Griffe. Es wird Ihnen womöglich etwas unverschämt erscheinen, und das ist es natürlich auch, aber bitte, tun Sie mir den Gefallen. Es wird später einen Sinn ergeben. Bitte ziehen Sie Ihr Hemd aus.«

»Und was, wenn ich Nein sage?«, erwiderte Griffe und trat rückwärts an ein efeubewachsenes Rankgitter. In dieser Richtung gab es einen weiteren Ausgang.

Aimée stellte sich ihm in den Weg. »Es wäre besser, zu kooperieren.«

Thierry griff nach Griffes Armen und drehte sie ihm auf den Rücken. Griffe wandt sich und versuchte, sich loszureißen.

»Widerstand ist zwecklos«, sagte Thierry, als er den sich sträubenden Mann hinter die belaubten Büsche direkt unter den Museumsfenstern zog.

Verborgen vom dichten Laub drückte Aimée ihm ihre Glock gegen die Schläfe. »Ich habe nett gefragt. Und jetzt machen Sie schon.«

Mit versteinertem Gesicht zog Griffe seinen Mantel aus, knöpfte sein Hemd auf und entblößte seinen Brustkorb. Er war gebräunt, muskulös und schlank. Aimée legte ihm den Mantel über die Schultern und hob mit prüfendem Blick seinen Arm.

»Meinen Sie, ich bin auch ein Drogensüchtiger? Dass ich einen Trip brauche?« Griffes Blick bohrte sich in Thierrys Augen. »Ihr beiden Junkies arbeitet zusammen, oder? Meine Brieftasche ist in meiner Hosentasche. Nehmt das Geld und verschwindet.«

Aimée untersuchte seinen Arm, während Thierry ihn weiterhin festhielt. Sie schluckte angewidert, als sie das verräterische Zeichen fand.

»Was m-machen Sie da?« Griffe begann zu stottern. Er zog seinen Arm zurück.

»Die Narbe auf der Innenseite Ihres linken Arms ist das Überbleibsel einer SS-Tätowierung, die entfernt wurde, stimmt's?«, sagte sie. »Sie haben sich die Pistole in die Achselhöhle geklemmt und einen Schuss abgegeben, damit das Mündungsfeuer sie wegbrennt. Schmerzhaft, aber besser, als einen qualvollen Tod durch die Russen zu erleiden, wenn sie es entdeckt hätten«, stellte sie fest.

Griffe starrte sie einfach nur an.

»Bitte ziehen Sie Ihr Hemd wieder über, es ist kalt hier draußen«, sagte Aimée. Jetzt hatte sie ihn. Ihre Theorie stimmte. Diese beiden Männer gehörten zusammen. Sie hatte es geahnt, seit sie Sarahs Brief gelesen hatte.

Thierry starrte Griffe unverwandt an.

»Wer sind Sie und was wollen Sie von mir?«, wiederholte Griffe. Sein Blick war frostig.

»Ich weiß nicht mehr, was ich will«, entgegnete Thierry.

Aimée trat vor. »Er ist Ihr Sohn.«

Hartmut Griffes Augen weiteten sich.

»Ich verstehe nicht ganz«, begann er. »Soll das ein W-Witz sein?«

»Eher ein skurriler Schicksalsschlag. Unsauber, im arischen Sinn.« Thierry stieß ein zynisches Lachen aus.

»Sie erwarten, dass ich s-so etwas …«, stotterte Griffe.

»Monsieur Griffe, falls Ihr Name denn so lautet, ich brauche Antworten«, unterbrach ihn Aimée. »Setzen Sie sich.«

Thierry zog ihn auf die Bank. Sein Blick blieb auf Griffes Gesicht gerichtet. Griffe schüttelte energisch den Kopf, während er Thierry anstarrte.

»Was für eine verrückte Geschichte versuchen Sie hier zu beweisen?«

»Ich musste mich vergewissern, dass Sie bei der SS waren.«

»Meine Akten sind sauber«, erklärte Griffe. »Das ist doch absurd!«

Aimée warf ihm das verblichene blaue Blatt Papier mit der krakeligen Handschrift zu. »Hatte ich Ihnen nicht eine spannende Lektüre versprochen?«, sagte sie. »Bitte.«

Hartmut Griffe las langsam. Seine Unterlippe zuckte einmal. Reglos ging er den Brief ein zweites Mal durch.

»Wer hat Ihnen diesen Brief gegeben?«, fragte er dann.

»Thierrys Stiefmutter hat ihn hinterlassen, er sollte bei ihrer Testamentseröffnung verlesen werden.«

»Aber warum kommen Sie damit zu mir?« Seine Hände zitterten, als er seinen Kaschmirmantel zuknöpfte.

»Das sollten besser Sie uns erklären«, sagte Aimée.

Mit verschränkten Armen starrte Thierry Hartmut Griffe abwartend an. Das einzige Geräusch war das Scharren von

Thierrys Schuhen im Kies, als er seine Beine erst in der einen, dann in der anderen Richtung übereinanderschlug. Irgendwo im Marais läutete eine Glocke, ihr tiefer, voller Klang schwebte durch die eiskalte Luft. Griffe verharrte stumm, fast regungslos.

»Sie mussten Lili Stein umbringen, weil sie Sie wiedererkannt hat, nicht wahr?«, sagte Aimée. »Aus der Zeit, als Sie dafür gesorgt haben, dass ihre Familie abtransportiert wurde – und alle die anderen Juden im Marais!«

Griffe stand auf. »Ich rufe jetzt einen Wachmann.«

Aimée hielt seinen Arm fest. »Fünfzig Jahre später sieht Lili Stein Ihr Foto in der Zeitung und erkennt Sie.«

»Sie denken sich das aus!«, sagte er.

»Lili hätte Ihr Gesicht nie vergessen. Sie haben damals ihre Wohnungstür eingetreten und ihre Eltern aus dem Bett geholt.«

»I-Ich h-habe Ihnen doch gesagt, so war es nicht«, stammelte er.

Sie bemerkte, wie er seine Hände immer wieder zu Fäusten zusammenballte.

»Durch einen Zufall begegnet sie Ihnen in der Gasse hinter Ihrem Hotel.« Aimée beugte sich näher zu ihm, und er wich unwillkürlich zurück. »Oder vielleicht hat sie Ihnen nachgestellt. Ist Ihnen gefolgt. Sie schreit: ›Nazischlächter‹ oder ›Mörder‹. Sie attackiert Sie, bekommt Angst, läuft davon. Aber Sie folgen ihr, Sie müssen sie ruhigstellen, wie damals die Concierge. Um Ihre Vergangenheit zu vertuschen.«

»I-Ich habe Lili Stein nur einmal gesehen«, entgegnete er schwach.

Aimée erstarrte. Also doch. Sie hatte recht gehabt. Ihr Misstrauen Griffe gegenüber war berechtigt.

»Das war 1943. Ich bin ihr zu ihrer Wohnung gefolgt«, sagte er. Sein Blick wurde glasig.

»Erzählen Sie mir, was passiert ist.«

»Ich hatte Angst, dass Lili uns verrät«, sagte er. »Und dass man durch die Lebensmittel auf mich kommen würde. Aber dann fand ich die Concierge, zu blutigem Brei geschlagen.«

Aimée lief ein Schauer über den Rücken. »Das waren *Ihre* blutigen Fingerabdrücke unter dem Waschbecken«, sagte sie. Sie deutete auf seine Hände. »Die Handschuhe, die Sie immer tragen, verbergen Ihre Fingerabdrücke und hindern jeden daran, Sie zu identifizieren. *Sie* sind der Gestapolakai, der die Juden gar nicht schnell genug in Eichmanns Öfen bekommen konnte!«

Langsam zog Griffe seine Kalbslederhandschuhe aus und hob seine vernarbten Hände in die kalte Luft. Verbrannte Haut wand sich in eigenartigen Mustern über die schrumpeligen Handflächen. Die letzten beiden Finger seiner linken Hand waren Stumpen. »Das habe ich den sibirischen Ölfeldern zu verdanken, Mademoiselle.«

Es war Aimée nicht möglich, ihr Gesicht unter Kontrolle zu halten, und sie wandte sich entsetzt ab. Ihre eigene versengte Handfläche war lächerlich im Vergleich zu dieser Verunstaltung.

»Aber es waren Ihre Stiefelabdrücke!«, drängte sie dann. »Sie haben Ihre Stiefel im Waschbecken abgewaschen, nicht wahr?«

Ein kurzer Moment der Stille folgte. Er blickte zu Boden. »Danach, ja. Ich bin zurückgegangen.«

»Sie sind zurückgegangen?«, fragte Aimée.

»Es wäre ein Leichtes gewesen, die Concierge zu bestechen. Aber es war zu spät.«

»Wer hat sie umgebracht?«, fragte Aimée.

»Ich habe gesehen, wie Lili aus dem Fenster geklettert ist und über das Dach verschwand. Das war alles, ich habe nur Sarah beschützt.«

»Sarah beschützt … so, wie Sie ihren Namen auf den Deportationsunterlagen durchgestrichen haben und dann ein A danebenschrieben, damit es aussah, als wäre sie bereits nach Auschwitz deportiert?«

»Wer sind Sie?«, fragte Griffe in forderndem Ton.

Thierry rutschte nach vorne, er behielt Griffe die ganze Zeit im Auge.

Sie ignorierte seine Frage.

»Sarah ist in Gefahr.« Seine Stimme zitterte. »Ich weiß nicht, wie ich ihr helfen kann.«

»Sie kannte Lili Stein also.«

Er seufzte. »Ja.«

»Hat sie Lili aus Rache getötet, weil sie bei der Befreiung entstellt worden war?«

»N-nein!«, rief er.

»Ist sie nicht immer noch auf der Seite der Deutschen, nachdem sie eine Kollaborateurin war und mit Ihnen schlief?«

»N-nein, so ist es nicht. Sie müssen Sarah finden. Bevor *sie* es tun.« Griffes Stimme wurde lauter.

Aimée war überrascht. *»Sie?«*

»Leute in der deutschen Regierung …« Er senkte den Kopf.

»Warum sollte ich Ihnen das glauben? Sie waren bei der Gestapo. Ich werde nie genug Beweise haben, um Sie für Ihre Kriegsverbrechen verurteilen zu lassen. Ich nehme an, dass es Organisationen gibt, die Ihre Vergangenheit ausgelöscht und Ihnen die Identität eines Verstorbenen verschafft haben. Darin waren sie gut. Aber ich weiß schon, dass Ratten wie Sie überall in Deutschland untergetaucht sind.«

Er rieb seinen Arm und sagte mit tonloser Stimme. »Ich habe damals die örtliche französische Polizei beaufsichtigt. Die haben die Juden aus ihren Geschäften und Wohnungen in jedem Gebäude hier in der Gegend rausgeholt und zusammengetrieben. Ich arbeitete mit dem Direktor der Antijüdischen Polizei in der Kommandantur zusammen. Wir haben Häkchen aufs Papier gemacht, wenn die Konvois beladen waren. Und was die Deportation anging …« Er machte eine Pause, bevor er leise weitersprach. »Ich wusste damals nicht, was Auschwitz oder Treblinka bedeutete. Das habe ich erst später begriffen. Sarah hatte sich vor mir versteckt, aber ich habe sie gefunden und gerettet. Alles andere … Ich war ein Mann in einer Welle, die Generationen zerstört hat. Ich habe Lili Stein nicht ermordet. Das einzige Mal, dass ich jemanden getötet habe, war im Nahkampf in Stalingrad. Ein russischer Junge, der mit einer Heugabel auf mich losging. Ich habe ihn erschossen. Ich sehe es noch jede Nacht vor mir, wenn ich versuche einzuschlafen. Und nicht nur das.«

»Thierry ist Ihr Sohn, nicht wahr?«, fragte Aimée.

»Ich weiß es nicht. Der Brief ist in Sarahs Handschrift geschrieben, aber s-sie hat gesagt …«, er unterbrach sich. »Diese Augen, j-ja … das sind ihre Augen.« Er schluckte. »S-sie hat mir gesagt, sie hätte ein Kind bekommen, aber es sei kurz nach der Geburt gestorben! Ich kann mir einfach nicht vorstellen, dass …«

»… dass ich am Leben bin?« Thierry stand vor ihm.

Aimée sah, wie sich etwas in Griffe veränderte.

»Gott im Himmel, ich hatte doch keine Ahnung, keine Ahnung«, stammelte er fassungslos. Er zitterte am ganzen Körper. »Bist du mein S-Sohn?«

»All die Lügen! Jeder hat mich angelogen«, entgegnete Thierry, und sein Gesicht verzog sich hasserfüllt. »Ich hatte ein Recht darauf, es zu erfahren.«

Aimée sah die Verwirrung in Griffes Blick. Er fragte sich wahrscheinlich, ob dies wirklich sein Sohn sein konnte. Sein und Sarahs Kind, das vor fünfzig Jahren in den Katakomben von Paris gezeugt worden war.

»Sarah hat mir gesagt, das Baby sei gestorben!«, wiederholte er hilflos.

Thierry liefen jetzt die Tränen über die Wangen. Er streckte die Hand nach Griffe aus.

»Darf ich dich berühren, Vater?«, fragte er flüsternd.

»Sehen Sie sich doch seine blauen Augen an«, sagte Aimée zu dem schwankenden Mann. »Claude Rambuteau sagte, es seien die Augen seiner Mutter.«

Griffe streckte langsam seine zitternden Finger aus und ergriff die Hand von Thierry. Sie hielten sich einen Moment lang fest. Dann sah Aimée, wie Hartmut Griffe seine Hand zögernd über Thierrys Gesicht streichen ließ. Seine Finger berührten Thierrys Wangen, seine gewölbte Stirn, seine Ohren, strichen über sein schwarzes volles Haar.

Nebel legte sich auf den Innenhof und dämpfte das Licht der Scheinwerfer, die Picassos Skulpturen beleuchteten. Es war noch kälter geworden, aber die beiden Männer bemerkten es nicht. Als sie sprachen, unterstrichen die frostigen Wölkchen in der späten Nachmittagsluft ihre Worte.

»Dein Kinn ist wie das meiner Großmutter, es steht ein klein wenig vor.« Hartmut Griffe seufzte wehmütig, während er mit den Fingern Thierrys Kinnbogen nachzog. »Deine Augen, natürlich, die Farbe, das Haar, das ist von ihr«, sagte er.

»Von ihr?«, fragte Thierry und ließ die Frage in der Luft hängen.

»Sie wird sich mit mir treffen, mit uns …« Eine leidenschaftliche Sehnsucht brannte in Hartmut Griffes Augen. »Darum macht sie das alles, jetzt verstehe ich es. Nichts ist mehr von Bedeutung, nur dass wir zusammen sind. Irgendein verrückter Zufall hat dafür gesorgt, dass wir uns alle gefunden haben. Ich habe mir das immer gewünscht. Aber in meinen kühnsten Träumen hätte ich nicht geglaubt …«

»… dass wir uns wie eine kleine glückliche Familie wiederfinden?« Thierry lachte sarkastisch.

»Nein. Ich wusste ja nichts von deiner Existenz. Aber wir sind dazu bestimmt, beisammen zu sein«, sagte Griffe.

»Vater, vergiss nicht, nach welchen Prinzipien du gelebt hast.« Thierry streckte die Hände ins Licht, damit Griffe die Tätowierungen, die seine Handgelenke umspannten, sehen konnte. »Das Motto der SS: Meine Ehre heißt Treue. Diese Ideale sind nie untergegangen.«

»Woher hast du diese alte Propaganda?«, fragte Griffe erstaunt.

Thierrys Augen füllten sich mit Tränen. »Mein Leben ist der Erhaltung der arischen Lebensweise geweiht.«

Griffe schüttelte den Kopf. »Sarah ist in Gefahr.« Seine Stimme war drängend geworden.

»Es ist gut zu wissen, dass sich einige Dinge nie ändern«, entgegnete Thierry. Zum ersten Mal lächelte er.

»Was meinst du damit? Sie ist deine Mutter!«

Aimée sah Griffe an. »Wie sieht sie aus?«

»Ihre Augen sind unglaublich blau«, sagte er. »Sie trägt eine schwarze Perücke. Sie müssen sie finden.«

»Sie ist eine jüdische Sau, ein unwürdiges Gefäß, das arischen Samen empfing, das ist alles.« Thierrys Augen funkelten hasserfüllt.

Aimée schaute alarmiert. »Lass uns gehen, Thierry.«

Griffe blickte seinen Sohn fassungslos an. »Wie kannst du so etwas sagen, Junge? Das ist Gerede von früher, es hat nie etwas bedeutet.«

Thierry neigte unterwürfig den Kopf. »Kannst du mich denn als deinen Sohn akzeptieren, auch wenn ich verunreinigt bin?«

Griffe gab ihm eine Ohrfeige. »Dein *Hirn* ist verunreinigt!«

Thierry nickte betroffen. »Du hast recht.« Er kniete sich nieder. »Ich werde mich reinigen, ihre Gegenwart aus meiner vertreiben«, bettelte er. »Ich werde die jüdische Schlampe finden. Unsere Herrenrasse von ihr säubern.«

Aimée zog ihn am Arm hoch. Sie musste ihn aus diesem nasskalten, eisigen Innenhof herausbekommen, bevor er noch Schlimmeres sagte. Sie schubste ihn am Minotaurus vorbei und stolperte dabei fast über die Bank.

»Du verkorkster, kranker …!«, rief Griffe.

»Ich werde mich beweisen«, sagte Thierry, während ihn Aimée zur Hintertür des Museums schleifte.

»Warte …«, rief Griffe, aber da waren sie schon weg.

Draußen schubste Thierry Aimée gegen die Mauer des Picasso-Museums.

»Finde Sie!«, befahl er und verschwand.

Durchgefroren und müde schleppte Aimée sich über die Seine-Brücke zu ihrer Wohnung. Miles Davis sprang an ihr hoch, als sie in ihr kaltes Appartement trat. Sie wackelte am Lichtschalter, bis der Deckenleuchter schwach strahlte, und trat dann ein paar Mal gegen den Heizkörper im Flur, der erst ansprang und dann wieder abstarb.

Völlig durchgefroren ging sie ins Badezimmer und drehte den Wasserhahn über ihrer Porzellanwanne voll auf. Der alte Bademantel ihres Vaters hing blau und ausgefranst über dem beheizbaren Handtuchhalter. Wenn die Heizung in ihrer Wohnung mal wieder streikte, wärmte sie sich in der frei stehenden Badewanne auf. Dort ließ sie ihren Gedanken freien Lauf und konnte das, was sie beschäftigte, wieder in die richtige Perspektive rücken. Sie konnte Dinge miteinander kombinieren und allem, was sie herausgefunden hatte, einen Sinn geben. Seufzend sank sie in die wohlige Wärme, der Spiegel beschlug, und das süße Aroma provenzalischer Lavendelblütenseife erfüllte den Raum.

Immerhin war es ihr gelungen nachzuweisen, dass Thierry der Sohn von Hartmut Griffe und Sarah war. Und nachdem Griffe das einmal akzeptiert hatte, hatte er enthüllt, dass Sarah noch am Leben war – und in Gefahr. Doch nicht nur Griffe wollte sie finden, sein durchgedrehter Sohn Thierry wollte es ebenso. Die Wut dieses Jungen machte ihr Angst – und sie hatte immer noch keine Ahnung, wer Lili Stein ermordet hatte. Darüber hinaus hatte René sich nicht mehr bei ihr gemeldet, und sie fing an, sich Sorgen zu machen.

Sie hörte das Klicken des Anrufbeantworters.

»Leduc, geh ran, ich weiß, dass du da bist«, hörte sie Morbier auf Band sprechen.

Sie stieg aus dem inzwischen lauwarmen Wasser und war fest entschlossen, den Hörer nicht abzunehmen. Als sie ihr Haar trocknete, hörte sie jedoch die Dringlichkeit in Morbiers Stimme, der gar nicht mehr aufhörte zu reden. Schießlich nahm sie im Schlafzimmer doch das Gespräch an.

»Du musst nicht so schreien, ich bin gerade aus der Wanne gestiegen«, sagte sie.

»Wir müssen uns sehen, es ist dringend. Wir treffen uns an der Place des Vosges, bei Ma Bourgogne, dem Café mit der guten Apfeltarte«, grummelte er.

»Nenn mir einen guten Grund, Morbier«, entgegnete Aimée mit erschöpfter Stimme.

»Intuition, mein Bauchgefühl, wie immer du es nennen willst, einfach die Nase, die mich schon so lange im Geschäft bleiben lässt. Zieh dich an, ich warte auf dich.« Er legte auf.

Sie pfiff nach Miles Davis, der von ihrem Bett runtersprang. »Zeit für dich, Onkel Maurice einen Besuch abzustatten. Ich will, dass du in Sicherheit bist.«

Donnerstagnachmittag

Aimée schritt durch die langen Schatten, die sich über den Innenhof des Hôtel de Sully legten. Dunkelgrüne Heckenreihen, die zu geschwungenen heraldischen Lilien gestutzt worden waren, unterbrachen die weite Kiesfläche. Diese hohe Villa, ein weiteres restauriertes *hôtel particulier*, bot einen schmalen Durchgang zur Place des Vosges.

Sie hatte René eine Nachricht hinterlassen und ihm mitgeteilt, dass sie sich mit Morbier traf. Renés warnende Worte geisterten durch ihren Kopf. Sie fühlte sich plötzlich verletzlich. Doch all die bedrohlichen Faxe, Graffiti und Autos, die sie mit ihrem Moped von der Straße abzudrängen versuchten, hatten sie seltsamerweise nicht so sehr beunruhigt wie dieser Virus auf ihrem Computer. Computer waren ihr Geschäft, ihr Lebensunterhalt. Die Glock steckte in ihrer Jeans und schmiegte sich beruhigend an ihre Hüfte.

Ein butteriges Karamellaroma hing über dem Hof. Unwillkürlich musste sie an die warme *Tarte tatin* denken, für die Ma Bourgogne berühmt war. Das Restaurant befand sich hinter dem schmalen Durchgang, unter der schattigen Arkade der Place des Vosges. Sie holte ihr Handy heraus und wählte erneut Renés Nummer. Keine Antwort.

Als sie sich umdrehte, um ihren Rucksack zu öffnen, verbrannte etwas Heißes ihr Ohr. Pulvriger Gips bröckelte aus dem Steinbogen, als eine akkurate Reihe von Kugeln die Wand durchlöcherte.

Sie hechtete über die feuchten Pflastersteine, umarmte eine dicke Säule und zog blitzschnell ihre Glock aus der Tasche. Hätte sie sich nicht gerade umgedreht, wäre ihre Gehirnmasse jetzt überall auf den Pflastersteinen verteilt.

Sie fasste an ihr Ohr, das von einer Kugel gestreift worden war. Ihre zitternden Hände waren klebrig und rot und rochen nach Metall. Es hatte noch nicht einmal wehgetan. Sie hatte Angst und wusste nicht, wohin. Kugeln, die anscheinend von oben kamen, zerlegten systematisch die Säule. Sie war eine einfache Zielscheibe.

Sie packte ihre Waffe mit beiden Händen, um besser zielen zu können, nahm einen tiefen Atemzug und feuerte eine Runde in Richtung Dach. Sie zählte ihre Schüsse, sprang mit einer raschen Drehung durch die Luft und gab dabei weitere Schüsse ab. Ihr linker Arm traf auf den Eingangsbogen, und ein stechender Schmerz durchfuhr ihren Rücken. Sie betete, dass ihre Schulter jetzt nicht schlappmachen würde.

Es musste Morbier sein! Er hatte sie angerufen und in das Café bestellt. Er hatte sie ständig gewarnt, die Finger von den Ermittlungen in der Sache Lili Stein zu lassen. Er hatte sie in eine Falle gelockt. Und René war der Einzige, der wissen konnte, dass sie hier war – falls er ihre Nachricht überhaupt bekommen hätte.

Vor ihr lag verlassen der dunkle Durchgang. Hinter der bröckelnden Kolonnade blieb sie in Deckung und lud ihre Glock nach. Schoss Morbier selbst auf sie, oder hatte er einen BRI-Schützen besorgt? Im Schatten hockend zielte sie auf den Innenhof vor sich. Ihre Hände zitterten. Sie konnte nicht begreifen, dass er sie so verraten hatte.

Er hatte sie hingehalten, und sie hatte ihn noch nicht einmal verdächtigt. Was für ein *traître*! Sie hatte ihm vertraut, hatte Mitleid mit ihm gehabt. Ihr Patenonkel, um Gottes willen!

Ein Luftzug sauste an ihrer Wange vorbei, und Staubkörner gerieten in ihre Augen. Sand und Feinkies nahmen ihr die Sicht. Sie wand sich über den Kies in Richtung des Ausgangs und hoffte, es wäre die richtige Richtung. Ihre tränenden Augen blinzelten endlich die Sandkörnchen weg. Sie bemerkte, dass sie zur gegenüberliegenden Seite der alten Holztüren, die zur Place des Vosges führten, gekrochen war. Weiter weg vom Fluchtweg. Eine kleine Person, die einen Kinderwagen schob, erschien in der Nähe der Tür und wollte gerade in die Passage eintreten. Jemand Unschuldiges würde sterben müssen; sie musste sie warnen.

»Raus hier!« Aimée schrie die Person mit dem Kinderwagen an, als diese sich rückwärts bewegte und gegen die Kalksteinwand stieß. »Weg! Los, laufen Sie!«

Sie rollte sich erneut auf den Bauch und zielte unter ein dunkel verglastes Fenster. Helle Staubwölkchen spritzten auf, als ihre Schüsse die Kolonnade trafen. Kein Aufschlag, Ächzen oder leise Schritte. Nichts. Woher kamen die Schüsse?

Beinahe zu spät blickte sie steil nach oben. Zu ihrer Linken, auf einem anderen Dach, ragte der schimmernde Lauf eines Scharfschützengewehrs über die hässliche Schnute eines Wasserspeiers. Es zeigte genau auf sie.

Plötzlich tauchte der Kinderwagen wieder auf und rollte in den Innenhof. Die Reifen des Kinderwagens zerplatzten zischend, und der Wagen sackte in die Hecke des Hofs. Die kleine Person im Schatten öffnete den Mantel und zog eine Halbautomatik hervor, mit der sie aufs Dach zielte.

Aimée biss die Zähne zusammen, drehte sich um und feuerte selbst mehrere Schüsse in Richtung des Dachs. Sie hörte ein schabendes Geräusch über sich, als ein schwarz gekleideter Körper über die spitzen Ohren des Wasserspeiers rutschte, dann das Knacken von brechenden Knochen, als der Körper aufprallte. Haut platzte auf, blutiges Gewebe spritzte über Kopfsteinpflaster und Kies.

»Aimée, sie zu, dass du hier rauskommst«, erklang Renés gedämpfte Stimme aus dem Inneren des Mantels. »Sofort!«

Sie rannte zu ihm herüber und versuchte dabei, den blutigen Haufen auf dem Kopfsteinpflaster zu ignorieren. Ein kurzer Blick sagte ihr, dass es nicht Morbier war. Wurde ihr Handy abgehört?

»René, mein Gott, was ist hier los?«

Sein Arm war voll dunklem Blut, und er keuchte: »Du wirst verfolgt.« Seine Hand umklammerte seinen Arm. Sie versuchte, seine Finger sanft zu lösen, um festzustellen, wie schwer er verletzt war.

»Lass das. Ich muss die Blutung mit Druck unter Kontrolle halten.« Er lächelte schmal, und seine grünen Augen schlossen sich. Angestrengt öffnete er sie noch einmal. »Geh nicht zurück«, stöhnte er und flüsterte dann: »Du darfst niemandem vertrauen. Diese Sache ist eine Nummer zu groß für dich.«

»René, ich bring dich jetzt ins Krankenhaus. Sssch, sei still, bis …«

»Nein, mich hat nur eine Kugel gestreift.« Er versuchte, sich aufzusetzen. »Hau ab, bevor sie kommen. Nimm meine Autoschlüssel, tauch ab.« Eine jaulende Sirene drang von der Rue Saint-Antoine zu ihnen herüber. Er zog den Schlüsselbund aus seiner Westentasche. Sein Blick war panisch.

»Warum bist du so paranoid? Morbier wird …«

»Es ist eine Falle. Geh …«, René schluckte, »… nicht hin.«

Sie zögerte. »Aber René …«

»Verdammt, man muss sie aufhalten …« Seine Augen fielen zu, und er verlor das Bewusstsein.

Aimée schlich sich langsam zurück aus dem Hof, als sie den Krankenwagen quietschend stoppen hörte. Sie duckte sich hinter eine modrige Säule und hörte die schnellen Schritte der Sanitäter, die mit einer Bahre über den knirschenden Kies liefen. Wie hatten sie so schnell von der Schießerei erfahren? Sie spähte zwischen den geriffelten Säulen hindurch und sah ein Sondereinsatzkommando in kugelsicheren Westen zu Renés zusammengekauertem Körper eilen. Die Köpfe der Männer beugten sich herunter, und ihr wurde klar, dass sie in kleine Funkgeräte sprachen. Sie hörte das statische Rauschen, als einer von ihnen kurz vor ihrer Säule hielt und mit leiser Stimme antwortete: »Negativ. Keine Spur von ihr.«

Jetzt erkannte sie auch den toten Schützen, der ausgestreckt in seinem eigenen Blut lag. Sie sah die Hakenkreuz-Tätowierungen auf seinen Fingerknöcheln. Es war der Kerl in der Lederhose, Leif, wie Thierry ihn genannt hatte. Der, der sie im Transporter fast erstochen und durchs Marais verfolgt hatte, derjenige, der in der Menge gestanden hatte, als Cazaux aufgetaucht war.

Aimée wandte sich dem Hinterausgang zu, begann direkt hinter der letzten Säule loszurennen und hielt abrupt, bereit, die Arkaden der Place des Vosges, durch die Passanten schlenderten, entlangzusprinten. Ein gepanzerter Mannschaftswagen der Polizei schoss aus der schmalen Rue de Birague und kam schwankend direkt vor ihr zum Stehen.

Der Geruch verbrannter Maronen waberte durch die uralten Arkaden, wo sie wie angewurzelt stand. Als das Sondereinsatzkommando aus dem Transporter sprang, packte sie den Ellenbogen des Mannes neben sich. Sie legte die Arme um ihn und vergrub ihr Gesicht an seinem faltigen Hals. Seine überraschte Ehefrau, eine ältere Dame, sah aus, als würde sie gleich mit ihrer großen Handtasche auf Aimée einschlagen, als diese völliges Entsetzen vorgaukelte.

»Entschuldigen Sie. Sie sehen genau aus wie mein Großvater!«, rief Aimée aus und senkte wieder den Kopf.

Der Großteil des Sondereinsatzkommandos lief in den Innenhof des Hôtel de Sully, aber ein paar Männer verteilten sich entlang der Place des Vosges. Aimée hielt Schritt mit dem älteren Paar, während die empörte Ehefrau versuchte, die ungebetene Begleiterin abzuschütteln.

»Begrüßen Sie Ihren Großvater immer so überschwänglich?«, fragte sie sarkastisch.

Der alte Mann zwinkerte Aimée zu, während seine Frau ihn mit sich zerrte. Vor Aimée schnaufte ein Akkordeon eine bekannte Melodie, die von den gewölbten Mauerbögen widerhallte. An der östlichen Ecke der Place des Vosges befand sich ein Geschäft von Issey Miyake. Aimée bog durch die Edelstahl-Eingangstüren in das schlichte weiße Interieur, während der alte Mann ihr zum Abschied noch einmal zuzwinkerte.

Helle weiße Wände, Fußböden und Decken boten eine minimalistische Kulisse, in der es keine Möglichkeit gab, sich zu verstecken. Schwarze Kleidung hing an Seilen von der Decke. Wenn man in diesem Laden nicht Schwarz oder Weiß trug, fiel man sofort auf, und Aimée in ihrer staubigen, kiesbefleckten Jeans war nicht zu übersehen. Hinter dem verlassenen Verkaufstresen hing die weiße Arbeitskluft eines Verkäufers. Sie griff danach und zog den Kittel über ihre Lederjacke und Hose. Weiter hinten hörte sie das Summen von Nähmaschinen und verschwand durch einen weißen Metallgewebe-Vorhang, bevor ein Verkäufer kam.

Die asiatischen Näherinnen an ihren Maschinen schauten nicht einmal auf, als sie eintrat. Viele von ihnen sprachen leise miteinander, während sie die Stoffe unter den herabstoßenden Nähnadeln entlangführten. Aus dem Ladeninneren hörte sie jetzt Stimmen, die laut und offiziell klangen. Wenn sie den Kittel abnahm, würde sie in ihrer dreckigen Jeans und der abgewetzten Lederjacke sofort auffallen. Hastig sah sie sich um. Überall standen Körbe, aus denen schwarze und weiße Kleidungsstücke quollen. Ohne zu überlegen, beugte Aimée sich hinunter und griff nach einem Korb in ihrer Nähe. Eine Schneiderin blickte erstaunt auf.

»Ich brauche noch etwas für die Schaufensterdekoration«, lächelte Aimée. »Der Bestellschein ist noch im Transporter.«

»Geben Sie der Storemanagerin Bescheid«, sagte die Schneiderin. Sie zog ihre dünnen schwarzen Augenbrauen kritisch hoch, als sie Aimée begutachtete. »Und bringen Sie den Bestellschein bitte auf dem Rückweg mit.«

»Klar«, versprach Aimée. Sie ächzte, als sie den schweren Korb anhob. Sie schleppte ihn in den hinteren Teil des Ateliers und stellte ihn neben anderen Körben ab. Die riesigen Klamottenhaufen boten einen sonderbaren Anblick.

Aimée zog ein paar schwarze Teile aus dem Korb und stellte sich dahinter. Sie zog ihre Lederjacke aus und schlüpfte in eine schmal geschnittene schwarze Kostümjacke, dann entledigte sie sich der Jeans zugunsten eines ihre Figur betonenden, eng anliegenden schwarzen Rocks. Sie sah sich um, entdeckte einen Korb mit Strumpfhosen und griff nach einer dünn gerippten schwarzen Feinstrumpfhose. Ausstellungsstücke von Schuhen und Stiefeln in verschiedenen Größen lagen übereinander in den Regalen gestapelt. Sie probierte einige Paare durch, aber das Einzige, was auch nur annähernd passte, waren schmale Wildleder-Pumps mit hohen Absätzen. Nicht unbedingt die ideale Fluchtausstattung. Sie sah aus wie das neueste Fashion Victim der Saison, aber in dieser Verkleidung würde sie wenigstens keiner erkennen. Die Frage war nur, ob man in einem derart engen Rock und auf diesen hohen Absätzen überhaupt rennen konnte.

Sie knüllte die Jeans zusammen. Die Rucksäcke und Handtaschen der Schneiderinnen hingen an Haken hinter ihr. Eilig leerte sie den Inhalt einer großen schwarzen Lederhandtasche auf dem Boden aus und stopfte ihr Handy, ihr Portemonnaie, Karten, Wimperntusche und die Glock, in der noch eine Patrone steckte, hinein. Neben den Inhalt der Tasche, der jetzt auf dem Boden lag, legte sie ein paar Hundert-Francs-Scheine und schrieb eine kurze Notiz. »Tut mir leid, hoffe, das deckt die Unkosten.« Sie öffnete den Hintereingang für die Angestellten und hörte schon eine laute Stimme über das Geräusch der surrenden Nähmaschinen hinweg.

»Bitte schenken Sie diesem Beamten einen Moment Ihre Aufmerksamkeit. Hat irgendjemand von Ihnen …«

Sie wartete nicht weiter, sondern schlüpfte hinaus auf die Place des Vosges, über die sich allmählich die Dunkelheit legte.

Aimées Absätze klapperten rhythmisch über die Pflastersteine, als sie nach Renés Citroën suchte. Endlich fand sie ihn in der Rue du Pas de la Mule. Normalerweise machten René und sie immer Witze über den Straßennamen, der »In den Fußstapfen des Esels« bedeutete, aber diesmal kam kein Lächeln über ihre Lippen, als sie zwei Polizisten dabei beobachtete, wie sie den Wagen untersuchten. Und die wollten erkennbar nicht nur einen Strafzettel wegen Falschparkens vergeben.

Ins Büro oder in die Wohnung zu gehen wäre dumm, dachte sie, und sich bei René zu verstecken geradezu idiotisch. Wo konnte sie unterschlüpfen und zudem einen Computer nutzen? Sie flüchtete in die Patisserie an der Ecke, kaufte eine Tüte mit warmen Schoko-Croissants und ging durch die Hintertür zurück auf die Place des Vosges. Sie schlenderte in ihrem Issey-Miyake-Designerkostüm vor sich hin, biss in das Croissant und betrachtete die Auslagen der Boutiquen, dabei bewegte sie sich langsam unter der Arkade in Richtung der belebten Rue Saint-Antoine. Auf dem Kinderspielplatz an der Seite des Platzes blockierten Polizisten in Zivil, die sich mit den Müttern, Kindermädchen und sonstigen Erziehungsberechtigten unterhielten, ihren Weg. Wo konnte sie hin?

Eine Gruppe von Touristen drängte sich in den Eingang des Victor-Hugo-Museums. Jedes französische Nationalmuseum beherbergte Computer, die online mit Regierungs- und Bildungsministerien vernetzt waren. Das wäre perfekt, sofern sie eine Touristin spielen und sich durch den Eingang mogeln konnte.

Sie schloss sich drei älteren Damen an, die sie grüßte, als wären sie alte Bekannte. Sie lächelte und fing umgehend ein Geplänkel über das Wetter an.

»Ich komme aus Rouen, wissen Sie«, sagte Aimée, »da weiß ich diese uralten Gebäude im Marais natürlich sehr zu schätzen.«

»Aber die Kathedrale von Rouen«, rief eine der Damen aus. »Das ist so ein Juwel! Ein perfektes Beispiel der schönsten mittelalterlichen Architektur! Wie könnte man diese Nachahmung des Bourbonenkönigs damit vergleichen!« Die alte Dame sprach voller Leidenschaft. Sie deutete auf die Kolonnade aus dem siebzehnten Jahrhundert über ihnen. Aimée wusste wenig über Architektur und nichts über Rouen. Sie wünschte, sie hätte ihre Klappe gehalten.

»Nehmen Sie denn auch an der Architektur-Führung teil, meine Liebe?«, fragte die andere Dame, deren Rücken ganz gebeugt war. »Sie haben wichtige Teile des Marais verpasst, insbesondere die *hôtels particuliers* in der Rue de Sévigné.«

»Ich werde es beim nächsten Mal schaffen«, versicherte ihr Aimée.

Sie trat näher an die alte Dame heran, die nach süßlichen Veilchen roch. Zwei Polizisten gingen vorüber, und sie presste sich gegen die rötlichen Mauersteine des Gebäudes.

Sie betraten das Foyer, und Aimée bemerkte, dass sie das jüngste Mitglied dieser Gruppe war. Der Führer, ein junger Mann mit Pfannkuchengesicht und einer runden Schildpattbrille, breitete die Arme aus, als würde er sich daran erfreuen, vom Geiste

Victor Hugos selbst geleitet zu werden, dann begann er mit einer sonoren, leiernden Stimme: »Von 1832 bis 1848 lebte im zweiten Stock dieses Gebäudes der vielleicht größte Mann des Wortes.« Er nickte beflissen einigen älteren Herren zu, die sich auf ihre Gehhilfen stützten. »Diejenigen unter Ihnen, die die Treppen vermeiden möchten, können unseren Rundgang durch das Museum auf den Computerbildschirmen verfolgen.«

Trotz ihrer misslichen Lage musste Aimée fast laut lachen, als sie die belustigten Blicke der alten Männer sah. Die meisten Achtzigjährigen ignorierten Computer, und diese hier schienen keine Ausnahme zu sein.

Das Museum zeigte das Leben Victor Hugos, wie es zu seiner Zeit gewesen war. Hugos Schlafzimmer, fast gänzlich ausgefüllt von einem Himmelbett, überblickte die Place des Vosges durch Bleiglasfenster. Eine uralte dunkle Vertäfelung bedeckte die Wände. Eine Vitrine zeigte verschiedene seiner Haarlocken, die mit Bändern zusammengehalten wurden und mit datierten Schildchen versehen waren. Im Arbeitszimmer sah man sein *escritoire* und einen Bogen halb beschriebenes Kanzleipapier, daneben einen Federkiel in einem Kristalltintenfass. Es wirkte so, als hätte der gute Hugo eine Pause gemacht, um kurz mal pinkeln zu gehen, was sie auch dringend tun musste. Aimée starrte sehnsüchtig auf ein Porzellanbidet mit exquisiten Blumenrosetten aus dem achtzehnten Jahrhundert. Die Esszimmerwände waren behängt mit den Porträts seiner Frau, seiner Mätressen und berühmten Schriftstellern seiner Zeit. Der Raum schien den Geist Victor Hugos einzufangen, der düster und narzisstisch war. Die einzige sozialistische Spur waren wuchtige Glaswaren armer Bauern auf einem Mahagoni-Sideboard.

»Da es sich um die letzte Führung des Tages in diesem historischen Gebäude handelt, können wir uns etwas Zeit lassen.« Der Führer lächelte freundlich. »Es gibt auch die Möglichkeit, sich etwas auszuruhen.« Seine Arme winkten wohlwollend zu einem Vorraum herüber, der sich an das Zimmer anschloss.

Aimée war dankbar für diese Verschnaufpause. Sie setzte sich zu einigen alten Männern und rieb sich die Fersen. Der Geruch von Tabak waberte durch die Luft. Sie war dem Tod heute schon einmal entwischt. Und morgen war ein neuer Tag. Dankbar akzeptierte sie eine Zigarette von dem alten Mann neben ihr. Gierig inhalierte sie den Rauch und schloss die Augen, als das Nikotin ihre Lungen traf.

Als es läutete und das Ende der Öffnungszeit angekündigt wurde, erhoben sich die Männer und verschwanden in Richtung Ausgang. In einem unbeobachteten Moment verschmolz sie mit den Falten einer verblassten Gardine in der Nähe der Garderobentür.

Es gab schlimmere Orte, wo man die Nacht verbringen konnte, als im Victor-Hugo-Museum, entschied sie. Sie lehnte sich an die Mauer und kauerte sich hinter die Wandteppiche, während die Mitarbeiter des Museums die Belege des Tages überprüften und die Tageseinnahmen addierten. Die ganze Zeit machte sie sich Sorgen um Réne und hoffte, dass seine Verletzung nicht allzu schlimm war. Und dann war da noch die LBN. Würden sie René entführen, nachdem sie selbst entkommen war? Und dieses fragwürdige Sondereinsatzkommando, war das wirklich vom BRI? So viele Fragen drängten sich in ihrem Kopf. Aber bis das Museum geschlossen hatte und die Angestellten nach Hause gegangen waren, konnte sie nichts tun.

Die Belegschaft beklagte sich über die Kälte, die aus den alten Steinmauern drang. Aimée musste grinsen. Die Glücklichen gingen vermutlich gleich nach Hause in ihre warmen, gemütlichen Appartements. Aber sie *lebte* an einem Ort wie diesem, ganz zu schweigen davon, dass sie nicht dorthin zurückkonnte! Sie war davon überzeugt, dass Ihre Wohnung und das Büro unter Beobachtung standen.

Morbier, den sie seit ihrer Kindheit kannte, war dem Druck seines Dezernats offenbar erlegen und hatte sie verraten. Anders konnte es nicht sein. Und Yves, der Neonazi-Adonis, musste – durch ihr Aufnahmegerät alarmiert – diesem Leif erzählt haben, dass sie verdeckt ermittelte. Aber Leif hatte vorbeigeschossen und im Kreuzfeuer René getroffen. Und sie hatte Leif erledigt, das war bisher das Einzige, was sie nicht bereute.

Sie war jetzt ganz allein. Keiner, dem sie trauen konnte.

Sie drückte sich näher an die Wand, während die Museumsbelegschaft sich Zeit dabei ließ, abzuschließen. Endlich hörte sie eine Stimme: »Überprüf die erste Etage und die Toilette, dann schalte ich die Alarmanlage an.« Gott sei Dank, dachte Aimée, eine funktionierende Toilette. Ihre Blase war schon ganz verkrampft, weil sie so lange hatte einhalten müssen.

»Qui, Monsieur le Directeur«, hörte sie jemanden sagen. Das war es, sie hatten auf ihn gewartet.

Als sie durch Mottenlöcher in dem Wandteppich schielte, sah sie den grauen Computer auf dem Schreibtisch des Direktors. Die französische Regierung war besessen von Computerzugängen und ließ die Steuerzahler für die Kosten aufkommen. Im Moment sollte ihr das recht sein, wenn sie nur bald ihre Finger auf die Tastatur würde legen können. Der Direktor, der mit dem Rücken zu ihr stand, drückte auf etwas an der Wand, dann hörte sie einen der Mitarbeiter rufen: *»Ça marche.«*

Vermutlich ein Troisus-Sicherheitssystem, das durch zwei Einstellungen aktiviert wurde. Der Standard für Regierungsgebäude, ein Schalter innen und einer draußen. Sie würde sich später um die Alarmanlage kümmern, oder ein Dachfenster benutzen, da diese selten verdrahtet waren. Sie wartete gute fünf Minuten, falls jemand etwas vergessen hatte und zurückkam, dann rannte sie zu den Toiletten.

Nachdem sie sich dankbar erleichtert hatte, saß sie im Schreibtischsessel des Direktors und drehte einen elektrischen Heizkörper auf, um die Kälte zu vertreiben.

Sie kannte das System, das hier benutzt wurde, und versuchte verschiedene Versionen der Initialen des Direktors, bis sie die richtigen erwischt hatte, die ihr den Zugang zu seinem

Terminal gewährten. Sie schlüpfte aus ihren hohen Pumps und mampfte an dem letzten Schoko-Croissant herum. Sie probierte einige generische Passwörter. Beim dritten Versuch erlangte sie den Zugang zu den Archiven Frankreichs.

Sie rief Martine vom Handy aus an: »Martine, du darfst den *flics* nicht mehr trauen.«

»Was meinst du?« Martine klang müder als sonst.

»Sie haben René erwischt.«

»Deinen Partner?«, fragte Martine.

»Hör zu, ich hab jetzt nicht viel Zeit, ich brauche deine Hilfe, *d'accord?*«

»Wo ist meine Geschichte? Du hast es mir versprochen«, sagte Martine.

Aimée schob den Sessel des Direktors zurück und spähte aus dem Fenster. Lange Schatten fielen über die Place des Vosges. Personen gingen hin und her. Es konnten Passanten sein oder Leute vom BRI, das war nicht auszumachen.

»Schick einen Reporter ins Krankenhaus zu René. Ich selbst kann nicht hin, weil sie nach mir suchen. Komm mit einer Geschichte raus, so was in der Art wie ›Ungeklärte Schießerei. Der Killer mit den Hakenkreuz-Tätowierungen‹. Schön groß auf der Titelseite. Und dann brauche ich noch einmal das letzte Fax von dir, das mit den Flugblättern von den Kollaborateuren.«

»Meine Güte, in was für einem Schlamassel steckst du eigentlich?« Martines Stimme klang ernsthaft besorgt. »Wer ist hinter dir her?«

»Im Moment frage ich mich eher, wer *nicht* hinter mir her ist. Hier ist die Faxnummer.« Aimée las die Nummer von der Maschine ab, die in der Nähe des Computers stand. »Kümmere dich erst um René! Jetzt gleich, okay? Und ich verspreche dir, die ganze Geschichte gehört dir.« *Wenn ich hier lebend rauskomme*, setzte sie in Gedanken hinzu.

Vorsichtig schlich sie durch die Räume und achtete darauf, nicht unvorhergesehen auf nächtliches Putzpersonal zu stoßen.

Doch die Museumsräume blieben leer. Sie sah sich um und kam zu dem Schluss, dass erfolgreiche Schriftsteller zu Victor Hugos Zeiten nicht wirklich einem opulenten Lebensstil gefrönt haben konnten. Aus seinem Schlafzimmer blickte sie auf die hereinbrechende Nacht, die sich über die Platanen auf dem Platz legte. Falls Polizisten da draußen waren, konnte sie sie jedenfalls nicht entdecken, sie sah nur ein paar Eltern, die versuchten, ihre Kinder auf dem Spielplatz einzufangen.

Ein Hinweisschild neben den Faltenwürfen des schweren Brokatbaldachins, der bis zu den Dielenbrettern reichte, stach ihr ins Auge. Es verkündete, dass der große Meister in ebendiesem Bett aus der Welt geschieden war. Ihr wurde plötzlich ganz mulmig zumute. Suchte der Geist Victor Hugos vielleicht diese Räumlichkeiten heim? Geister, überall Geister.

Das Faxgerät summte. Überrascht stolperte sie gegen einen Holzschrank, der ein ächzendes Geräusch von sich gab. Eine Maus schoss hervor und wetzte den Flur entlang. Sie schüttelte sich. Sie hasste Mäuse. Staub stieg ihr in die Nase. Tief aus dem Inneren der Handtasche ertönte das Klingeln ihres Handys, und sie unterdrückte ein Husten.

»Schau dir das mal an«, hörte sie Martines Stimme, die durch die Leitung rauschte. »Kannst du sie mit diesem Foto finden?«

Aimée rannte zum Faxgerät. Ihr stockte der Atem, als sie das Gesicht deutlich und unverkennbar vor sich sah.

»Ich hab sie schon gefunden«, sagte sie.

Donnerstagabend

»Hier spricht Aimée Leduc«, sagte sie in ihr Handy. »Ich muss mich mit Ihnen treffen.«

Keine Reaktion.

»Sie sind in höchster Gefahr. Tun Sie genau das, was ich Ihnen jetzt sage. Nehmen Sie den Hinterausgang, es gibt doch einen zum Innenhof, nicht wahr?« Aimée wartete nicht auf eine Antwort. »Nehmen Sie sich einen Hammer oder Meißel mit. Suchen Sie nach einer Tür, die zur Allee führt, Sie finden schon eine. Da, wo früher die Pferdeställe waren. Brechen Sie die Tür notfalls auf. Haben Sie bis hierher alles verstanden?« Aimée schwieg einen Moment. Am anderen Ende der Leitung zog jemand scharf die Luft ein.

Ohne auf eine Antwort zu warten, fuhr Aimée fort: »Die Knopffabrik Mon Bouton befindet sich um die Ecke von der Place des Vosges in der Rue de Turenne. Die haben heute Abend lange geöffnet. Gehen Sie dort hinein, aber halten Sie sich von den Fenstern fern. Wenn Sie sich jetzt sofort auf den Weg machen, müssten wir zur gleichen Zeit dort ankommen.« Immer noch Schweigen am anderen Ende. »Hören Sie, was zwischen Ihnen und Lili Stein vorgefallen ist, gehört der Vergangenheit an. Ich ermittle lediglich in dem Mordfall. Aber jetzt sind sie hinter Ihnen her. Sie müssen das Haus sofort verlassen!«

Die Knopffabrik war noch hell erleuchtet, die Lichter schimmerten über die Dächer hinweg durch die Baumkronen. Mon Bouton war in einer Seitenstraße der Place des Vosges in einem kleinen Innenhof angesiedelt.

Victor Hugos Himmelbett wäre eigentlich ganz komfortabel gewesen, und abgesehen von einem leise trippelnden Geräusch fühlte sie sich hier sicher. Aber nun musste sie das Museum verlassen, möglichst ohne den Alarm auszulösen. In einem Abstellraum fand sie Putzkittel und Lumpen und verknotete alles mit den Laken, die sie unter dem Bett des berühmten Schriftstellers gefunden hatte. Dann nahm sie den Stuhl des Museumswärters und legte ihn quer über die Toilette. Nur wenige Museen machten sich die Mühe, Dachfenster, die höher als drei Stockwerke lagen, in ihre Alarmanlage zu integrieren. Über das Fenster mit dem dicken, drahtverstärkten Glas spannten sich zwei Metallstreben. Aimée warf ihr Seil aus Stoff über eine der Stangen und zog sich auf dem Stuhl hoch. Dann zielte sie mit dem rechten Fuß und trat kräftig gegen eine der Verstrebungen.

Sie wünschte, sie hätte Stiefel angehabt statt dieser sauteuren Designer-Schuhe. Nach mehreren Versuchen lockerte sich die Stange so weit, dass man sie langsam aus der Verankerung ruckeln konnte. Aber die Öffnung war immer noch zu schmal für sie, um sich hindurchzuschlängeln. Wieder und wieder trat sie gegen die andere Stange. Endlich löste sich auch diese, und Aimée zog sich langsam hoch. Als sie den Griff drehte, sprang das Fenster sofort auf. Über den verwinkelten Dächern, aus denen hier und da Kamine hervorragten, schlug ihr die Nachtluft frisch und klar entgegen.

Es gab nur einen Weg, die Knopffabrik in der Rue de Turenne zu erreichen – sie musste über die Dächer der Place des Vosges. Fluchend zog sie sich ihren engen Rock bis zu den Oberschenkeln nach oben und begann über die ausladenden Dachüberhänge und gespreizten Kragsteine zu klettern. Die spitzen Ohren und Schwänze der Wasserspeier ragten rechts unter ihr in die Höhe. Sie bewegte sich vorsichtig über die Dächer und rutschte über uralte Schieferschindeln, wo ihre Absätze nach ein wenig Halt auf der glatten Oberfläche suchten. Aus offenen Fenstern und Oberlichtern drangen Bruchstücke klassischer Musik, das Klappern von Töpfen und das gelegentliche Stöhnen intimer Momente. Sie griff nach einem modrigen Entlüftungsrohr und fühlte ein klammes, matschiges Häufchen unter ihrer Handfläche. Rattenkacke!

Feuchter, fettiger Dampf waberte aus einem kegelförmigen Kamin, als Aimée sich nach ein paar Eisensprossen reckte, die über einen hohen gemauerten Stützpfeiler führten. Keuchend zog sie sich langsam die Sprossen entlang. Der Geruch von gebratenen Zwiebeln aus einem erleuchteten Küchenfenster unter ihr stieg ihr in ihre Nase, und sie hörte einen kleinen Jungen rufen: »Ich habe Hunger, *Maman*!«

Nach einigen Dächern machte sie eine kurze Verschnaufpause. Sie kniete neben einem Kamin hoch über dem Marais und versuchte, zu Atem zu kommen. Dann entdeckte sie ein paar Leitersprossen, die zu einem schiefen Dach führten, das über dem Innenhof der Knopffabrik lag. Sie legte sich auf den Bauch und arbeitete sich über zerbrochene Ziegel vor, sie tastete mit den Fußspitzen nach Nischen und Löchern im Mauerwerk, dort, wo die Sprossen sich verdreht hatten oder lose waren. Sie rutschte weiter und klammerte sich an glitschige Schindeln, die an einigen Stellen abgebrochen waren. Schließlich erreichte sie einen Metallüberhang, der über dem Innenhof schwebte. Es waren vermutlich sechs Meter bis zum Boden. Wenn sie sich an die rostige Feuerleiter klammerte und hinunterrutschte, waren es vielleicht nur noch drei Meter.

Sie fasste eine Weißblechregenrinne ins Auge. Bäuchlings robbte sie Stück für Stück vorwärts, bis sie endlich das Abflussrohr zu fassen bekam, das bis zur Regenrinne reichte.

Sie musste dem Miyake-Outfit wirklich Respekt zollen, es hielt sich bravourös unter diesen erschwerten Bedingungen. Wenn das Rohr ihr Gewicht nicht tragen würde, würde sie sich strecken, von der Rinne abdrücken und schnellstens die Feuerleiter packen müssen. Das wurde genau in dem Moment nötig, als sie darüber nachdachte. Sie langte nach dem Rohr, das ein quietschendes Geräusch von sich gab, als ihre Fingernägel darüberkratzten.

Verzweifelt versuchte sie, sich an dem schmalen Rand der Rinne festzuhalten, während ihre Beine hilflos in der Luft zappelten. Ein kalter Luftzug wehte ihr um die Ohren, als sie mit der anderen Hand nach der Feuerleiter angelte. Okay, das war's jetzt, dachte sie. Eine atemberaubende Zirkusnummer, bevor ich in einem Issey-Miyake-Kostüm mit hochgezogenem Rock auf dem Kopfsteinpflaster zerschelle. Das lächelnde Gesicht ihres Vaters blitzte kurz auf, dann das verblasste Abbild ihrer Mutter. Mit angstgeweiteten Augen starrte sie in die Tiefe. Ihre einzige Chance war ein offener Müllcontainer, der mit Gott weiß was gefüllt war.

Sie schrie auf, als die Rinne abbrach und sie in Richtung Müllcontainer segelte.

Sie drehte sich einmal um sich selbst und stürzte durch die kalte Nacht nach unten.

Ein Ruck erschütterte ihren ganzen Körper. Sie war auf dem Hinterteil in dem Müllcontainer gelandet, der voller Knöpfe war. Dankbar starrte sie auf die roten, grünen und gelben Knöpfe, die im Mondlicht schimmerten. Die Knöpfe hatten den Aufprall gedämpft und ihr das Leben gerettet. Sie knirschten leise, als sie jetzt nach dem Rand des Müllcontainers griff. Ihre Hand rutschte ab, sie fiel zurück, und Unmengen von Knöpfen begruben sie unter sich. Gott im Himmel, würde sie jetzt in einem Berg bunter Scheiben ersticken, nachdem sie einen Sechs-Meter-Sturz überlebt hatte?

Sie arbeitete sich langsam wieder aus den Knöpfen heraus, schließlich gelang es ihr, sich am Rand des Containers hochzuziehen und herauszuklettern. Der Innenhof schien ungewöhnlich ruhig. Sie schob sich den Rock herunter, schüttelte sich, und eine Unzahl roter, grüner und gelber Granulatstückchen regnete auf die Pflastersteine. Offenbar war sie in einem Haufen aussortierter Knöpfe gelandet. Sie grinste erleichtert, dann stöckelte sie durch den Seiteneingang von Mon Bouton.

»*Ça va*, Leah?« Aimée küsste sie auf die Wangen.

Leahs Augen weiteten sich verwundert. »Meine Güte, was ist denn mit dir passiert? Aber … Was für ein tolles Kostüm!« Sie kam näher und musterte Aimée mit zusammengekniffenen Augen, die von den vielen Jahren des Knöpfesortierens kurzsichtig geworden waren. »Ist das etwa …?«

»Mord.« Aimée nickte und schämte sich ein wenig, weil sie Leahs Vertrauen so ausnutzte.

In diesem Moment öffnete sich die Tür einen Spalt, und Aimée drehte sich um.

»Da bin ich.« Florence, die Haushälterin von Albertine Clouzot, grüßte zögernd und trat ein. »Ich war mir nicht sicher, ob ich wirklich herkommen sollte«, sagte sie dann. Sie war sehr blass.

Aimée nahm sie sanft beim Arm. »Hier sind Sie sicher, Sarah.«

Florence alias Sarah Strauss trug eine schwarze Pagenkopfperücke, die ihre unglaublich blauen Augen einrahmte. Sie war groß und mager, doch ihr Gesicht strahlte immer noch ihre frühere Schönheit aus. Sie schob ihre zitternden Hände in die Taschen ihres Regenmantels und starrte Aimée an.

»Da war dieser Mann. Er stand vor dem Haus, als ich vom Einkaufen zurückkam. Und er war immer noch dort, als Sie anriefen.«

»Wir müssen uns dringend unterhalten. Möchten Sie einen Kaffee?«

Das einzige Geräusch, das den Raum erfüllte, kam von der zischenden silbernen Espressokanne auf dem Gasherd. Leah schaltete die Arbeitsraumlampen aus und ließ nur die schwache Beleuchtung über dem Herd an. Sie nickte verschwörerisch und verließ den Raum.

Aimée führte Sarah zu einem langen Holztisch mit Furchen und Kratzern, der neben den verzinkten Metallrohren und Zylindern stand, mit deren Hilfe die Knöpfe sortiert wurden. Sie goss den dampfenden Espresso in zwei angeschlagene Mokkatässchen und schob eine Schale mit braunen Zuckerwürfeln über den Tisch.

»Da draußen ist jemand, der Sie umbringen will, Sarah.« Aimée nahm einen Schluck aus der kleinen Tasse. »Hinter mir sind sie auch her.«

Sarah schaute überrascht von ihrer Tasse auf.

»Was hat das Hakenkreuz auf Lili Steins Stirn zu bedeuten, können Sie mir das sagen?« Aimée sah sie eindringlich an und rieb mit den Fingern über die unebene Holzplatte.

Sarah schüttelte stumm den Kopf.

Aimée überlegte. Es musste einen Weg geben, Sarah zum Reden zu bringen. »Sarah, das hier hat alles mit der Vergangenheit zu tun. Sie wissen das!«

Angst stand in Sarahs großen traurigen Augen. »Es ist wie ein Fluch«, wimmerte sie. »Ein Fluch. Er verfolgt mich mein ganzes Leben lang. Warum lässt man mich nicht endlich in Ruhe? Warum lässt Gott das nur zu? Ich habe die Thora gelesen, ich habe versucht, es zu verstehen, aber …« Sie schluchzte auf und vergrub ihr Gesicht in den Händen. Ihr ganzer Körper bebte.

Sie hatte einen Zusammenbruch, und Aimée fühlte sich schuldig. »Es tut mir leid. Hören Sie, es tut mir leid.« Sie lehnte sich zu Sarah herüber und legte die Arme um sie. »Sarah – macht es Ihnen etwas aus, wenn ich Sie so nenne?« Sie hob Sarahs Kinn. »Ich würde mir niemals anmaßen, darüber zu urteilen, was Sie vor fünfzig Jahren getan haben. Ich war damals noch nicht einmal auf der Welt. Erzählen Sie mir einfach, was passiert ist.« Aimée machte eine Pause. »Erzählen Sie mir von sich und Lili.«

»Sie waren es, die ihre Leiche gefunden hat, nicht wahr?«, fragte Sarah.

Aimées Magen zog sich zusammen.

Sarah blickte auf den Tisch, unfähig, Aimée in die Augen zu sehen. »Sie hatte sich verändert.«

Aimées Suche nach der Wahrheit war von einem unguten Gefühl begleitet gewesen, seit sie das Foto von Lili Stein gesehen hatte – Lili Stein in der rachsüchtigen Menschenmenge, die zusah, wie man Sarah das Hakenkreuz auf die Stirn brannte.

Sarah sprach jetzt sehr langsam. »Das ist alles so lange her. Einige von uns verbringen ihr ganzen Leben damit, alles wiedergutzumachen«, erklärte sie stockend.

»Hat sie …« Aimée konnte den Satz nicht beenden.

Sarah zog sich die schwarze Perücke vom Kopf. »Mir das hier angetan?«

Das vernarbte Hakenkreuz auf ihrer Stirn war sogar in diesem schummrigen Licht zu sehen.

Sarah nickte. »Wenn Lili mich nicht denunziert hätte, wäre es ein anderer aus der Meute gewesen.«

Aimée war erstaunt über die Nachsicht in Sarahs Stimme.

Sarah schien ihre Gedanken zu lesen. »Immerhin hat sie die aufgebrachte Meute davon abgehalten, meinem Baby etwas anzutun. Sie hat dafür gesorgt, dass sie uns in Ruhe ließen. Sie hat mir geholfen, eine Unterkunft zu finden.« Sarah seufzte. »Nach fünfzig Jahren habe ich sie wiedergesehen, das war offenbar kurz bevor … kurz bevor …«

Aimée schoss hoch. »Bevor sie ermordet wurde?«

Sarah nickte. »Ich bin ja noch nicht wieder so lange in Paris zurück. Wie Sie wissen, habe ich gerade erst angefangen, für Albertine zu arbeiten. Lili wohnte noch in der Rue des Rosiers. Ich bin ihr gefolgt. Aber ich konnte nicht mit der Vergangenheit umgehen.«

»Sie sind ihr gefolgt?«, fragte Aimée.

»Während der Besatzungszeit war sie panisch vor Angst gewesen. Erfüllt von Eifersucht und Verachtung mir gegenüber. Ich war damals so jung, zu jung, um es zu begreifen. Ich dachte, Lili hätte mich im Stich gelassen und wäre aus Paris geflohen.«

Sie schüttelte den Kopf. »Aber dann sind wir uns beim Schuster über den Weg gelaufen. Irgendwoher nahm ich den Mut, ihr zu sagen, wer ich bin. Nach all den Jahren haben wir zum ersten Mal wieder miteinander geredet. Von Jüdin zu Jüdin. Und da erzählte sie mir von Laurent.«

»Laurent?«, fragte Aimée verwirrt.

»Sie hatte Angst vor Laurent«, sagte Sarah.

Aimée schüttelte den Kopf. »Wer ist Laurent?«

»Er war der Störenfried aus Madame Pagnols Klasse, damals, als wir noch zur Schule gingen«, erklärte Sarah. »Es ging das Gerücht, dass er die Eltern von Kindern verriet, die er nicht mochte. Ein ganz hinterhältiger Typ. Lili sagte, sie hätte ihn gesehen. Sie hat ihn wiedererkannt und ist dann zu Soli Hecht gegangen, um mit ihm darüber zu sprechen.«

Aimée sprang auf und begann, aufgeregt auf und ab zu gehen, wobei ihre hochhackigen Schuhe die losen Plastikstückchen und Knopfteile auf dem Boden zermalmten. »Sie meinen, Lili hat diesen Laurent gesehen. Heute … in der heutigen Zeit?«

Sarah rieb sich die müden Augen. »Soli Hecht hatte ihr offenbar geraten, mit keinem darüber zu reden«, fuhr sie fort. »Jedenfalls nicht, bis er mit Beweisen aufwarten konnte. Unterlagen – oder etwas, das mit der Concierge zu tun hatte. Er wollte ihr helfen zu beweisen, dass Laurent nicht ist, wer er heute zu sein behauptet. Seine wahre Identität ans Licht bringen.«

»Moment mal. Wer ist es?«, fragte Aimée. Sie dachte an Soli Hechts Worte auf dem Sterbebett. *Lo … l'eau.* »Von wem reden wir hier?«

Sarah zuckte mit den Schultern. »Ich weiß es nicht.«

»Habe ich das richtig verstanden?«, fragte Aimée und setzte sich kurz hin und starrte Sarah an. »Lili wollte mithilfe von Soli Hecht diesen Laurent hochgehen lassen, einen ehemaligen Kollaborateur, der heute unter falschem Namen lebt. Aber warum hat sie Ihnen nicht gesagt, wer er ist?« Aimée ging wieder auf und ab.

»Lili wurde mit einem Mal sehr nervös, es war komisch – sie tat fast so, als würde sie mich nicht kennen«, sagte Sarah. »Dann hat sie sich plötzlich weggedreht und gesagt, sie würde verfolgt. Später, nachdem ich die Sachen aus der Reinigung abgeholt hatte, sah ich sie dann noch einmal. Sie klammerte sich kurz an mich, ich weiß auch nicht, warum, dann stürzte sie davon, bevor ich noch ein Wort mit ihr sprechen konnte.«

»Und das war dann der Moment, als der Knopf des Chanelkostüms abriss und sich in ihrer Tasche verhakte.« Aimée bewegte sich hastiger. »Wo haben Sie sich unterhalten? Beim Schuster?«

»Nein, an der Straßenecke, die zur Gasse führt«, entgegnete Sarah.

»Um wie viel Uhr war das?«

»Kurz vor sechs, glaube ich.«

»Sie sind in größerer Gefahr, als ich dachte«, stellte Aimée fest. Es fiel ihr schwer, die Ruhe zu bewahren. Jetzt hatte sie alle passenden Puzzleteile zusammen.

»Warum?«, murmelte Sarah blass. »Geht es um meinen Sohn?«

»Das ist eine andere Geschichte. Ihr Sohn verabscheut die Tatsache, dass Sie Jüdin sind, weil es bedeutet, dass er auch einer ist.«

»Ist Helmut hinter mir her?«

Natürlich, jetzt ergab alles einen Sinn. Hartmut Griffe war Helmut Volpe.

»Nein, er war ja derjenige, der mir gesagt hat, dass Sie in Gefahr sind. Er versucht nur, Sie zu schützen. Und Lili hat auch versucht, Sie zu schützen«, sagte Aimée.

»Wie meinen Sie das?«

»Vor Laurent. Verstehen Sie denn nicht?« Aimée versuchte ihre Aufregung in den Griff zu bekommen, aber die Worte purzelten nur so aus ihr heraus: »Erinnern Sie sich, wie Sie mit Lili sprachen – und wie sie dann plötzlich so komisch wurde? Wie sie auf einmal so tat, als würde sie Sie nicht kennen, und sich von Ihnen wegdrehte. Er war dort, irgendwo. Sie hat das gemacht, weil er nicht wissen sollte, wer Sie sind.« Aimée setzte sich und zog ihren Stuhl ganz nah an Sarah heran. »Aber ich verspreche Ihnen, er wird Sie nicht erwischen!«

FREITAG

Freitagmorgen

Hartmut Griffes Träume waren erfüllt gewesen von Eiszangen und schreienden Babys. Er hatte sehr schlecht geschlafen.

Es klopfte leise an der Verbindungstür. Das konnte nur Ilse sein. Er zog sich den Morgenmantel über und schlurfte zur Tür.

»Herr Griffe«, sagte Ilse mit leuchtenden Augen. Ihr Blick huschte durch sein Zimmer. »Sie sind zurück! Ich habe gestern am späten Abend noch einmal nachgeschaut, Ihr Zimmer war leer. Wir haben Sie vermisst!«

Er lächelte gezwungen. »Diese französische Küche, ich bin das einfach nicht gewohnt. Wenn ich nicht spazieren gehe, bekomme ich Sodbrennen.«

»Ja, da haben Sie wohl recht.« Sie trat näher. »Ich vermisse unser deutsches Essen sehr. Es ist einfach, aber so gut und nahrhaft.« Übergangslos fuhr sie fort: »Ich kann meine Freude nicht verhehlen, mein Herr – Monsieur Quimper und Minister Cazaux sind wirklich vom alten Schlag. Aufgrund ihrer Ehrlichkeit sind alle Delegierten heute Abend zu dem Ergebnis gekommen, das Abkommen zu unterzeichnen. Natürlich wird das erst morgen während der Feierlichkeiten geschehen. Einschließlich Ihrer Unterschrift, damit es ein einstimmiger Beschluss wird.«

»Um wie viel Uhr findet die Zeremonie statt?«, fragte er so geschäftsmäßig wie möglich.

»Pünktlich um neunzehn Uhr, mein Herr«, erwiderte sie lächelnd. »Rechtzeitig zur weltweiten Übertragung von CNN. Eine nette Geste, wie ich finde.« Sie stapfte zur Tür. *»Unter den Linden.«*

Das Abkommen war so gut wie unterschrieben.

Aimée klopfte zwei Mal, dann noch einmal. Die Tür öffnete sich langsam, und Javel stand in einem zerschlissenen Unterhemd in der Tür.

»Ich hab keine Zeit«, sagte er kurz angebunden. »Es gibt nichts mehr zu sagen.«

Aimée stellte den Fuß in die Tür. »Nur ein paar Minuten, es wird nicht lange dauern«, entgegnete sie mit freundlicher Bestimmtheit und schlüpfte durch den Türrahmen.

Widerwillig trat er zurück.

»Führt die zu Ihnen in den Laden?«, fragte Aimée und deutete auf eine alte verzogene Holztür.

Er nickte, und seine Augen verengten sich.

Bevor er sie aufhalten konnte, lief sie die Treppe hoch und öffnete die Tür.

»Hey, was machen Sie da?«, rief er.

Doch bis er ächzend und schnaufend die Treppe erklommen hatte, war Aimée schon wieder zurück und lief den schmalen Flur herunter, an ihm vorbei.

Im Wohnzimmer holte er sie ein, inzwischen hatte er auch seine Stimme wiedergefunden: »Sie sind doch nur eine neugierige Schnüfflerin, die sich im Kreis dreht«, sagte er gehässig.

Aimée starrte ihn herausfordernd an. »Sie haben alles mit angehört, nicht wahr?«

»Wovon reden Sie überhaupt?«, entgegnete er wütend und umklammerte die Rückenlehne seines einzigen Stuhls.

»Im Laden und dann um die Ecke in der Rue Pavée. Das ist so nah, ich wette, da können Sie hinspucken«, sagte sie.

Mit lauerndem Blick stieß er hervor: »Nichts von dem, was Sie sagen, ergibt irgendeinen Sinn. Sie quatschen auch nur dumm rum wie alle anderen!« Mit einer hastigen Bewegung schloss er die Schublade seines Kiefern-Esstischs und schlurfte zu seinem Schaukelstuhl.

»Haben Sie sich deswegen entschieden, das Gesetz selbst in die Hand zu nehmen – Selbstjustiz für ein fünfzig Jahre altes Verbrechen?«, fragte sie.

Er verbarg ganz offensichtlich etwas. Sie schlängelte sich an ihm vorbei vor den Tisch und öffnete die Schublade mit dem rostigen Knopf mit einem Ruck.

»Was machen Sie? Gehen Sie da weg!«, rief er.

Aimée fühlte unter Arlettes handbestickten Servietten und griff nach hinten. Sie zog ein Netz mit Wolle aus der Schublade. »Warum haben Sie das hier behalten?«

»Was behalten?«, fragte er.

»Lili Steins Beutel und ihr Strickzeug«, sagte sie und hielt es ihm vor die Nase.

»Hab's gefunden«, knurrte er.

»Am Mittwoch haben Sie Lili und Sarah belauscht, wie sie über die Vergangenheit sprachen«, entgegnete Aimée. »Und aus dem, was Sie hörten, haben Sie den Schluss gezogen, dass es Lili war, die damals Ihre Verlobte ermordet hat. Nachdem Sarah gegangen war, haben Sie Lili Stein zur Rede gestellt. Natürlich hat Lili vehement bestritten, dass sie Arlette umgebracht hat. Doch dann beschimpfte sie Arlette als eine stehlende, opportunistische Erpresserin, die es nicht besser verdient hätte, war es nicht so?« Sie machte eine Pause und sah in Javels funkelnde, hasserfüllte Augen. »So oder ähnlich hat es sich doch abgespielt. Da haben Sie rotgesehen. Sie haben in Ihre Tasche gegriffen und das Erstbeste hervorgeholt, was Ihnen zur Verfügung stand.« Aimée zog ein dünnes Stück Draht aus ihrer Tasche. »Sie sind ihr gefolgt, Javel, und haben sie mit einem Draht wie diesem erwürgt. Anschließend haben Sie ihr ein Hakenkreuz verpasst, damit es wie eine Tat der Neonazis aussah.«

Sie ließ den Schuhdraht in der Luft baumeln. »Sehen Sie das durchsichtige Stück Plastik am Ende, das den Draht schützt und es leichter macht, ihn durch die Löcher zu fädeln? Genau solch ein Stückchen lag neben der toten Lili Stein. Das andere Ende befindet sich in einem Beutel mit Beweisstücken bei der Polizei.«

Er schüttelte den Kopf und schrie: »Hören Sie auf mit diesem Unsinn. Hören Sie auf mit Ihren Lügen!«

»Das hier ist der Beweis, dass Sie am Tatort waren«, fuhr Aimée ungerührt fort und hielt Lili Steins Strickzeug in die Höhe. »Und ein Motiv hatten Sie auch!«

Javels Gesicht war bleich und teigig, er atmete schwer.

»Aber Sie hatten die falsche Person umgebracht. Arlettes wahrer Mörder war nämlich inzwischen nach Paris zurückgekehrt.«

»Nein, Klugscheißerin«, stieß er hervor und schüttelte wütend den Kopf. »Er war niemals fort, sage ich Ihnen.«

Sie behielt ihn scharf im Auge. »Sie wollten Hartmut Griffe ermorden, aber dann …«

»Lügen, alles Lügen«, kreischte Javel und langte nach etwas hinter dem Stuhl.

Als er mit einem alten Rohr auf sie losging, war sie vorbereitet. Mit einer raschen Bewegung schlug sie ihm das Rohr aus der Hand und stellte ihm ein Bein. Er stürzte und fiel der Länge nach hin. Sie setzte sich auf seine Beine und drückte den keuchenden alten Mann zu Boden. Er wand sich, und sie hatte fast ein bisschen Mitleid mit ihm, bis er anfing, Haarbüschel von ihrem Kopf zu reißen, während sie miteinander rangen. »Dieser verdammte Juden-Lover! Arlettes Mörder ist noch am Leben!«, stieß er völlig außer Atem hervor.

»Wollen Sie wirklich bis zum bitteren Ende mit mir kämpfen?«, fragte sie, während er sich erneut in ihren Haaren festkrallte. »Okay, kleiner Mann, ich kann auch anders.« Sie verpasste ihm einen kräftigen Kinnhaken, und er sackte zurück. »Ich habe nämlich was gegen Haarausfall.«

Wenigstens gab er jetzt Ruhe. Sie erhob sich und glättete ihr Haar, das hochstand wie ein Hahnenkamm. Dann packte sie ihn an seinen O-Beinen und begann, den halb bewusstlosen Mann mühsam durch den Hausflur zu ziehen. Ein stechender Schlag ließ sie das Gleichgewicht verlieren. Sie ging zu Boden und landete direkt unter Javels altem Fernsehapparat. Das Letzte, was sie sah, war die V-förmige Antenne, die herunterfiel und sie im nächsten Moment aufzuspießen drohte, aber sie konnte sich nicht bewegen.

»Javel, Javel!«, murmelte sie.

Schweigen. Dann das penetrante Läuten von Glocken.

Aimée fragte sich, warum sie nicht den ganzen Laden demoliert hatten. Javels hervorquellende Augen starrten an die Decke. Sein Kopf war abgewinkelt, wie nur der eines toten Mannes abgewinkelt sein kann. Er war mit Schusterdraht aus seinem eigenen Laden erhängt worden, genau die Sorte Draht, die auch bei Lili Stein zum Einsatz gekommen war. Jemand hatte versucht, es wie Selbstmord aussehen zu lassen, und ihn am Dachsparren aufgeknüpft. Der Zettel sah echt genug aus, vor allem wohl deswegen, weil man ihn gezwungen hatte, ihn selbst zu schreiben. *Ich werde bei dir sein, Arlette*.

Nur sie hatte ihn schreien hören. Sie war kurz zu sich gekommen und dann wieder ohnmächtig geworden. Warum hatte man nicht auch sie umgebracht? Ein entferntes Klingeln steckte in ihrem Hinterkopf fest. Das Glockengeläut. Dann wusste sie, was es war. Sie hatte die Glocken der Ladentür gehört, und das bedeutete, dass Kunden rein- oder rausgegangen waren. Eine Stimme, die fragte: *»Il y a quelqu'un?* Ist jemand da?« Dann läuteten die Glocken wieder, und die Tür fiel ins Schloss.

Aimée wand sich unter dem Fernsehtisch hervor und wurde von Schuldgefühlen überwältigt. Wieder einmal. Sie hatte Javel beschuldigt, und als er gerade anfangen wollte, ihr zu erklären, dass Arlettes Mörder am Leben war, hatte sie ihn k.o. geschlagen. Der Mörder, der durch die Verbindungstür gekommen sein musste, hatte wahrscheinlich zugesehen und sich im Stillen bei ihr bedankt. Bevor er sie niedergeschlagen und all ihre schönen Theorien zum Teufel geschickt hatte. Stöhnend rieb sie sich den Hinterkopf. Nicht nur war sie auf dem Holzweg gewesen, sie hatte auch noch dem Mörder den Weg bereitet.

Aber warum hätte dieser sich die Mühe machen sollen, es wie einen Selbstmord aussehen zu lassen, wenn er die einzige Zeugin dann am Leben ließ? Es sei denn, der Mörder war gestört worden. Wahrscheinlich wollte er sie gerade kaltmachen, als ein Kunde kam, und war dann abgehauen. Sie seufzte dankbar und starrte zu Javel hinüber. Vielleicht war der übellaunige kleine Mann jetzt nach all den Jahren wirklich bei seiner Arlette.

Lili Steins Strickzeug war verschwunden. Eine bauschige weiße Katze schmiegte sich wie eine Federboa um Aimées Fesseln und schnurrte.

»Armes Ding, wer wird sich jetzt um dich kümmern?«, sagte Aimée und streichelte ihr über den Kopf. Sie taumelte durch den blauen Perlenvorhang, um Milch für die Katze zu holen, und hielt inne. Konnte es sein, dass Lili Stein noch etwas anderes in ihrem Einkaufsnetz gehabt hatte als das Strickzeug? Hatte der Mörder danach gesucht? Wenn Javel noch etwas gefunden hatte, hatte er es bestimmt versteckt.

Sie fing an zu suchen, riss Schubladen auf, öffnete Schranktüren. Man konnte es ruhig nach dem Verbrechen aussehen lassen, das es zu sein schien. Armer alter Javel! Er hatte wenig, und er hatte auch wenig weggeworfen. Sein einziger Kleiderschrank beherbergte einige ungetragene gestärkte weiße Hemden und zwei muffige Anzüge. Ein Paar handgefertigte, mit Lammfell gefütterte Schuhe, wie sie sich heutzutage nur noch wenige Leute leisten konnten, stand ungetragen auf dem untersten Regalboden. Sein Flurschrank offenbarte einen unbenutzten Stapel Bettwäsche, die über die Jahre vergilbt und vermutlich noch von Arlette bestickt worden war.

Sie durchsuchte jeden staubigen Winkel seiner Wohnung. Nichts als die Überreste eines einsamen, alten Mannes.

Vielleicht hatte Lili Stein doch nichts anderes in ihrem Beutel gehabt … Oder der Mörder hatte gewusst, wonach er suchte, und es gefunden. Wieder eine Sackgasse. Frustriert ließ Aimée sich gegen den Schrank sinken. Die Umstände von Javels Mord gaben ihr ein weiteres Rätsel auf.

Die meiste Zeit hatte der alte Schuster wahrscheinlich im Laden verbracht, daher entschloss sie sich, auch dort noch einmal nachzuschauen. Der durchdringende Geruch von Leder schlug ihr entgegen, als sie in den Laden trat. Unter dem Schaukasten mit den Senkfußeinlagen entdeckte sie seinen vollgestopften Ablagekorb. Er hatte sich verklemmt, und sie brauchte mehrere Versuche, bis sie ihn gelockert hatte. Unter einem Haufen Lederreste fand sie ein kleines, zerfleddertes Buch. Schwarze Spinnen liefen aufgeschreckt über Lili Steins Handschrift. Mit zitternden Händen nahm Aimée das Tagebuch in die Hand. Bunte Wollfäden segelten auf die Holzdielen. Sie fegte die Spinnen herunter und steckte das Tagebuch unter ihre Kostümjacke.

Zurück in Javels Wohnung schüttete sie noch etwas Katzenfutter in den Napf. Als sie ging, bekreuzigte sie sich, blickte noch einmal zu Javel hinüber, der mit leerem Blick von der Decke baumelte, und flüsterte ihm zu: »Sie hatten recht. Diesmal wird er mir nicht entkommen.«

Als sie wieder bei Leah war, schlug Aimée Lili Steins Tagebuch auf. Auf einer zerrissenen Seite war zu lesen:

> Ich weiß, dass er es ist. Laurent, der merkwürdige Typ mit dem gierigen Blick, der neben mir saß und die Lösungen in meiner Mathearbeit abgeguckt hat. Der, der blöde Witze über meinen Vater machte, wenn er hinter dem Tresen arbeitete, der mir direkt ins Gesicht sagte, dass wir Juden alle Blutsau-

ger wären, und abwartete, ob ich mich wehrte. Derjenige, dessen Familie ein Haus besaß, der sich aber so aufführte, als gehörte ihm der ganze Wohnblock. Er war *schlimmer* als die Nazis. Er sorgte schon dafür, dass jeder in der Schule, der es wagte, den Mund aufzumachen, dafür bezahlte. Es ging um Macht, schlicht und einfach. Sarahs Eltern waren die Ersten, die er denunzierte, er hat sogar damit angegeben. Hat mit jedem Verrat hundert Francs verdient. Und ich, ich hab meine Eltern umgebracht, an dem Tag, an dem ich Rückgrat zeigte und mich weigerte, ihn abschreiben zu lassen. Meine tollen Prinzipien haben sie in die Öfen gebracht. Aber Jude oder nicht, dieser Kerl hat jeden denunziert, der ihm in die Quere kam. Und Arlette, gierig und blöd, wie sie war, hat ihn ausgelacht. Das war ihr großer Fehler. Und er wird es wieder tun.

Sarahs Hand zitterte, als Aimée ihr das Buch mit der zerrissenen Seite reichte. »Würden Sie ihn denn nach all den Jahren wiedererkennen?«

»Wenn Lili es konnte …« Sarah wischte sich die Tränen aus den Augen. »Ich weiß noch, er hatte so ein schmetterlingsförmiges Muttermal am Hals…«

»Das könnte er natürlich verstecken, vielleicht hat er es sich inzwischen auch wegmachen lassen«, überlegte Aimée.

»Ich habe mich immer gefragt, wer meine Eltern verraten hat. Laurent war älter als ich, er war in Lilis Klasse. Ich hab nie viel mit ihm geredet, habe versucht, ihm aus dem Weg zu gehen. Er hatte immer etwas an sich, das mir Angst machte.«

»Wir brauchen Beweise«, sagte Aimée nachdenklich. »Genau aus diesem Grund hat Lili Stein auch Kontakt zu Soli Hecht aufgenommen. Aber ich brauche aussagekräftige Unterlagen. Können Sie sich noch daran erinnern, wo er damals gewohnt hat – das Gebäude, das Lili erwähnte?«

»In der Rue du Plâtre, das war gleich um die Ecke von der Schule«, antwortete Sarah ohne Zögern. »Seine Eltern waren die Ausbeuter des Ghettos. Die Rue du Plâtre war einst eine wirklich hübsche, baumbestandene Straße im jüdischen Ghetto.«

»Sie bleiben hier, Sarah. Auf der Straße sind Sie nicht sicher.«

Ängstlich verschränkte Sarah die Arme. »Aber das kann ich nicht, ich muss zur Arbeit. Albertine braucht meine Hilfe, sie verlässt sich auf mich.«

»Rufen Sie sie an«, sagte Aimée. »Sie wird für den Moment jemand anderes finden.«

»Aber heute Abend ist ein ganz wichtiges Essen«, wandte Sarah ein.

»Sie sind nicht mehr sicher, Sarah. Und keiner, der sich in Ihrer Nähe aufhält, ist es. Sie würden alle nur in Gefahr bringen. Bleiben Sie hier, und gehen Sie um Gottes willen nicht auf die Straße. Albertine wird schon zurechtkommen.«

Sie sah, dass Sarah immer noch zögerte. »Wenn Lili diesen Laurent erkannt hat und deshalb sterben musste …« Aimée hielt inne und sagte dann langsam: »Begreifen Sie nicht, dass Sie als Nächstes dran sind?«

Aimée betrat den Schulhof, der etwas abseits der belebten Rue des Blancs Manteaux lag. Sie sah die Schüler, die schnatternd und in Reihen die Stufen zum Lycée hochgingen. Wahrscheinlich genau so wie vor fünfzig Jahren. Doch heute gab es keine gelben Sterne mehr, nur kleine Grüppchen von dunkelhäutigen Jugendlichen mit großen Augen, die ausgegrenzt und verspottet wurden.

Als sie näher kam, wurde sie von einer Lehrerin bemerkt. »*Arrête!*«, rief sie, und die johlenden Rufe erstarben.

»Sind Sie eine Mutter?«

»Ich habe einen Termin im Sekretariat.«

»Können Sie sich ausweisen? Wir nehmen Bombendrohungen sehr ernst.« Die Lehrerin sah mit ihrem verquollenen

Gesicht so aus, als könnte sie eine Mütze Schlaf gebrauchen. »Anordnung des Bildungsministeriums.«

»Selbstverständlich.« Aimée zeigte ihren Ausweis.

»Dort drüben und dann nach rechts.« Hinter der Lehrerin hatte eine Rangelei begonnen, und sie drehte sich um, entschlossen, die Streithähne auseinanderzubringen.

Die Frau, die im Sekretariat saß, schaute Aimée aus ihrem rundlichen, ebenholzfarbenen Gesicht gelangweilt an. Dann starrte sie in den Computer und blinzelte. »Die Schulakten sind im Keller, falls wir sie überhaupt noch haben und die Silberfische sie noch nicht gefressen haben«, erklärte sie.

»Wunderbar, könnten Sie mal nachschauen?«

»Nachname?«

»Der Vorname ist Laurent, die Familie lebte in der Rue du Plâtre«, sagte Aimée.

Die Sekretärin zog seufzend die Augenbrauen hoch. »Wann soll er an unserer Schule gewesen sein?«

»Zwischen 1941 und 1945, während des Krieges.«

Die Sekretärin sah auf und schüttelte den Kopf. »Nach zehn Jahren werden sämtliche Schülerbögen an das Bildungsministerium geschickt.« Sie zuckte mit den Schultern. »Kommen Sie in ein paar Wochen wieder.«

»Aber ich brauche die Information *jetzt*!«

»Ja, jeder will immer alles *jetzt*. Wissen Sie, wie viele Kinder gleichzeitig diese Schule besucht haben?« Sie sah Aimée an. »Wenn ich Ihnen einen guten Rat geben darf, verschwenden Sie nicht Ihre Zeit – vor den Sechzigern wurde nichts auf Mikrofiche gespeichert.«

»Gibt es noch Lehrer oder Erzieher, die damals an der Schule waren?«, fragte Aimée.

»Das war alles lange vor meiner Zeit« – die Sekretärin überlegte einen Augenblick –, »aber Renata, eine Frau aus der Cafeteria, arbeitet hier, solange ich denken kann. Vielleicht versuchen Sie es da mal.«

In der gelb gefliesten Cafeteria verengten sich die Augen Renatas voller Misstrauen. Sie trug einen dicken, grauen, geflochtenen Zopf, der ihr in den Nacken fiel.

»Wer, sagten Sie, sind Sie noch mal?«, fragte sie.

Aimée erklärte es ihr.

Renata schüttelte den Kopf.

Eine der Servicekräfte, eine Frau mit faltigem Gesicht, kam zu Aimée herüber und stupste sie an: »Sie vergisst oft, ihr Hörgerät anzuschalten.«

Aimée bedankte sich und deutete auf Renatas Ohr. Renata schaute sie nur finster an.

»Sie ist sehr eitel. Denkt, von uns weiß es keiner«, vertraute sich die Frau, deren Namensschild sie als Sylvie Redonnet vorstellte, Aimée an. »Als ob uns das interessieren würde. Die meiste Zeit rennen wir hier rum und schreien sie an, weil sie uns sonst nicht hören kann.«

Renata rührte mit der Kelle in einem dampfenden Topf Linsen.

Sylvie grinste.

»Vielleicht können Sie mir helfen?«, fragte Aimée.

Nachdem sie der Frau erklärt hatte, was sie wollte, nickte diese ein paar Mal. Dann sagte sie: »Tja, es ist kaum zu glauben, aber ich bin zu jung, um in den Vierzigern hier gewesen zu sein.« Sie kicherte. »Meine Schwester allerdings, Odile, die ist ein paar Jahre älter als ich, und sie war hier. Vielleicht sollten Sie sich an sie wenden. Sie redet gern.«

»Das würde mir sehr helfen, danke.«

»Oh, keine Ursache. Sie werden Odile eine Freude machen, und sie kann *hören.*« Sylvie blickte vielsagend in Renatas Richtung. »Allerdings sitzt sie im Rollstuhl. Aber sie wohnt gleich um die Ecke, Nummer 19 Rue du Plâtre.«

Aimée verspürte ein Gefühl der Hoffnung, als sie die Adresse hörte.

Odile gackerte aus dem fünften Stock, während Aimée keuchend die steilen Metallgitterstufen hinaufstapfte. »Eine Sache, um die ich mir keine Sorgen machen muss.«

Endlich erreichte sie die oberste Stufe. »Odile Redonnet?«, fragte sie. Diese Familie war wirklich nicht mit Schönheit geschlagen, dachte sie, als sie das schrumpelige alte Weibsbild in ihrem schwarzen Stahlrollstuhl in Augenschein nahm.

»Freut mich, Sie kennenzulernen, Mademoiselle Leduc. Meine Schwester hat Ihren Besuch schon angekündigt. Kommen Sie, kommen Sie.« Odile Redonnet rollte mit ihrem Rollstuhl voran in die Wohnung. »Bitte schließen Sie die Tür hinter sich.«

Nach zwei Kännchen starken Darjeeling-Tees und ein paar frisch gebackenen, köstlichen Madeleines gelang es Aimée endlich, zur Sache zu kommen.

»Ich bin auf der Suche nach jemandem«, begann sie.

»Sind wir das nicht alle?«

»Ein Junge namens Laurent, seiner Familie gehörte ein Gebäude hier in der Straße. Er müsste 1943 ungefähr fünfzehn oder sechzehn Jahre alt gewesen sein.«

Statt einer Antwort rollte Odile zu einer Eichenkommode hinüber und öffnete eine knarzende Schublade. Sie zog ein altes Fotoalbum heraus. Einige lose Schwarz-Weiß-Aufnahmen segelten auf den Boden. Aimée beugte sich hinunter, um sie aufzuheben. Auf dem einen sah sie eine strahlende Odile Arm in Arm neben einem gut aussehenden Mann in RAF-Uniform stehen.

Aimée blickte zu ihr und lächelte: »Sie sind wunderhübsch.«

»Und verliebt. Das nützt dem Aussehen immer«, sagte Odile. »Nun … das hier sollte meiner Erinnerung auf die Sprünge helfen.« Sie legte das schwere Album auf den Esstisch und deutete auf Aimée. »Zeit für etwas Nostalgie. Würden Sie den Phonographen anstellen?«

Zögernd ging Aimée hinüber zu einem uralten Plattenspieler, der noch 78er-Schallplatten abspielte. Sie drehte mehrfach an der Kurbel und legte dann die Nadel auf die zerkratzte schwarze Vinylscheibe. Melodien von Glenn Miller und seiner Band erfüllten den Raum. Odile Redonnets Augen fingen an zu glänzen, und sie lächelte.

»Ich habe das Lycée 1944 verlassen, um in einer Glasfabrik zu arbeiten«, sagte sie und blätterte durch die abgegriffenen Seiten.

»Gibt es irgendwelche Klassenfotos?«

»Wir waren damals noch nicht so anspruchsvoll«, sagte Odile und betrachtete die maroden Seiten. Sie summte im Einklang mit dem kratzigen Klarinettensolo. »Das hier kommt einem Klassenfoto wohl am nächsten«, sagte sie schließlich, zog ein paar aneinanderklebende Bilder auseinander und reichte ihr eines.

Aimée fiel beinahe ihr heißer Tee aus der Hand. Es war dasselbe Foto, das sie im Auftrag von Soli Hecht dechiffriert hatte.

»Welcher davon ist Laurent?«

Odile Redonnets knorrige Finger zeigten auf einen Jungen, der neben Lili Stein auf dem Square Georges Cain stand. »Laurent de Saux, wenn es der ist, den Sie meinen. Er wohnte in der Nummer 23, zwei Eingänge weiter.«

Das Schwarz-Weiß-Foto zeigte das Café mit den umherschlendernden SS-Soldaten und die Schüler im Park.

»Woher haben Sie dieses Foto?«

»Oh, Madame Pagnol, unsere Geschichtslehrerin, hat es gemacht, um uns darauf das Denkmal von Caesar Augustus zu zeigen. Sehen Sie … hier.« Sie deutete auf ein Marmordenkmal im Hintergrund. »Wir hatten gerade das Römische Reich durchgenommen.«

Natürlich, jetzt konnte Aimée es sehen. Was wie eine willkürliche Straßenszene aussah, war eine fabelhafte Ansicht der Caesar-Augustus-Statue. Deshalb war das Bild aufgenommen worden.

»Hat jeder Schüler dieses Foto bekommen?«

»Oh nein«, erklärte Odile. »Nur diejenigen, die es sich leisten konnten. Kurz danach bin ich von der Schule abgegangen. Hab sie leider nie beendet.«

Aimée kämpfte mit ihrer Erregung. *Hier war der Beweis … aber wofür?*

»Laurent hat während der Besatzungszeit Schüler verraten.«

Odile schloss die Augen.

»Sie etwa auch?«, fragte Aimée.

Jetzt funkelte Wut in Odiles Augen. »Niemals.« Sie stieß das Album zur Seite.

»Nostalgie ist auch nicht mehr das, was sie mal war.« Aimée reichte es. »All das Gerede von den guten alten Zeiten funktioniert nicht.«

Odile starrte aus dem Fenster. »Nichts geht verloren, was?«

»Die nackte, grausame Wahrheit nicht.«

Odile schwieg eine Weile, dann sagte sie: »Laurent hatte mich gefragt. Anonyme Tipps brachten hundert Francs. Für direkte Denunziationen bot die Gestapo sogar mehrere Hundert Francs. Aber ich habe so etwas nicht gemacht. Ich habe den Hass und die Angst in den Gesichtern meiner Mitschüler gesehen, wenn Laurent an ihnen vorbeikam. Er ging davon aus, dass die Nazis den Krieg gewinnen und ihn schützen würden.«

»Und Sie?«

»Falsche Person zur falschen Zeit. Ich hatte diesen RAF-Piloten während der Besatzung bei mir beherbergt. Also haben sie mir eine Lektion erteilt.« Sie zeigte auf ihre dürren Beine.

»Wer?«

»Die Gestapo-Ärzte, die Untersuchungen an Rückenmarksnerven durchführten. Sie haben mich als Versuchskaninchen ausgewählt. Das Ergebnis sehen Sie hier. Dann nahmen sie mich mit nach Berlin und führten mich vor.«

»Oh mein Gott.« Aimée schüttelte entsetzt den Kopf. »Bitte verzeihen Sie mir. Es tut mir leid.«

»Mir tut's auch leid, das können Sie mir glauben.« Odile lächelte. »Aber ich versuche immer noch, mich an die guten Zeiten zu erinnern.«

»Was ist aus Laurent geworden?«

»Ich habe ihn zum Ende hin nicht mehr gesehen. Er ist zusammen mit vielen anderen Leuten verschwunden. Wer weiß?«

»Und seine Familie?«

»Erschossen.« Odile zeigte auf das Fenster. »An der Mauer dort. Seine Stiefmutter und sein Vater, 1943. Es hieß, er hätte sie auch denunziert.«

Aimée verschluckte sich an ihrem Tee.

»Wer hat das Gebäude dann übernommen?«, brachte sie schließlich heraus.

»Irgendein Cousin mütterlicherseits. Sie müssen wissen, dass er den Namen seiner Mutter angenommen hatte, die hatte das Geld. Nachdem sie gestorben war und sein Vater wieder geheiratet hatte, behielt er ihren Namen.«

»Welchen Namen?«, fragte Aimée.

»Er nannte sich immer de Saux. Er hasste seinen Vater dafür, dass er wieder geheiratet hatte.«

Odile Redonnet machte eine Pause und sah Aimée lange an.

»Es dreht sich alles um ihn, nicht wahr?«

Aimée nickte.

»Er war die Inkarnation des Bösen. Ich könnte nicht mal sagen, dass er unmoralisch war. Er hatte kein Gewissen. Tat alles, um Macht über jemanden zu haben. Nach dem Krieg tauchte er unter, wie so viele Kollaborateure. Er war bei der Befreiung vielleicht siebzehn oder achtzehn. Wer würde ihn jetzt noch erkennen, in seinen Sechzigern?«

Aimée schwieg einen Augenblick und dachte an die zerrissene Seite aus Lilis Tagebuch. *Ich weiß, dass er es ist. Laurent …* Sie dachte an Lilis merkwürdigen Satz, den Abraham für sie wiederholt hatte: »Vergiss es nicht.« Lili Stein hatte Laurent erkannt, weil er ihre Familie ins KZ gebracht hatte. Sie hatte ihn nicht vergessen.

»Er ist wieder da, oder?«

»Darf ich das Foto behalten?« Aimée stand auf. »Ich muss herausfinden, wer er ist, und das könnte mir dabei helfen.«

Sie steckte das Foto in ihre Tasche, trug die Teetasse in die Küche und stellte sie in die Spüle. Odiles Fenster ging auf eine Reihe kleiner verfallener Hinterhöfe hinaus. Die Nummer 23 war vermutlich einer davon.

In der Tür drehte Aimée sich noch einmal um. »Vielen Dank«, sagte sie. »Aber in einer Sache bin ich nicht Ihrer Meinung, Odile.«

»Wie meinen Sie das?«, fragte Odile, die in ihrem Rollstuhl am Tisch saß.

»Ich glaube allmählich, dass er nie weg gewesen ist«, sagte Aimée.

Die erste Tür, an der sie klingelte, wurde von einer Frau in den Vierzigern geöffnet. Sie hatte einen gestreiften Gymnastikanzug an, ihre Wangen waren gerötet, und ein leichter Schweißfilm lag auf ihrer Haut. Im Hintergrund hörte Aimée die wummernden Beats einer Stereoanlage.

»Der Besitzer? Keine Ahnung. Ich überweise die Miete immer an die Hausverwaltung«, sagte sie, ganz außer Atem.

»Könnte der Hausmeister so was wissen?«

»Es gibt keinen.« Ihr Telefon fing an zu klingeln. »Tut mir leid«, sagte sie und schloss die Tür.

An den anderen Wohnungstüren klingelte sie vergeblich. Niemand machte auf. Sie ging zur Rückseite des Gebäudes, wo die Mülltonnen standen, und suchte nach dem Gaszähler. Schließlich entdeckte sie ihn hinter einer verrotteten halb hohen Tür. Sie notierte die Seriennummer des Zählers. Es wäre leicht, mehr herauszufinden, wenn sie sich bei EDF, der *Électricité de France*, Zugang verschaffen könnte. Ansonsten stand ihr eine mühselige Suche in den Kapitalertragsunterlagen des Finanzamts bevor, um den Eigentümer ausfindig zu machen. Na ja, vielleicht würde sie dort sowieso enden.

Jetzt brauchte sie jedenfalls einen Internetzugang. Sie überlegte, sich noch einmal Zutritt zum Victor-Hugo-Museum zu verschaffen, um dort in die Tasten der modernen Computer zu hauen.

Freitagnachmittag

Nachdem ihr Handy den Geist aufgegeben hatte, entschloss sie sich, Abraham Stein von einer öffentlichen Telefonzelle von einer Métro-Station an der Place de la Concorde aus anzurufen. Sinta kam an den Apparat.

»Abraham redet gerade mit einem *flic* mit einer großen Nase«, erklärte sie.

»Ein Kettenraucher mit Hosenträgern?«, fragte Aimée.

»Sie haben es erfasst.«

»Bitte holen Sie Abraham ans Telefon, aber sagen Sie nicht, wer dran ist.« Aimée wartete, während Sinta zu ihrem Mann ging. Im Hintergrund hörte sie das Dröhnen der Nachrichten im Radio und die Kommentare eines Reporters mit durchdringender Stimme: »Die Bereitschaftspolizei wurde zu einem Einsatz am Élysée-Palast einberufen, um den dort Demonstrierenden Einhalt zu gebieten. Heute soll auf dem Gipfeltreffen das Handelsabkommen der EU unterzeichnet werden. Im 4. Arrondissement, vor allem im Bastille-Viertel, kam es zu gewaltsamen Auseinandersetzungen zwischen Neonazi-Gruppen und den Grünen.«

Das Telefon kratzte über etwas hinweg, als Abraham Stein den Hörer in die Hand nahm. »Ja?«

»Hier spricht Aimée Leduc. Bitte sagen Sie jetzt nichts, hören Sie mir einfach zu und beantworten Sie dann meine Fragen nur mit Ja oder Nein, wenn Sie können.«

Er grummelte etwas, dann hörte sie ihn sagen: »Sinta, willst du dem Beamten nicht einen Tee anbieten?«

»Heißt der Beamte Morbier?«

»Ja.«

»Hat er mich erwähnt? Zum Beispiel gefragt, wann Sie mich das letzte Mal gesehen haben?«

»Ja, zwei Mal.«

»Hat es etwas mit Lilis Mord zu tun?«

»Ja.«

Plötzlich hörte sie, wie Abraham sich erschreckt räusperte, dann war Morbiers kratzige Stimme in der Leitung.

»Leduc! Wo zum Teufel steckst du?«

»Warum versuchst du, mich reinzulegen, Morbier?«, entgegnete sie wütend.

»Jetzt halt mal einen Moment die Luft an. Du bist nicht zu unserem Treffen erschienen, du rufst mich nicht zurück, und jetzt wurde auf deinen Partner geschossen«, sagte er.

»Hör auf mit dem Scheiß«, entgegnete sie. »Wer steckt dahinter? Ich lege auf, bevor mich dein Drei-Minuten-Tracer ausfindig macht. Ich habe einige Fragen.«

»Nur nebenbei, dein Partner ist stinksauer«, sagte er. »Dass du ihn einfach so zurückgelassen hast. Sieht so aus, als wenn er nicht mehr länger dein Partner sein will.«

»Warum verhörst du Abraham, wenn du nichts mehr mit dem Fall zu tun hast?«, fragte sie und blickte auf ihre Uhr.

»Wollte nur wissen, ob er was von dir gehört hat«, gab er zurück.

»Und warum hast du mich in eine Falle gelockt?«

»Du bist paranoid, was ist los mit dir? Hör zu, Leduc, mach mal einen Realitäts-Check. Niemand ist hinter dir her.«

»Na gut. Die einzige andere Erklärung wäre, dass mein Telefon abgehört wurde und sie wussten, wo wir uns treffen wollten. Javel …«

»Warum sind deine Fingerabdrücke eigentlich überall bei ihm verteilt?«, unterbrach er sie.

Ihre Fingerabdrücke waren in allen Zimmern eines mutmaßlichen Selbstmörders. Ihre Uhr zeigte zwei Minuten und fünfzig Sekunden. Aimée hängte den Hörer des Münztelefons ein.

Sie hörte das Kreischen von Metall auf Metall und das Zischen von Bremsen, als die Métro einfuhr. Sie huschte durch die Türen des Zugs in Richtung Porte de Vanves, der voll mit Menschen war, die nach der Arbeit nach Hause fuhren. Krampfhaft klammerte sie sich an der oberen Stange fest, während sich in ihrem Kopf alles drehte und ihr übel wurde. Wer sagte die Wahrheit? War es möglich, dass René, ihr Partner und bester Freund seit der Sorbonne, sie verraten hatte? Wollte er sie wirklich beschützen, als er sagte, sie solle abhauen? Natürlich wollte er das! Sein besorgtes Verhalten war genauso gewesen wie sonst auch. Er meinte nämlich immer, sich zu ihrem Beschützer aufmanteln zu müssen, und meistens ging ihr das auf den Geist.

Dann war da Morbier. Er hatte sie bezüglich seiner Ermittlungen angelogen und verhielt sich definitiv anders als sonst.

Sie stieg in Châtelet aus. An einem Kiosk kaufte sie ein Ladegerät für ihr totes Handy. Berufspendler rollten wie eine Welle auf sie zu und brachen in der letzten Sekunde vor ihr auseinander. In ihrem schwarzen Kostüm reihte sie sich hervorragend in das Heer der Berufstätigen zur Hauptverkehrszeit ein. Nachdem sie das Ladegerät angeschlossen hatte, fing ihr Telefon sofort an zu piepsen.

»Ja?« Sie sah auf ihre Armbanduhr.

»Das wurde aber auch Zeit«, schnauzte Thierry. »Du bist wohl die Dame, die man nie erreichen kann, was? Und – hast du sie gefunden?«

»Wir müssen uns treffen«, entgegnete sie.

»Bring Sarah zu meinem Büro in Clignancourt«, sagte er.

Für kein Geld der Welt würde sie das tun.

»Komm zu Dessange an der Place de la Bastille, dort können wir uns treffen. In einer halben Stunde.«

»Dessange? Meinst du diesen Schickimicki-Friseur? Wie kannst du jetzt …?«

»In einer halben Stunde, okay? Danach bin ich weg.« Sie legte auf und rief Clotilde an.

Nur weil sie auf der Flucht vor Skinheads und der Polizei war und nicht in ihre Wohnung zurückkonnte, war das noch lange kein Grund, mit fettigen Haaren durch die Gegend zu laufen. Clotilde schamponierte gerade Aimées Haare, als Françoise, die Chefin des Friseursalons, Thierry in den Waschbereich führte.

Thierry war perplex. »Was läuft hier eigentlich?«, wollte er wissen.

»Setz dich. Du könntest auch einen Haarschnitt vertragen«, sagte Aimée.

Er schnaufte verärgert. »Jetzt hör schon auf mit deinen coolen Sprüchen.«

»Der Laden bietet wirklich alles – Haare, Nägel, Kosmetik. Warum nicht die Gelegenheit nutzen?«, entgegnete sie mit eingeschäumtem Kopf und lächelte Clotilde zu, die ihre Kopfhaut massierte. Thierry spielte mit seinen Fingern, sein Unbehagen war ihm deutlich anzusehen. Sie deutete auf einen Stuhl in dem hellen und luftigen Salon, der voller hübscher Friseusen in langen Schürzen und Frauen mit Alufolie-Streifen im Haar war, die wie silberne Antennen von ihren Köpfen abstanden. An den Wänden hingen riesige Fotografien von elfenhaften Models. Das geschäftige Summen der Haarföne vermischte sich mit dezentem Latin-Pop und dem intensiven Geruch nach Ammoniak.

Thierry musste entweder im Stehen mit Aimée reden oder in einem Stuhl neben ihr Platz nehmen und sich die Haare waschen lassen. Er entschied sich, stehen zu bleiben. »Und? Hast du sie gefunden?«

»Wenn ja, was geht's dich an?«, sagte Aimée und legte den Kopf zurück, als Clotilde ihr jetzt die Haare mit warmem Wasser ausspülte.

»Das ist dein verdammter Job. Ich habe dich gebeten, mir zu helfen«, entgegnete er. »Nachdem du meinen Vater gefunden hast. Meinen echten Vater.«

»Warum willst du dich überhaupt mit ihr treffen?«

»Das ist doch wohl normal, oder?«, entgegnete er.

Als Aimée sich aufsetzte und Clotilde ihr das Haar frottierte, bemerkte sie seine blutunterlaufenen Augen und die hektischen Bewegungen. Immer wieder griff er nervös an den Ledergürtel seines Sturmbannführer-Mantels. Sie würde niemals ein Treffen zwischen Sarah und Thierry arrangieren, jedenfalls nicht, wenn er so drauf war wie jetzt.

»Hör zu, ich muss wieder zu der Demo am Élysée-Palast zurück«, sagte er. »Wir werden die Grünen schon zwingen, Leine zu ziehen. Man muss diesen Schwachköpfen zeigen, dass es noch Leute gibt, die Stellung beziehen. Das Abkommen wird unterzeichnet werden.«

Er klang ziemlich gereizt und weinerlich für einen fünfzigjährigen Mann. Aber auch furchterregend.

»Meinst du das europäische Handelsabkommen?«

Er nickte. »Lass mich sie sehen, ich will mit ihr reden«, sagte er dann.

»Ich werde sie fragen. Warum hatte dieser Abschaum in Lederhosen ein Gewehr mit Infrarot-Nachtsichtgerät?«

Thierrys Augen verengten sich. »Was?!«

»Er hat versucht, ein Sieb aus mir zu machen. Im Innenhof des Hôtel de Sully.« Aimée sank genüsslich unter dem warmen Handtuch zusammen, mit dem Clotilde ihr Haar bearbeitete.

Widerwillig folgte ihnen Thierry zu einem hydraulischen Stuhl, den Clotilde mit einem Fußpedal bediente. Als sie in den Spiegel blickte, fand Aimée, dass sie aussah wie ein ertrunkenes Pelztier, aber er sah mit seinen wild zerrauften Haaren auch nicht viel besser aus.

»Vielleicht möchtest du mir etwas dazu sagen?«, forderte sie ihn auf.

»Klingt, als ob du paranoid wirst«, entgegnete er, ließ sich in den Stuhl neben ihr sinken und schüttelte den Kopf. »Leif ist vollauf damit beschäftigt, unsere Demonstrationen zu organisieren.«

»Nicht mehr«, sagte sie. »Und wir werden ihn auch nicht mehr fragen können, fürchte ich.«

Thierry wirbelte mit seinem Stuhl so schnell herum, dass Clotildes Kämme und Bürsten durch die Luft flogen. Dosen mit Mousse und Haargel fielen scheppernd zu Boden. Alle Köpfe drehten sich zu Aimée um, die in ihrem Frisierkittel festsaß, neben sich Thierry, der fast Schaum vorm Mund hatte und aufgeregt ihre Armlehne umfasste, während er sein Gesicht direkt vor das ihre schob. Einige Stylistinnen hoben automatisch ihre Haarbürsten, eine klammerte sich defensiv an ihren Hochleistungsfön.

»Du hast Leif erledigt?« Thierrys Augen waren ungläubig aufgerissen.

»Tja. Er oder ich. Darauf lief es am Ende hinaus«, sagte sie etwas unbehaglich. »Ich fand ja schon immer, dass Leif viel zu schmierig aussah, um wirklich nordisch zu sein.«

»Idiotin!«, sagte er. »Er war ein verdienstvoller *Korporal* unserer Truppe.«

»Er hat vom Dach auf mich geschossen«, entgegnete sie entrüstet. »Ich entschuldige mich doch nicht dafür, noch am Leben zu sein.«

Thierry blickte abrupt auf und sah, wie die Stylistinnen ihn mit erhobenen Friseurinstrumenten beobachteten.

Seine Stimme wurde zu einem Flüstern. »Bring mir die Judensau«, zischte er. »Wir treffen uns heute Abend in meinem Büro. Wenn nicht, wird der Zwerg den Morgen nicht erleben.«

Nun war sie an der Reihe, überrascht zu sein.

»René Friant, Zimmer 224 im Hôpital Sainte Catherine – ist doch korrekt, oder?«

Im nächsten Moment war er verschwunden, nur ein unangenehmer Schweißgeruch lag noch in der Luft.

Françoise eilte herbei. »Soll ich die *flics* rufen?«

»Nein, bitte nicht«, sagte Aimée. »Es ist ja nichts wirklich Schlimmes passiert.«

Françoise nickte. »Schlechte Nachrichten, was?«

»Nicht nur in einer Hinsicht«, stimmte Aimée zu.

Mit feuchtem Haar griff sie nach dem Mobiltelefon und rief sofort im Krankenhaus an.

»René Friant? Der wurde vor fünf Minuten entlassen«, verkündete ihr die Stationsschwester mit monotoner Stimme.

Sie rief im Büro an. Es ging keiner an den Apparat, aber sie hinterließ eine verschlüsselte Nachricht für René und verwendete den Code, den sie mit ihm vereinbart hatte. Sie warnte René und teilte ihm mit, dass sie ihn später bei ihrem Cousin Sebastian treffen wollte. Sie hinterließ die gleiche Nachricht bei ihm zu Hause. Jetzt fühlte sie sich ein wenig ruhiger. Wenn sie René nicht erreichen konnte, bezweifelte sie, dass Thierry dazu in der Lage war. Wenigstens nicht sofort.

Das Brummen und Summen im Friseursalon hatte wieder eingesetzt, und Clotilde sah sie erwartungsvoll an, Kamm und Schere bereit.

»Lass uns mal über eine neue Farbe sprechen, dieses Braun ist doch irgendwie langweilig«, sagte Aimée.

Clotilde zwinkerte und holte ein paar Farbmuster heraus. Aimée deutete auf mehrere Töne. Mit einer neuen Haarfarbe, einer dunklen Sonnenbrille und ihrem eleganten Kostüm würde sie wohl kaum jemand erkennen. Nach der radikalen Abkehr von Jeans, Lederjacke und den alten Stiefeln konnte sie jetzt von überall die Computer surren lassen.

Während Clotilde sich ans Werk machte, spielte sie die verschiedenen Szenarien durch. Obwohl sie Thierry gern die Schuld gegeben hätte für den Anschlag, der auf sie verübt worden war, musste sie einräumen, dass er ziemlich überrascht gewirkt hatte.

Mal angenommen, Leif arbeitete für Laurent, wer immer das war. Dann hätte Laurent mit Leifs Hilfe Lili Stein erledigt, Soli Hecht zum Schweigen gebracht und sie selbst umzubringen versucht sowie dafür gesorgt, dass Morbier von den Ermittlungen abgezogen wurde, Sarah verfolgt und Javel erwürgt haben müssen und die Tat wie einen Selbstmord aussehen lassen. Das alles konnten zwei Leute unmöglich alleine schaffen.

Etwas, das sie auch nicht verstand, war: Warum hatte man ihr nicht einfach den Draht in die Hand gelegt, um den Verdacht auf sie zu lenken? Aber vielleicht hatte der Mörder auch dafür keine Zeit mehr gehabt, weil ein Kunde den Laden betreten hatte. Oder er wollte vermeiden, dass die Aufmerksamkeit nach all der Zeit wieder auf den Mord an der Concierge gelenkt wurde. Es sollte möglichst so aussehen, als hätte Javel seine Arlette all die Jahre schrecklich vermisst und sich nun entschlossen, ihr in die Ewigkeit zu folgen. Das ergäbe immerhin einen Sinn. Aimée lehnte sich nachdenklich zurück. Durch den Fernsehbericht und die sensationsheischende Berichterstattung in der Boulevardpresse über die Luminol-Orgie war Bewegung in die Sache gekommen. Der oder die Mörder hatten offenbar Überstunden geschoben.

All das führte sie wieder zurück zu Laurent. Sie musste sich darauf konzentrieren, seine falsche Identität aufzudecken. Nur so konnte sie auch Sarah schützen.

Ihr neuer Haarschnitt war mit blonden Strähnchen durchzogen, als sie etwas später auf die schmale gepflasterte Straße heraustrat. Ein alter Mann hinter einem nahe gelegenen Obststand pfiff anerkennend. Sie zwinkerte ihm zu und musste lächeln.

Gegenüber vom Friseursalon trat ein elegant gekleideter Herr durch die schmiedeeisernen Türen der Brasserie Bofinger. Es war Yves! Ausnahmsweise hatte sie mal eine phantastisch sitzende Frisur und ein passendes Kostüm. Nervös und erfreut zugleich überlegte sie, was sie tun sollte.

Er wirkte sehr gepflegt und geschäftsmäßig in seinem blauen Doppelreiher. Überhaupt nicht wie ein Neonazi. Clotilde hatte die Fussel von ihrem Kostüm gebürstet, und auch Aimée sah aus, als ob sie gerade dem Laufsteg entsprungen wäre.

Einen Augenblick zog sie ernsthaft in Betracht, den Arm zu heben und nach Yves zu rufen, da bog ein Renault in die kleine Straße und kam quietschend neben ihm zum Stehen. Aimée erkannte sofort, dass es ein ziviles Polizeifahrzeug war.

Der Wagen drängte Yves in einen Hauseingang ab. Zwei Fahnder sprangen heraus und zerrten Yves nach einem kurzen heftigen Gerangel auf den Rücksitz. Die Türen knallten zu, und der Renault raste mit Vollgas die Straße hinunter.

Mit zitternden Knien lehnte Aimée sich an eine Fensterscheibe. Sie hatte *angenommen*, es wären Zivilfahnder. Schließlich war er ein Neonazi … oder?

Freitagnachmittag

Am Rande des Spielplatzes auf der Place des Vosges saß Hartmut Griffe zusammen mit seinem Sohn auf einer Bank und blickte auf das Victor-Hugo-Museum. Kinderlachen schallte von den Schaukeln unter den kahlen Platanen. Die steinernen Arkadenbögen, die den umzäunten und mit Brunnen und Grünflächen ausgestatteten Platz umgaben, fingen die letzten Strahlen der Herbstsonne ein. Über dem blanken Pflaster hing der Geruch von gerösteten Maronen. Griffes Hände zitterten, als er die Zeitung faltete, die er angeblich gelesen hatte.

»Ich habe mich nur dazu bereit erklärt, mich noch einmal mit dir zu treffen, weil du meintest, es wäre wichtig«, sagte er. »Was willst du also?«

»Millionen von Dingen. Du bist mein Vater.« Thierrys Augen glänzten wie in Trance. »Lass uns damit anfangen, dass wir uns kennenlernen. Erzähl mir von meiner deutschen Familie.«

Griffe rutschte schuldbewusst auf der Bank herum. »Du hattest einmal eine Schwester«, sagte er schließlich, während er die spielenden Kinder beobachtete. »Ihr Name war Katia. Ich war kein sehr guter Vater.«

Thierry zuckte mit den Schultern.

»Wie bist du aufgewachsen?«, fragte Griffe.

»Ein konservatives Ehepaar hat mich aufgezogen. Sie haben mich die ganze Zeit belogen.« Thierry trat nach einer Taube, die vor der Bank nach Brotkrumen suchte. »Aber ich bin immer wie du gewesen, Vater. Ich habe an unsere Sache geglaubt, das, wofür du gekämpft hast. Jetzt weiß ich, warum ich der *Kameradschaft* beigetreten bin, es ist nur natürlich, dass ich unsere arische Aufgabe weiterführe.«

Griffe schüttelte fassungslos den Kopf. Er stand auf und ging ein paar Schritte den Kiesweg entlang. Vor der träge sprudelnden Fontäne in der Nähe der Statue von Louis XIII. und seinem Pferd hielt er an.

Thierry musste plötzlich an seinen Ziehvater denken, an Claude Rambuteau, der ihm an genau dieser Statue immer die Brotkrumen für die Tauben gegeben hatte. Warum hatten die Rambuteaus ihm seine wahre Herkunft verschwiegen?

»Hier habe ich mich von ihr verabschiedet«, sagte Griffe plötzlich. »Genau hier.«

Thierry sah ihn überrascht an. »Von wem sprichst du?«

»Von deiner Mutter. Bevor meine Truppe an die Front ging.« Er hielt inne. »Sie ist immer noch wunderschön«, murmelte er wehmütig.

»Wie kannst du so etwas sagen?«, fragte Thierry entgeistert. Er hatte nicht damit gerechnet, dass sein Nazivater sich so benehmen würde.

»Ich habe sie geliebt und tue es immer noch«, fuhr Griffe unglücklich fort. »Sie denkt, ich bilde mir das nur ein. Komm. Ich will dir zeigen, wo wir uns immer getroffen haben.« Er schritt über den Platz und zog Thierry hinter sich her.

Keiner der vorbeieilenden Passanten beachtete sie – den Mann mit den durchdringenden blauen Augen und den schlanken älteren Herrn mit dem silbergrauen Haar, die, wenn man genauer hinsah, große Ähnlichkeit miteinander hatten.

Sie waren schon halb durch die Rue du Parc Royal gegangen, als Hartmut Griffe sich umdrehte und auf das Wappen Franz' I. wies – den Marmor-Salamander, der den Torbogen zierte.

»Hier habe ich sie zum ersten Mal gesehen, auf diesen Pflastersteinen«, sagte Griffe. »Aber dort drüben, da wurdest du gezeugt, unter der Erde.«

»Unter der Erde? Was willst du mir damit sagen?«, fragte Thierry beunruhigt. Auf der gegenüberliegenden Seite, in der Rue Payenne, die zum Square Georges Cain führte, kletterte Griffe behände über ein verschlossenes Tor. Er fing an, in den Büschen und dem Gestrüpp zu wühlen, das zwischen den uralten Bildhauerarbeiten wucherte. Thierry sah, wie kleine Erdklumpen in den Büschen landeten, und fragte sich, ob sein Vater den Verstand verlor.

»Was machst du denn da?«, sagte Thierry und kletterte hinter ihm her.

»Komm und hilf mir«, sagte Griffe. Er winkte Thierry zu sich heran, seine Augen glänzten wie besessen. »Hilf mit, diese Säule zu bewegen.« Er versuchte, eine zerbrochene Marmorsäule zur Seite zu schieben. »Es muss hier irgendwo sein.«

»Bist du verrückt? Wovon sprichst du?« Thierry hob die Stimme.

Die Abenddämmerung brach herein, und die Straßenlaternen gingen flackernd an, eine nach der anderen.

»Der Zugang zu den Katakomben!«, rief Griffe. »Wir werden ihn finden. Die Katakomben gibt es, seit die Römer hier waren. Sie sind immer noch da. Die ganze Stadt ist durchzogen von den alten Tunneln der Christen.« Er packte Thierry bei der Hand und starrte ihn an. »Ich habe mich hier früher jede Nacht mit deiner Mutter getroffen, wir haben uns versteckt.«

Thierry war die offensichtliche Sehnsucht in Griffes Blick unangenehm. »Warum nennst du sie immer meine Mutter? Ich habe sie nie gekannt, sie hat mich im Stich gelassen, sie war eine dreckige Jüdin!« Sein hysterisches Gelächter erklang eine Oktave höher. »Dreckig, wie passend! Sie trieb es im Dreck, wo auch sonst!«

»Wie merkwürdig. Sarah hat damals genau dasselbe gesagt.« Griffe schüttelte traurig den Kopf. »Du darfst ihr nichts tun, Thierry. Das verstehst du doch?«

»Wie konntest du als Arier mit einer Jüdin schlafen?«, fragte Thierry vorwurfsvoll. »War es, weil du weit von zu Hause weg warst, einsam? Vielleicht erschien sie dir exotisch und hat dich verführt?«

In Griffes Augen stiegen Tränen auf. »Woher kommt nur dieser ganze alte Hass?«

»Ich weiß, dass Auschwitz eine Lüge ist«, versicherte ihm Thierry. »Er war meine Aufgabe, diese Todeslager-Geschichten aufzudecken.«

»Ich habe den Gestank von zu vielen Todeslagern gerochen, ich habe den Geruch des Todes noch immer in der Nase«, sagte Griffe resigniert und lehnte sich gegen die zerbrochene Marmorsäule. »Sarahs Eltern, deine Großeltern, sind in Auschwitz gelandet.«

Schockiert rief Thierry aus: »Nein, nein! Ich glaube dir nicht.«

Ein paar Passanten drehten sich neugierig um, gingen dann aber weiter.

»Unter dem Zug unseres Regiments ging irgendwo in Polen eine Bombe hoch«, sagte Griffe. »Wir versuchten, die Schienen im Schnee zu reparieren, während die Partisanen vom Wald aus auf uns schossen. Aus dem verdammten Wald drang ein fürchterlicher Gestank, der überhaupt nicht mehr wegging. Wir wussten nicht, was es war, weil wir keine Dörfer sahen, nur riesige Säulen von schwarzem Rauch. Als der Zug wieder fuhr, passierten wir ein Nebengleis. Da war ein Pfeil, der auf ein Schild zeigte, auf dem Birkenau stand. Verwesende Leichen derjenigen, die in ihrer Panik aus dem Zug gesprungen waren, lagen neben den Gleisen. Ich werde niemals diesen Gestank vergessen.« Seine Stimme klang verloren.

Thierry starrte ihn an. »Du lügst, diese Jüdin hat dir dein Hirn aufgeweicht!«

Er kletterte über den Zaun und lief die Straße entlang. Griffe sank zwischen den Ruinen auf die Knie, aber er hatte keine Tränen mehr. Tief in seinem Inneren tauchte ein altes Schlaflied auf, das seine Großmutter ihm früher vorgesungen hatte: *Liebling, du musst mir nicht böse sein, Liebling, spiele und lach den ganzen Tag.*

Er sang die Worte leise vor sich hin, während er in der Erde grub und Steine beiseiteschaffte. Als die Dunkelheit sich über die Stadt legte, grub er immer noch.

SAMSTAG

Samstagmorgen

Solange Goutal blickte von ihrer Arbeit auf, ihre Augen waren vom Weinen geschwollen. »Soli ist tot … man sagt, er wurde ermordet.«

»Das ist nicht nur Gerede, es ist die Wahrheit«, entgegnete Aimée und legte ihre Lederhandtasche auf den Granittresen, über dem die Worte *Vergiss es nicht* eingraviert waren.

Solange wandte den Blick ab. »Gehen Sie hinein, die Direktorin erwartet Sie.«

Annick Sausotte, die Direktorin des *Centre de Documentation Juive Contemporaine*, eilte herbei, um Aimée zu begrüßen. Sie nahm Aimées Hand, schüttelte sie kräftig und führte Aimée dann in ihr Büro.

»Mademoiselle Leduc, es ist eine Schande, dass wir uns unter so unglücklichen Umständen kennenlernen müssen. Der Tod von Soli Hecht hat uns alle erschüttert.« Ein rascher Blick streifte Aimées Lederhandtasche und ihr schwarzes Kostüm. »Bitte setzen Sie sich. Ich habe leider nur ein paar Minuten, danach muss ich zu einem Gedenkmittagessen.«

»Danke, dass Sie sich die Zeit nehmen, Madame. Ich komme auch gleich zur Sache.« Aimée saß auf der Kante eines unbequemen, zylinderförmigen Metallstuhls. »Der Temple Emanuel hat mich beauftragt, im Mordfall Lili Stein zu ermitteln. Wenn ich es recht verstanden habe, hatte Soli Hecht auf Lili Steins Bitte hin versucht, etwas über eine Person herauszubekommen, die sie als einen Kollaborateur aus dem Krieg wiedererkannt hatte. Es muss da irgendeinen Zusammenhang geben – deshalb wüsste ich gern, woran Soli Hecht gearbeitet hat an dem Tag, als er angeblich vom Bus überfahren wurde.«

»*Angeblich* vom Bus überfahren, sagen Sie?«, hakte Annick Sausotte nach.

Aimée sah in ihre klugen dunklen Augen. »Jemand hat ihn vor den Bus gestoßen«, sagte sie dann. »Leider kann ich es nicht beweisen, Madame Sausotte. Aber haben Sie sich nie gefragt, warum Soli Hecht einen Bus hätte nehmen sollen, wenn sein Gelenkrheumatismus so schlimm war, dass er schon Hilfe brauchte, um auch nur die Treppen runterzugehen und seinen Mantel anzuziehen? Zudem hatte er dem Mädchen am Empfang gesagt, er wolle ein Taxi nehmen.«

»Also … Was wollen Sie von mir, Mademoiselle Leduc?«, fragte Annick Sausotte.

»Zugang zu den Computerdateien, an denen Soli Hecht damals arbeitete«, sagte Aimée wie aus der Pistole geschossen. »Ich bin über seinen Namen gestolpert, als ich Lili Steins Sachen durchsah. Ich glaube, sie hat einen ehemaligen Kollaborateur erkannt und Soli um Hilfe gebeten, um etwas zu beweisen.« Aimée hielt inne. »Deswegen wurde sie ermordet.«

Annick Sausotte lehnte sich vor, das Kinn in den Handflächen, die Ellenbogen auf ihren polierten Schreibtisch gestützt. »Soli Hecht war der Einzige, der den Zugang zu seinen Dateien hätte freigeben können, aber jetzt …« Sie hörte auf zu sprechen, und ein Anflug von Trauer huschte über ihr Gesicht. »Ich fürchte, das ist unmöglich. Nur die Stiftung könnte so eine Erlaubnis erteilen.«

»Ich bin sicher, dass er im Krankenhaus ermordet wurde. Aber auch das kann ich nicht beweisen.« Aimée stand auf und lehnte sich zu Annick Sausotte hinüber. »Eine weitere Frau ist in Gefahr, eine Überlebende, deren Familie im Holocaust umkam.«

»Sind Sie Jüdin, Mademoiselle Leduc?«

»Ist das Teil der Stellenbeschreibung? Ich habe nämlich das Gefühl, das ist Ihnen wichtiger, als irgendwem das Leben zu retten.« Aimée ging zu Annick hinüber, die sich jetzt erhob.

»Auch hinter mir ist jemand her, aber es scheint Ihnen wichtiger zu sein, welcher Glaubensrichtung ich angehöre!«

»Sie nehmen das alles sehr persönlich, Mademoiselle Leduc. Bitte verstehen Sie …«

»Ich neige dazu, es persönlich zu nehmen, wenn mein Leben in Gefahr ist«, fiel ihr Aimée ins Wort. »Also, helfen Sie mir jetzt oder nicht?«

Annick Sausotte begleitete sie zur Tür. »Ich bin noch nicht einmal hier im Center für Angelegenheiten dieser Art zuständig. Lassen Sie mich mit den Verantwortlichen sprechen und natürlich mit Soli Hechts Stiftung. Sie können mich gerne in den nächsten Tagen anrufen.«

Aimée schüttelte den Kopf. »Sie scheinen den Ernst der Lage nicht zu begreifen.«

»Das ist alles, was ich im Moment tun kann«, sagte Annick, während sie einen weiten Mantel anzog, der ihre zierliche Gestalt nahezu verschlang. »Bitte rufen Sie mich morgen oder übermorgen an.«

Als Annick Sausotte hinauseilte, hörte man hinter dem Empfangstresen ein lautes Klingeln. Aimée blieb am Empfang stehen und studierte die Liste mit den Besuchernamen.

»Solange, da ist eine Lieferung am Wareneingang«, rief Annick. »Ich bediene den Türöffner, wenn du runtergehen kannst und sie annimmst.«

Solange griff nach ihrem Schlüsselbund, während Annick Sausottes Schritte die Marmorempfangshalle entlanghallten.

»Ich muss noch mal rasch auf die Toilette und gehe dann zusammen mit der Direktorin raus«, sagte Aimée.

Solange zögerte. Eine schrille Stimme quakte durch die Gegensprechanlage: »Frexpress-Lieferung, ich brauche eine Unterschrift!«

Solange nickte ihr zu und verschwand dann in Richtung Hinterausgang. Aimée hörte das Klicken der sich schließenden Eingangstüren und überprüfte rasch das Sicherheitssystem.

Überwachungsmonitore zeigten Annick Sausotte, die gerade auf die Straße trat, und Solange, die auf einem Klemmbrett eine Unterschrift leistete und es dann dem uniformierten Fahrer zurückreichte. Danach ging sie in Richtung Kamera und war nicht mehr zu sehen. Hastig zog Aimée die Schubladen auf, bis sie eine mit Plastikausweisen fand. Darunter lagen diverse Zugangsschlüssel. Aimée griff sie sich alle und steckte sie in ihre Tasche. Dann trat sie durch die halb geöffnete Tür von Annick Sausottes Büro. Das Centre schloss in zehn Minuten – so lange hatte sie Zeit, bis Solange noch einmal ihren Rundgang machen und alles abschließen würde. Aimée hatte gerade die Pumps von ihren schmerzenden Füßen gestreift und sich wieder auf den zylinderförmigen Stuhl gesetzt, als sie die Stimme der Rezeptionistin hörte.

»Hallo, Annick, hast du etwas vergessen?«

Aimée sah sich rasch um und entdeckte auf dem Schreibtisch eine Aktentasche. Sie realisierte, dass es keinen Schrank gab, in dem sie sich hätte verstecken können, und auch der Schreibtisch bot keinen Schutz. Das einzige Möbelstück von nennenswerter Größe war ein antiker schwarzer Lackschrank, der auf drei Füßen stand. Sie öffnete vorsichtig die Türen und fand ihn vollgestellt mit zerbrechlichem Porzellan.

Kein Versteck in Sicht!

Wieder hörte sie Annicks Stimme, als ein Telefon zu läuten begann. »Sie liegt auf meinem Schreibtisch. Holst du sie gerade, ich geh schon ran.«

Aimée griff nach ihren Pumps und presste sich flach gegen die Wand hinter der Tür. Als Solange zum Schreibtisch ging, zog Aimée vorsichtig die Tür zu sich heran und war nun fast ganz verdeckt.

Solange nahm die Aktentasche und wandte sich schon zum Gehen, da rief Annick: »Ach, Solange, kannst du noch nach der Pressemappe über das Deportations-Denkmal schauen, bitte? Zweite oder dritte Schublade in meinem Schreibtisch.«

Aimeé konnte Solange nicht sehen, betete aber, dass sie die blöde Mappe fand. Rasch. Ihre Nase fing an zu kitzeln. Dummerweise hielt sie ihre Schuhe zu beiden Seiten des Körpers und konnte sich nicht an die Nase fassen, ohne gegen die Tür zu stoßen.

Sie hörte Solange in den Schubladen kramen, Papiere rascheln. »Ich kann sie nicht finden. Welche Schublade, sagtest du?«

Aimée versuchte, die Nase vorsichtig an der Tür zu reiben, um das Niesen aufzuhalten, aber auf diese Weise drückte sie nur die Tür weiter auf. Sie war kurz davor, zu explodieren, als Annick rief: »Ich hab die Mappe hier!«

Solange lief aus dem Zimmer und zog die Tür mit einem Ruck hinter sich zu. Im selben Moment ließ Aimée die Schuhe auf den Teppich fallen und dämpfte mit beiden Händen das Niesen, so gut es ging. Hinter der geschlossenen Tür hörte sie eine leise Unterhaltung, dann wurde es still.

Während sie ihre Pumps wieder anzog, wählte sie Leahs Nummer in der Knopffabrik. Es tat gut, Leahs fröhliche Stimme zu hören.

»Leah, wie geht es Sarah?«

Leahs Stimme entgegnete in einem leisen, verschwörerischen Ton: »Als ich das letzte Mal nach ihr sah, war alles in Ordnung.«

»Und wie lange ist das her?«, wollte Aimée wissen. »Unser Gast ist von der nervösen Sorte. Etwas Gesellschaft würde ihr vermutlich guttun.«

»Na ja, so ein paar Stunden«, entgegnete Leah. »Ich schließe hier gerade und sehe gleich noch mal nach. Ich habe übrigens ein Gruyère-Soufflé mit einer Kaperntapenade im Ofen …«

Erst jetzt wurde Aimée klar, dass sie noch gar nichts gegessen hatte. »Klingt wundervoll. Ich werde noch einige Zeit brauchen, also beruhige sie bitte. Ich ruf dich wieder an.«

Soli Hechts Stiftung befand sich im fünften Stock und lag in dem Teil des Gebäudes, den man im achtzehnten Jahrhundert poetisch als »Mansarde« bezeichnet hatte. Weiß getünchte Räume mit Gauben und quadratischen Fenstern. Schmale weiße Spanplatten an den Wänden boten eine umlaufende Ablage- und Regalfläche. Ein paar Computer standen neben einem modernen Kopierer, weiße Metallaktenschränke belegten den restlichen Platz.

Der etwas sterile Eindruck wurde durch eine hochgezogene Fotografie aufgemischt, die eine ganze Wand bedeckte. Der Fuß eines kleinen Kindes hing aus dem Ofen eines Krematoriums – neben Haufen von Asche, in denen lächelnde Gestapobeamte mit ihren Reitgerten herumstocherten. Darunter stand in großen Buchstaben *VERGISS ES NICHT …*

Aimée drehte sich der Magen um, als sie es sah, und sie widerstand nur knapp dem Impuls, das Zimmer Hals über Kopf wieder zu verlassen. Sie setzte sich vor den nächstbesten Computer, schaltete ihn ein und ließ dann einen Augenblick ihren Kopf gegen den Bildschirm sinken, aber das Bild verschwand nicht aus ihren Gedanken. Dieser kleine Fuß. Die Mutter, die ihn gewaschen hatte, der Vater, der ihn gekitzelt hatte, die Großmutter, die ihm Socken gestrickt hatte, der Großvater, der ihn auf seinen Schultern getragen hatte? Wahrscheinlich lebte keiner von ihnen mehr. Generationen vernichtet. Nur die Geister waren geblieben.

So hat sich Soli Hecht immer wieder vergegenwärtigt, warum er hier arbeitete, dachte Aimée. Als ob er einen Anstoß gebraucht hätte, wo er doch selbst ein Überlebender aus Treblinka war. Sie begann die Tasten zu drücken und probierte mögliche Passwörter, um auf Soli Hechts Festplatte zuzugreifen. Sie ging davon aus, dass alle seine Daten noch auf der Festplatte vorhanden waren. Ein User wie Hecht würde glauben, dass Informationen, die er mithilfe des Befehls »Löschen« entfernt hatte, auch wirklich gelöscht waren. Aber nichts war für immer verschwunden. Jede Zeile wurde durch die Computer-Hardware geschleust und steckte irgendwo; Aimée wurde gut dafür bezahlt, bei kriminaltechnischen Untersuchungen alle möglichen Informationen auf Computern zu finden.

Sie knackte das Passwort – *Schoah* – und stellte als Erstes fest, dass die Rechner der Stiftung mit denen des Centre unten verbunden waren. Sie rieb sich aufgeregt die Hände. Dann griff sie systematisch auf die Festplatten zu und suchte in zwei Datenbanken nach Lili Steins Namen.

Soli Hechts letzte Computeraktivität datierte auf den Freitag, an dem der Unfall passiert war – zwei Tage nach dem Mord an Lili Stein. Seither waren keine Dateien geöffnet worden und keine neuen hinzugekommen. Als sie seine E-Mails durchklickte, wuchs ihre Enttäuschung. Sie fand nur eine kurze Nachricht vom Simon Wiesenthal Center in New York. Nachdenklich schaute sie sich um. Wo konnten Soli Hechts Back-up-Disketten sein?

Die verschlossenen Aktenschränke gaben einer aufgebogenen Büroklammer nach, und Aimée durchsuchte sie, wobei sie es vermied, den Blick auf das riesige Foto zu richten. Soli Hecht hatte Hunderte von Seiten mit Aussagen Überlebender zu Klaus Barbie, dem »Schlächter von Lyon«, dokumentiert. Aimée arbeitete sich zum nächsten Schrank vor; es gab nichts nach 1987. Irritiert begann Aimée mit einer systematischen Durchsuchung der weiß getünchten Räume. Sie leerte alle Mappen, nahm die Aktenschränke auseinander, schaute unter den Computern nach, ob etwas daruntergeklebt worden war, und überprüfte die Stoßkanten des Teppichbodens. Drei Stunden später hatte sie immer noch nichts gefunden. Überhaupt nichts. Nicht eine einzige Diskette.

Irgendetwas, das mit Lili Stein zu tun hatte, musste hier sein, sie war sich ganz sicher. Oder hatte Soli Hecht die Sachen mitgenommen? Aber selbst dann hätte er eine Kopie oder eine Sicherungsdiskette hinterlassen.

In einer so aussichtslosen Lage war es das Beste, Abstand zu gewinnen und später mit frischem Blick zurückzukommen, sagte sich Aimée. Vielleicht würde sie dann finden, was sie bisher übersehen hatte. Sie entschloss sich, erst einmal nach unten zu gehen und das Mikrofiche-Archiv des Centre nach Informationen über die Besatzungszeit zu durchsuchen.

Die Bücherei im dritten Stock war übersichtlich aufgebaut und verfügte über tadellose Querverweise. Mikrofiche-Aufnahmen jüdischer Zeitungen und Bekanntmachungen glitten an ihren Augen vorbei.

Eine Stunde später blieb sie an einer alten körnigen Aufnahme hängen, neben der unter der Überschrift *»Non Plus Froid«* ein kurzer Artikel stand.

> Schüler des Lycée in der Rue du Plâtre demonstrierten Patriotismus für unsere französischen Arbeiter in Deutschland. Ihre Wollmäntel-Sammelaktion wird dazu beitragen, unsere Männer diesen Winter warm zu halten.

Unter den Schülern entdeckte sie Sarah und Lili mit ihren aufgestickten gelben Sternen, wie sie neben einem Berg von Mänteln auf dem Schulhof standen. Sie fand auch jenes Gesicht, das Odile Redonnet als Laurent de Saux identifiziert hatte. An seinem Hals lugte ein schmetterlingsförmiges Muttermal aus dem Hemdkragen hervor.

Sie druckte sich den Artikel mitsamt dem Foto auf einem Laserkopierer aus, der im holzvertäfelten Eingang der Bibliothek stand. Der Ausdruck eliminierte die Verzerrungen und die Unschärfe des verblichenen Zeitungsartikels. Die Qualität war ausgezeichnet. Sie fragte sich, wie Laurent de Saux sein Muttermal heute verbarg.

Hier hatte sie den Beweis, dass Laurent Lili und Sarah gekannt hatte. Doch seine Identität war immer noch unklar. Es wäre keine schlechte Idee, den blutigen Fingerabdruck mit der französischen nationalen Datenbank abzugleichen. Natürlich, das war's! Sie musste nur nach einem Laurent de Saux suchen und seinen Fingerabdruck mit dem vergleichen, den sie auf dem Waschbecken gefunden hatte.

In diesem Moment hörte sie das Hallen von Schritten. Sie erstarrte. Ein heiseres, trockenes Husten drang aus dem Flur. Wachpersonal? Sie tauchte unter einen Tapeziertisch in der Nähe und hielt dabei ihren Ausdruck umklammert. Dann fiel ihr auf, dass der Kopierer auffällig offen stand und das rote Licht irritierend blinkte.

Auch ihre Handtasche lag noch auf den Marmorfliesen neben dem Kopiergerät. Sie schielte unter dem Tisch hervor und sah einen älteren Mann, vermutlich einen pensionierten *flic*, in der Uniform einer Sicherheitsfirma.

Der Mann hustete und spuckte in den Metallmülleimer, der direkt neben ihr stand. Dann schaltete er den Kopierer aus und ließ den Deckel mit einem Knall zufallen, schließlich löschte er das Licht. Er hinterließ einen leichten Geruch von Zwiebeln in der Bibliothek.

Und da fiel ihr ein, wo Soli Hecht etwas versteckt haben konnte. Dort, wo man lieber nicht so genau hinschaute, weil der Anblick zu drastisch war. So musste es sein. Es war der einzige Ort, an dem sie noch nicht gesucht hatte! Leise steckte sie den zusammengerollten Ausdruck in ihre Tasche, streifte die Pumps wieder ab und schlich sich hoch in den fünften Stock.

In Hechts Büro trat sie vor die Wand. In der Nähe der anzüglich grinsenden Gestapogesichter auf dem Bild tastete sie umher. Alles fühlte sich glatt und eben an, bis hoch zu den Spitzen der Reitgerten, dann fand sie eine Delle und eine leichte Einkerbung. Sie drückte darauf und hörte ein leises Klicken. Mit einem schwungvollen Rauschen öffnete sich ein Teil der Wand rechts von ihr. Eine Schublade auf Schienen mit mehreren in Umschlägen steckenden Disketten glitt heraus. Sie fand eine Diskette, die mit »L. Stein« beschriftet war. Sie steckte sie in den Computer und bemühte sich, das Zittern ihrer Hände unter Kontrolle zu halten. Dann holte sie tief Luft und versuchte, auf die Diskette zuzugreifen. Aber es ging nicht.

Die Diskette beinhaltete eine WordPerfect-Datei, die mit einem Passwort geschützt war. Sie versuchte es mit Hechts Geburtstag, seinem Geburtsort, mit Ereignissen und Namen vom Holocaust. Kein Erfolg. Dann probierte sie alle Namen der Konzentrationslager. Nichts. Sie gab hebräische Gebete und biblische Referenzen ein. Immer noch nichts. Sie hätte dringend Renés Dechiffrier-Software gebraucht, um die Verschlüsselung der Datei auf Soli Hechts Diskette zu knacken.

Sie betete, dass René es zu ihrem Cousin Sebastian geschafft hatte, und wählte Sebastians Nummer auf Hechts weißem Telefon.

»Er ist hier«, sagte Sebastian, und sie seufzte vor Erleichterung.

René kam an den Apparat.

»Alles in Ordnung?«, fragte sie.

»Nur ein Streifschuss, ich werd es überleben«, sagte er. »Ich habe den Laptop schon angeschlossen.«

Gott sei Dank war René genauso ein Computer-Freak wie sie. »Lad dir die Datei runter und lass uns versuchen, sie zu entschlüsseln«, sagte sie. »Wir müssen das Schritt für Schritt durchgehen.«

Renés Finger klackerten ohne Pause über die Tastatur.

Aimée schaute auf ihren Bildschirm.

»Okay, Download abgeschlossen«, sagte René. »Wonach suchen wir?«

»Nach Soli Hechts Passwort. Ich kann die Datei nicht öffnen.«

Nach ein paar Minuten murmelte René etwas, das wie »kriegen« klang.

»Was sagst du?«, fragte Aimée.

»Krieg oder Frieden«, wiederholte er.

»Was soll das denn heißen?«

»Ein altes Kartenspiel«, erklärte René. »›Krieg oder Frieden‹ – war im Krieg sehr beliebt. Sogar noch in ihren Achtzigern hat meine Großmutter mich jedes Mal geschlagen, wenn wir es spielten.«

»Ich komme gerade nicht ganz mit«, sagte Aimèe. »Wovon redest du?«

»Erinnerst du dich an den Fall Jigny?«, fragte er. »Ich habe unsere Software benutzt, um ein Passwort zu entschlüsseln, und hatte die ersten beiden Buchstaben gefunden.«

»Weiter, René«, drängte sie.

»Nun, nachdem ich die beiden ersten Buchstaben hatte, vermutete ich, dass der Schüssel in einem Fantasy-Spiel lag«, sagte er. »Das Kind von dem Typen liebte das Spiel *Dungeons and Dragons*, damit war es leichter. Ich habe das Passwort geraten und die Datei öffnen können. Wir haben von den Einnahmen neue Rechner gekauft, erinnerst du dich wirklich nicht mehr?«

Sie schickte einen lauten Kuss durch den Hörer. »Hab ich's nicht gesagt, dass du ein Genie bist! Ich weiß nicht, ob Soli Hecht dieses Kartenspiel jemals gespielt hat. Vielleicht in Treblinka. Er müsste damals vierzehn oder sechzehn gewesen. Ich weiß nur, dass er eine starke Persönlichkeit war und dass er sehr methodisch vorging, so viel kann ich an seinem Büro erkennen.«

»Ich muss mich da mal ein bisschen reinvertiefen. Gib mir einen Moment, ich rufe dich auf dem Handy zurück.« René legte auf.

Sie dachte darüber nach, was er gesagt hatte. Spiele. Hatte Soli Hecht in Treblinka Spiele gespielt? Wo es ums tägliche Überleben ging? Und wenn doch, was für Spiele hätte Soli in einem Todeslager spielen können? Etwas, das nur gespielt werden konnte, wenn sich die seltene Gelegenheit dazu ergab und keine Wache zuschaute. Etwas, das Gefangene selber machen konnten und das leicht zu verstecken war. Etwas, das der Überlegung, Planung und ausgeklügelter Züge bedurfte.

Natürlich! Schach hätte in Konzentrationslagern gespielt werden können. SCHACHMATT öffnete die Datei sofort. Aimée zog eine unbenutzte Diskette aus ihrer Handtasche und begann, die geöffnete Datei zu kopieren.

Während sie darauf wartete, rief sie bei Leah an.

Eine gut gelaunte Leah antwortete: *»Allô?«*

»Na? Hat Sarah das Soufflé geschmeckt?«

»Sarah? Aber sie ist doch bei dir«, sagte Leah, plötzlich hellwach. »Oder nicht?«

»Nein!« Aimée geriet in Panik.

»Sie hat mir gesagt, dass sie sich gleich mit dir treffen würde, redete irgendwas von einem Salamander.«

»Was sagst du da?« Aimée merkte, wie ihr flau wurde. Warum hätte Sarah das Haus verlassen sollen?

»Dieser Mann hat sie abgeholt«, sagte Leah. »Er sagte, sie würden sich gleich mit dir treffen.«

»Welcher Mann?«

Leah beschrieb jemanden, der nur Thierry sein konnte. Aimée drückte den Auswurfknopf und griff nach der Diskette, dann rannte sie die Treppen hinunter. An der Tür deaktivierte sie die Alarmanlage, so wie Solange es beschrieben hatte. Auf dem Weg nach draußen schlich sie auf Zehenspitzen am Wachmann vorbei, der nicht einmal von seinem eigenen Schnarchen wach wurde.

Als sie endlich an der Ampel an der Ecke der Rue de Rivoli stand, war ihr klar, dass sie verfolgt wurde. Sie verschwand in der Métro und erinnerte sich daran, wie sie und Martine sich nach der Schule manchmal vor ihren Mitschülern versteckt hatten. An den gekachelten Wänden waren Schwingtüren eingehängt, die zur Métro führten und genug Platz boten, dass sich zwei kichernde Teenager dahinter verstecken konnten. Jetzt war es etwas schwieriger für Aimée, sich in die Deckung zu quetschen. Aber sie passte gerade so eben hinein. Ein Strom heißer Luft, das Kreischen von Bremsen, dann folgte das Poltern von den Schritten der Fahrgäste, die sich auf der Treppe an Aimée vorbeidrängelten. Sie zählte bis dreißig und rannte die Métro-Stufen wieder hoch, um am Westeingang des Louvre ein Taxi zu nehmen und hineinzuspringen.

Samstagnachmittag

»Wo ist Sarah?«, fragte Aimée in ihr Handy.

»Haben Sie sie noch nicht gefunden?«, entgegnete Hartmut Griffe. In seiner Stimme lag Angst.

Vom zweiten Stock des vollgestopften Postergeschäfts aus, das ihr Cousin Sebastian in der Rue Saint-Paul im Marais betrieb, beobachtete sie die schmale Gasse, die sich unter dem Fenster herschlängelte. Sarah hatte nicht erkannt, welche Gefahr ihr Sohn darstellte, und war offenbar mit Thierry mitgegangen. Oder er hatte sie dazu gezwungen.

Aimée verdrängte diesen letzten Gedanken. Um Sarah helfen zu können, musste sie an einen Computer, von dem aus sie sich Zugriff auf die Datenbanken der Stadt verschaffen konnte.

Sebastian, der in schwarzer Lederhose, Wollpulli und dunklem Rauschebart durch die Wohnung sprang, war gerade dabei, René auszustatten. Sebastian war ein angeheirateter Cousin und ehemaliger Junkie, sie hatte ihm einmal sogar das Leben gerettet. Wie er oft betonte, schuldete er ihr also mindestens ein Leben.

René trat aus dem Loft im Obergeschoss, den Arm in einer Schlinge. An den Taschen seiner individuell angepassten Anglerweste waren mit Klettverschlüssen Taschenlampen angebracht. Sebastian hob ihn vorsichtig hoch und ließ ihn in Anglerstiefel gleiten, die ihm bis zum Oberschenkel reichten.

»Was hat es mit dem Salamander auf sich?«, fragte Aimée weiter.

Griffe atmete hörbar aus. »Es ist das Marmorwappen von Franz I.«

Ein lautes Dröhnen drang von unten an ihr Ohr. Das Geräusch entfernten Donners kam aus Richtung der Bastille.

»Okay, überspringen wir die Geschichtsstunde«, sagte sie, frustriert darüber, dass es vielleicht schon zu spät war. »Was hat der Salamander zu bedeuten?«

»Der Salamander ist in einen Torbogen aus dem siebzehnten Jahrhundert eingemeißelt – er steht dort, wo sie wohnte, gegenüber den Katakomben.«

Die mittelalterliche Rue Saint-Paul unter ihr füllte sich langsam mit einer Reihe khakifarbener Panzerfahrzeuge. Glatte, stromlinienförmige Humvee-Transporter rollten über die Pflastersteine, über die steinernen Deckel, die zur Kanalisation führten. Seit der Studentenrevolte an der Sorbonne im Jahre 1968 hatte es in Paris keine Panzer mehr gegeben. Parkende Autos behinderten das Vorankommen der Panzer, und Wölkchen von Diesel-Auspuffgas stiegen in den kühlen Novembernachmittag.

»Ist eine Bombe hochgegangen?«, fragte Aimée.

»Rechtsradikale«, entgegnete Griffe. »Ich fürchte, es ist meine Schuld.«

»Wie meinen Sie das?«

Griffe klang erschöpft. »Es liegt wahrscheinlich an meiner Weigerung, meine Stimme abzugeben. So war die EU außerstande, das Handelsabkommen mit seinen Ausschlussklauseln zu ratifizieren.«

»Ich fürchte, Thierry hat Sarah zu den Katakomben mitgenommen«, sagte Aimée. »Woher weiß er überhaupt davon?«

»Ich habe ihm den alten Ausgang gezeigt«, seufzte Griffe. »Er liegt ganz versteckt am Square Georges Cain.«

»Okay, wir treffen uns dort«, sagte Aimée. Dann legte sie auf.

»Wir werden es durch die Straßen nicht schaffen, Aimée«, sagte René, als er zu ihr ans Fenster trat. »Überall Kontrollen, Sondereinheiten des Militärs haben das Marais ganz abgeriegelt.«

Sie küsste ihn auf beide Wangen. »Ich habe Soli Hechts Datei mit ›schachmatt‹ geöffnet, schon vergessen?«

René grinste. »So was! Ich auch.«

»Tja, wahre Genies denken eben gleich«, sagte sie. »Und deshalb machen wir uns jetzt genialerweise auch unterirdisch auf den Weg.«

»Die Katakomben reichen aber nicht bis auf diese Seite der Rue Saint-Antoine«, wandte er ein.

»Aber die Kanalisation schon, René.«

Er verdrehte die Augen. »Du weißt, ich mag keine ...«

»Ratten. Klar. Ich hasse die kleinen Nager auch, aber Sebastian hat etwas, das uns helfen wird.« Sie lächelte. »Hast du deinen Laptop dabei?«

»Wer ist hier eigentlich computerabhängig!«, spottete er. »Du bringst einen verwundeten Mann, der gerade aus dem Krankenhaus entlassen wurde, dazu, raubkopierte Software von Freunden zu leihen!« Er knurrte es vorwurfsvoll, aber seine Augen glänzten. »Ich liebe es! Wie also sieht der Plan aus?«

»Ich möchte, dass du dich in das städtische System einhackst und mir Zugang zu FRAPOL 1 verschaffst«, sagte sie.

»Warum?« René zuckte schmerzhaft zusammen, als er sich jetzt den Rucksack über die unverletzte Schulter warf.

»Damit ich den blutigen Fingerabdruck identifizieren kann – und endlich herausbekomme, wem das Gebäude im Marais gehört«, erklärte sie. »Ich überführe den Mörder im Mosaikraster oder mit Graustufen.« Sie trat hinter ein aufgestelltes Plakat von 1930, das Bundfaltenhosen tragende Personen zeigte, die steif zwischen altmodischen Skiliften umherwedelten, und für »Skifahren in den Seealpen« warb.

»Soll ich die Sachen hier oder draußen ausladen?«, grummelte Sebastian in seinen Bart. Er hatte alles besorgt, worum sie ihn gebeten hatte.

Sie nickte in Richtung Hintertür, die zur regennassen Gasse hinausführte. Er bündelte das sperrige Material und duckte sich dann unter das Vordach seines Ladens. Seine schwarzen Lederhosen glitzerten von abprallenden Regentropfen.

»Danke.« Aimée trat in einem dunklen, eng anliegenden Kapuzenoverall aus Vinyl neben ihn.

Dann packte sie den Griff eines kleinen, grauen Kastens, während Sebastian einen großen Rucksack schleppte. Im Nieselregen trotteten sie zu dem einen Block entfernten Quai des Célestins. René bildete das Schlusslicht.

»Und was ist jetzt mit den unterirdischen Bewohnern?«, fragte René. »Die mit den langen, speckigen Schwänzen?«

Sie zeigte auf den Kasten. »Schallwellen. Sie hassen das. Zumindest wird das immer in der Werbung behauptet.«

»Bei dir muss immer alles Hightech sein, Aimée«, schnaufte René.

»Du bist doch derjenige, den die Ratten stören, weißt du noch? Hast du nicht gerade erst letzte Woche die seuchenartige Verbreitung von Tollwut in der Nagerbevölkerung erwähnt?« Sie versuchte, nicht zu sehr außer Atem zu klingen. »Dieses Teil hier ist das Beste, was ich so kurzfristig auftreiben konnte.«

Sebastian grinste hinter seinem Bart, und René starrte nur vor sich hin.

»Meine Hintertür steht dir immer offen, Aimée; rüttle nur an den Scharnieren und bediene den Hebel«, sagte Sebastian jetzt.

»Klingt irgendwie obszön«, murmelte René.

Sebastian grinste und verschwand.

Aimée zog einen dünnen Metallstab aus ihrem Ärmel und hakte ihn unter den Rand des Kanaldeckels. Mit einer schnellen Drehung und einem kräftigen Schlag hob sie den Deckel an und schob ihn auf den Asphalt. Der Deckel schrappte mit einem mühlsteinartigen Geräusch über den Boden. So unauffällig, wie es auf einem Quai mit Blick auf die Seine nur möglich war, winkte sie dann in der Dämmerung René herbei.

»Nach dir«, sagte sie.

Sie setzte sich den Rucksack auf, griff nach dem Kasten und kletterte vorsichtig die glitschigen Sprossen hinunter. Schließlich zog sie den schweren Deckel wieder über sich zu, und er fiel scheppernd an seinen Platz zurück.

Ein modriger Geruch aus Gemüse, Kot und feuchtem Lehm schlug ihr aus dem Tunnel entgegen – der typische Gestank der Kanalisation. Über die tropfnassen Betongewölbe zogen sich schimmernde Muster, so, als hätte eine Riesenschnecke hier ihren Schleim verteilt.

Wann immer René sich bewegte, hüpften die Lichtkegel der an seiner Jacke hängenden Taschenlampen über die Kanalisationswände. Weiter hinten im Tunnel hörte man Spritzgeräusche, und als René sich umdrehte, starrten ihn zahlreiche Paare roter Knopfaugen an. Es war sicherlich nicht der Zeitpunkt, um zimperlich zu sein, aber Horden quietschender Ratten waren schwer zu ignorieren.

Aimée öffnete ihren Kasten und schaltete den Apparat ein. Der Pfeil auf der Anzeige zitterte, fiel auf Null und schoss dann hoch zu fünfhundert Dezibel. Ein brummendes Geräusch entwich dem Kasten und hallte von den tropfenden Wänden wider.

»Wie gut, dass nur Tierohren diese Frequenz hören können«, sagte sie.

René sah verunsichert aus. »Werden sie davon hypnotisiert wie Rehe?«, fragte er, als die Ratten sie weiterhin anstarrten.

»Ich bezweifle es«, sagte sie und merkte, wie sie eine Gänsehaut bekam. Diese Ratten waren so groß wie Kaninchen.

Sie stopfte die Schallbox in die Vordertasche des Rucksacks und schloss diese mit den Klettverschlüssen. Sie hatte René gegenüber nicht erwähnt, dass das Gerät nur auf eine Entfernung von ungefähr zwei Metern effektiv arbeitete – um zusammengepferchte Hunde abzuschrecken. Es gab keine Untersuchungen über die Wirksamkeit unter der Erde, bei hoher Feuchtigkeit, mit Ratten.

Sie wollte lieber auch nicht daran denken, dass diese Viecher vielleicht tollwütig waren. René drehte sich langsam um, wobei die Lichtstrahlen Häufchen von schimmerndem Fell und nackten Schwänzen erhellten, die sich entlang des Kanals verteilt hatten.

Aimée warf einen prüfenden Blick auf eine Karte, die das Netz der Kanalisation zeigte. Auf der fleckigen braunen Betonwand sah man eine aufgemalte weiße Zahl mit einem Pfeil. »Los geht's«, sagte sie.

Als sie den matschigen Fluss entlangstapften, zog Aimée ihre Atemmaske über den Mund und half auch René, die seine zu justieren. Der Gestank war dadurch nicht mehr so schlimm. Ihre Tritte hallten ebenso gleichmäßig wie das beständige Tropfen von den Lehmrohren, durch die die Straßen oben entwässert wurden. Eine Armee von Ratten, deren Schwänze gegen die Wände klatschten, folgte ihnen mit zwei Metern Abstand. Sie schafften drei Blocks in fünf Minuten, aber die Ratten kamen immer näher.

»Selbst wenn du am Steuer wärst, René«, versuchte Aimée zu scherzen, »könnten wir nicht so schnell so weit kommen.«

Vor ihnen tropfte ein Rinnsal aus einem rostigen, mit Maschendraht umwickelten Rohr mit einem Durchmesser von etwa drei Metern die feuchte braune Wand herunter.

Aimée zog den Drahtschneider aus ihrem Overall und machte sich an die Arbeit. Aus der Nähe ertönte lautes Quieken.

»Auf keinen Fall gehe ich da rein«, protestierte René. »Ich hab jeden Tag schon genug Scheiße am Hals.«

»Es ist nicht so, wie du denkst, René«, sagte sie und schnitt durch den dicken Draht. »Das ist kein Toilettenabfluss.«

»Aber der Geruch ist sehr verdächtig«, entgegnete er. »Was ist es dann?«

»Ein Abfallschacht – und der einzige Weg ins Leichenschauhaus«, sagte sie und half ihm durch die Öffnung, die sie geschaffen hatte.

»Das ist wirklich der merkwürdigste Einbruch, an dem ich je beteiligt war«, murmelte René.

»Vielleicht finden sich hier noch ein bisschen Blut oder andere Flüssigkeiten, die von den Behandlungstischen runtergespült wurden«, sagte sie. »Aber es ist alles verdünnt.«

»Ich bin trotzdem froh, dass ich heute noch nichts gegessen habe«, sagte René, der langsam und mithilfe seines unverletzten Arms die nassen Stahlsprossen hochkletterte.

Aimée fingerte an der Wand herum, dann drückte sie einen Knopf, und der Metalldeckel des Abfallschachts sprang auf. Sie zog René hoch und sah, dass sie in einem Abstellraum herausgekommen waren. Feudel, Staubsauger und Industriereiniger nahmen den Großteil der Kammer ein. Ein paar blaue Laborkittel, die offensichtlich vom Reinigungspersonal getragen wurden, hingen zusammen mit Haarnetzen und Gummihandschuhen an Haken. Aimée zog sich bis auf ihren schwarzen Gymnastikanzug aus, legte die Laborgarderobe an und stopfte den Vinyl-Overall in den Müll. Dann half sie René, die Stiefel auszuziehen. Er schlüpfte in die mitgebrachten Turnschuhe.

»Wir gehen durch den Hinterausgang raus, sobald ich einen Abgleich des Fingerabdrucks gemacht habe, in Ordnung?«, flüsterte Aimée und blickte auf ihre Armbanduhr. »Mit deiner Hilfe sollte das nicht länger als fünfzehn Minuten dauern.«

»Und warum konnten wir nicht durch den Hintereingang rein?«, fragte René.

»Er wird von der Polizei überwacht«, sagte sie. »Ich wollte einen Schichtwechsel abpassen, aber das wäre zu kompliziert geworden. So marschieren wir einfach raus, ohne dass irgendwer etwas mitkriegt.«

»Und warum sind wir im Leichenschauhaus?«, fragte René wieder.

»Wenn wir hier fertig sind, hoffe ich, Sarah in den Katakomben zu finden, die direkt hinter der Kellerwand des Leichenschauhauses liegen.«

Im Flur flackerte nur eine der Neonröhren, die übrigen waren offenbar durchgebrannt. Von den schlachthausgrünen Wandfliesen hallte das Echo ihrer Schritte wider. Entschlossen zog Aimée eine Tür mit Stahlgriff auf, deren Aufschrift lautete: ZUGANG NUR FÜR MITARBEITER.

Der gewölbte Raum dahinter stank nach Formaldehyd und war eisig kalt. Mit grauen Laken bedeckte Leichen lagen auf hölzernen Podesten, nur die Zehen schauten hervor, und an jedem zweiten Fuß hing ein gelbes Plastikschildchen mit einer Nummer. Der Anblick erinnerte Aimée an eine Darstellung der Medizin aus dem fünfzehnten Jahrhundert. Fehlten nur noch Blutegel und die brutalen Einschnitte der Aderlässe, um die bösen Geister aus dem Körper zu vertreiben.

Sie drückte eine weitere Schwingtür auf. Die Waagen für die inneren Organe hingen an Metallketten von der Decke. Eine Leiche lag auf einem leicht schräg geneigten Edelstahltisch, unter dem sich ein Abfluss im Boden befand: eine junge Frau mit langem, braunem Haar und dunkel verfärbten Einstichen an Händen und Armen. Sie war vom Brustkorb bis zum Schambein aufgeschlitzt worden und mit schwarzem Garn, das sich in groben Stichen von ihrer kreideweißen Haut abhob, wieder zugenäht worden. Die Schädeldecke war ebenfalls wieder aufgesetzt worden, aber der Haaransatz lag nun zu nah an den Schläfen. Traurig, dachte Aimée, und eine ziemlich schlechte Arbeit. Die Pathologen gaben sich normalerweise Mühe – den Eltern zuliebe. Vielleicht gab es in diesem Fall keine.

Sie gab sich einen Ruck und sagte in geschäftsmäßigem Ton: »Der Computer des Gerichtsmediziners sollte dort drüben stehen.« Dann steckte sie sich ein Nicorette-Kaugummi in den Mund und zeigte den düsteren Flur hinunter.

»Einbruchdiebstahl hat früher auch mal mehr Spaß gemacht«, sagte René und blieb stehen. Der Flur war dunkel.

»Wo ist die Zeitschaltuhr für die Beleuchtung?«

Sie tastete auf der Suche nach einem Schalter an der rauen Wand entlang. Endlich fand sie den Schalter und betätigte ihn. Vor ihr, an der Tür der Gerichtsmediziner, befand sich das größte Schloss, das sie jemals gesehen hatte.

Früher Samstagabend

Thierry zerrte Sarah an den Büschen vorbei, die den Square Georges Cain säumten, bis sie zu dem dunklen Einstieg kamen, der von der beschädigten Säule verdeckt wurde. Er stieß die alte Frau vorwärts und zwang sie, über halb verrottete Holzbalken zu klettern. In einer mit Knochen übersäten Kaverne, die nach modriger Erde roch, bedeutete er ihr, sich zu setzen.

»Erinnerst du dich?«, fragte er. Er leuchtete mit der Taschenlampe über die zerbröckelnden Wände der Katakombe. Zisternenwasser tropfte von der Decke in schwarze, ölige Pfützen.

Sarah zitterte am ganzen Körper. »Woher weißt du von diesem Ort?«

Thierry hielt in seiner Hand das Fax mit dem Foto, das er aus Aimées Büro gestohlen hatte. Es zeigte die junge Sarah mit dem Hakenkreuz auf der Stirn, ihren rasierten Schädel, das Baby in ihren Armen. Sarah wurde bleich.

»Nom de Dieu!«, rief sie aus. »Woher hast du das?«

Er schwieg, zündete eine Kerze an und holte einen Streifen silbernes Klebeband hervor.

»Was machst du da?«, fragte sie beunruhigt. Sie versuchte aufzustehen, aber er drückte sie wieder zurück auf die feuchte Erde. »Was willst du?«

»Deine ungeteilte Aufmerksamkeit«, sagte er und band ihre Knöchel zusammen. »Gib es ruhig zu«, sagte er, nachdem er sich ihr gegenüber im Schneidersitz auf einer zersprungenen Marmorplatte niedergelassen hatte. »War ich nicht ein niedliches Baby? Hast du mir hier deine Schlaflieder vorgesungen?« In einer widerlichen Fistelstimme sang er: *»Frère Jacques, Frère Jacques, dormez-vous, dormez-vous?«* Er kickte einen Erdklumpen beiseite.

Sarahs schwarze Perücke hing an ihrem Ohr herunter, und die Narbe war im Kerzenlicht deutlich zu sehen. Die Luft war feucht hier unten. »Warum tust du das?«, sagte sie.

»Weißt du, du solltest stolz darauf sein.« Thierry stand auf und fuhr mit seinem Finger über das erhabene Hakenkreuz auf ihrer Stirn.

Sarah zitterte.

»Du hast das Siegel des Führers verdient, wie es nur wenige Juden geschafft haben«, sagte Thierry. »Aber du bist immer noch ein Itzig. Verdorben.«

»Oui. Une juive«, sagte sie. Sie hörte auf zu zittern. »Doch ich lebe deswegen nicht mehr in Angst. Nicht mehr.«

»Aber du musst dafür bezahlen.«

»Bezahlen?« Ihre Augen weiteten sich. »Habe ich nicht schon genug bezahlt? Meine Familie wurde von der Gestapo abgeholt, dich habe ich weggeben müssen ... ist das nicht mehr als genug?«

Sie schüttelte fassungslos den Kopf. »Sowie ich zurück in Paris war, stand ich vor dem Haus der Rambuteaus, ich habe dich beobachtet, wie du zur Tür hineingingst.« Sie wischte sich mit dem schmutzigen Ärmel ihres Regenmantels über die Augen. »Genau dort, wo ich dich als Baby zum Abschied geküsst hatte. Weißt du, was ich getan habe? Ich fiel auf die Knie, in einer Pfütze auf dem Bürgersteig, und dankte dem Gott, den ich so viele Jahre verachtet hatte, dass du am Leben warst. Du hast gelebt, geatmet, bist herumgegangen, warst ein erwachsener Mann.« Sie hatte Mühe, fortzufahren. »Ich ging zum Temple, den ich mit meinen Eltern früher besucht hatte, und bat Gott um Vergebung für all den Hass, den ich ihm gegenüber empfunden hatte. Du warst gesund, du hattest liebevolle Eltern.«

Thierry schnaubte. »Liebevolle Eltern? Nathalie Rambuteau liebte nur ihre Weinflasche.«

»Das tut mir leid. Sehr leid.«

»Egal, wie oft sie versprach, damit aufzuhören«, sagte er bitter, »wenn ich von der Schule nach Hause kam, war sie betrunken, oder sie lag völlig hinüber auf dem Fußboden in ihrem eigenen Erbrochenen.« Er schlug mit der Faust gegen die erdige Wand. »Und das waren noch die guten Tage. Ich habe immer gedacht, es wäre, weil ich adoptiert war.«

»Adoptiert?« Sarah zupfte an dem Klebeband. »Hat sie dir gesagt …?«

Er beugte sich hinter ihr herunter, um auch ihre Handgelenke mit Klebeband zusammenzubinden. »Was? Dass ich mein Bett machen und mich hinter den Ohren waschen soll?« Er grinste. »Mütterlichkeit war nicht gerade Nathalies Stärke.«

»Aber du hast überlebt!«, sagte sie.

Er packte sie am Arm und starrte sie an, als wäre sie ein Versuchstier.

»Du hast keine eindeutig semitischen Gesichtszüge.« Seine Augen wurden schmal. »Muss wohl einer deiner Vorfahren in der Steppe von arischen Eroberern vergewaltigt worden sein, und du hast die rezessiven Gene.«

»Meinst du, wenn du mich umbringst, wirst du weniger jüdisch sein?« Sie grub die Finger ihrer gefesselten Hand in die Erde. »Meinst du, damit kannst du etwas an der Tatsache ändern, dass ich deine Mutter bin?«

»Nachgewiesene Minderwertigkeit.« Er zog einen Gestapodolch heraus, der matt im Kerzenlicht schimmerte. »Wir haben genug geredet.«

Samstagabend

Nach zehn Minuten hatte Aimée das Seitz-Schloss an der Tür der Gerichtsmedizin immer noch nicht geknackt. Ihre Hand schmerzte.

»Das dauert zu lange«, sagte sie.

René hockte neben ihr auf dem zerkratzten Linoleumboden und zog eine Automatikpistole heraus.

»Nicht die feine Art«, sagte er. »Aber es spart Zeit.«

Aimée zögerte, versuchte es dann aber weiter mit dem Schloss. Eine Minute später klickte das riesige Ding, und der Bügel klappte mit einem metallischen Seufzer auf. Aimée rieb sich das Handgelenk, während René sich auf die Zehenspitzen stellte, um das Schloss von der Tür zu nehmen und diese zu öffnen.

»Ladies first«, sagte er.

René belegte einen Schreibtisch in einer Nische, steckte den Decoder in eine Steckdose mit Überspannungsschutz unter dem Empfangstresen und schloss seinen Laptop an.

Aimée wusste, dass sie ihr Geld nicht zum Fenster rausgeschmissen hatte, als sie jetzt das gelbe Nichtraucher-Kaugummi aus dem Mund zog. Obwohl sie für eine Zigarette glatt jemanden umgebracht hätte. Sie klebte zwei Stückchen Kaugummi auf die gegenüberliegenden Seiten des Türpfostens und brachte dann einen billigen Alarmsensor an, den Sebastian in einem Bastelgeschäft besorgt hatte. Der Bürobereich der Gerichtsmedizin, der wie der Rest des Leichenschauhauses in einem institutionellen Grün gestrichen war, lag in völliger Stille da, wäre nicht das Klackern von Renés Fingern auf der Tastatur zu hören gewesen.

»Irgendwie gruselig«, sagte René, als er auf Soli Hechts Diskette zugriff. »Ich weiß, die Kundschaft wird uns nicht belästigen, aber mir wäre trotzdem wohler, wenn wir die Tür schließen könnten.«

»Die Luft muss zirkulieren.« Aimée nickte in Richtung des beschädigten Lüftungsschachts in der Wand. »Sonst stinkt es nach Formaldehyd. Außerdem hören wir auf diese Weise, wenn jemand über meinen Alarmsensor stolpert.«

Aimée versuchte, den Zweifel aus ihrer Stimme zu verbannen. Sie ließ sich in den Stuhl des Gerichtsmediziners fallen.

»Bingo!«, sagte René.

»*Das* ist sein Passwort?«

»Drei Mal darfst du raten.« René verdrehte die Augen.

Aimée blickte auf das gerahmte Foto auf dem Schreibtisch: ein fülliger Mann mittleren Alters mit grauen Haarbüscheln, die unter einer Baskenmütze hervorguckten, hielt unter einem Arm ein Jagdgewehr und im anderen ein Rebhuhn mit schlaffem Hals.

»Platzhirsch1«, sagte René.

»Einer von den Typen, die sich zu Lebzeiten schon für eine Legende halten.« Aimée schüttelte den Kopf. »Nachdem er den ganzen Tag Leichen aufschneidet, wie kann er danach noch anderen Lebewesen an den Kragen gehen?«

Die Arbeit in einem Leichenschauhaus würde sie das Leben feiern lassen – nicht es jagen und darauf schießen. Die Begeisterung der Franzosen für *la chasse*, die Jagd, hatte sie immer aufgebracht. Aber war es nicht genau das, was auch sie tat? Für einen Moment kamen ihr Zweifel. Nein, einen Mörder zu jagen und verurteilen zu lassen war kein Sport wie das Abknallen unschuldiger Tiere.

Sie konzentrierte sich wieder auf das Gerät und gab Platzhirsch1 ein, was ihr sofortigen Zugang gewährte. Sie loggte sich bei EDF, der Electricité de France, ein, wo sie eine Verbindung mit deren Zweigstellen im Großraum Paris herstellen konnte. Dann navigierte sie sich online zum 4. Arrondissement durch.

In der Datenbank des Energieversorgungsunternehmens rief sie die Kunden der Nummer 23 in der Rue du Plâtre auf – das war Laurents alte Adresse. Das Wohnhaus hatte Energiepunkte verliehen bekommen, weil der Verbrauch mäßig und Energie eingespart worden war. Mehr war nicht zu finden. Wieder eine Sackgasse. Enttäuscht loggte sie sich bei FRAPOL 1 ein und prüfte den blutigen Fingerabdruck ab, den sie mithilfe des Luminols in der Rue des Rosiers gefunden hatten.

Als der Fingerabdruck auftauchte, gab sie »de Saux« ein und ließ dann eine Standardsuche laufen.

»Ach René!«, seufzte sie begeistert. »Dieses Highspeed-Modem ist ja wie eine Servolenkung, wenn man vorher Traktor gefahren ist!

»Komm bloß nicht auf irgendwelche Ideen, Aimée«, entgegnete er. »Die Dinger sind zu teuer, und du bist in dieser Hinsicht eh schon sehr verwöhnt.«

Nach zehn Sekunden erschien ein einziger Satz auf dem Bildschirm: *Unbekannt, keine Daten vorhanden.*

Ich hätte es mir denken können, dachte sie. Dieser Typ ist zu clever, um Spuren zu hinterlassen. Deshalb hatte er Lili Stein ja schließlich auch ermordet. Weil sie ihn erkannt hatte. Und jetzt war er offenbar in dem Glauben, auch Sarah hätte ihn erkannt. Aber passierte das alles nur, weil eine alte Frau ihm zufällig auf die Spur gekommen war, oder lief da noch etwas anderes, fragte sie sich. Es musste mehr auf dem Spiel stehen.

Alle Kollaborateure hatten gute Gründe, sich zu verstecken. Besonders vor den überlebenden Angehörigen derjenigen, die sie verraten und in die KZs geschickt hatten. Wie konnte sie dieses Phantom bloß aufspüren? In den Vierzigern waren einfach nur wenige Informationen in die Datenbank der Regierung eingespeist worden. Wenn überhaupt.

»Ich hab's! *La double morte*«, sagte Aimée zu René. »Irgendjemand muss schließlich Steuern für das Gebäude in der Rue du Plâtre zahlen, entweder Erbschafts- oder Kapitalertragssteuer. Darauf läuft es doch immer hinaus, oder? Der Tod und das Finanzamt – die beiden einzigen sicheren Dinge im Leben.«

Der Computer ratterte, während Aimée die Steuerunterlagen zum Haus Nummer 23 in der Rue du Plâtre einsah. Die Daten gaben Auskunft darüber, dass die Immobilie frei von Hypotheken war, drei Anbauten genehmigt worden waren und die Besitzrechte bei der Immobilienabteilung der Crédit Agricole Investment Bank lagen. Okay, dachte sie, dann wollen wir die

Uhr mal zurückdrehen. Die Crédit Agricole hatte seit 1983 alle Steuern für das Haus beglichen, nachdem sie es anstatt einer Zahlung im Konkursverfahren eines gewissen Jean Rigoulot aus Dijon akzeptiert hatte. Dieser Rigoulot aus Dijon hatte seine Grundsteuern ab 1971 brav bezahlt. 1945 war eine Rechnung über Erbschaftssteuer ausgestellt, aber nie beglichen worden. Aimée arbeitete sich zurück bis 1940, als die Grundsteuer von einer Lisette de Saux bezahlt worden war. Das musste Laurents Mutter sein. Aimée scrollte weiter. Der nächste Eigentümer, ein Paul LeClerc, hatte im Rahmen des Kaufvertrages von 1946 rückwirkend alle Steuern beglichen. Sie klickte sich wieder zurück ins Jahr 1940 und fand einen Nachtrag. Lisette de Saux hatte den Grundbucheintrag zugunsten ihres Mannes geändert. Das war der Moment, in dem Aimée Laurents neuen Nachnamen las und das Gestammel des sterbenden Soli plötzlich einen Sinn ergab. »Lo…«

Lo…! Wie in Laurent Cazaux. Sie fiel vor Aufregung fast vom Stuhl. »Ich fass es nicht«, murmelte sie.

Wenn sie sich nicht beeilten, würde ein Kollaborateur – und Mörder! – der nächste Premierminister werden.

Die fluoreszierenden Lampen flackerten, und die Warnleuchte des Überspannungsschutzes blinkte. René runzelte die Stirn. »Wir haben nicht genug Strom. Lass mich mal mit den Sicherungen rumspielen, diese alten Stromleitungen können etwas Unterstützung gebrauchen.«

»Dazu ist jetzt keine Zeit mehr, René«, sagte Aimée und trat zu ihm an den Schreibtisch.

»Wenn der Strom ausfällt, stürzen die Computer ab. Dann verlieren wir alle Daten.«

Sie wusste, dass er recht hatte. René watschelte an dem Sensor vorbei, der pflichtgemäß piepste. Sie betätigte den Flurschalter für ihren Partner, der so weit oben angebracht war, dass René kaum drankam.

»Glaub mir, ich hab Übung darin«, sagte er und grinste. »Bei mir im Haus lieben mich alle.«

Sie sah ihn rasch den Flur hinuntergehen, setzte den Alarm zurück und rief Martine zu Hause an. Nachdem das Telefon zehn Mal durchgeklingelt hatte, antwortete eine verschlafene Stimme: *»Allô?«*

»Martine, pass gut auf! Ich schicke dir jetzt eine Datei ins Büro«, sagte Aimée. »Lade sie dir herunter und mach sofort Kopien.«

»Aimée, ich bin gerade erst eingeschlafen, nachdem ich wegen der ganzen Krawalle seit zwei Tagen ununterbrochen auf den Beinen war«, sagte Martine.

»Um wie viel Uhr geht ihr mit der Sonntagsausgabe in den Druck?«

»Äh, in ein paar Stunden, aber ich hab jetzt frei«, gähnte Martine. »Gib die Sache doch CNN.«

»Du hast mich also die ganzen Jahre über verarscht?«, sagte Aimée. »Ich dachte immer, du wolltest ganz nach oben aufs Treppchen! Das, was ich hier habe, ist der Knaller – dein Freifahrtschein in den Chefredakteurssessel beim *Figaro*!«

Mit einem Schlag war Martine hellwach. »Okay. Ich brauche zwei zuverlässige Quellen, die müssen absolut hieb- und stichfest sein.«

»Und die dritte bekommst du in zwanzig Minuten«, sagte Aimée. Sie war froh, dass Martine nicht sehen konnte, wie sie insgeheim die Daumen drückte.

»Ich hoffe, es ist wirklich ein Knaller«, sagte Martine. »Gilles' Dienst ist in einer halben Stunde vorbei. Dann geh ich in die Redaktion und warte dort auf dich.«

»Klingt *mademoiselle l'éditeur* nicht einfach großartig?«, sagte Aimée. »Halt dich lieber am Stuhl fest, wenn du die Datei liest, sonst fällst du vielleicht runter, so wie ich fast.«

Aimée rief erneut den Fingerabdruck aus der Rue des Rosiers auf und gab bei FRAPOL 1 einen Abgleich mit Cazaux' Namen in Auftrag. In der Ecke des Bildschirms blinkte »Anfrage wird bearbeitet«. Ungeduldig trommelte sie mit ihren rot lackierten Fingernägeln auf den Holzschreibtisch des Gerichtsmediziners.

Plötzlich piepste der Alarm. Aimée schoss von ihrem Stuhl und griff automatisch nach der Beretta in ihrer Ledertasche. Ihre Finger fanden den Sicherungshebel und lösten ihn. Sie hatte die Pistole des Wachmanns, der in Polizeiuniform vor Soli Hechts Krankenzimmer gelegen hatte, behalten. Die Bürobeleuchtung erlosch. Nur das rote Licht des Überspannungsschutzes flackerte. Ruhig bleiben, sagte sie sich, die Hand in der Tasche am Abzug. Sie hielt die Tasche fest an sich gedrückt.

Aus dem Flur sah sie einen Schatten näher kommen, dann geisterte das Licht einer Taschenlampe über die Wände. Der Zitrusduft verriet ihn, bevor sie ihn sprechen hörte.

»Vielleicht möchten Sie mir erklären, was Sie da gerade machen«, sagte er.

Eine glimmende Rothmann-Zigarette mit orangenem Filter landete auf der Tastatur und erhellte diese für einen Augenblick.

»Ich habe eine Waffe«, sagte sie. »Und wenn ich mich aufrege, werde ich sie auch benutzen.«

»Ach, spielen Sie doch keine Spielchen mit mir. Sie haben nicht mal einen Waffenschein«, gluckste er. »Wir sind in Frankreich.«

Die fluoreszierenden Lampen surrten einen Augenblick und sprangen dann an. Sie sah direkt in die grüngoldenen Augen von Hervé Vitold. Weiter hinten im Flur sah sie René, der an seinen Hosenträgern an einem großen Schalter des Sicherungskastens hing. In seinem Mund steckten Gummihandschuhe.

»Mademoiselle Leduc, wenn ich mich recht erinnere? So sehen wir uns also wieder«, sagte Vitold lächelnd. Er glitt in einer geschmeidigen Bewegung neben sie, ohne dabei den Blick von ihr zu lösen.

»Ich hab's immer schon geahnt. Sie sehen viel zu gut aus, um bei der Inneren Sicherheit zu arbeiten«, erwiderte sie frech.

Er kam so nah heran, dass sie jedes einzelne Härchen auf seiner Haut sehen konnte. Es hatte fast etwas Intimes. Sein Brustkorb hob sich ein paar Mal in rhythmischen Bewegungen, nur daran konnte sie erkennen, dass er leise lachte. Die Luger in seiner Hand blieb allerdings reglos; sie ruhte kalt und fest an ihrer Schläfe.

»Ich habe darauf gewartet, dass Sie sich wieder bei FRAPOL 1 einloggen«, sagte er und blickte fasziniert auf den Bildschirm. »Ihre Technik ist gut, ich werde sie beim nächsten Mal selber verwenden.«

»Sie sind das Aufräumkommando, stimmt's?«, fragte sie. Sobald der Abgleich auf dem Bildschirm erschien, würde er alle Spuren auslöschen, das war ihr klar.

Er verzog sein Gesicht gelangweilt. »Erzählen Sie mir lieber etwas, was ich noch nicht weiß.«

»Sie haben vor, das ganze System abstürzen lassen«, stellte sie fest. »Alle Daten der Strafvollstreckungsbehörden und die internen Vernetzungen von Fingerabdrücken und DNA zu löschen – auch die Schnittstellen zu Interpol.« Sie sah ihn mit festem Blick an. »Nur um diese Fingerabdrücke verschwinden zu lassen. Aber das wird nicht klappen.«

»Es ist ein Jammer«, seufzte er. »Sie haben wirklich Talent. Welch eine Verschwendung.«

»Jedes System hat sein eigenes Sicherheitsnetz. Sie werden die nie alle umgehen können.« Sie wollte, dass er weiterredete. »Jeder Versuch, Zugang zu erlangen, löst den Systemalarm aus. Und friert jeden weiteren Zugang ein«, sagte sie. »Das schaffen Sie nie.«

»Aber natürlich schaffe ich das«, entgegnete Hervé Vitold sanft. Er lächelte. »Ich selbst habe das Alarmsystem für FRAPOL 1 und das Verteidigungsministerium entworfen.« Geschickt ließ er mit einer Hand die Patronen aus seiner Luger heraus- und wieder hineinschnappen. »Es zu umgehen wird für mich ein Leichtes sein.«

»Cazaux ist trotzdem erledigt«, erklärte sie trotzig.

»Ach ja?«, sagte er.

»Binden Sie jetzt sofort meinen Partner los«, befahl sie und blickte zu René rüber. »Ich fange an, mich aufzuregen.«

Vitold ignorierte sie einfach. René zappelte hilflos wie ein Fisch im Netz, seine Füße baumelten über dem alten Linoleum, und er versuchte vergeblich, mit seinen Schultern den Metallschalter zu betätigen. Vitold trat ein paar Schritte zurück und richtete seine Waffe auf Renés Kopf. Der blinzelte vor lauter Panik unaufhörlich mit den Augen.

»Immer schön ruhig bleiben, kleiner Mann«, sagte Vitold. Mit der freien Hand klappte er sein Handy auf und drückte die Kurzwahltaste. »Sir? Ich habe angefangen«, sagte er.

»Haben Sie mich nicht verstanden?«, fragte Aimée.

Vitold lächelte höhnisch, als er den Hahn seiner Pistole direkt neben Renés Ohr spannte.

»Jetzt rege ich mich aber wirklich auf.« Aimée feuerte die Beretta durch ihre Lederhandtasche ab und traf ihn dreimal im Schritt. Fassungslosigkeit machte sich auf Vitolds Gesicht breit, bevor er vornüberkippte und wild um sich zu schlagen begann. Er jaulte auf, ließ sein Handy fallen und sackte blutüberströmt auf dem Linoleumboden in sich zusammen.

»Sehen Sie, was passiert, wenn ich mich aufrege?«, sagte Aimée. Sie kniete sich neben Hervé Vitold, dessen immer noch überraschtes Gesicht nun zur Decke zeigte. Aber sein starrer Blick verriet ihr, dass er ausgecheckt hatte.

Sie ging zu René hinüber, zog die Handschuhe aus seinem Mund und setzte ihn sanft auf den Boden.

René spuckte Puder aus und beugte seine Finger. »Und ich dachte, dieser Vitold wäre hinter dir her, weil er dich unwiderstehlich findet.«

»Darum geht es denen nie«, sagte sie und deutete auf den Bildschirm.

»Übereinstimmung bestätigt« sagte der Computer. Sie gab Martines E-Mail-Adresse beim *Figaro* ein und drückte »Senden«. Dann hob sie Vitolds Luger und sein Handy auf und klopfte ihren Laborkittel ab. Bevor sie die Daten auf eine Sicherungsdiskette kopieren konnte, erklang der Summer des Alarms. Erschrocken ließ René seinen Laptop fallen. Im Flur begannen rote Lichter zu blinken. Sie griff nach seinem Laptop, steckte ihn in den Rucksack und hängte ihn sich über die Schulter.

»Beeil dich!«, sagte sie und brach den Befehl an ihrem Terminal ab. »Lauf!«

Die einzige Datei mit Cazaux' Foto und der Identifikation seines Fingerabdrucks war nun auf dem Weg zu Martines Computer beim *Figaro* und würde dort heruntergeladen werden. *Wenn* alles gut ging!

Für den Moment konnte sie nicht mehr tun. Bei Martine im Büro würde sie sich dann eine Sicherungskopie ziehen, aber solange sie die Beweise gegen Cazaux nicht selbst wieder in Händen hielt, hatte sie ein ungutes Gefühl. Im blinkenden Schein der Alarmanlage, die ihre Gesichter in blutrotes Licht tauchte und dann wieder in der Dunkelheit verschwinden ließ, sprangen Aimée und René über Vitolds leblosen Körper und rannten den Flur hinunter.

Im Korridor riss Aimée zwei Sanitäterwesten und zwei Helme mit roten Kreuzen von den Haken und warf René eine Ausrüstung zu.

»Damit kommen wir durch die Menge und an den Polizeiabsperrungen vorbei«, sagte sie.

»Von der Kanalratte zum Sanitäter, was für ein Aufstieg«, keuchte René. »Wer könnte da noch sagen, das Leben sei kein Abenteuer? Wenn ich jetzt noch ein paar Stelzen hätte, würden wir wirklich überhaupt nicht mehr auffallen.«

Im Korridor stand ein Rollstuhl. »Setz dich rein«, sagte Aimée.

»Du hast da was falsch verstanden, Aimée. Die sind für die Patienten, Sanitäter werden damit nicht rumgefahren.«

Sie drückte ihn in den Stuhl. »Du wurdest im Dienst verletzt, überlass das Reden mir.«

Später Samstagabend

Thierry hielt den schimmernden Dolch immer noch in seiner Hand. Die Feuchtigkeit sickerte aus den verfallenen Wänden der Katakomben, und es war kalt geworden.

»Du siehst wirklich gut aus.« Sarah musterte ihn mit scheuem Blick. »Früher habe ich deine kleinen Füße geküsst und gegen deine Zehen gepustet. Du hast dich ausgeschüttet vor Lachen, es klang wie Silberglöckchen.«

»Wie rührend!«, sagte er. »Die Madonna mit dem Kinde! Und jetzt sitzen wir hier wieder gemeinsam im Dreck.«

Sarah blickte hinunter auf einen Wurm, der sich in ihrer Nähe blind in die Erde grub. »Wer aus der Vergangenheit nichts lernt, ist dazu verdammt, sie zu wiederholen. Ist es nicht so?«

Thierrys Blick war abwesend. Er schien mit einem Mal ganz weit weg zu sein. »Du hast mich einfach zurückgelassen«, sagte er und klang wie ein kleiner Junge.

Sie griff zaghaft nach seiner Hand. »Ich habe dich nicht zurückgelassen«, sagte sie. »Ich habe dich am Leben gelassen.«

»Sie hat gesagt, ich sei ein Opfer des Krieges gewesen, ein Unfall. Dann lächelte sie, quälte mich mit ihrer Weigerung, noch irgendetwas darüber zu verraten.«

Sarah schüttelte den Kopf. »Ich konnte dich nicht stillen. Ich hatte keine Milch mehr, und es gab nichts zu essen«, sagte sie. »Ich war gerade mal sechzehn und als Kollaborateurin gebrandmarkt. Mit mir hättest du nie eine Chance gehabt! Nathalie hatte gerade ihr Kind verloren. Ihre Brüste waren noch voller Milch – und sie wollte dich. Die beiden waren angesehene Bürger und politisch konservativ. Ich war nur eine jüdische Verräterin, die mit einem Nazi geschlafen hatte!«

»Also stimmt es wirklich«, sagte er dumpf. Er stach den Dolch in die Erde und sank wie benommen neben ihr nieder.

Mit ihren gefesselten Händen streichelte sie über seine Schultern – voller Angst, dass alles so schnell wieder vorbei sein konnte, wie es begonnen hatte. Ihren ehemaligen Geliebten wiederzusehen, ja selbst von diesem verstörten Jungen gefangen genommen zu werden, der ihr Sohn war, hatte eine tiefe Sehnsucht in ihr ausgelöst. Eine unmögliche Sehnsucht. Der alte Schmerz war wieder da.

Ihre Finger strichen über seinen Rücken. »Wir lebten damals hier ganz in der Nähe. Eines Tages kam ich vom Geigenunterricht nach Hause, und der Innenhof war ungewöhnlich still und verlassen. So wie das ganze Gebäude. Unsere Mesusa war von der Tür gerissen worden und lag auf dem Fußboden in der Wohnung. Papa hatte sie gerade vom Rabbi segnen lassen. Da wusste ich es. Meine Eltern hatten mich gewarnt und die Deutschen irgendwie ausgetrickst, was mich anging. Sie sind nie mehr zurückgekommen. Ich habe ihnen nie verziehen, dass sie mich zurückließen, ich habe sie so sehr vermisst. Glaub mir, ich weiß genau, wie du dich fühlst. Ein Kind, das von seiner Mutter verlassen wurde, kann nur denken, dass man es im Stich gelassen hat. Wenn ich nur …« Sie seufzte tief. »Wenn ich nur geflohen wäre …« Ihre Stimme verklang.

»Ich kann einfach nicht glauben, dass ich ein Jude bin«, sagte er mit starrem Blick.

»Nathalie hatte mir versprochen, dass sie dir die Wahrheit sagen würde. Sie sollte dich nicht damit quälen«, sagte sie mit schmerzerfüllter Stimme. »Was sollte dabei Gutes herauskommen? Komm, gib mir den Dolch.«

Thierry schoss hoch, als hätte er sich gerade an seine Aufgabe erinnert.

»Die Schändung der arischen Rasse verdient eine standrechtliche Hinrichtung«, stieß er aufgewühlt hervor. »Das weißt du.«

Er zog den Dolch aus der festgestampften Erde und schnitt sich dabei leicht ins Handgelenk. Sarahs Hände zitterten. Blutstropfen sickerten über die tätowierten SS-Zeichen auf seiner Hand.

»Bring mich nicht um«, flehte sie. »Bitte, wir müssen ...« Ein lautes Knacken ertönte, als Griffe den Dolch aus Thierrys Hand schlug. Er fiel zu Boden und kullerte in das halb vergrabene Kalkgewölbe neben ihnen.

»Oh mein Gott!«, schrie Sarah.

Hartmut griff nach ihr und stolperte dabei über ein paar alte Knochen.

»Ich konnte es einfach nicht tun«, stammelte Thierry.

Hartmut Griffe klammerte sich an einen verrotteten Holzpfosten. Schockiert starrte er Sarah an. Thierry schnitt das Klebeband von Sarahs Fesseln und half ihr hoch.

»Ich wollte es tun«, wimmerte er. »Ich wollte es, aber ich konnte es einfach nicht, oh mein Gott!«

»Wie widerwärtig und erbärmlich du bist«, sagte Griffe voller Abscheu. »Mir fehlen die Worte. Wie kannst du deine eigene Mutter bedrohen?«

»Er ist völlig verwirrt«, verteidigte ihn Sarah. »Seine ganze Welt wurde auf den Kopf gestellt. Er weiß nicht mehr, wer er ist.«

Griffe fasste in seine Tasche. Er zog eine kleine Pistole heraus und richtete sie auf Thierry.

»Nein, bitte nicht«, rief Sarah.

»Wenn sie Judenabschaum ist«, sagte Thierry mit verstörtem Blick und eingefallenem Gesicht, »bin ich es auch.«

»Setz dich, Thierry«, stoppte Aimée die merkwürdige Szene. Mit Vitolds schwarzer Luger in der Hand kletterte sie an den Sprossen, die aus der verkrusteten Kavernenwand herausragten, herunter. René folgte ihr.

»Alles unter Kontrolle«, knurrte Griffe. »Stecken Sie die Waffe ein.«

»Nach Ihnen«, sagte sie.

Er zögerte. Sarah legte ihre Hand vorsichtig auf seinen Arm. »Das muss nicht sein«, sagte sie. Langsam ließ Hartmut Griffe die Waffe sinken.

Aimée hatte den Boden der Katakombe erreicht, ihre Absätze versanken sofort in der Erde. Sie hörte Holz splittern und drehte sich um. Sie konnte René gerade noch auffangen, bevor er auf einem Haufen Steine und Knochen landete.

»Du kommst zu mir, Thierry«, sagte sie.

Thierry hockte auf einem verrotteten Holzbalken und zwinkerte nervös. »Ja, lass uns mal alle möglichen Szenarien durchspielen«, sagte er. Seine Stimme klang schrill.

»Thierry, beruhige dich«, sagte Aimée. »Du brauchst einfach etwas Zeit, um alles zu verarbeiten.«

Er ignorierte sie. »Okay, fangen wir an. Sohn will seine lange verschollene Mutter erdolchen, weil sie eine Judensau ist«, sagte er und stand auf, das Gesicht im Flackern des Lichts zu einer Grimasse verzogen. »Vater erschießt Sohn, weil er nur ein armseliger Möchtegern-Nazi ist. Vater verpasst sich dann selbst eine Kugel, weil er vor langer Zeit den Befehl des Führers missachtete.« Er lachte wie irre. »Das gefällt mir. Dann habe ich die Ehre anzufangen.« Er griff nach Sarah.

Aimée wollte dazwischentreten, aber Griffe hatte seine Pistole schon auf ihn gerichtet.

»Lass sie in Ruhe!«, schrie er.

Thierry stolperte.

Zu spät. Hartmut Griffe feuerte den Schuss ab, aber da hatte sich Sarah schon vor Thierry geworfen. Der Schuss hallte laut wider, und für einen Moment hatte Aimée das Gefühl, nichts mehr zu hören. Sarah prallte gegen die Wand. Blut schoss aus ihrer Brust, und sie fiel zu Boden, die Hände an ihr Herz gedrückt.

Aimée packte Griffes Arm, während René ihm mit einer Bewegung die Pistole entwand. Ein leises Grollen erklang tief aus dem Inneren der Kaverne, als Steinchen und Geröll die Wände herunterrutschten. Die Holzpfosten begannen zu beben. Dreck regnete auf Aimées Gesicht herunter.

In zwei Schritten war sie bei der stöhnenden Sarah. Sie wollte nicht an die Qualen denken, die diese Frau durchlitt. Stattdessen kniete sie sich neben sie und versuchte, die Blutung zu stillen, die mittlerweile eine kleine dunkle Pfütze gebildet hatte.

Hartmut Griffe sank auf die Knie. »Was habe ich getan?«, rief er aus.

»*Maman*«, schluchzte Thierry auf. »Du hast mich gerettet.« Er ließ sich neben seine Mutter fallen und streichelte ihre Stirn.

Sarahs Atem kam in kurzen Stößen, als Aimée versuchte, ihren Kopf höher zu lagern.

»Mein Kleiner«, flüsterte Sarah und zog ihn an sich heran. »Mein Baby.«

Aimée drückte ihren Arm auf die Wunde in Sarahs Brust.

»Halten Sie durch, Sarah.«

»Der Krankenwagen ist unterwegs«, sagte René und steckte sein Handy zurück in die Tasche. »Und er wird keine Minute zu früh hier sein.« Er blickte nervös nach oben.

»Sie schaffen es, Sarah«, sagte Aimée. »Nur noch ein wenig durchhalten.«

Sarah nickte. »Thierry … dein wahrer Name ist Jakob … der Heiler der Menschen.« Sie lächelte schwach. »Nach deinem Großvater.«

Aimée sah zu Griffe hinüber, der in sich zusammengesunken und seltsam reglos direkt neben einem Knochenhaufen saß. Sein Blick verlor sich irgendwo in den Katakomben. Offenbar stand er unter Schock.

»Thierry?« Sarahs Blick war verschleiert, als sie nach seinem Arm fasste. »Mein Sohn!«

»Hol deinen Vater, Thierry«, sagte Aimée und deutete auf Griffe. »Gib ihnen einen Moment zusammen.« Sie musste nicht hinzufügen: »Bevor es zu spät ist.«

Hartmut Griffe kniete demütig neben seinem Sohn. Aimée schob Sarahs Kopf sanft in seinen Schoß. Wortlos streichelte er ihr Gesicht, während Thierry sich an seinen Schultern festhielt und zur Seite schaute.

»Ich brauche deine Hilfe, René.« Aimée zog ihn zur Seite und flüsterte ihre Anweisungen.

Als sie die Leiter hochkletterte, fiel ihr letzter Blick auf die lächelnde Sarah, die von Hartmut und Thierry gehalten wurde.

Die Rettungssanitäter hatten ihre Mühe, Sarah dazu zu bewegen, Thierry loszulassen, bis Morbier erschien. Schließlich tat sie es. Morbier nickte den Sanitätern zu, und sie hoben die schwer verletzte Frau vorsichtig auf die Krankentrage.

»Haben Sie irgendwelche Aussagen aufgenommen?« Morbier drehte sich zu einem jungen uniformierten Beamten um, der am Tatort stand.

Der junge Mann schüttelte den Kopf.

Morbier beugte sich über Griffes ausgestreckte Handfläche und schnüffelte daran. »Fallen Ihnen die Ölrückstände aus dem Patronenlager auf?« Er zeigte auf den Handschuh. »Ihre Theorie, Kollege?«

Der Beamte schüttelte den Kopf und räusperte sich unsicher.

»Nun, ich würde sagen: Starker Geruch nach Schießpulver an der rechten Hand.« Morbier richtete den Blick auf den jungen Beamten, der jetzt hastig Notizen auf einen Block schrieb.

»Inspecteur, ich …«, begann er.

»Sichern Sie das Beweismaterial«, knurrte Morbier.

Dann nahm er sanft Thierrys Arm. »Lassen Sie uns nach oben gehen. Sie können mit ins Krankenhaus fahren.«

Müde und erschöpft kletterte Thierry aus den Katakomben heraus. »Warum habe ich ihr nicht geglaubt?«, sagte er.

Morbier schnitt eine Grimasse und ließ auf Hartmut Griffes Rücken die Handschellen einrasten. »Ist zu Ihrer eigenen Sicherheit, Monsieur«, murmelte er so leise, dass es nur Griffe hörte.

Hartmut Griffe blieb stumm und starrte abwesend vor sich hin.

»Meinte dieser Thierry gerade, warum er *Aimée* nicht geglaubt hat?« Morbier sah René fragend an.

René nickte.

»Nehmen Sie den hier mit auf die Wache«, befahl Morbier.

Der junge Beamte salutierte und schob Hartmut Griffe vorwärts in Richtung der provisorischen Leiter.

»Warum erzählst du mir nicht etwas über Aimées Plan?«

René lächelte grimmig. »Ich dachte schon, du würdest nie fragen.«

»Wo ist sie?«

»Auf einer Party«, sagte René.

Überrascht ließ Morbier seine Zigarette fallen.

»Und wir sind auch eingeladen«, sagte René.

Wenn jemand offiziell als tot gelistet wurde, es aber nicht war, brauchte derjenige einen Identitätsnachweis. So viel wusste Aimée. Tausende von Flüchtlingen hatten im Krieg und danach ihre Papiere verloren, als Gebäude zerbombt und Länder verschluckt oder umbenannt wurden. Diese Menschen waren staatenlos. Sie benötigten einen Nansen-Pass – so benannt nach einem gewissen Fridtjof Nansen, Hochkommissar des Völkerbundes für Flüchtlingsfragen, der dieses Dokument 1922 entwarf –, um ihre Existenz zu legimitieren. Wenn Sie den Beweis hierfür erbringen konnte, hatte sie ihn.

Sie machte sich auf zum eleganten Musée Carnavalet, welches nahe der Katakomben im ehemaligen Stadtpalais von Madame de Sévigné untergebracht war. Der Innenhof des Museums war offen zugänglich. In dem verlassenen Waschraum schaltete Aimée den Laptop ein und stellte fest, dass der Akku leer war. Sie fand eine Steckdose und atmete erleichtert auf, als sie sich anmelden konnte.

Sie verschaffte sich Zugang zu den Daten des Palais de Nationalité und landete einen Treffer. Auf den Namen Laurent Cazaux war 1945 ein Nansen-Pass ausgestellt worden! Aber der Triumph schmeckte schal. Sie musste Cazaux aufhalten. Hastig lud sie die Antrags- und Genehmigungsformulare herunter. Dann drückte sie die Wiederwahltaste auf Hervé Vitolds Handy.

»Ich will mich mit Ihnen treffen, Cazaux«, sagte sie in den Hörer. »Allein. Heute um Mitternacht im Büro der Académie d'Architecture. Wenn Sie an einem Deal interessiert sind.«

Suchscheinwerfer tasteten in bleiernen Streifen den Himmel ab. Die Mondsichel hing tief über der stillen Seine. Aimée stand in der eisigen Kälte und rieb sich die Arme.

Vor ihr, in den Fenstern der Académie d'Architecture, die an der Place des Vosges lag, leuchteten Hunderte von Hand angezündete dünne Kerzen. Ein Strom dunkler Limousinen setzte Gäste vor dem Eingang des ehemaligen Hôtel de Chaulnes aus dem siebzehnten Jahrhundert ab. Die heutige Gala fand im Gedenken an Madame de Pompadour statt, der wahren Gebieterin über die französische Mode am Hof des Königs, die heute immer noch beeinflusste, was als elegant galt.

Ganz Paris wusste, dass Minister Cazaux eingeladen war, die Feierlichkeiten zu eröffnen und der Modenschau beizuwohnen. Ihr Plan, den sie in groben Zügen ein paar Häuserblöcke weiter im Waschraum des Musée Carnavalet entworfen hatte, war nicht ohne Fallstricke. Erstens würde sie Cazaux bereits *vor* ihrer mitternächtlichen Verabredung bei der Gala überraschen und ihn dazu bringen müssen, in aller Öffentlichkeit seine Schuld zu bekennen. Aber das schien unproblematisch verglichen mit der Tatsache, dass sie zweitens keine Einladung zu dieser schwer bewachten Abendveranstaltung vorweisen konnte. Und drittens musste sie sich ohnehin vorher noch mit Martine in der Redaktion des *Figaro* treffen, um eine Kopie ihrer Beweise zu erstellen.

Als sie um die Ecke des Verlagshauses bog, setzte ihr Herz für einen Moment aus. Ein Transporter des Kampfmittelräumdienstes stand quer auf dem Bürgersteig. Arbeiter fegten vor der braunen Mauerfassade des *Figaro* Splitter auf, die aus den verglasten Einsätzen der schmiedeeisernen Eingangstüren herausgebrochen waren. Sofort fragte sie sich, ob Martine etwas passiert war.

»Gab es Verletzte?«, fragte sie.

Ein untersetzter Mann im Overall schüttelte den Kopf.

»Große Schäden?«

Wieder schüttelte er den Kopf. »Stellen Sie sich das mal vor, der zukünftige Premierminister ist gleich hier um die Ecke und jemand schmeißt eine Bombe durchs Fenster. Aber die oberen Etagen sind unversehrt«, fügte er hinzu.

Zögernd betrat sie das Gebäude. Der Gestank nach Kordit und verbranntem Plastik vermischte sich mit dem vertrauten Geruch nach Rotwein, der dem uniformierten Wachmann anhaftete. Er hielt sie am Empfangstresen auf.

»Ich habe einen Termin mit Martine Sitbon«, sagte sie und zeigte ihren gefälschten Presseausweis vor.

Er studierte ihn gründlich. »Leeren Sie bitte Ihre Tasche.«

Sie legte ihren Laptop auf den Tresen und schüttete den Inhalt ihres Lederbeutels aus: diverse Perücken, ein Aufnahmegerät, Handys, Sonnenbrillen, ultraschwarze Wimperntusche und ein klappriges Schminktäschchen. Die Luger plumpste heraus und glänzte matt im Licht des Deckenstrahlers. »Ich habe einen Waffenschein.« Sie lächelte.

»Ah! *Comme* Dirty 'arry!« Er befingerte die Waffe. Seine Lackleder-Mokassins quietschten bei jedem Schritt. »Die behalte ich mal lieber. Ist sicherer.« Er lächelte Aimée an. »Sie bekommen sie zurück, wenn Sie wieder gehen. Vierter Stock.«

Es hatte keinen Sinn, mit ihm rumzustreiten, er würde die Luger sowieso einstecken. Die Detonation hatte auch einen

Teil der Treppenstufen in Mitleidenschaft gezogen, das hölzerne Atrium beschädigt und einige Elemente der Decke in der Eingangshalle gelöst. Staub bedeckte die Lobby, aber der Aufzug funktionierte tadellos.

Sie musste schnell machen: die Dokumente, die sie per E-Mail geschickt hatte, kopieren und Martine überreden, sie zu veröffentlichen, dann Cazaux zur Rede stellen. Er würde sich aus dem Ministerium und der Politik zurückziehen müssen, wenn er erfuhr, dass *Le Figaro* seine wahre Identität aufdecken würde. Er konnte nicht abstreiten, während der Besatzungszeit in Paris gelebt zu haben – sie hatte den Schnappschuss von Lili und das Mikrofiche-Foto aus der jüdischen Bibliothek, auf dem er, Lili und Sarah zu sehen waren. Am bedeutsamsten allerdings war sein Fingerabdruck am Tatort eines fünfzig Jahre zurückliegenden Mordes.

Im Aufzug drückte sie auf die 4, zog dann ein blondes Haarteil aus ihrem Beutel, befestigte es am Haaransatz und arbeite es so in ihr Haar ein, dass es natürlich wirkte. Sie kniff sich in die Wangen und trug roten Lippenstift auf. Sobald sie den Download kopiert und Martine die nötigen Anweisungen gegeben hatte, würde sie überlegen, wie sie nebenan auf die Gala kam und Cazaux zur Rede stellen konnte.

Im vierten Stock befanden sich die Redaktionsbüros; darunter belegten Kopierraum und Druckpressen die ersten drei Stockwerke. Als Kulturredakteurin hatte Martine ein Durchgangszimmer, das zwischen zwei anderen unverschlossenen Büros eingequetscht war, die zum Flur hinausgingen.

Martines Lederjacke hing über ihrer Stuhllehne. Auf der brennenden Zigarette im Aschenbecher neben dem Computer waren rote Lippenstiftspuren zu erkennen. Auf dem Bildschirm blinkte die Info: »Verbleibende Restzeit 3 Min.«

Jetzt musste sie nur noch Martine finden und sich alles kopieren. Der Computer auf Martines überfülltem Schreibtisch surrte schneller.

»Martine?«

Keine Antwort. Aimée spürte ein unbehagliches Kribbeln im Rücken. Dann hörte sie ein Geräusch und drehte sich um. In der Tür stand der Wachmann vom Eingang, er hatte die Luger auf sie gerichtet. Aus seinem Funkgerät drang eine tiefe Stimme: »Erste Zielperson vor Ort gesichert.«

»Der Zwerg mit den Ausdrucken?«, fragte der Wachmann.

»Positiv«, sagte die Stimme.

»Wie ist der Status der zweiten Zielperson, Oberst?«

»Morbier ist mit seiner Einheit auf dem Weg zur Demonstration im Bezirk Fontainebleau«, antwortete die Stimme.

Ihr Plan, Cazaux aus dem Hinterhalt zu locken, hatte sich erledigt. Jetzt war sie auf sich allein gestellt. Sie hatten René erwischt und Morbier in einen Außenbezirk von Paris geschickt.

Der Computer surrte. »Download abgeschlossen«, blinkte es auf dem Bildschirm. Die Schuhe des Wachmanns quietschten, als er an den Rechner herantrat. Die zweite Lektion, die sie in Renés Dojo gelernt hatte, war gewesen, defensiv und natürlich zu reagieren. Als der Wachmann auf den Bildschirm blickte, ließ sie ihr Knie in seinen Schritt hochschnellen. Während er sich vor Schmerzen krümmte, riss sie mit einem Ruck das Mauskabel los und schlang es mehrfach fest um seine Handgelenke. Sie blickte auf den Bildschirm, drückte »Kopieren« und fesselte dann seine Handgelenke an die Armlehnen von Martines Stuhl. Anschließend stopfte sie ihm rosafarbene Post-its in den Mund. Er protestierte gurgelnd.

Sie ruckelte die Beretta frei, die sie sich hinten ins Kreuz geklebt hatte, und zielte genau zwischen seine Augen.

»Klappe! Geduld ist heute nicht meine Stärke.« Sie kniete sich auf seine Beine und zog die Schubladen von Martines Schreibtisch auf. In einer fand sie Packband und fixierte damit seine Knöchel an dem Drehstuhl.

»Kopiervorgang abgeschlossen«, hieß es auf dem Bildschirm. Sie beugte sich vor und drückte »Auswerfen«.

Die Diskette sprang heraus. Sie zog das Mauskabel fester und wickelte es noch einmal um seine Handgelenke.

Er wehrte sich mit hervortretenden Augen und versuchte, die Post-its auszuspucken. Seine Lackleder-Mokassins traten rhythmisch gegen den Schreibtisch.

»Er ist sehr stolz auf seine Schuhe, Mademoiselle Leduc«, sagte eine ihr bekannte Stimme aus dem offen stehenden Büro zu ihrer Linken.

Cazaux stand im Türrahmen, an seiner Seite ein bewaffneter Bodyguard, und zwinkerte ihr zu. Der Bodyguard schnappte sich die Diskette und reichte sie Cazaux, dann tastete er sie ab.

Seine Hände glitten über ihren Körper, dann schüttelte er den Kopf. »Nichts«, sagte er, nachdem er ihre Waffe auf Martines Schreibtisch gelegt hatte.

»Haben Sie Ihre Haare wachsen lassen, Mademoiselle Leduc?«, fragte Cazaux. »Ich habe sie kürzer in Erinnerung.«

Die Angst schoss ihr das Rückgrat herunter.

Der Bodyguard betatschte ihre Haare und riss das Haarteil heraus. Das kleine Mikrofon fiel scheppernd auf den Boden. Cazaux nickte dem Bodyguard zu, der daraufhin den Laptop nahm und ihn gegen die Wand schmetterte. Anschließend trampelte er mit seinen Stiefeln darauf herum, bis kleine Glasfaserkabel herausquollen wie Techno-Blut.

»Das wird Ihnen nichts nützen, Cazaux«, sagte sie.

»Warum nicht?« Er hielt die Diskette hoch.

»René hat Kopien an jede Zeitung in Paris geschickt«, sagte sie.

»Gehen Sie runter«, wies er seinen Bodyguard an.

Dann sah er sie an und deutete auf die andere Bürotür. »Lassen Sie uns unter vier Augen reden.«

Sobald sie drinnen waren, schloss er die Türen, setzte sich und bedeutete ihr, dasselbe zu tun. »Sie bluffen.« Er lächelte. »Aber ich würde das auch tun, wenn ich in Ihrer Lage wäre.«

»Laurent de Saux ist Ihr echter Name«, sagte Aimée.

»Nun, nun, junge Dame«, sagte er. Er lächelte beschwichtigend, als wenn er ein Kind bei Laune halten müsste. »Können Sie diese Annahme denn auch beweisen?«

Sie blickte auf ihre Armbanduhr. »Um das herauszufinden, müssen Sie nur die Sonntagsausgabe des *Figaro* lesen. Sie wird in dreißig Minuten in den Druck gehen.«

»Das ist unmöglich.« Er lachte glucksend. »Gilles habe ich in der Tasche. Und ihre Freundin Martine schläft sich nach einer Dosis Beruhigungsmittel heute mal so richtig aus.« Er lehnte sich vor, stützte seinen Ellenbogen auf die Knie und starrte sie an. »Bitte, setzen Sie sich doch.«

Sie blieb stehen.

»Sie waren ein toller Sparringspartner«, sagte er. »Dieses Spiel ist nicht gerade eine Herausforderung für mich, aber bisher hat es mich mental durchaus stimuliert.« Cazaux lächelte breit.

»Für Sie ist das alles nur ein Spaß, nicht wahr?«, sagte sie. »Es geht nicht um reale, lebendige Menschen. Nur um Figuren, die Sie manipulieren oder ausschalten, um Ihre Position zu verbessern. Soli Hecht hatte Ihr Denkmuster durchschaut. Es ist wie eine unglaubliche Abfolge von Zügen im Schachspiel eines Größenwahnsinnigen.«

»Und Sie glauben, Sie hätten ein Schachmatt herbeigeführt … ach, wie gut ich das kenne!«, seufzte er leise. »Die Flure der Macht sind mit unendlich vielen kleinen Ärgernissen gesäumt.«

»Sie haben Ihre eigenen Eltern denunziert, nachdem Sie Arlette Mazenc ermordet hatten«, sagte sie. »Wahrscheinlich haben Sie noch zugesehen, wie sie unterhalb Ihres Fensters exekutiert wurden. Von der Rue du Plâtre aus hatten Sie ja den besten Blick.«

»Was wollen Sie von mir?«, fragte er. Seine Augenbrauen hoben sich neugierig. »Ich habe Sie beobachtet. Ich bin beeindruckt. Sie sind wirklich gut, wissen Sie? Wie wäre es mit einem netten, fetten EU-Auftrag – zum Beispiel für die beteiligten

Staaten Softwaresysteme zu entwickeln? Ich kann das einrichten. Oder würden Sie gerne den Bereich Online-Sicherheit der französischen Regierung leiten?«

Er stellte ihr verlockende Dinge in Aussicht.

Sie zögerte nur den Bruchteil einer Sekunde, dann sagte sie: »Sie sollten zurücktreten.«

Er witterte ihre Schwäche, wie ein Hai das Blut. »Ich weiß, was Sie denken. Sie sind der Ansicht, ich hätte Fehler begangen.« Seine Stimme lullte sie ein. »Manchmal aber müssen wir Dinge für das Wohl der Allgemeinheit tun.« Er zuckte mit den Schultern. Seine Augen brannten. »Aber nun bin ich fast an der Spitze. Ich bin ganz nach oben gekommen. Der Höhepunkt meines Lebens.«

»Fünfzig Jahre Lügen und Morden, und Sie wollen Premierminister werden?«, entgegnete sie.

Seine Augen verengten sich. Der Moment war vorüber, und er wusste, dass er keine Chance hatte, sie für sich zu gewinnen.

Ein lautes Dröhnen drang durch den Fußboden, das rhythmische Klopfen der Zeitungspresse. Aimée wurde bewusst, dass die Sonntagsausgabe ohne die Informationen über Cazaux' Vergangenheit in Druck gegangen war. Sie musste ihn dazu bringen, ein Geständnis abzulegen, dann würde sie irgendwie fliehen und Hilfe holen.

»Was war jetzt mit Arlette Mazenc, der Concierge?«, fragte sie.

»Sie erwähnen immer wieder diese Hyäne mit der Hasenscharte. Meine Güte, hatte die eine hässliche Visage!« Seine Stimme hatte sich verändert. Er klang jetzt wie ein verzogener Schüler. »Der Hinke-Schuster mochte sie allerdings. Na ja, das passte ja auch. Die Schlange wollte mich doch tatsächlich um meinen Dosenlachs betrügen. Meine Stiefmutter hatte ihn gefunden und versuchte, mich dazu zu zwingen, ihn zurückzugeben. Und mein bescheuerter Vater, verhext von diesem Flittchen, das dachte, sie könnte meine Mutter ersetzen, war natürlich auf ihrer Seite. Können Sie sich das vorstellen? Ich musste ihnen eine Lehre erteilen.« Er schaute Aimée mit einem strahlenden Lächeln an. »Das erscheint heute geradezu lächerlich, nicht wahr?«

Er sprach, als hätte er einem unartigen Kind einen Klaps gegeben, statt eine andere Kollaborateurin totzuprügeln und seine Eltern zu denunzieren.

Er war tatsächlich die Wiedergeburt des Bösen, genau wie Odile Redonnet es gesagt hatte.

»Und Lili Stein hat Sie damals gesehen, nicht wahr, sie hatte sich im Innenhof versteckt. Sie konnte entkommen, nur hat sie Sie dummerweise fünfzig Jahre später wiedererkannt – ausgerechnet so knapp vor den Wahlen«, sagte sie. »*Sie* waren es, der ihr das Hakenkreuz in die Stirn geritzt hat.«

»Sie war eine selbstgerechte Wichtigtuerin, die von den Nazis Essen annahm«, sagte er. »Wie die anderen auch. Wenn man so hungrig ist, ist es einem egal. Aber ich war wenigstens schlau. Ich habe Geld damit verdient. Bei allen, außer bei Lili.«

»Hundert Francs für eine anonyme Denunziation. Sie hielten sich für ganz schlau und dachten sich, das Hakenkreuz würde auf die Skinheads hindeuten«, sagte Aimée. »Aber Skinheads machen heute andere Hakenkreuze. *Sie* haben es mit runden Ecken gezeichnet, so wie Hitler und alle anderen damals. Ganz charakteristisch für diese Zeit.«

»Charakteristisch?«, fragte er.

»Die Flagge, die 1943 über der *Kommandantur* in der Rue des Francs Bourgeois wehte, hatte genau so ein Kreuz. Sie gingen jeden Tag von der Rue du Plâtre aus auf Ihrem Weg zur Schule daran vorbei.«

Er lächelte, aber seine Augen blinzelten bösartig. »Lili war das schlauste Mädchen unserer Klasse, doch sie hatte aufgehört, mir zu helfen.«

»Ihnen zu *helfen?*«, fragte Aimée. »Sie meinen, weil sie Sie bei den Mathearbeiten nicht hat abschreiben lassen, haben Sie ihre Eltern verraten?«

»Wir kriegen alle, was wir verdienen.«

»Arlette Mazenc hat sie um Schwarzmarkt-Lachs in Dosen betrogen. Vor Wut darüber haben Sie sie im Lichtschacht totgeschlagen, wo sie ihr geheimes Lager hatte. Aber Lili hatte sich im Innenhof versteckt, aus Angst vor einem Nazioffizier, der die Concierge ausgefragt hatte. Sie hat alles gesehen. Sie haben sie die Treppe hochgejagt, aber sie war schneller und entkam über das Dach. Sie nahmen an, dass sie längst tot wäre. Die letzte Verbindung zu Ihrer wahren Identität war damit ausgelöscht. Vor allem seit Sie erfahren hatten, dass Sarah, die blauäugige Jüdin, nach der Befreiung als Kollaborateurin gebrandmarkt wurde und später außer Landes ging. Sie wussten von Odiles Deportation nach Berlin. Und Ihre Klassenkameraden waren aufs Land verschickt worden.« Aimée machte eine kurze Pause. »Aber fünfzig Jahre später erkennt Lili Stein Sie in einer hebräischen Zeitung und erzählt Soli Hecht davon. Hecht sagt, sie solle nichts unternehmen, bis er mehr Beweise hat. Er wendet sich an das Simon Wiesenthal Center. Aber Lili wollte nicht länger warten. Sie wusste, was Sie mit Ihren Gegnern machen, und ist Ihnen gefolgt – das war ihr Fehler. Über Ihre Regierungsverbindungen haben Sie dann herausgefunden, dass Hecht die Hälfte eines verschlüsselten Fotos aufgetrieben hatte, auf dem Sie zu erkennen waren. Er hatte mich damit beauftragt, das Foto zu dechiffrieren. Als er starb, hat er sogar noch versucht, mir Ihren Namen zu sagen. Ich weiß nicht, wie Sie Lili gefunden haben …«

Er unterbrach Aimée mit einer Geste. »Aber Lili war die Einzige, die alle Teile zusammenfügen konnte. Natürlich war sie genau dort, wo ich sie zu finden erwartete.« Er lächelte knapp. »*Alors*, immer noch in der Rue des Rosiers.«

»Sie haben gesehen, wie Lili mit Sarah sprach, und sie umgebracht, bevor sie ihre Anschuldigungen verbreiten konnte. Sie haben sie umgebracht – genau wie Arlette Mazenc.«

»Sie hatte es verdient«, sagte er.

Aus der halb geöffneten Tür zum Nebenzimmer fiel ein Lichtstrahl schräg ins Zimmer. Aimée bewegte sich in seine Richtung.

»Der Deal wäre, dass Sie heute Abend noch zurücktreten«, sagte sie.

»Aber das ist nicht mein Plan«, teilte er ruhig mit. »Ich muss mich um die Leute kümmern, die mir über all die Jahre geholfen haben. Viele, viele Freunde. Kontakte, die ich gepflegt habe, Menschen, denen ich etwas schulde.«

»So wie Sie Sarahs und Lilis Eltern etwas schuldeten und all jenen Klassenkameraden, die nicht taten, was Sie von ihnen wollten?«, fragte Aimée scharf.

Er zuckte mit den Schultern. »Sie wissen, dass ich Sie nicht davonkommen lasse.« Er stand langsam auf. »Ich habe schon vor langer Zeit eine wichtige Lektion gelernt.« Das historische Kopfsteinpflaster im Innenhof schimmerte feucht.

»Die Sicherungsdiskette liegt in einem Safe«, sagte sie schnell. Aber es gab keinen Safe, und sie merkte, wie die Angst in ihren Eingeweiden wütete.

Wut flackerte für einen Moment in seinen Augen auf. »Haben Sie noch etwas getan, was der Schadensbegrenzung bedarf?«, fragte er. Er sah aus dem Fenster und fuhr mit resignierter Stimme fort: »Ich habe etwas gelernt … Wenn man möchte, dass etwas ordentlich erledigt wird, muss man es selber tun.«

Als er sich zu ihr umwandte, funkelte Metall in seiner Hand, erhellt von dem gelben Lichtstrahl. Sein Arm schoss vor, er hielt einen Gestapodolch. »Sie können *gar* nichts beweisen. Sie sind nämlich gleich Geschichte, Mademoiselle.« Er grinste.

»Da irren Sie sich«, entgegnete sie. »Ich habe Beweise: die Kopie Ihres Nansen-Passes und zwei Fotos, die Sie in Paris zeigen. Soli Hecht hat mir die verschlüsselten Dateien zugespielt. *Sie* sind Geschichte, Cazaux. Keiner wählt einen Kollaborateur und Mörder.«

Er zuckte mit den Schultern. »Sie wären erstaunt über die Lebensläufe einiger unserer Abgeordneten.«

Sie schielte zum Fenster hinaus und wünschte sich, der Innenhof wäre voll mit Morbiers Männern statt der krächzenden schwarzen Krähen, die unten herumhüpften. Aber Morbier und seine Leute waren in den Außenbezirken von Paris. Sie begriff, dass sie hoffnungslos alleine dastand.

In hilfloser Panik stürzte sie zu der angelehnten Tür, kickte sie auf und schoss in den Nebenraum. Sie schlitterte auf ihren Absätzen hinein und duckte sich unter einem Konferenztisch, gerade noch bevor sie gegen ihn prallte. Der Raum war verlassen bis auf ein paar alte gerahmte Fotos, die Männer mit Bärten zeigten, an deren Aufschlägen Medaillen steckten. Zeitungsstapel blockierten ihren Weg. Aimée floh auch aus diesem Zimmer und landete in einem gänzlich unmöblierten Salon. Direkt dahinter befanden sich die hohen Eingangstüren zu den weiteren Büroflurern.

Sie drehte sich zu Cazaux um, der hinter ihr war und mit einem perversen Lächeln seine Waffe auf sie richtete. Er schnipste mit den Fingern und deutete auf das Treppenhaus.

»Sie haben recht – lassen Sie uns etwas frische Luft schnappen«, sagte er.

Er drückte den Pistolenlauf gegen ihre Schläfe, während er sie das dunkle, gewundene Treppenhaus hochführte. Seine sehnigen, angespannten Hände hielten ihre Arme hinter ihrem Rücken zusammen. Blut tropfte von ihrem Ohr auf ihre Schulter, sie meinte fast den metallischen Geruch zu spüren. Vielleicht war es aber auch die Mündung der Pistole, sie war sich nicht sicher. Im nächsten Stockwerk begann sie zu keuchen, er war noch nicht einmal außer Atem. Für einen alten Mann war er wirklich fit. Er bemerkte es ebenfalls und lächelte.

»Wollen Sie wissen, wie ich das schaffe?«, fragte er, als er sie zwang, sich auf der obersten Stufe hinzuknien. Dann trat er ihr gegen die Schläfe.

Ein stechender Schmerz und glühende weiße Sternchen schossen durch ihren Schädel. Er hielt sie an den Armen fest, sodass sie nicht auf den Boden fiel.

Wieder schlug er ihr ins Gesicht. »Ich habe Ihnen eine Frage gestellt, Mademoiselle – wollen Sie nicht wissen, wie ich das schaffe?«

»Weil Sie das Blut Ihrer Opfer trinken!«, hätte sie am liebsten gesagt. Stattdessen konzentrierte sie sich darauf, das Gleichgewicht zu halten. Sie fühlte eine abgrundtiefe Angst vor so viel menschenverachtender Grausamkeit.

»Injektionen mit dem Blut von Lämmer-Embryos«, sagte er. »Das hält mich jung. Ich kann stundenlang durchhalten.« Er lächelte vielsagend.

Sie wandte sich angewidert ab. »Sie sind krank.«

Vom Schieferdach der Zeitung aus schauten sie auf die spitzen Dächer des Marais, die sich vor ihnen ausbreiteten. In der Académie d'Architecture unter ihnen leuchteten die Fenster, und Musik schwebte herauf. Er schubste sie auf ein flaches, gefliestes Stückchen, das ehemals wohl ein Balkon gewesen war. Es war windig, und ein feiner Nieselregen legte sich auf ihr Gesicht.

»Ich habe Sie gewarnt«, sagte er geduldig. »Mehrfach. Ich habe Ihnen einen tollen Job angeboten, ich habe versucht zu verhandeln, aber ich fürchte, Mademoiselle Leduc, Sie waren dafür nicht offen.«

Er zog sie hinüber auf einen brüstungsähnlichen Mauerabsatz. Sie stemmte ihre Absätze gegen die Rohre, die das Dach kreuzten, und versuchte, sich wegzudrehen.

»Sie werden Ihren Kopf hinhalten«, sagte er. »Für alles. Dafür werde ich sorgen.« Und dann hatte Cazaux noch einen letzten vernichtenden Satz für sie parat. »Ach übrigens, Ihre geschätzte Lili hat sie in die Öfen geschickt, nicht ich.« Er lachte fast vergnügt. »Es war alles ihre Schuld. Hätte sie sich kooperativer gezeigt …«

Lilis Schuld?! Auf einmal hatte sie keine Angst mehr davor, wie dieser Verrückte sie umbringen würde. Dass er immer noch log und was er Lili angetan hatte, war alles, was zählte. Sie sah das Hakenkreuz auf Lilis Stirn, als sie auf ihn losging.

»Hören Sie endich auf zu *lügen*!«, kreischte sie.

Sein Gestapodolch erwischte ihr Bein und schlitzte die Haut auf, aber sie machte weiter. Sie stürzten und rollten an die Dachrinne, über fauchende Wasserspeier, die zu Stein vereist waren. Cazaux erwies sich als überraschend stark und gelenkig. Seine knochigen Finger packten ihren Hals und drückten fest zu. Sie würgte und rang nach Luft, stieß ihn von sich. Aber er schlug ihren Kopf gegen die hässlichen Nasen der Wasserspeier. Wieder und wieder. Sie bekam kaum noch Luft und konnte vor lauter Blut nichts sehen. Ihr Körper hing zur Hälfte über der Dachkannte. Ihre Finger krallten sich verzweifelt um den Flügel eines Wasserspeiers. Unter ihnen lag das gläserne Dach der l'Académie d'Architecture.

»Sie kommen mit!«, stieß sie hervor.

Als ihre Finger abrutschten, nahm sie ihr letztes bisschen Kraft zusammen und zerrte ihn auf sich. Sie hörte ihn aufschreien, bevor seine Finger von ihrem Hals abließen. Aber es war zu spät.

Sie segelten durch die kalte, dunkle Luft. Gemeinsam landeten sie auf dem Glasdach, das unter ihnen zerbarst. Glasscherben, funkelnd wie Diamanten, bohrten sich in ihre Haut. Mit ausgebreiteten Beinen verfing sie sich am Metallgriff des Dachfensters, drehte sich ruckartig kopfüber, schaffte es dann aber, den Fensterrahmen zu packen.

Sie wand ihr unverletztes Bein um die Gitterstangen, das andere Bein baumelte nutzlos herunter. Cazaux' langer Körper hing in der Luft, gefangen in Stromkabeln und Drähten. Pudriger blauer Staub glänzte im Mondlicht, seine Beine zuckten.

»Helfen Sie mir«, würgte er heraus.

Er wurde langsam erdrosselt. Ein Draht hatte das Make-up von seinem Hals gerieben, und das melierte braune Muttermal lag frei. Weit unter ihnen sammelten sich die festlich gekleideten Gäste der Gala mit offenen Mündern und starrten nach oben.

»Ich hatte mich schon gefragt, wie Sie das Muttermal verbergen«, keuchte sie atemlos. »Halten Sie still. Je mehr Sie sich bewegen, desto enger wird die Schlinge. Hier.« Sie streckte ihre blutige Hand nach ihm aus.

Vergeblich versuchte er, seine Arme zu heben, aber sie waren verwickelt und verwoben in den Kabeln. Sein Gesicht begann blau anzulaufen. »Luft … Hilfe!«, ächzte er.

Doch sie konnte noch nicht einmal seine Fingerspitzen erreichen.

»Der Kreis hat sich geschlossen, Laurent de Saux, so wie Lili es gesagt hat. Und wegen Lili Stein werden Sie auch nicht Premierminister!«, sagte Aimée.

Sie sah zu, wie Cazaux sich unter dem aufgeregten Rufen der Menge, die sich unten versammelt hatte, zu Tode ruckelte.

Ihr wurde schwindelig, ihr Bein verlor den Halt, und Hunderte von Nadeln schienen in ihren Körper zu stechen. Sie hatte beendet, was Lili Stein begonnen hatte. Nach fünfzig Jahren würde Cazaux endlich keinen Schaden mehr anrichten. Vergiss es nicht, hatte Lili gesagt. Aimées Finger konnten sie nicht mehr halten. Unter ihr schimmerte ein Teppich aus Glas, und sie betete, dass es schnell gehen würde. Sie konnte noch rufen: »Aus dem Weg«, bevor ihre Beine nachgaben und sie endgültig den Halt verlor.

Sie spürte, wie jemand nach ihr griff, der auf einer Leiter über ihr schaukelte. Ihre blutverklebte Hand wurde von einer trockenen Hand energisch festgehalten. Plötzlich wehte ein Wind um sie herum, und sie hing in der Luft. Über ihr dröhnten Rotorblätter. Sie flog. Die grauen Schieferdächer des Marais entfernten sich. Dann wurde alles schwarz.

EPILOG

Die Silhouette des Louvre blockierte alles außer einem winzigen Rechteck, das den Blick auf die silbergraue Seine freigab. Eine schwache Novembersonne kämpfte sich durch die ungeputzten Fenster des Detektivbüros Leduc.

»Cazaux hätte es fast geschafft«, sagte Martine. Sie schlug ihre langen Beine übereinander, zog den kurzen Rock ihres roten Kostüms zurecht und fuhr sich durch das blonde Haar. Sie nahm einen tiefen Zug von ihrer Zigarette. »Eine Schande, dass ich außer Gefecht gesetzt war. Das ist eine Unterhaltung, bei der es mir ewig leidtun wird, nicht dabei gewesen zu sein.«

Aimée, die quer über dem Auge eine Binde trug, zuckte mit den Schultern. Miles Davis hatte es sich auf ihrem Schoss gemütlich gemacht und schlief. Mit ihrer unverletzten Hand hielt sie eine Espressotasse und nippte daran. »Die EU unterzieht sich einer Reorganisation, das Abkommen liegt auf Eis. Insbesondere nach Hartmut Griffes Rücktritt.«

Morbier stand auf und streckte sich, dann bot er Aimée eine Zigarre an. »Komm schon, Leduc«, sagte er und grinste. »Zigarren zählen nicht. Da musst du nicht mal inhalieren.«

»Ein Leben in Gefahr passt anscheinend zu mir.« Aimée nahm die Zigarre an. Unbeholfen umklammerte sie das gute Stück mit der verletzten Hand, während Morbier ihr Feuer gab. »Der Helikopterflug hat mich inspiriert. Ich glaube, ich werde mit dem Klettersport anfangen. Scheint meine Stärke zu sein, nach all den Höhen, die ich hinter mich gebracht habe. Bist du dabei, René?«

René drehte seinen Kopf, so weit es seine Halskrause erlaubte. »Frag mich im neuen Jahr«, sagte er. »Vielleicht bin ich bis dahin wieder fit.«

»Eine unglaublich Geschichte, was? Wenn man bedenkt … Nach fünfzig Jahren …«, begann Morbier, aber Aimée ließ ihn nicht ausreden.

»Fünfzig Jahre heißt nicht, dass ein Unrecht vergeht. Früher oder später holt es jeden ein. Aber wenn diese Generation stirbt, wer weiß?« Sie zuckte mit den Schultern. Dann paffte sie an ihrer Zigarre und sandte Rauchwölkchen in die Luft.

»Wo steckt eigentlich Hartmut Griffe?«, fragte René.

Aimée zuckte zusammen, als sie an Sarah dachte.

Morbier nahm einen tiefen Zug von seiner Zigarre. »Thierry weicht nicht vom Krankenbett seiner Mutter. Sarah ist inzwischen von der Intensivstation runter. Und Griffe sitzt an ihrer Seite und füttert sie.«

Eine Weile saßen sie alle schweigend beisammen, dann sagte Martine unvermittelt:

»Weißt du übrigens, dass du einen unserer verdeckten Berichterstatter kennst?«

»Yves?« Aimée sah Martine mit großen Augen an.

Am Ende war Yves also doch einer von den Guten gewesen. Vielleicht sollte sie ihn mal anrufen, wenn ihre Wunden und Brüche verheilt waren.

»Sie haben ihn gefunden«, sagte Martine. »Man hat ihn ganz schön zusammengeschlagen. Aber er wird es überleben.« Sie lächelte.

»Und – wann ziehst du in dein neues Büro?«, fragte Aimée.

»Wenn Gilles sein Zeug in Kisten gepackt hat«, entgegnete Martine. »Jetzt muss ich mir erst mal eine eigene Wohnung besorgen. Erwachsen werden.«

»Tja, weißt du – richtige Redakteurinnen machen das so.« Aimée grinste. Dann wandte sie sich an René. »Was meinst du, Partner, sollten wir nicht eine neue Fristverlängerung beim Finanzamt beantragen?«

René nickte.

»Aimée«, fragte er dann langsam. »Wirst du die ganze Geschichte eigentlich Abraham Stein erzählen?«

»Nur wenn er fragt. Ansonsten werde ich die Geister ruhen lassen. Alle Geister«, setzte sie hinzu.

DANKSAGUNG

Mein Dank gilt all jenen, die dieses Projekt begleitet und unterstützt haben: von Anfang an Nina, Jean und die Samstagsgruppe, James N. Frey, die B's, Alice, Isabelle, die Sammlung des Holocaust Center of Northern California, die Arbeit von Serge Klarsfeld, Ange, die »warum nicht« sagte, die wundervollen Bibliothekare in Noe Valley, L, Le Centre de Documentation Juive Contemporaine in Paris für die Hilfe, Gabrielle, Madeleine Dieudonné *et* Julia Curtet, den *agents de recherche privée* in Paris für ihre Großzügigkeit, Denise Schwarzbach, die ihr Herz öffnete und mich an allem teilhaben ließ. Mein Dank gilt ganz besonders Melanie Fleishman, die alle Kleinigkeiten im Blick behielt, ohne das Ganze aus den Augen zu verlieren, meinem Sohn Shuchan, der mich in Ruhe arbeiten ließ, und Jun, der sagte, das klappt schon.